서정시학의 원리

서정시학의 원리

송기한 평론집

The Principles of Lyrical Poetics

ercsg

책머리에

문학을 이해하고 자리매김하는 것은 까다롭고 어려운 일이다. 잘 알려진 대로 문학 속에는 다양한 이념, 사상, 혹은 사람들의 복잡다단한 정서들이 섞여 있기 때문이다. 그 한줄기를 풀어내어 작품을 이해하고 이를 시대적 맥락이나 역사적 흐름 속에 자리매김하게끔 하는 것이 해석자의 임무이다. 그러니 어느 한 가지 단편적인 기준을 가지고 작품을 읽어내거나 재단하는 것은 곤란하다는 뜻이다.

근래에는 잡지 자체보다는 시집들을 직접 마주해야 하는 일이 많아졌다. 이는 분명 내가 선택할 수 있는 영역은 아닐 것이다. 개별 작품들을 많이 접하게 되면, 거기에서 어떤 큰 흐름들을 간취해내는 것이 개별 시집들을 읽을 때보다 상대적으로 수월한 것이 사실이다. 문학이란 늘상 그러한 줄기 속에서 성장해온 까닭이다. 하지만 개별 작품들보다 시인들의 작품 모음집들, 곧 시집들에 집중하다 보면 이런 흐름과는 한 발짝 멀리 떨어질 수도 있다. 다수의 흐름이 아니라 개별적인 국면들에 집중하기 십상이기 때문이다.

이번 책에 실린 글들은 최근 2년 동안 쓰인 글이고, 그 대부분은 시집을

제1부

할 수 있다. 이는 모두 사회적 현상이고 이를 매개로 인간의 행위와 문학 행위가 이루어지는 것이기 때문이다. 이제 어느 하나의 요소를 앞세우고 이를 문학의 본질적 특색이라고 내세울 필요는 없다고 본다. 그것들은 모두 사회라는 커다란 울타리에서 만들어지고 있는 쌍생아일 뿐이다. 그러니 상상력에 기초한 것은 문학의 순수성이고 체험은 그 반대의 경우라고 굳이 말할 필요가 있겠는가.

시와 독자와의 관계

영국의 비평가 에이브럼스(M.H. Abrams)는 『거울과 램프(The Mirror and The Lanp)』에서 문학비평을 하는 데 있어서 네 가지 방향을 제시한 바 있다. 작가와 작품의 관계에 의한 표현론적 관점, 작가와 세계에 의한 반영론적 관점, 작가와 독자의 관계를 문제 삼는 수용론적 관점, 그리고 작품 그 자체에 한정하는 객관론적 관점이 바로 그러하다. 물론 이것은 문학비평을 하는 데 있어 커다란 줄기를 말하는 것이고, 이들 상호 간의 경사 정도나 차지하는 비중에 따라 수많은 갈래들이 존재할 수 있을 것이다. 그리고 이런 갈래 중에 어떤 것이 가장 적합한 비평관인가 하는 것은 문학을 대하는 사람들의 세계관이나 문학관에 따라 결정될 것이다.

문학은 작가 자신의 것이라든가 혹은 그에 기반한 표현론적인 사고에 기울게 되면, 작가와 독자와의 관계는 크게 문제 삼을 것이 없다. 게다가 연극과 같은 공연 문학이 문자 중심의 보는 문학으로 대치되면서 그런 관점은 더욱 굳어지게 되었다. 아리스토텔레스가 말한 카타르시스, 곧 정화(淨化)라는 개념도 독자의 감응에 초점을 둔 것이었기 때문이다.

문학이 주는 카타르시스의 효과는 독자반응비평을 이야기하고 그 이론적 정립을 하는 데 있어서 좋은 준거틀이 된 것은 사실이다. 하지만 근대

얼마나 간절한 기도의 메아리가

쪽물이 뚝뚝 떨어질 듯
맑은 가락이 파란 무음으로 흐른다

멀리 있는 것은 다만 그리울 뿐

이런 높푸른 날에는
누구라도 용서하고 싶다

다시 사랑하는 법을 배우고 싶다

―「사랑이 돌아오는 시간」 전문

사랑은 대상을 포회하는 정서이다. 시인은 이제 자신이 대상을 감싸안고 싶다. 나 자신만의 것이 아니라 나 밖의 세계를 위해서 말이다. 그러니 이런 자아가 응시하는 것은 자기 내부가 아니라 당연히 타자가 될 것이다. 사랑의 정서로 충만한 자아가 바라보아야 할 타자의 국면들이 무엇일까 하고 던지는 질문들은 우문에 가까운 것일지도 모르겠다. 그것은 당연히 곧 사회의 어두운 단면, 혹은 불운한 형상들일 것이기 때문이다.

사랑의 정서로 충만한 자아의 시선은 이제 사회의 어두운 구석, 불운한 존재들을 찾아나서고 이들에게 따뜻한 시선을 보낸다. 시인은 박인환의 불우했던 삶에 대해 환기하거나(「가난의 이름은」) 가난의 굴레를 벗어나지 못했던 천상병의 처절한 삶(「시인의 경제학」)을 다시금 지금의 무대로 소환하고 있는 것이다. 뿐만 아니라 세월호 학생들의 서글픈 슬픔도 다시금 처연하게 우리 앞에 들려주고 환기시켜준다(「유목의 슬픔」). 타자를 향한 문현미 시인의 시야는 그 폭이 무척 넓은 경우이다. 사랑을 향한 시인의 시선은 당대에 한정되어 있지 않기 때문이다. 시인은 윤동주의 애틋한 삶도 그리워하고 있고(「불멸로 두근거리다」), 독립투사들의 극단적 한계상황에 대해서도 깊은 정서의 고뇌를 함께하기도 한다(「서대문형무소」).

욕망이 거세된 사랑의 현상학은 『사랑이 돌아오는 시간』의 전략적 주제일 것이다. 그의 사랑은 자신의 경계를 뛰어넘어 타인에게로 마구 달려간다. 그 속도를 제어해줄 장치는 아무것도 없다. 그 속도감이 서정의 진폭과 정서의 진폭을 강하게 울려주기에 더욱 진정성 있게 다가온다. 그들의 불온한 삶들이 시인의 정서를 애틋하게 자극하기에 자아는 이들의 심연 속으로 마구마구 빨려들어가고 있는 것이다. 그 공유지대는 당대의 여기뿐만 아니라 지나온 역사에 이르기까지 광범위하게 걸쳐 있는데, 이런 정서의 폭을 가능케 해준 것이 바로 사랑이다. 나의 현존이 그들의 삶과 분리될 수 없다는 이타적 마음이 이 정서의 중심에 녹아 들어가 있다. 이질적일 수밖에 없는 개인성과 사회성이 공유의 장을 마련할 수 있었던 것도 이 정서 때문에 가능했다.

욕망이 없기에 시인은 맑고 순수한 마음을 가졌고 또 이를 타자를 향한 따듯한 시선으로 옮겨갈 수 있었다. 그러한 정서가 시의 형식과 내용에 내포되어 있었던 것이며, 이번 시집이 주는 그런 투명한 정서들은 시인 자신의 마음이면서 세상에 던지는 물음이다. 흙으로 만들어졌던 시대의 사랑은 이제 돌아올 시간이 되었다. 아니 돌아와야만 한다. 그 시간을 현재화하고 실천하고자 한 것이 『사랑이 돌아오는 시간』의 주제라 할 수 있을 것이다.

미정형의 지대가 만들어내는 서정의 샘

—강동완과 설태수의 시

서정시는 자아와 대상 사이의 대결이다. 그들 사이에 놓인 간극의 폭에 따라 치열함의 정도가 결정될 것이지만, 서정시인 치고 이 거리감을 편안하게 느끼는 경우는 없을 것이다. 모두가 그들 나름의 존재론적 고민과 경험에 따라 정서의 폭 차이는 있을망정 이로부터 자유로운 시인은 없기 때문이다.

자아와 대상 사이에 놓인 거리를 좁히는 것은 시인의 자의식이지만, 이를 수행하는 것은 언어이다. 물론 그들이 인유하는 언어가 무매개적인 것은 아니다. 거기에는 자아의 의식과 함께 현실을 응시하는 형이상적 사유가 그대로 묻어나 있기에, 자아와 대상을 매개하는 에네르기는 살아 있게 된다.

이 힘을 표출하는 것은 시인이지만, 이를 향유하는 것은 독자의 몫이다. 따라서 독자는 전달되는 서정의 의도와 힘을 간취해서 시인이 발산하는, 아니 시인 속에 잠재된 서정의 샘을 이해해야 한다. 그 과정이 결코 녹록한 것은 아니지만, 그렇다고 포기될 성질의 것도 아니다. 포기된다면, 독자는 시인과 합일될 수 없는 고립된 섬으로 남아 있게 될 것이다.

지금 여기에 서정의 샘 속에서 길어 올려진 시들이 놓여 있다. 그런데 그 샘은 시인에게도 유동적인 것이어서 독자가 여기에 접근하는 일은 쉽지 않다. 모두 미정형의 지대에 갇혀 있거나 혹은 어둠 속에 있거나 해서 기표로 자연스럽게 표출되고 있지 않은 까닭이다. 그럼에도 독자들은 그들 발언의 의미를 찾아보고 자아와 대상 사이에 놓인 간극이 무엇인지 알아야 한다. 이 시인들이 감추어놓은 서정의 샘이 자못 궁금해진다.

1. 어둠 속에서 탐색하는 존재의 정체성

강동완은 어둠의 정서를 포회한 시인이다. 하지만 시인이 이 정서로 물들여진다고 해서 이것이 내포하는 비관을 운명적으로 수긍한 시인이라고 이해하는 것은 곤란하다. 시인은 어둠의 늪 속에 있고, 자아는 여기에 함몰되어 있지만, 이를 숙명적 조건으로 받아들이고 있지 않다. 만약 시인이 그런 상황을 운명적으로 받아들인다면, 그는 현실을 비관하는 페시미스트의 한계를 넘지 못한 경우라 할 수 있다.

하지만 시인은 결코 비관주의자가 아니다. 그의 시들은 어두운 이미지로 가득 무늬져 있지만, 그곳에 갇혀 있지 않은 까닭이다. 따라서 시인에게 어둠은 결코 단선적인 색이 아니다. 거기에는 그 너머의 색에 대한 그리움 또한 놓여 있다. 그렇기에 어둠은 이항대립적이다. 시인은 그러한 색의 이중성을 이렇게 말하고 있다.

> 그림자는 태양이 뜨면 자연적으로 생기는 거지만 우습게도 나에게는 소중한 존재다. 그것이 가진 어두운 속성 때문에 그림자 밖의 세상은 더 밝게 느껴지는 건지 모르겠다. 그림자는 깊이를 알 수 없는 끝없이 이어진 동굴과도 같다. 세상을 살아가다가 지치거나 힘들면 난 그림자 속으로 들어가 잠시 쉬거나 영원한 잠을 청한다.

그림자는 어두운 것인데, 특히 이를 만들어낸 태양과 비교하면 더더욱 그러하다. 하지만 시인은 거기서 어떤 비관의 정서를 갖지 않는다. 현상적으로 드러난 그림자가 전부가 아님을 알고 있는 까닭이다. 그림자가 있으면, 그 밖 너머의 세계가 있을 것이고 그것은 다름 아닌 밝은 세상일 것이다. 어둠이 있기에 밝은 것이 있고, 불행이 있기에 희망이 있는 것이 아닌가. 이렇듯 시인에게 그림자는 이항대립적인 것이기에 비관의 정서로만 한정되지 않는다.

외로움은 광부의 삽처럼 번들거리네
어두운 추억들은 검은 석탄들처럼 힘없이 부서져 내리네
광부의 심장 속에서 뽑어져 나온 따뜻한 피가 단단한 암석 틈에서 흘러나오네
땅속에 숨어 있던 죽은 바람들이 광부의 뜨거운 목을 서늘하게 했네
석탄 가루가 날리면 광부들은 코를 손으로 막고 킁킁거리고
자꾸 눈을 깜박거리고 가볍게 날리는 것은 모두 아픈 것이었네
광부의 시커먼 눈 속에서 잎사귀 가득한 나무들이 자라났네
강물의 냄새를 가진 꽃들이 피어났고 그 어두운 공간은
거대한 숲으로 변했지 광부들은 그 서늘한 그늘 속에서
모든 짐을 내려놓고 잠시 쉬기도 했네
이 어둡고 사나운 공간에 호랑나비 하나 날아들었네
광부의 따뜻한 눈물이 나비의 영혼이 되었을까
자꾸 나비들은 광부의 젖은 눈 속으로 햇살처럼 뛰어드네
어둠뿐인 이곳에서 희미한 백열전등의 푸른빛이
광부의 가녀린 어깨 위로 먼지처럼 떨어지네
삽으로 석탄을 캐던 광부는 어깨가 탈골되기도 했네
광부들의 거칠게 숨 쉬는 소리가 단단한 암석을 깨트린다
이리저리 부딪치는 빗방울처럼 떨어지다가 흔적 없이 말라 가네
이 어둠 속에서 광부의 시퍼런 입술 같은 추위가 서글프게 밀려온다

광부들의 입술은 차갑게 죽은 나비의 날개 같았네
백열전등이 꺼지면 무거운 어둠속에서 광부의 눈알들이 떨어져 나와
희미하게 불을 밝힌다
나는 이 숨 막히는 어둠 속에서 살아서 나갈 수 있을까 아름다운 빛 속으로,
캄캄한 어둠과 두려움, 무의식이 매일 나를 덮쳐온다
외로운 광부들은 오늘도 번들거리는 삽을 들고 어둠이 가득 찬
내 머리 속에서 삽질을 하고 있다
내 머릿속에는 햇살처럼 핏물이 가득 차 있다 붉은 눈물이 되어 흘러나온다
단단한 어둠 속에서 다이아몬드 같은, 죽음보다 깊은 삶의 불빛을 찾는다

나는 오늘도 번득이는 삽을 들고 깊이를 알 수 없는 삶 속으로
터벅터벅 걸어 들어간다

—「외로움은 광부의 삽처럼 번들거리네」 전문

어둠에 대한 시인의 사랑이랄까 집착의 정서는 존재론적인 것이다. 우선 시인은 자신의 삶과 광부의 삶을 동일시하는데, 시인에 의하면 "광부는 칠흑같은 어둠 속에서 하루 종일 석탄을 캔다. 그것이 그의 삶이기 때문이다. 시 쓰기도 광부의 삶과 다를 바 없다. 살아가기 위해 힘쓰는 광부의 처절한 몸짓에서 시를 쓰기 위해 한 글자 한 글자를 고르고 쌓아 올려 마침내 시 한 편을 완성하는 시인의 삶을 볼 수 있다."고 했기 때문이다. 이러한 시인의 고백이 하나의 시로 완성된 것이 「외로움은 광부의 삽처럼 번들거리네」이다.

이 작품은 강동완 시인의 사유가 가장 잘 표백된 시 가운데 하나이다. 우선 이 작품을 지배하는 이미지 역시 어둠의 이미지이다. 광부의 이미지도 그러하거니와 그가 일하는 곳 역시 어두운 공간이기 때문이다. 어둠은 강동완 시인의 모태이자 서정의 샘이라 했거니와 이 이미지는 인용시에서 다

상화되지 않는 현실에서 새로운 물상을 만들어나가는, 생각하는 주체, 만들어가는 주체임을 자임하고 있는 것이다.

2. 언어의 옷을 입고 새롭게 탄생하는 존재

설태수 시인의 시들도 강동완 시인의 경우처럼 과정 중의 주체 속에서 형성된다. 그는 언어를 만들어가고 있고, 이를 바탕으로 시를 창조하고 있는 것이다. 따라서 그의 시들은 시론시에 가깝다고 할 수 있다. 그러한 까닭에 그의 시들은 메타언어적 성격의 시로도 읽혀진다.

일찍이 우리 시사에서 시론시 혹은 메타언어적 시가 유행한 때가 있었다. 1980년대가 그러했는데, 물론 이런 유행을 만들어낸 배경에는 사회적인 음역이 놓여 있다. 권위적인 질서를 배격하기 위한 몸부림이 그러한 토양 가운데 하나였는데, 이를 무너뜨리기 위해서는 중심을 해체시켜야 했다.

따라서 이때 풍미했던 해체주의적 사고는 개인주의적이면서 사회적인 것이었다. 이런 이중성이 이 시기만의 독특한 해체의 전략을 마련했는데, 데리다의 차연은 그 좋은 이론적 배경이 되었다. 차연이란, 차이와 지연의 합성어로 하나의 중심점이란 결코 존재하지 않는다는 사실을 일러준 전략이자 담론이었다. 이를 언어의 국면으로 한정시키면 하나의 시니피앙에 곧바로 대응하는 시니피에란 결코 존재할 수 없다는 점을 환기시켜준 것인데, 하나의 시니피앙에는 여러 개의 시니피에가 연쇄적으로 늘어서 있는 것, 그것이 차연의 방법적 의장이었던 것이다.

하지만 이런 차연의 내포적 의미는 형식적 국면에서 한정되지 않고, 다양한 사회적 스펙트럼 속에 형성되었다. 그러한 특징이 우리 시사에서 전개되었던, 80년대만의 고유한 의의였다. 사회성과 문학성 사이에서 교묘한 줄타기를 했던 것이 80년대의 차연의 전략이었는데, 이런 방법적 의장이 설태수 시인에게서도 그대로 재현된다. 하지만 이 시인의 차연은 80년대의 그것과 방법적, 혹은 의미적 국면에서 매우 다른 경우이다.

> "평범한 용도를 가진 일상의 소재에서 시적인 측면을
> 일깨우는 게 작가로서 내가 할 일."(구정아, 미술가)
>
> '시적인 측면'이라 한다. 側面. 살짝 옆으로 방향을 틀 때
> 보이게 되는 면. 측면은 그러나 간단히 끝나는 게 아니다.
> 그 측면의 측면의 측면 식으로 사방팔방 시방 측면의
> 무한 n 승이 나오고도 남는다. 球體(구체)에는 정면이 따로 없다.
> 축구에 측면 공격이 있고, 이브는 아담 옆구리 갈비뼈를 취해
> 빚어졌다고 한다. 정면에서 보이지 않는 것들이 측면 측면으로
> 줄줄이 딸려 나와 패물 이상의 것도 적잖을 것이다.
> 바람이 미끄러질 때가 많을 것이다. 얼굴 정면은 두 눈이
> 우선 압도적이라서 화장한 얼굴은 맨 바탕이 잘 안 보이기도.
> 옆, 귀 뒤편 주름은 그러나 차곡차곡 포개진 세월이 보인다.
> 옆 모습이 더 이쁜 사람도 있다. 로댕의 '생각하는 사람'은
> 멋지다. 여타 동물과 구분되는 결정적 자태. 아득한 향수
> 같기도 하다. 어떤 시를 읽을 때 시인의 그런 모습이
> 떠오르기도. 노을은 하루의 옆모습인가? 측면, 풀어도 풀어도
> 자꾸 충동질하는 것만 같다.
> 아픈 사람을 곁에서 부축하는 정경.
> 멀찍이서 보다가 그만 하늘을 보고 말았다.
>
> —「측면」 전문

제목이 시사하는 것처럼, 이 작품의 중심 소재는 '측면'이다. 그리고 그것이 제시하는 방법적 국면을 이해하게 되면, 데리다의 '차연'과 거의 동일한 것임을 알게 된다. 시인은 '측면'의 그러한 함의를, 미술가 구정아의 담론

을 전제함으로써 그 나름의 정당성을 확보하게 된다. "평범한 용도를 가진 일상의 소재에서 시적인 측면을 일깨우는 게 작가로서 내가 할 일"이라는 것인데, 시인이 여기서 시사받은 측면의 의미로 자신의 작품 「측면」을 창작해내고 있는 것이다.

측면이란 사전적 의미로나 작품의 의미대로 사물의 한쪽 면을 말한다. 하지만 측면이 현상되었다고 해서 그 측면이 포지하고 있는 모든 것들이 다 드러나고 있는 것은 아니다. "그 측면의 측면의 측면 식으로 사방팔방 시방 측면의 무한 n 승이 나오고도 남는" 까닭이다. 그것은 마치 "球體(구체)에는 정면이 따로 없다"는 것과 동일한 음가를 갖고 있다. 정면이 아니라 측면, 하나의 시니피앙에 대응하는 시니피에가 없다는 면에서 설태수의 측면은 데리다의 '차연'과 일정 부분 겹치게 된다. 하지만, 무한 n 승이 만들어내는 각도의 다양성을 인정한다고 해도, 설태수는 그 측면이 내포하는 시니피에의 고정적 의미를 부인하지 않는다. 이런 면들은 분명 데리다의 '차연'과는 거리를 두고 있는 경우이다. 무한 사변체로 확장하는 '측면의 사다리'에서 설태수 시인은 그것에 내포된 시니피에의 의미를 긍정한다. 그것은 어떻게 보면, '자세히 보기'일 수 있고, '새롭게 보기'일 수도 있으며, 타자와 구분시키는 결정적 요소일 수도 있다. 시인은 그런 함의를 다음과 같이 인식한다. 가령, "우선 압도적이라서 화장한 얼굴은 맨 바탕이 잘 안 보이기도/옆, 귀 뒤편 주름은 그러나 차곡차곡 포개진 세월이 보인다"거나 "옆 모습이 더 이쁜 사람도 있다. 로댕의 '생각하는 사람'은/멋지다. 여타 동물과 구분되는 결정적 자태"로 보는 것이 그러하다.

설태수의 시들은 '측면'의 상상력에서 만들어진다. 측면은 정면이 아니고, 또 고정된 어떤 것도 아니다. 뿐만 아니라 누군가에서 명명된 것은 더더욱 아니다. 설사 명명되었다고 하더라도 그것이 시인의 의식과는 거리가 먼 경우이다.

코끼리가 現象(현상)에 들어선 것은 그럴싸해.
천지사방 변화라는 것이 전부는 안 보여서
코끼리를 끌어들였으리.
잎들의 몸짓 까치 꿩 까마귀 소리 살구 맛에도
그때마다 딱 들어맞는 표현은 없으니.
코끼리 처음 봤을 때 입이 잘 떨어지질 않아
보기만 했었지. 현상이 그런 점에서 유사.
긴 세월 산천과 사람들 접했는데 뭘 보았는지
도대체가 입 뻥긋하기 어렵네. 그러니까 코끼리야.
詩가 굶주릴 이유는 없다는 거야.
코끼리가 현상계를 가로지르는 형국이니까.
문득 듣고 싶은 라흐마니노프*
그 광야에도 코끼리는 가고 있겠네.
큰 귀 펄럭이면서 가고 있겠네.

* Rachmaninov, 피아노협주곡 2번.

—「코끼리」 전문

'측면'과 관련하여 다소 현상학적이고 많은 사유를 요구하는 작품이 「코끼리」이다. 현상은 바깥 모양새이지만, 실상 실재 대상은 다양한 구성요소로 되어 있는 까닭에 그 모든 것을 보고 이해하는 것이 불가능하다. 시인은 이 점에 주목한다. "천지사방 변화라는 것이 전부는 안 보여서/코끼리를 끌어들였으리"라고 말이다. 코끼리는 커다란 현상이고, 그 하나만으로도 모든 것, 비록 외피이기는 하지만 설명할 수 있고, 또 이해할 수 있을 것으로 보인다. 하지만, 미세한 부분에 들어가면 반드시 그러한 것이 아니다. "그때마다 딱 들어맞는 표현은 없"었기 때문이다.

그것은 코끼리를 처음 봤을 때와 동일한 정서적 충격이다. "코끼리 처음 봤을 때 입이 잘 떨어지질 않아/보기만" 했는데, 이는 일상의 사물을 응시할 때도 비슷한 경험으로 다가오는 까닭이다. "긴 세월 산천과 사람들 접했는데 뭘 보았는지/도대체가 입 뻥긋하기 어려"운 것은 이와 분리하기 어려운 정서이다.

측면의 연쇄가 만들어내는 시니피에의 어려움처럼, 시인이 응시하는 시선이 고정되거나 그런 다음 이를 의미화하는 과정이 쉬운 것은 아니다. 그런데 설태수 시인의 시가 만들어지는 지점이 바로 여기라는 점에서 그의 예외성이 주목된다. 시인은 다양한 응시를 하지만, 그의 응시를 벗어난 틈이랄까 측면은 너무도 많다. 뿐만 아니라 시인의 눈에 포착된 경우라 하더라도 그에 걸맞은 시니피앙을 찾아내는 것 또한 무척 난망한 일이 아닐 수 없다. 측면이 만들어내는 사물의 폭이 넓을 뿐만 아니라 이를 기호화하는 것 역시 무한한 여백을 포지한다. 시인은 이 모두를 붙잡아내고, 기호화해야 하지만 그 샘은 마를 수 없을 만큼 광범위한 지대를 형성하고 있다. 이를 기호화하는 것이 불가능할 정도로 많은 경우의 수를 갖고 있는 것이다. 따라서 "시가 굶주릴 이유는 없다는 거야"라는 선언이 나오는 것은 지극히 자연스럽다고 하겠다.

유랑하는 시인의 시선은 자유롭고 분산적이다. 측면이 만들어내는 다면체는 무한을 지향하고, 그에 꼭 들어맞는 시니피앙의 놀이 역시 무한지대로 펼쳐져 있다. 따라서 시인의 말대로 서정의 샘이 고갈될 이유가 없고, 이를 길어 올리는 언어의 색채 또한 무한정 널려 있는 것이 된다. 그럼에도 시인은 끝없이 유랑하는 의미의 샘, 서정의 고향을 찾고자 부단한 노력을 기울이게 된다. 그 지향점 가운데 하나가 「집」이다.

> 커튼 옆 침대에선 으스러지는 신음.
> 천정 스피커에선 파가니니 바이올린 선율.
> 민첩한 움직임의 간호사. 불규칙한 통증 사이로

흘러드는 음악. 손으로 허리 받친 채 병원을 나섰다.
자동차 경적 먹구름 쓰러진 접시 꽃대.
이 광경들 거쳐서 집으로 간다. 집에서 발원하였기에
돌아가는 셈. 몸이 집. 통증이 집. 선율과 바람도
집이다. 에너지는 집이다. 어떤 파편이든 그렇다.
뭉개지지 않는 빵 냄새도 물론 집.
잎들 하나하나 낱낱의 세포도 집, 집이다.
스스로 집 아니고선 나그네가 될 수 없다.
글 쓰는 일도 안 보이던 집 발견하는 일.
집의 집은 공 아닐까. 空, 뭔가 서늘하여
안개 같기도 해. 솟구친 태양도 얌전해지는.
젊은 여자들끼리 웃으며 하던 말,
기집애, 어쩜 저렇게 여우 같을까.
집, 그 용도가 끝이 안 보인다.

—「집」 전문

여기서 '집'이 갖는 의미는 작품 「점」에서 '점'과 동일한 경우이다. 그것은 시인의 시가 출발하는 지점이면서 다시 되돌아오는 원점 회귀이다. 하지만 그의 정서가, 그의 시가 그러하듯 그것이 시인이 도달해야 하는 마지막 여정은 아니다.

이 작품에서 '집'은 두 가지 의미론적 국면을 갖고 있다. 하나는 근원으로서의 의미인데, 우선 '집'은 발원의 공간이었기에 돌아가야 할 곳이다. "몸이 집"이고, "통증이 집"이며, "선율과 바람도/집"인 까닭이다. 게다가 "잎들 하나하나 낱낱의 세포도 집"이라고 하는데, 이런 면에서 보면, 집은 통상의 의미 그대로 모든 것의 근원으로 자리한다. 다른 하나는 역설적이게도 집은 일탈의 공간이라는 점이다. 나그네 의식이 바로 그러한데, 시인의 말대로 "스스로 집 아니고선 나그네가 될 수 없다"고 선언하는데, 이 논리에 기대게 되면, 집은 일탈을 향한 출발점이 된다. 따라서 집은 이중성을 갖고 있는데, 본향으로서의 그것이 있는가 하면 이향으로서의 그것이 있는 것이다. 게다가 그것은 용도에 걸맞게 다양한 변신이 가능하기까지 한다. "집, 그 용도가 끝이 안 보인다"고 하는 것은 이 때문인데, 어떻든 집은 휴식과 안정의 공간이라는 신화적 의미를 뛰어넘는 곳에 존재한다.

집에 대한 이런 다층적 의미야말로 설태수 시인만이 갖고 있는 특징이라 할 수 있을 것이다. 측면이라는 빈 여백에서 그의 시가 만들어진 것처럼, 집의 다양한 내포가 그의 시의 한 축을 형성하고 있기 때문이다.

설태수의 시들은 고정된 지점에서 시가 형성되지 않는다. 빈 여백, 무정형의 공간에서 서정의 샘이 형성되는데, 그의 시적 언어들은 거기서 만들어진다. 무한한 측면에서, 용도가 끝이 없는 '집'에서 그의 시들이 만들어지기에 시인의 의식 속에 있는 서정의 샘과 정열은 무한하다. 그 무한의 지대는 광범위한 에네르기를 제공하는 바, 그 열정의 힘이 있기에 그의 시들은 힘이 있고, 독자들로 하여금 서정의 샘에서 끊임없이 녹아들어가게 한다. 그 가열찬 서정의 힘이 그의 시의 매력이다.

분리를 뛰어넘는 통합의 징검다리
— 유봉희의 시

언어 속에 감추어진 의미를 발굴하고 이를 서정화하기 위한 작업이 유봉희 시의 요체이다. 시인은 사회로부터 떨어져나간 것들, 다수의 관심에서 멀어진 것들에 대한 애정 어린 응시와 이를 통해 피어나기 시작한 서정의 장들을 자신이 만들어나가야 할 서정의 성채로 사유했던 것이다. 시인의 시들 속에 묘파된 대상들이, 그렇지 않은 경우 일상의 영역과 거리를 두고 있었던 것은 모두 이와 밀접한 관련이 있다고 하겠다.

시인의 그러한 방법적 특징들은 이번에 발표한 신작시에도 일관되게 유지되고 있다. 시인이 포착해낸 대상들은, 만약 시인의 정서 속에 편입되지 못했다면, 그저 평범한 일상이나 사실의 차원에 머물러 있어야 하는 것들이었다. 하지만 시인의 시선 속에 들어온 대상들은 새로운 서정의 옷을 입고 의미 있는 존재의 변신을 하게 된다. 그 존재들은 발견의 미적 성취라 불러도 좋을 만큼 독자에게 이미지를 새롭게 환기시키거나 아름다운 정서의 변용을 불러온다.

절벽에서 뛰어내리면 물은 폭포가 된다
높이에서 뛰어내리는 순간 목청이 터지고

노래의 날개로 지상을 덮는다
한 소절 노래는 목마른 뿌리에 닿아
푸르름을 올리고
한 소절 노래는 하늘로 올라
무지개를 피운다

시인들이 꿈꾸는 폭포

—「시인의 꿈」 전문

이 작품의 소재는 물인데, 이 평범한 물이 절벽을 만나면 폭포라는 존재로 새롭게 태어나게 된다. 이런 대상과 그로부터 빚어지는 현상이란 시인의 정서를 통해 여과되지 않았다면, 이들은 단지 평범한 일상에 지나지 않았을 것이다. 하지만 시인은 이 물리적 전이 과정을 단지 사실의 차원에서 한정하지 않고, 정서의 물결 속에 편입시켜 새로운 음역을 만들어내고 있는 것이다. 가령, 떨어지는 폭포는 '목청'으로 의인화되고, '노래의 날개'로 사물화되는 것이다. 뿐만 아니라 그것은 다시 '푸른 하늘과 해'와 조우하면서 '무지개'로 또 다른 변신을 시도하기까지 한다.

시인은 '물'이라는 평범한 일상에 새로운 옷을 입혀 이렇게 여러 존재론적 다양성을 만들어간다. 이런 변화를 통해서 물은 이전의 물리적 특성과 관성을 잃어버리고, 보다 높은 차원의 형이상학적인 의미를 갖게 된다. 이런 변신은 일상을 꼼꼼히 관찰하는 세심한 정서의 깊이 없이는 불가능한데, 시인은 대상을 향한 그러한 방법적 발견을 위해 스스로 이미지스트임을 자청하는 듯 보인다. 하기사 대상에 대한 참신한 발견과 인식의 새로움이란 이미지적 충격이나 환기 없이는 불가능할 것이다.

이렇듯 시인은 이미지가 주는 참신한 효과를 통해서 말하고자 한 것은 무엇일까. 이에 대한 답이야말로 이번 신작시의 주제일 것이고, 또 시인이 지금껏 추구해왔던 꿈, 곧 유토피아적 자의식과 밀접한 관련이 있을 것이다. 인용시의 제목에서 알 수 있는 것처럼, 시인이 말하고자 한 근본 의도는 바로 '꿈', 곧 유토피아 의식과 연결되어 있다. 시인은 마지막 연에서 '물의 비상'을 "시인들이 꿈꾸는 폭포"라고 했거니와 실상, 이런 상승의 이미지들이야말로 꿈의 세계와 불가분의 관계에 놓여 있는 것이라 하겠다. 시인은 자신이 탐색해야 할 목표가 '날개'라고도 했거니와 경우에 따라서는 '무지개'라고도 했기 때문이다. 이들이 갖는 공통의 정서가 유토피아와 분리하기 어려운 것은 당연할 것이다.

실제로 시인이 이번 신작시에서 그려냈던 것은 모두 이 의식과 밀접한 관련이 있다. 시인은 지금 그 어느 때보다 강렬한 꿈을 간직하고 있다. 강렬히 낙하하는 폭포처럼, 시인의 의식을 자리하고 있는 것은 거침없이 나아가는, 그리하여 끝없이 비상하고자 하는 한 마리 새가 되고자 한다. 다음 시의 부엉이처럼 말이다.

마을 입구 큰 소나무 우듬지에
쌓이던 부엉이 울음
습습한 잠자리로 흘러든다
창밖은 달무리 촉촉히 깊은 밤
오늘밤 부엉이는 사각모와 뿔테안경 벗어놓고
달무리 할로햇(halo hat)*을 썼을 것이다
세 명의 목격자들**이 땅에 떨어진 할로햇에 놀랄 때
누군가 부엉이성운에 감추어 두었던 그 모자
소리 날개를 짜던 부엉이가 드디어
날개소리도 들리지 않게 부드러운 깃털을 펴서
이천육백 광년을 날아 그 모자 찾아 쓰고
역병에 시름 살 깊은 여기, 푸른 점으로 돌아온
달무리 서늘한 오늘 밤

울음도 걸러내고 어루만지면 노래가 되는 것이지
솔바람이 걸러내고 달빛이 어루만진 부엉이 노래
그 속에 창백한 별에게 보내는 새 처방전 있을 것인데
마음 귀 밝은이 어서 나와서
그 노랫말 풀어내어야 할 터인데

* halo hat : 세 사람 증인과 아기 예수를 체벌하는 성모 마리아.
** 막스 에른스트 1940년대 독일 초현실주의 화가 작품.

—「부엉이의 노래」 전문

꿈을 꾼다는 것은 그 반대의 대항담론이 있어야 가능하다. 물론 반드시 그래야 하는 것은 아니지만, 현재의 불온이 있어야 그를 딛고 나아가는 힘 역시 강렬해지기 때문이다. 시인이 판단하는 지금 여기의 불온한 현실은 "역병에 시름 살 깊은" 공간이다. 그것은 '자아'의 것이면서 또 '우리' 모두의 것이기에 다가오는 압박은 사뭇 강력하다.

서정적 자아뿐만 아니라 우리 모두는 현재 깊은 시름 속에 잠겨 있다. 그 시름은 실존적인 것에서 오는 것이기도 하고, 또 코로나 팬데믹에서 오는 것일 수도 있다. 그렇다면, 그러한 시름으로부터 벗어나기 위해서 시인이 할 수 있는 것은 무엇인가.

흔히 알려진 것처럼, 시인이란 정신을 다스리는 선지자이며, 치유의 행위자이다. 그렇기에 지금 여기의 위기들은 시인의 예지와 정서의 예리한 통찰에 의해 가능한 것인지도 모르겠다. 아무도 없는 광야에서 선지자에 대한 목마른 그리움을 표명한 육사가 그러하지 않았는가. 그러한 위기의 순간을 딛고자 하는 시인의 처방 역시 육사의 그것과 분리되는 것이 아닌 까닭이다.

그러한 예지를 위해서 시인이 지금 기대고 있는 것이 상승의 정서이다.

그 정점에서 치유의 손짓을 내밀고 있는 것은 '달무리 할로햇'이다. 하지만 그러한 높이의 이미지에만 시인의 정서가 올곧이 기대고 있는 것은 아니다. 이런 면이야말로 이 작품의 미학적 깊이를 말해주는 것이 아닐 수 없는데, 시인은 이 이미지와 함께 새로운 이미지를 덧씌우는 방법적 의장을 시도한다. "마을 입구 큰 소나무 우듬지"는 먼 과거로부터 내려오는 역사나 전설이고, '부엉이의 울음'은 그 역사적 공간에 켜켜이 쌓인 것으로 묘파하고 있기 때문이다. 그 지속성이 달빛이라는 수직성과 만난 자리, 그 합일점에서 꿈을 향한 「부엉이의 노래」가 만들어진다.

잘 알려진 것이지만, 현재가 위기의 순간으로 인식되는 것은 모두 근대의 위기에서 비롯된다. 이를 만들어낸 중심이 인간이거니와 그 저변에 자리한 것은 인간의 욕망이다. 그것은 인간 중심주의적인 사고를 만들어냈고, 그 이외의 것은 단지 인간을 위한 수단 내지 도구에 불과했다. 이런 분리주의적 사고, 혹은 이원주의적 사고야말로 근대가 저질러온 불온성의 핵심이며, 그 초월을 위해서는 이 이원적 사고에 대한 극복이 무엇보다 중요한 테제로 자리했다. 그것이 조화의 감각임은 잘 알려진 일인데, 실상 유봉희 시인의 이번 신작시에서 전략적 주제 가운데 하나로 삼고 있는 것도 이 부분이다.

불편한 왼쪽 손을 무릎 위에 올리는데
중닭의 무게다
오븐에 놓고 찜통에 넣던 통닭 무게
…(중략)…
새삼스레 왼손을 쓸어본다
나비의 양 날개처럼 새의 두 날개처럼
양쪽 팔과 손이 함께 할 때
푸른 하늘이 열리는 걸 이제 알았다

닭은 날개 달린 공룡의 후손이라며?
중닭의 무게가 왼팔의 드레가 되는 이 시간
우리란 말을 고요히 완성시키는
세상의 왼손들에게 고마움을

—「왼손의 드레」 부분

무딘 감각이 어떤 사유의 중심에 자리하는 것은 쉬운 일이 아니다. 그러기 위해서는 어떤 계기가 있어야 하는데, 가령 평소와 다른 감각이 수용되어야 하는 것이다. 그렇지 않다면, 그것은 예전의 그 수준을 벗어나지 못할 것이다. 작품의 표현대로, 지금 시인의 '왼쪽 손'은 편한 상태가 아니다. 그 일탈은 평소의 감각과는 다른 것으로 다가온다. 시인이 이질성을 느끼는 경우는 그 일상의 경로를 벗어나는 경우뿐이다. 그 불편부당한 상태가 지금인데, 시인은 이를 통해서 지금껏 알 수 없었던 새로운 인식성과 마주하게 된다. 바로 조화의 감각에 대한 강렬한 희구이다. 일상의 진실에서는 전혀 알 수 없었던 세계, 그리하여 지금과 다른 새로운 일상이 감각될 때, 시인의 정서는 새로운 단계로 나아가는 계기를 마련하게 된다. 가령, 이 일깨움은 "양쪽 팔과 손이 함께 할 때/푸른 하늘이 열리는 걸 이제 알"게 해주는 정서의 변화로 나아가게 되는 것이다. 평소에는 둘이되 결코 둘이 되지 못한다면, 조화란 불가능하다는 사유의 전환인 것이다.

시인이 이런 정서에 도달한 것은 인식에 대한 새로운 환기가 없었다면 불가능한 경우이다. 하지만 이보다 더 중요한 것은 어느 순간에 다가온 깨달음이 아니라 그것이 주는 형이상학적인 의미의 획득에 있을 것이다. 이 또한 일상의 진실에서 얻어지는 것이지만, 인간은 그러한 진실에 대해 애써 외면해온 것이 사실이다. 아니 회피한 것이 아니라 이를 자신의 욕망을 채우기 위한 이기주의의 늪에서 벗어나지 못한 것에 그 원인이 있다고 하겠다.

입과 코를 마스크로 가리고 딸애가
눈으로 웃고 있다
저만큼 혼자서 피어있다*
눈 속에 넣을 수 없게 다 자란 딸아이
저만큼 혼자서
그래도 저만큼 안에 이만큼이어서
꽃도 피고 새도 울고
딸도 나도 웃는다
저만큼에서 딸아이가
눈꺼풀을 손끝으로 들어올리고
온몸으로 수영하는 몸짓을
'눈 속에 넣어도 아프지 않다'는 말을
이해하게 되었나 보다

드디어 모국어 바다에서 헤엄치는 딸
저만큼에 바다가 이만큼에서
출렁출렁
역병이 물러가는 발걸음 소리

* 소월의 「산유화」에서 가져옴.

—「저만큼 안에 이만큼」 전문

작품을 읽어보면, 금방 알 수 있는 것처럼, 인용시는 소월의 「산유화」와 정서적 공감대를 갖고 있는 작품이다. "저만큼 혼자서 피어있다"가 그러한데, 소월은 이 작품을 통해서 근대적 인간이 필연적으로 처할 수밖에 없었던 인간과 자연의 거리를 말하고자 했다. '저만큼'이 지시하는 것은 인간과 자연이 화해할 수 없는 절대적인 거리였던 것인데, 이 거리야말로 근대인의 비극을 말해주는 것이었다.

시인은 소월이 묘파했던 인간과 자연의 화해할 수 없는 이 절대적 거리를, 딸과 자신의 관계 속에서 좁히고자 했다. 소월이 설정한 '저만큼' 속에 '이만큼'이라는 징검다리를 만든 것이 그것인데, 이 다리를 통해서 절대적으로 분리되어 있는 거리가 통섭의 공간으로 새롭게 태어나게 된다. 분리가 아니라 화해이기에 "꽃도 피고 새도 웃고/딸도 나도 웃"을 수 있는 조화의 지대로 승화하는 것이다.

'거리'는 '조화'와 상대적인 자리에 놓인다. 전자가 지배하는 곳에서 어떤 근대적 건강성을 기대하는 것은 어려운 일이다. 따라서 시인이 꿈꾸는, 아니 우리가 꿈꾸는 인식의 통일성, 곧 유토피아가 실현되기 위해서는 '조화'라는 감각을 획득해야 한다. 시인은 이를 위해서 '저만큼'이 분리시킨 '너'와 '나' 사이의 절대적 거리에, '이만큼'이라는 화해의 다리를 만들어놓았다. 그 다리는 시인의 꿈만 아니라 우리의 꿈도 실현시켜주는 다리임이 분명할 것이다. 그리하여 시인은 이 다리를 통해서 "역병이 물러가는 발걸음 소리"를 듣게 된다. 세상을 향한 따듯한 음성이 조화의 맥락 속에서 아름답게 실현되고 있는 것이다.

> 먼 바다 그 끝 바다로
> 바람은 더 나가보라고 등을 밀지만
> 깊은 숨으로 뒤돌아보니
> 바다가 내 발걸음에 귀 기울여준 자리
> 아득하다
>
> 해 기우는 모래 둔덕에 앉아
> 노을 풀어내는 바다를 마주하니

마음 깊은 동굴 벽에 음각된 소리들
어머니 벽에 기대 밤톨처럼 영글어 가며
세상으로 향하는 두근거림과 두려움
풋 외로움을 새겼을
처음 그 소리 들린다
바다가 언제나 나에게
수위 높은 그리움의 중심이었음을
이제야 알 것 같다

저, 물결이며 바람이며
신발 신지 않은 먼 발걸음 앞에
나도 신을 벗는다
십일월 찬 물결
도요새 발목 새록새록 붉어지는 바닷가

—「그리움의 중심」 전문

'이만큼'이라는 징검다리를 통해서 시인이 건너가 발견한 것은 자연의 지대이다. 자연이란 분리가 아니라 통합이며, 파편성으로부터 통일성으로 나아가게 하는 정신의 피난처이다. 유봉희 시인이 이전에 펼쳐 보인 이상이란 자연의 서정화와 분리하기 어려운 것인데, 그러한 서정적 초월들은 이번 신작 시에서도 그대로 재현된다.

인용시의 중심 소재는 '바다'이다. 바다 역시 자연의 일부라고 한다면, 이 시인의 추구하는 전략적인 주제의식이란 지속적이며 항구적인 것이라 할 수 있다. 시인은 항상심을 갖고 "바다가 언제나 나에게/수위 높은 그리움의 중심이었음을" 과감하게 선포한다. 이런 자신감이야말로 자신의 정서의 빈 지대를 채워나가고자 하는 서정적 열정 없이는 불가능한 것이며, 그것에 불쏘시개 역할을 한 것이 치유를 향한 갈망의 표현이었다.

치유란 분리적인 사고에서는 불가능하다. 그 차단의 벽을 뚫고 통합이라는 성스러운 길로 나아가야 가능해진다. 그러기 위해서는 일탈이라는 과거의 원죄를 벗어던져야 한다. 인간은 애초에 자연의 일부였지만, 근대적 욕망이 이로부터 떨어져 나오게 했다. 지난 시절 펼쳐졌던 유토피아를 회복하기 위해서는 그 원상이 회복되어야 한다. 자연이라는 성스러운 공간, 통합의 공간으로 되돌아가기 위해서 인간적인 요소로부터 벗어나야 한다. 인용시에서 "신을 벗는" 행위는 여기서 비롯된다. 그것은 '저만큼'의 거리를 무화시키는 '이만큼'의 징검다리와 같은 것이다. 인간들의 신이란 그들만의 질서와 존재를 위한 거추장스런 매개일 뿐이다. 자연과 일체화되기 위해서는 인간적인 것을 규정하는 것들을 과감하게 벗어던져야 한다.

따라서 시인이 신을 벗는 것은 자연과 하나가 되고자 하는 고뇌의 표현이다. 그것이 평범한 일상이 아닌, 실존을 향한 윤리적 결단인 것은 이런 함의를 담고 있기 때문이다. 인간과 자연이 하나되는 순간은 숭고한 것이기에 일상의 바다가 "새록새록 붉어지는 바닷가"로 존재의 변이를 하는 것은 자연스럽다. 이 붉은 바다는 이제 단순한 물상이 아니라 통합의 공간으로 존재의 변신을 시도한다. 이 붉은 바다야말로 조화를 향한, 유봉희 시인이 꿈꾸는 세계이고, 유토피아의 구경적 지점일 것이다.

상처와 치유가 공존하는 노을 혹은 안개
— 김동준의 시

1998년 『오늘의 문학』으로 등단한 김동준 시인은 그동안 다섯 권의 시집을 내었다. 첫 시집 『물의 집』에서부터 최근의 시집 『기억의 사각지대』에 이르기까지 그는 성실한 창작 생활을 해온 것이다. 시집이 여러 권이다 보니 거기에는 분명 시정신의 변화랄까 시의식의 구분이 단계별로 상존하는 것은 당연한 이치일 것이다. 그럼에도 한 가지 변하지 않는 것이 있다. 치열한 시정신을 뒷받침하고 있는 형식적 의장이 그러한데, 바로 이미지의 현란한 구사가 그러하다. 시인이 대상을 포착하는 능력은 이미지의 새로운 창조에 있는 것인데, 김동준의 작품에서 대상은 언제나 참신한 옷을 입고 새롭게 태어나는 것이다.

하지만 김동준의 시들이 주목을 끄는 것은 이미지의 참신한 효과가 빚어내는 신선함에만 있는 것은 아니다. 그의 시들에는 이런 형식적 요소와 정비례되는 의미의 겹 역시 빼곡히 쌓여 있는 까닭이다. 이번에 발표된 신작시에도 형식과 내용이 정비례하는 이미지의 변주와 그에 걸맞은 내용이 작품 속에서 조화롭게 빚어지면서 이 시인만이 갖고 있는 시의 고유한 자장들이 펼쳐지고 있다.

우선, 이번 신작시에 표명된 시인의 전략적 이미지는 자연이거니와 그 가운데에서도 불명료한 대상들이다. 가령, 안개라든가 저녁, 그리고 노을, 달무리 같은 이미지들이 그러하다. 그의 시들이 풀어내는, 안개 자욱한 이미지의 그물망으로 들어가게 되면, 출구 없는 미로 속에 놓인 자신을 발견하게 되는 착각을 불러일으키게 된다. 시인은 이 흐릿한 공간 속에서 노를 저어가는 고독한 항해자처럼 우뚝 서 있는 것이다.

자연을 신화적 국면에서 이해하게 되면, 반인간적 혹은 반문명적으로 이해된다. 김동준 시인에게도 이런 신화적 의미는 여전히 유효하다. 안개나 저녁 속에 내포된 은유들이 모두 반인간적 정서 속에서 빚어지고 있기 때문이다. 하지만 그의 시들을 두고 신화성의 국면으로 한정시키게 되면, 그의 시들이 가지고 있는 일상성의 의미들은 희석될 가능성이 매우 높게 된다. 그리고 그 의미 속에 작품을 가두게 되면, 일상과 현실, 그리고 자연 속에서 빚어지는 의미의 역동성 역시 간과하는 오류를 범하게 될지도 모른다.

김동준 시인이 포착해낸 자연의 의미들은 분명 신화적 의미 속으로 편입시키는 것이 가능하지만, 그렇다고 인간적인 것과 완벽히 단절된 그런 신화성에 국한되지 않는다. 그는 개인의 일탈된 감수성을 이곳에서 완결시키려 하지도 않을 뿐만 아니라 집단이 이루어내야 할 구경적 질서에 대해서도 소리 높여 강조하지 않는 까닭이다. 그는 자신의 일상성을 이해하고 이를 점잖은 치유의 맥락, 혹은 유토피아적 질서를 희구하고 있을 뿐이다. 다시 말해 시인은 거대 담론이나 거대 서사의 차원이 아니라 개인의 소소한 일상에서 스스로의 위안을 찾고자 하는 것이다. 물론 이런 구도적 자세가 거대한 신화적 질서와 전혀 무관한 것이라고 할 수는 없지만 어떻든 시인이 말하고자 하는 것은 개인의 고뇌와 피곤한 실존에 대한 안식처라 할 수 있다. 그 도정에서 그가 인유한 것이 바로 안개와 같은 불명료한 이미지들의 세계이다.

그곳에는 필시
노을 빚는 공작소가 있나 보다
오늘도 열두 폭 노을 칠산 바다에 출하되었다
지상의 최상품 원단이다
기러기 무리 청천 하늘 밑줄 그으며
고운 원단 자락으로 먹먹하게 여미어진다
무릎걸음 걸어와 기우듬한 석양빛 밀어내며
슬그머니 치깔은 어둑발
시월 열사흘 환한 달빛 원단을 펼친다
저리 곱고 환한 원단에는
짓무른 상처 무르익어 꽃으로 핀 흉터의,
엇박은 문양 또렷이 새겨져 있어
오랜 세월 눈물 매듭 그렁그렁 엮고 풀며
지난하게 아문 자국 무시로 철벅거린다
눈두덩이 발그레 물들이는 잔영
해쓱하게 기울어진다
알싸한 잔영 속 동그마니 갇혀
홋홋하게 길을 놓는다

—「노을 공작소」 전문

시인이 펼쳐 보이고 있는 시들의 가장 큰 특색 가운데 하나가 모호한 대상들에 대한 이미지의 구조성이라고 했다. 그러한 특징적 단면들이 인용시에 잘 드러나 있는데, 우선 이 작품의 중심 소재는 '노을'이다. 이번 신작시의 가장 큰 특색인 흐릿한 이미저리가 이 작품에서도 그대로 드러나 있는 것이다. 시인이 포착하는 대상은 평범한 일상성에 기초해 있지만, 그의 시정신에 의해 여과의 과정을 거치게 되면, 그것은 새로운 변신을 하게 된다. 평범한 일상들은 빛나는 옷을 입고, 다시 이미지의 구조화 과정을 거치면서 새로운 존재로 거듭 태어나고 있는 것이다.

이미지는 시각적 요소에 호소하는 것이 가장 큰 특색이다. 이미지를 시의 창작 방법으로 처음 제시한 흄(Hulme)도 이 점에 대해 강조한 바 있다. 시가 일상으로 돌아가되 그러한 일상에서 포착되는 사물은 새롭게 인식되어야 한다는 것, 곧 이미지가 되어야 한다는 것이 그의 논리였다. 따라서 이미지란 시각적 효과가 있어야 비로소 그 존재 의의를 인정받는 것이라 할 수 있다. 노을은 "최상품 원단"이라는 표현은 1930년대 김광균의 이미지즘 시를 소환하는 듯한 착각을 불러일으킬 정도로 찬란한 시각적 효과를 가져다준다. 이렇듯 이 시는 한 폭의 풍경화라 해도 좋을 정도로 이미지의 현란한 축제가 펼쳐지고 있는 것이다. 그런데 시인의 그러한 의장은 시각적 효과에만 국한되어 있는 것이 아니다. 이 작품이 이미지의 축제로 감각되고, 독자들의 정서를 깊이 환기시키는 것은 이른바 감각적, 혹은 촉각적 이미지에 그 요인이 있다. 가령, "원단을 펼친다"라든가 "무시로 철벅거린다"에서 보는 것처럼, 이미지의 현란한 춤들이 지금 여기서 만져지고 또 감각되는 착각이 들 정도로 생생하다.

「노을 공작소」는 독자에게 아름다운 이미지의 공간을 제시할 뿐만 아니라 일차적인 감각에 호소함으로써 지금 여기의 독자들을 작품 속에 자연스럽게 편입시킨다. 작품 속에서 자아와 독자는 이렇게 함께 공유하는 것, 그것이 김동준 시인이 갖고 있는 시적 매력이 아닐 수 없다.

시는 하나의 잘 빚어진 유기체이기에 형식적 요소가 주는 특장들에 대해 아무리 강조해도 지나치지 않다. 언어의 연금술적 단련이야말로 시의 절대적인 구성 요건이기 때문이다. 하지만 형식적 요소가 잘 갖춰져 있다고 해서, 그것이 서정시의 모든 것을 말해주는 것은 아니다. 거기에는 그러한 형식적 요건을 벌충해줄 내용적 요소 또한 중요한 기제로 첨가되어야 하기 때문이다.

김동준 시인에게 펼쳐지는 이미지들은 여러 겹으로 형성된다. 그것은 이미지의 현란한 요소들과 더불어 이 시인만의 고유한 영역으로 자리하고 있다. 그리고 이 이미지 속에는 이 시인만이 갖고 있는 체험의 음역들이 고스란히 담겨져 있다. 가령 '펄럭이는 노을'은 물리적인 국면으로 한정되지 않는다. 그 움직임을 만든 것은 자연의 질서가 아니라 "짓무른 상처"이고 "흉터"라는 일성성이기 때문이다. 뿐만 아니라 "지난하게 아문 자국"이 수놓아져 있기도 하고, "눈두덩이 발그레 물들이는 잔영"도 있으며, "알싸한 잔영"도 새겨져 있는 것이다.

이렇듯 노을은 단순한 자연의 현상이 아닐뿐더러 물리적 순환의 자연스런 흐름도 아니다. 거기에는 치유되지 않은 아픔이 있고, 상처가 있다. 그것들이 펄럭이는 노을을 타고 시인 앞에, 그리고 독자 앞에 오버랩되고 있는 것이다. 아픔이나 상처의 그러한 귀환들은 「노을 공작소」만의 특징적인 주제는 아니다. 그의 또 다른 수작인 「달무리」에서도 볼 수 있기 때문이다.

온유한 달빛 젖은 달개비꽃
사분사분 지는 여름밤이다
고요히 잠든 오동나무 너른 어깨 위로
환한 한 줄 미소 새기며
살포시 다녀간 흔적 따뜻하다
포동포동 살 오른 달빛 품고
지극한 눈물로 뒤척이는 기억은
야무지게 아문 상처의
지워지지 않는 가여운 문신이다
훈훈한 입김마저 미치지 못하는
어둠 한 뼘 너비 너머
흐트러지는 기억 허리끈처럼 질끈 동이고
은은한 달빛 푸른 정맥 속
애오라지 숨 쉬는 달무리는

영양실조 걸린 이복동생이다
달빛 녹여 약지에 끼워진 서푼짜리 은가락지
희끄무레 퇴색된 흔적이다
야위어가는 뒷모습 멀리로 가물거린다

—「달무리」 전문

인식되는 대상이 뚜렷하게 되면, 거기서 받을 수 있는 감각은 쉽게 느끼지지 않는다는 것, 그것이 이 시인만이 갖는 독특한 작시법 가운데 하나일 것이다. 그러한 특징적 단면은 「노을 공작소」뿐만 아니라 「달무리」에서도 그대로 재현되는데, 시인은 저녁 어스름 서서히 다가오는 달무리의 그림자 속에서 의미의 새로운 장을 만들어낸다. 「노을 공작소」의 노을이 그러했던 것처럼, 달무리가 이를 대치하고 있는 것이다.

'노을'과 마찬가지로, '달무리' 역시 단순히 자연의 일부가 아니다. '노을'이 아픔이라는 일상성을 포회한 것처럼, '달무리' 또한 그러하기 때문이다. 여기에도 "야무지게 아문 상처의/지워지지 않는 가여운 문신"이 새겨져 있고, "영양실조 걸린 이복동생"의 모습이 오버랩되어 있다. 게다가 "서푼짜리 은가락지/희끄무레 퇴색된 흔적"이 있는가 하면, "야위어가는 뒷모습"도 새겨져 있다.

서정시는 개인과 세계의 화해할 수 없는 불화에서 시작된다. 만약 그러한 불화가 동일화된다면, 서정시는 다시 쓰여질 수 없을 것이다. 그것은 신화시대의 서사시 정도로 퇴보할 것이다. 여기서 장르론이 갖는 이런 원리적 국면을 다시 환기하는 것은 김동준 시인의 시들을 이해하는 좋은 실마리가 되기 때문이다. 시인을 현재의 자아 혹은 실존으로 이끈 것은 개인의 과거적 상처이다. 하지만 그 상처가 어떤 것인지 분명하지는 않다. 시인 역시 이번 신작 시에서 이를 뚜렷하게 제시하지 않고 있기 때문이다. 하지만 그것이 어떤 것인지 간에 그는 해소되지 않는 상처를 갖고 있는 것은 분명한 사실이다. 에둘러 표현한 '짓무른 상처'라든가 '흉터' 등등에서 이를 확인할 수 있기 때문이다. 이런 상처들, 다시 말해 세계와 화해할 수 없는 것들이 그의 서정시의 한 축을 형성한다.

하지만 이제 시인 속에 내재된 상처는 자신만의 것에서 한정되지 않는다. 그는 그러한 상처를 공공의 장소에 이끌어내고 이를 언표하고자 한다. 그것이 그의 시쓰기이다. 그가 이런 시쓰기에서, 곧 상처를 치유하는 도정에서 발견한 것이 '안개'와 '노을'과 같은 불명료한 이미지들이다. 하지만 그러한 이미지들이 명료하지 않다고 해서 그의 시들이 흐릿한 지대, 혹은 불확정성의 공간을 형성하고 있는 것은 아니다. 오히려 이런 모호한 이미지들이 그의 상처를 덧내고 이를 언표화하기도 하지만, 다른 한편으로 그것은 치유라는 역설의 미학을 만들어내기도 한다.

상처가 안개라는 옷을 입었기에, 그리고 흉터가 노을을 만났기에 그 상처와 흉터들은 분명한 자기 색깔을 갖게 되었다. 그의 심연에 스며들어갔던 상처들이 모두 안개라는 옷을 입어 수면 위로 떠오르게 된 것이다. 이런 공개된 언표야말로 이제 상처는 더 이상 시인만의 것이 아님을 알리는 계기가 된다. 그 상처는 독자와 공유지대를 형성함으로써 시인만의 것으로 고립되지 않은 까닭이다.

새끼손가락에 물들인 봉선화 꽃물
손톱달처럼 남아
안마도 너머로 피칠갑 한 노을 슬어놓았다
가을 한 철이 지나는 길목은
여름 철새 날갯짓으로 무성하다
조아리는 파도 소리 고분고분 목청을 고른다
불그름히 물든 바다가

아리따운 기억 올올이 풀어놓는다
실뿌리처럼 무성하게 뻗어나간
기억의 낡은 빈자리마다 새록거리는
입덧같이 포근한 그리움
눈가에 묻힌 그렁한 노을을 훔친다
어느새 붉은 피톨 죄 걸러내며
뉘엿대는 노을은
시린 기억 덥히는 뭉근한 군불이다
노곤한 어스름 지친 발등에 얹히고
갓 구운 하현달이 밝히는 가마미 백사장은
낡은 기억의 안온한 쉼터이다

—「낡은 기억의 쉼터」 전문

김동준의 시에서 흐릿한 이미지들, 가령 안개라든가 노을, 저녁, 달무리 등은 이번 신작 시의 전략적 구성 요소들이다. 시인 속에 내재한 상처들은 이들 이미지와 만나면서 보다 분명한 자기 모습을 갖게 되었다. 시인의 모든 상처들이 시각적 이미지들을 만나면서 뚜렷한 자기 형상을 갖게 된 것이다.

그런데 이 이미지들은 시인의 상처를 나르는 매개로 한정되는 것이 아니다. 그것은 또 다른 대항담론을 갖게 되는데, 상처의 드러냄이 아니라 포회의 정서 또한 분명히 갖고 있기 때문이다. 그것이 바로 이 시인의 고유한 작시법 가운데 하나인 역설의 미학이다.

길을 나서니 드리운 안개 질펀하다
플라타너스 무른 살점 발목에 감기는 사이
불명한 이정표 쫑긋 귀를 세운다
들끓던 길들이 잠시 숨을 고른다
옥죄진 안개가 지금은 결계를 푸는 시간이다

털밑도 분간할 수 없는
나른한 몽환에 갇혀 더듬거리는 사이
곤줄박이 울음소리 안개 밖으로 지워진다
늑골 사이로 자욱이 스민 안개골
굽이굽이 이어지는
두멧길의 다른 이름은 휴양소다
상처 깊은 영혼의 휴식으로
조도 낮춘 해거름 뉘엿거리는 땅끝까지
먹먹한 걸음을 밀고 간다
때 이른 진눈깨비 설핏 이마를 짚는다
바짓단 묻은 안개를 턴다
하잔한 풍경 뒤로
잠시 멈춰서 있는 골똘한 그림자
총총히 안개가 지운다

—「안개의 속성」 전문

시인은 이 작품에서 "잠시 멈춰서 있는 골똘한 그림자"를 "총총히 안개가 지운다"고 했다. 안개는 분명한 형상으로 상처를 드러내고 이를 나르는 매개체이기도 했지만, 「안개의 속성」에서 보듯 그 모난 돌출기, 다시 말해 상처를 감싸 안는 역할도 하고 있는 것이다. 어둠이라든가 안개와 같은 흐릿한 이미지는 무엇가를 포용하는 속성을 갖고 있다. 이는 신화적 의미에서 보면 모성성이며, 동일성에 대한 절대적 회복 의지이다.

그러한 이미지들은 김동준의 시에서도 예외가 아니다. 안개라든가 노을이 치유의 공간이 되기 위해서는 새로운 변신이 필요하다. 여기서 시인이 전략적으로 구사했던 이미지들은 이제 또다시 존재의 변이를 시도하게 된다. 「낡은 기억의 쉼터」의 '노을'에서 이를 잘 확인할 수 있는데, 여기서도 노을은 시인에게 상처의 한 편린으로 남아 있다. 하지만 그것은 더 이상 상처로 남아 있지 않는다. 그것은 세정(洗淨)이라는 매개 작용을 거치면서 새로운 의미의 파장을 만들어내게 된다. "어느새 붉은 피톨 죄 걸러내"기도 하고, "시린 기억 덥히는 뭉근한 군불"이 되기도 하는 것이다.

'노을'은 상처를 이끌어내는 매개이면서 이를 치유하는 수단으로 새롭게 탄생한다. 이런 맥락에서 본다면, '노을'을 비롯한 '흐릿한 이미지들'은 상처의 운반체이면서 이를 치유하는 수단이라는 이중적 함의를 갖는 것이라 하겠다. 상처와 치유라는 두 가지 겹을 갖고 있는 것이 안개와 노을의 이미지였던 것이다. 이제 시인은 그 양끝에 서서 변증적 통합을 시도한다. 상처의 드러냄과 치유의 도정이라는 정점을 향해 나아가고 있는 것이다. 그 정점에서 시인이 발견한 것은 "낡은 기억의 안온한 쉼터"인 '백사장'이다. 그것은 이 시인이 발견한 아름다운 모성이자 편안한 신화적 공간이다. 그는 이 공간에 이르기 위해 개인의 상처를 노을과 흐릿한 이미지들에 실어내고, 또 거기서 치유의 수단을 발견했다. 치유와 상처의 공존, 그 아름다운 변증적 통합의 세계가 시인이 탐색한 '아득하고 고요한 그곳', 안개로 뒤덮인 신비한 백사장이 아니겠는가.

일탈과 순응의 세계
— 최경선, 『그 섬을 떠나왔다』와 정이향, 『수직의 힘』

인간에게 만약 일탈이 없었다면, 그리하여 에덴동산의 유토피아 속에 영원히 안주했다면, 동일성을 향한 열망이 지금처럼 가열차게 존재했을까. 이런 의문은 현재 여기를 살아가는 사람들 앞에 놓인 공통의 것이어서 그가 시인이든 혹은 일상인이든 간에 피해갈 수 없는 과제 가운데 하나라고 할 수 있을 것이다. 동일성이 없기에, 그리고 조화가 없기에 인간은 그러한 세계로 육박해 들어가기 위한 꿈들을 결코 포기할 수 없었다. 그것이 어쩌면 인간의 기본 조건이거니와 세계내 존재 속으로 거침없이 기투된 시인들의 전제 조건들이라 할 수 있다.

자아와 세계 사이에 놓여 있는, 합일될 수 없는 강이 있기에 시인들은 이를 뛰어넘기 위해 사다리를 끊임없이 놓고자 했다. 이를 구성하는 거멀못들이 서정의 샘이거니와 거기서 길어 올려지는 서정의 물결들이 서정시를 만드는 힘들로 작용해왔다.

따라서 서정시인들은 무언가 늘 결핍 상태에 놓여 있다. 아니 놓여 있는 것이 아니라 이에 대한 갈증이 역동적 힘으로 거듭거듭 작동하고 있는 것이다. 이 갈증을 채우기 위해서 이들은 자아 밖에 놓여 있는 공간 속을 헤매고 있었다. 그 갈증의 상대편에 놓인 자리가 바로 서정의 미로라 할 수 있는

데, 지금 우리 앞에 미로에 서 있는 두 시인이 있다. 한 시인은 섬이라는 물리적 공간에서, 다른 한 시인은 자아 밖의 심리적 공간에서 수수께끼와 같은 미로의 방향키를 찾아내기 위해서 분투하고 있는 것이다.

1. 비상하는 욕망, 원점 회귀 단위 – 최경선, 『그 섬을 떠나왔다』

최경선의 『그 섬을 떠나왔다』는 시인의 두 번째 시집이다. 2004년 『문예사조』에서 신인상을 수상한 뒤, 처음 낸 시집이 『어찌 이리 푸르른가』(2007)인데, 이로부터 무려 10여 년 뒤에 『그 섬을 떠나왔다』를 펴낸 것이다. 첫 시집과 두 번째 시집 사이에 놓인 간극이 너무 넓은데, 실상 이런 물리적 거리는 어쩌면 그의 시집이 표방하는 시세계의 거리만큼이나 큰 것이라 할 수 있다.

보통, 한 시집과 다음 시집 사이에 놓인 시간적 간극이 크면 클수록 그들 시집 사이에 놓인 시정신은 큰 폭으로 울려퍼지는 것이 일반적이다. 첫 시집이 모색이라면, 두 번째 시집은 방황하는 시정신이 하나의 결로 모아질 수 있는 시간성과 밀접한 관련이 있기 때문이다. 그럼에도 불구하고 이 시인이 펼쳐 보인 두 시집 사이의 거리는 크게 느껴지지 않는다. 인간의 본성을 자연스럽게 하는 순리와 자연의 아름다운 조화를 읊조리고 있다는 점에서 동일한 묶음으로 분류될 수 있기 때문이다. 그렇다고 해서 이 두 시집이 동전의 앞뒤처럼 그 폭이 좁다는 것은 아니다. 이런 사유는 이 시인이 갖고 있는 서정의 시야를 좁히게 되는 오류를 범할 수 있을 것이다. 무엇보다 『그 섬을 떠나왔다』의 전략적 이미지랄까 시의식 등이 이전의 경우보다 사회적 영역으로 더 깊숙히 편입되어 들어가 있기 때문이다. 이는 분명 이 시인이 갖고 있던 시정신의 진보 내지는 발전이라고 할 수 있을 것이다.

시집 『그 섬을 떠나왔다』에서 알 수 있듯이 시인의 고향은 섬이다. 보다 구체적으로 말하면 그의 고향인 거문도이다. 그러니까 이번 시집은 이 거문도와 불가분의 관계에 놓여 있는 것이라 할 수 있는데, 작품들을 꼼꼼히 읽어보면 알 수 있는 것처럼, 이 섬은 이번 시집에서 알파와 오메가 같은 역할을 하고 있다.

섬 밖에 다른 세상이 있다는 사실을
알고 난 뒤부터였다

갯바람에 웅크리고 있다가
물길 열고 오가는 여객선의 뱃고동 울리면
허구한 날 떠날 궁리를 했다

저 바다만 지나면

세상 전부였던 섬을 어떻게든 떠나보자고
푸른 날개 달고
철썩이는 파도에 파닥거리다
행간을 놓치고 떨어지길 수차례

허공을 맴돌다 말지라도
저 넓은 곳을 향해 날아보고 싶은데
허튼 날갯짓에 물든 꿈도 내 소망한 것이니
어찌하랴

—「순응」 전문

시인이 섬을 떠나게 된 동기는 "섬 밖에 다른 세상이 있다는 사실을 알고 난 뒤부터"이다. 이런 면에서 시인의 내면에는 프로이트적인 사유의 끈들이 내밀하게 작용하고 있음을 알 수 있는데, 이는 다름 아닌 욕망의 문제이다. '날아오고 싶다'는(「우화를 꿈꾸다」) 갈증을 느끼거나 '잔잔한 가슴에 파문을 일으키는'(「바람은 그렇게 시작되었다」) 감각의 부활이야말로 욕망과 분리될 수 없는 것이기 때문이다. 마치 자신 속의 '또 다른 나'를 발견하는 현실적 자아의 모습과 하등 다를 것이 없는 것이다. 그는 그런 욕망의 기제에 조종되어 섬을 떠나게 된 것이다.

바다에 둘러싸인 섬, 그리고 거기서 자족적 만족에 빠져있던 자아는 이제 새로운 현실에 마주하게 된다. 세상에 거침없이 내던져진, 그리하여 자족적 실체를 잃어버린 어린이처럼 그는 거친 세파의 물결 속에 빠져들어가고 있는 것이다. 하지만 시인에게 그러한 과정이 결코 배반의 정서에 한정되었던 것은 아니다. 현존을 감옥의 상태로 인지하고 있기에, 그 탈출이야말로 새로운 세계라는 건강성과 불가피하게 연결되어 있었기 때문이다.

유기적 통일성 속에서 스스로 만족하고 안주하던 자아는 이제 거친 바다, 사회라는 갈등의 장으로 나아가게 된다. 이는 마치 어머니라는 이자적 관계가 파탄되면서 무의식 속에 구조적으로 억압이 시작되는 프로이트의 사유와 전연 다를 것이 없는 것이다.

그런데, 유기적 전체성으로부터 일탈된 자아가 사회 속에 편입되면서 처음 만나게 된 것은 아이로니컬하게도 또다시 섬이었다. 매향리로 상징되는 농섬이 바로 그러한데, 매향리란 역사의 아픈 현장이면서 시인의 전일한 의식이 깨지는 현장이기도 하다. 시인은 자신의 영원성이 담보되던 거문도를 떠나면서 새로운 세계, 다시 말하면 또다시 펼쳐질 수 있는 어떤 유토피아를 꿈꾸었을 것이다. 지금 여기가 그러하듯 저 너머의 세계 또한 유기적 동일성이 펼쳐질 수 있는 구조적 상동성에 대한 그리움이 바로 그것이다.

지금껏 자신을 감싸안아주었던 모성으로부터 분리되는 순간, 자아는 이제 새로운 현실을 마주하게 된다. 하지만 그것은 자아가 꿈꾸었던 세계가 아니다. 근원적 자아와 현실적 자아가 치열한 싸움을 하는 것처럼 시인 앞에 다가온 현장은 거문도의 모성적 세계와는 전혀 다른 차원의 세계였다.

> 꽃걸음 걷고 싶은 날 매향리 간다
>
> 녹슨 세월 진술처럼 쟁여둔 곳
> 오랜 시름 아랑곳 않고
> 수굿하게 바라보아야 하는 풀꽃
> 지천으로 피었다
>
> 바야흐로 봄이다, 봄
>
> 굶주린 새떼처럼 맹목으로 날아오던 포탄 아래
> 잊지 말라고, 잊지 말자고
> 즐비하게 꽃차례 올리는 꽃마리
>
> 부대낌의 흔적 무더기무더기 쌓여 있어도
> 민들레 결연히 꽃대궁 올리고
> 예사롭지 않은 뽀리뱅이 꽃물 밀어 올리느라 한창이다
>
> 운동장에선 아이들 뛰노는 소리 종달새처럼 날아오르고
> 꽃마리 민들레 지고 나면 찔레꽃 피고
> 잇따라 갯메꽃 해당화 피겠다
>
> —「매향리의 봄」 전문

매향리는 역사의 아픈 현장이 담긴 곳이다. 자연과 더불어 평온한 삶을 살던 이곳 주민들은 어느 날 갑자기 등장한 미군 전투기 등에 의해 자신들의 삶의 터전을 잃게 된다. 그리고 궁극에는 이곳이 그들만의 훈련장으로 편입됨으로써 매향리 주민들의 삶은 송두리째 없어지게 된다. 거문도를 떠

난 시인이 이와 반대되는 자리에 놓인 매향리의 농섬을 발견한 것은 우연 이상의 어떤 사유가 자리하고 있을 것이다. 어쩌면 시인의 발걸음은 농섬의 역사와 자신의 고향인 거문도의 역사가 갖고 있었던 유사성에 주목한 것이 아닐까. 잘 알려져 있는 바와 같이 거문도는 매향리와 마찬가지로 역사의 아픈 현장을 담아내고 있는 공간이다. 러시아의 남진을 막고자 했던 영국이 이 거문도를 불법 점령한 것이 근세의 일이기 때문이다. 이들은 이곳을 점령한 뒤 침략자의 면모를 보였을 것이고, 그리하여 한때나마 유기적 동일성을 상실하고 살 수밖에 없었던 이곳 주민들은 그로 인한 아픈 역사를 간직하고 있었을 것이다. 이런 유비성이 시인의 발걸음을 이곳 매향리로 향하게 했던 것은 아닐까. 매향리의 슬픈 역사는 2005년 이곳이 다시 주민의 품으로 되돌아옴으로써 끝나게 된다. 이제 이곳은 과거의 모습을 잃어버리고, 아픈 역사는 말 그대로 역사의 한 장으로 남게 될 것이다.

시인이 매향리를 찾고자 하는 이유는 이러하다. 바로 "꽃걸음 걷고 싶은 날"이다. 그렇다면 이날은 무엇이고, 또 왜 하필 이날이어야만 하는 것인가. 시인이 이날을 희구하는 것은 현재의 자아가 그렇지 못한 상태에 놓여 있다는 반증이 아닐까. 곧 현재의 자아가 '꽃걸음'과 같은 전일성의 상태에 놓여 있지 못하다는 것이다. 이는 이미 거문도를 떠날 때 예견된 것이었는데, 거문도란 시인에게 모성성이 담보되는 세계이다. 그러니 그곳은 인식의 파탄이라든가 갈등이 전혀 존재하지 않는 공간이다. 그러나 이곳을 떠나고 싶다는 욕망이 드는 순간, 그리하여 그곳을 떠나면서 그런 동일성들은 파괴되기 시작했다. '꽃길을 향한' 여정을 갖고 싶은 것은 이런 시도 동기가 있었기 때문에 가능했던 것이다.

매향리는 시인의 그러한 의도를 잘 위무해주는 공간이다. 이곳은 외세에 의한 파괴와 공포로 인해서 원주민들의 유기적 동일성들이 사라진 지 오래되었다. 그런데 세월이 흐름에 따라 이곳은 복구와 재생의 흐름들이 꿈틀거리고 있는 것 또한 엄연한 사실이다. "부대낌의 흔적 무더기무더기 쌓여 있어도/민들레 결연히 꽃대궁 올리고" 있고, "예사롭지 않은 뽀리뱅이 꽃물 밀어올리느라 한창"인 공간으로 전화되고 있기 때문이다. 이제 매향리는 죽음의 공간이 아니라 재생의 공간이며, 생명력이 넘치는 공간으로 이렇듯 새롭게 탄생하고 있는 것이다.

이러한 탄생이야말로 시인의 자의식과도 분리하기 어려운 것이다. 욕망이 밀어올린 거문도의 탈출은 시인에게 무의식으로 퇴행되는 억압기제를 만들어왔다. 섬으로부터의 탈출이 새로운 세계에 대한 꿈과 유토피아가 아니라 자아에게는 유기적 전일성을 상실케 한 근본 동인이었기 때문이다. 욕망에 의해 버려진 거문도는 새로운 탄생을 준비하고 있다. 아니 재생이라는 말이 더 설득력 있는 것인지도 모른다. 거문도는 시인의 기억 속에 온전히 남아 있다. 그곳은 "이끼미에서 놀던 아름다운 공간"(「이끼미에서 놀던 그때처럼」)이고, "동백꽃이 진다고/바람을 탓하지 않는" 유년의 추억이 살아 있는 곳이다. 시인은 그러한 꿈들을 간직하면서 매향리를 응시했고, 거기서 발견한 것이 재생을 준비하고 있는 봄의 생명성이었다. 그는 섬을 떠나왔지만, 결코 섬을 떠난 것이 아니다. 한때의 욕망으로 잃어버린 영원의 세계를, 그는 거문도의 영원성에서, 그리고 매향리의 재생 속에서 되찾고 있는 것이다. 섬은 시인에게 원점 회귀 단위였던 것이다.

2. 육체의 순응을 거역하는 정신의 불온한 힘 — 정이향, 『수직의 힘』

정이향의 『수직의 힘』은 시인의 두 번째 시집이다. 2009년 『시에』 신인상으로 시인이 되었고, 이후 『좌회전 화살표』를 상재한 바 있다. 이번에 상재된 『수직의 힘』은 『좌회전 화살표』의 연장선에 놓여 있는 시집이라는 점에서 일단 그 의미가 있는 경우이다. 치열한 반성의 장이 펼쳐져 있다는 점에서 그러하고, 또 그러한 반성이 어떤 이상과 목표 사이에서 길항하고 있다는 점에서도 동일하다. 하지만 시인이 풀어내는 사유의 늪은 이전의 시집과 달리 일상성의 맥락과 깊이 닿아 있다. 서정시가 일상성에 접근하면 할수록 경험의 지대는 당연히 넓어지거니와 독자와의 공감대 역시 쉽게 이루어지기 마련이다. 『수직의 힘』을 읽어나갈 때, 낯섦이라는 정신의 파장이 현저하게 축소되어 있음은 이와 무관하지 않을 것이다.

『수직의 힘』을 지배하는 일차적인 정서는 이른바 순응의 세계에서 찾을 수 있다. 여기서 순응이 갖는 함의는 무척 다대한 것이지만, 일단 섭리의 영역과 불가분하게 얽혀 있다는 사실을 염두에 두어야 한다. 이 정서는 자연스런 힘이고 흐름이며, 형이상학적으로는 수평적 질서에 기반하고 있는 것이다. 시인의 시들 속에 담긴 정서는 거역이 아니다. 그렇기에 그의 시들은 시간의 질서에 편입되어 이것이 지시하는 내포들에 대해서 어떠한 이의를 제기하지 않는다.

미끈한 몸을 만들기 위해 커피와 수초를 바른다
젖꼭지 두 개는 아래로
고개를 숙이고 있다
탱탱했던 이십 대의 젖멍울은
아내와 엄마라는 낯선 이름으로 달랑거린다
몸이 편안한 쪽으로
접혔다 펴졌다를 반복하면서
나의 젖가슴은 나도 모르는 사이
자꾸만
부끄러운 고개를 떨구고 있다
각자 살아온 길 따라 몸 밖으로 나온 지도처럼
그려지는 여자들의 몸
다른 배를 빌어 태어났지만 목욕탕에서 만나는

알몸들은
자매처럼 닮았다
일기장 겉표지만 다른 여자들
같은 내용 문장들 속
흘리고 웃는 웃음이
투명한 물색이다

—「목욕탕에서 1」 전문

자연의 질서에 반응하는 시인의 정서들은 우선 '목욕탕'을 소재로 한 시들에서 읽어낼 수 있다. 시인에게 목욕탕은 세신이라는 이른바 '정화(淨化)'의 세계와는 거리가 멀다. 따라서 그에게 있어 목욕은 존재의 전환과 관련이 있는 상징의 질서에 갇히지 않는다. 그렇다고 해서 그의 시들이 시적 의장으로 치장된 시, 그리하여 다중의 음역을 담아내고 있는 내포의 시가 될 수 없다는 뜻은 아니다.

이 작품의 핵심 소재는 목욕탕이 제시하는 것에서 알 수 있는 것처럼 육체이다. 여기서 육체는 일단 두 가지 의미 영역에 포섭된다. 하나는 욕망으로서의 그것이고, 다른 하나는 순응으로서의 그것이다. 이 시에서 서정적 자아를 포함해서 여자들이 목욕을 하는 것은 "미끈한 몸"을 만들기 위해서이다. 그 인식적 토양을 만들기 위해 이들은 육체에 "커피와 수초"를 바른다. 실상 이런 행위들은 욕망의 세계에서 가능한 세례(洗禮) 의식과 밀접한 관련을 맺고 있는 것이라 할 수 있다.

그리고 다른 하나는 순응으로서의 육체이다. 이는 곧 순리와 분리하기 어려운 것인데, 세월이라는 이름과 함께 육체는 더 이상 20대의 그것이 아니다. "탱탱했던 이십 대의 젖멍울은/아내와 엄마라는 낯선 이름으로 달랑거"리는 상태로 전화되었기 때문이다. 육체의 그러한 변화는 시간이 만든 것이고, 따라서 그러한 전이는 우주의 섭리라든가 이법의 세계에 포함되는 것이다. 그 엄연한 질서가 있기에 "미끈한 몸을 만들기 위해 커피와 수초를 바른다"고 해서 이전의 원초적 상태로 되돌아가는 것이 아니다.

시간의 흐름 속에서 변화된 자신의 육체를 발견하는 것, 이것이 이 시의 요체이다. 하지만 시인이 과거 속에 잠겨진 자신의 건강한 육체를 그리워한다거나 어떤 회한의 정서를 갖고 있는 것은 아니다. 이 음역에서 시인의 서정의 샘들이 만들어지기 시작하는데, 시인이 우선 주목하는 것은 자신의 육체 속에서 발견하는 '부끄러움'의 정서이다. 하지만 이 정서는 욕망의 상징을 잃어버린 것과 무관하다는 점에서 그 의미가 있는 경우이다. 시인은 육체의 쇠락이 아니라 그러한 시간의 흐름 속에서 형성된 정신의 편차들이 부끄러울 따름이다.

육체의 몰락과 거기서 형성되는 시인의 일상적 세계들은 크게 두 가지 국면에서 시도된다. 하나가 반성이라면, 다른 하나는 불온한 일상의 현장들에 대한 탐색이다. 시간이라는 섭리는 육체에게 너무나도 선명한 자욱을 만들어준다. 바로 육체의 쇠락이다. 하지만 이와 조응해서 정신 또한 정비례로 바뀌는 것은 지극히 자연스러운 일이 될 것이다. 여기에 놓여 있는 것이 자기 반성의 세계이다. 시인 자신이 명쾌하게 밝혀놓은 것처럼, "안경을 손에 들고 안 보인다고 허둥대는 내 모습"이 "작은 것을 버리고 큰 것만 바라보고 살았던 벌칙이다"(「돋보기 안경」)라는 자기인식이야말로 그러한 반성, 다시 말해 육체와 비례하지 못한 정신의 불구성을 말해주는 것이 아닐 수 없다.

그리고 다른 하나는 불온한 일상의 현장들인데, 이를 표명하는 시 가운데 하나가 「숨바꼭질」이다. 보통의 인간은 자신의 얼굴만 가리면 모든 것이 사라진다고 믿고 있다. 하지만 드라마의 한 장면에서 알 수 있는 것처럼, "내가 본 세상이 전부인 줄 아는/손바닥으로 하늘을 가리고 사는 사람들"(「숨바꼭질」)로 가득 찬 것이 지금 이곳의 현실이다. 그러한 세계는 애틋한 정서가 사라지고, 오직 물화된 현실만이 지배하는 곳이다. 작품의 표현처럼, 애틋한 정서와는 상관없는, "계좌이체 번호만이 뚜렷이 살아 있는 부고장"(「부고장」)만이 넘실거리는 현실이기도 하다.

> 웃자란 풀은 전지를 해야 하는 줄 알면서
> 사람들은 가슴 밑바닥에 고집 한 마리 키운다
> 토라지고 삐지고
> 불편한 한숨으로 되돌아 나오는 일을 반복하면서
>
> 한쪽 거울 속
> 볼록과 오목 거울 두께를 가늠하기도 하지만
> 버려야 할 거푸집에 담긴 수직의 힘으로
> 그들의 눈에 비치는 한쪽 거울만 바라보는 눈으로
> 어른이라 어른이라
> 말하는 고집이 활시위를 팽팽하게 당기고 있다.
>
> —「수직의 힘」 전문

일상의 병리적인 현상이 어디에서 온 것인가를 시인도 알고, 일상의 인간도 알고 있다. 하지만 안다고 해서 그런 현상들이 모두 치유되거나 개선되는 것은 아니다. "웃자란 풀은 전지를 해야 하는 줄 알면서"도 "사람들은 가슴 밑바닥에 고집 한 마리"를 여전히 키우고 있는 까닭이다. 거기에는 철저한 자기 회의와 반성이 뒤따라야 한다.

자기의 정체성을 발견하고 이를 반성의 올가미 속에 가두는 일은 쉬운 일이 아니다. 그럼에도 불구하고 자아와 세계 사이에 놓인 불화랄까 거리를 좁히기 위한 노력들이 포기될 수는 없다. 그러한 거리를 초월하는 것이 서정시의 존재 이유이기 때문이다. 시인은 이번 시집에서 시인의 조건을 '배고픈 사람'(「시인의 조건」)으로 규정한 바 있는데, 이는 곧 서정시와 서정시인이 가져야 할 윤리 감각일 것이다. 자아와 세계 사이의 거리는 크고 넓으며, 그 간극을 채워야 할 서정의 샘은 여전히 목말라 있다. 그렇기에 「수직의 힘」에서 시인의 그러한 노력은 결코 포기되지 않는다. 그리하여 "한쪽 거울 속/볼록과 오목 거울 두께를 가늠하기도 하지만" 현실은 결코 녹록하거나 쉽지만은 않은 것이 현실이다. "버려야 할 거푸집에 담긴 수직의 힘"이 여전히 작동하고 있는 까닭이다.

주머니 속에 있는 송곳은 언제나 발견되기 마련이지만, 그리하여 그 재능이 빛을 보는 계기가 될 수 있는 것이지만, 여기서의 송곳, 곧 수직의 힘은 결코 긍정적인 것이 못 된다. 그것은 발견되어야 할 빛이 아니고, 사라져야만 비로소 빛이 될 성질의 것이다. 그것은 수직의 상태가 아니라 수평의 세계에 놓여 있을 때 가능한 경우이다. 무언가 돌출이 있는 상태에서 포기되는 것은 쉬운 일이 아니기 때문이다.

육체는 늙어서 힘을 잃었지만, 어른이라는 그릇된 정신, 곧 수직의 힘은 여전히 힘을 발휘한 채 생생히 살아 있다. 그 힘이 긍정적인 것을 담보하는 것은 아니다. '어른이라 어른이라' 하는 고집이 여전히 부정적인 상황을 만들고 있기 때문이다. 수평 속에 갇혀야 할 '어른'이, 그리고 '고집'이 여전히 "활시위를 팽팽하게 당기고" 우리를 날카롭게 응시하고 있는 것이다.

정이향의 시들은 육체 속에서 태어났다. 육체는 시간의 흐름 속에 순응이라는 아름다운 질서를 만들어냈지만, 그 이면에 자리하고 있는 정신은 그렇지 못했다. 이를 정립시킨 것이 순응으로의 길을 막아선 고집이기 때문이다 그것이 곧 수직의 힘이다. 그것은 육체와 비례해서 사라져야 할 것이다. 그리하여 수평적 세계로 자연스럽게 편입되어야 한다. 그럴 경우 육체가 지시하는 순응의 세계를 이해하고 이를 자기화할 수 있는 자세가 만들어질 것이다.

수직의 세계를 딛고 일어선 수평의 세계가 어떤 것인지 정이향은 이번 시집에서 뚜렷이 제시한 것이 없다. 그럼에도 시집의 행간을 꼼꼼히 읽어나가게 되면, 그 한 단면을 확인할 수 있다. 작품을 꼼꼼히 읽어보면 알 수 있듯이 시인의 활동 공간은 고성 지역이다. 그곳은 시인의 동일성이 유지되는 모성적 공간이다. 그는 거기서 공룡이 뛰놀던 인류의 유년시대를 회상하기도 하고(「상족암에서」), 원형적 단일성이 유지되는 세계를 꿈꾸기도 한다(「소가야 고분에서」). 그러한 세계란 곧 수직의 힘이 무화되는, 그리하여 하나의 유기적 전체로 새롭게 태어나는 공간일 것이다. 그는 그곳이 수평의 힘이 작동하는 평평한 세계, 곧 유기적 동일성이 완성되는 세계임을 암시하는 것처럼 보인다.

언어의 주름이 만들어내는 일상의 형식들

— 정끝별의 시

정끝별 시의 특색은 페미니즘적인 것이었다. 이후 그런 것들에 생태적인 면들이 덧씌워져 여러 겹의 의미층들이 만들어져왔다. 그 결과 그의 시세계는 언어적 선택의 폭과 넓이가 부챗살 모양으로 펼쳐져 나가는 형국을 보여주었다. 시의 깊이와 넓이가 갖춰진다는 것, 그것은 시인으로서 자질, 능력, 영광이 아닐 수 없다. 이 시인은 그러한 길을 굳건히 그리고 규칙적으로 걸어왔다.

그런데 그러한 도정에서 시의 기법이랄까 의장이 새롭게 추가되었다. 언어의 조작에 의한 형식의 정립이라는 미학적 층위가 생겨난 것이다. 이런 면들은 말과 의식 사이에서 팽팽한 긴장 관계를 표명했던, 김춘수의 작시법과 닮은 것이기도 했다. 하지만 시인의 그러한 작업들은 관념적인 것도, 그리고 추체험적인 것도 아니다. 그렇기에 현실과의 팽팽한 긴장감이 느껴진다. 이러한 긴장감을 가능하게 했던 것이 시인의 시에서 늘상 등장하는 일상이다. 그의 시에서 지속적으로 표출되는 일상이 작품의 맥락에서 중요한 것은 이 때문이다. 따라서 무의미한 일상, 사진기처럼 묘사된 일상, 객관화된 일상조차도 그의 시세계를 이해할 때 가벼이 넘길 일이 아니다. 그것이 그의 시가 갖는 특징적 단면들이다.

이번에 발표된 신작 시 다섯 편도 기왕에 펼쳐 보였던 시인의 시세계로부터 멀리 벗어나 있지 않다. 우리가 알고 있는 시인의 시세계가 여기서도 동일하게 펼쳐지고 있는 까닭이다. 우선 그 가운데 가장 먼저 눈에 띄는 것이 일상에 대한 섬세한 묘사이다.

낮이 긴 하지의 저녁 창에 소낙비
아이스커피 유리잔에 맺힌 물방울

폐포처럼 벌떡이다 길게 내려앉은
급히 닫은 창안은 꽃처럼 깊고

식탁엔 숟가락과 젓가락이 기다란데

찬물에 담긴 언 굴비 비린내에서
아욱국 끓는 소리로 자욱한데

세찬 비는 흠뻑 젖은 발자국을
어둠 쪽에서 다급히 쓸어 담고

—「여름 이야기」 부분

시를 읽어보면, 금방 알 수 있듯이 이 작품이 담아내고 있는 것은 일상에서 오는 심오한 의미라든가 혹은 형이상학적 고귀한 관념이 아니다. 그렁저렁한 일상이 소담스럽게 담겨 있을 뿐이다. 하지만 일상을 응시하는 시인의 시선은 무척 예리하고 감각적이다. 그것이 이 작품의 맛과 운치를 살려내는 요소인데, 우리는 우선 이 작품을 통해서 한 폭의 풍경화를 본다. 이러한 일상에 대한 예리한 응시와 객관적 드러냄의 형식이 정끝별 시인이 포지하고 있는 시의 품격일 것이다. 하지만 일상으로만 끝나야 할 것만 같은 시들이 그 자체 내에서만 머무른다면, 그것은 이미지스트의 영역을 벗어나지 못할 것이다. 주관을 철저히 배제한 객관 우위의 미학에 그의 시세계들이 갇힐 수 있는 까닭이다. 그러나 그의 시들은 일상을 묘사하되, 그것이 일상이라는 한계에서만 머무르는 것이 아니다. 그것이 시인의 작품 세계가 갖는 의의이다.

시인은 자신의 시학을 설명하는 자리에서 순간의 순발력을 강조한 바 있다. 어느 한 부면에 대한 응시가 감각의 부활로 이어지고 그것이 곧바로 미학적 한 국면을 형성할 수 있다고 보는 것이다. 그런 시인의 말을 「여름 이야기」와 결부시키면 묘사된 일상은 단순한 현실이 아니라 새로운 의미를 만들어내는 장으로 나아가게 된다. 무심히 넘길 수 있는, 관념화되고 습관화된 일상이 신선한 일상으로 태어나기 때문이다. 따라서 「여름 이야기」는 평범한 듯하면서도 전혀 그런 형상 내에서 구획되지 않는다. 그것은 시인의 시선 속에 들어와 정신의 옷을 입고 새로운 일상으로 새롭게 전이되기 때문이다. 시인의 표현대로 일상은 언어의 입을 빌려 전혀 다른 일상으로 바뀌게 되는 것이다.

> 소천하셨기에 삼가 알려드립니다.
> ✝가족 장례로 진행되므로 문상은 정중히 사양합니다.
>
> 별세하셨습니다. 이에 임직원 여러분께 알려드립니다.
> ㅁ 연락: 031-○○○-○○○○(×× 행정팀)
> 010-○○○-○○○○(××× 센터장)
>
> 영면하셨습니다.
> * 직접 조문하시기보다는 아래의 조문 사이트를 방문하셔서 조문의 글을 남겨주시면 감사하겠습니다.
> * www.○○○○-○○○○.co.kr

운명을 달리하셨기에 알려드립니다.
(조의의 뜻을 표하실 분은 신한은행 308−○○−○○○○○○×××)

평안히 떠나셨습니다.
고인의 뜻에 따라 화환과 부의는 정중히 거절합니다.
가시는 길에 차와 밥을 따뜻하게 나눠주시면 감사하겠습니다.

부고의 언어가 조문의 형식을 결정하고
살아남은 자의 언어가 죽은 자의 삶을 완성한다

거적에 말려 관에 들어 상여를 타고 황천길 지나 요단강 건너 북망산천 넘어 고태골로 들어, 뻗고 뒈지고 사하고 종하고 졸하고 몰하고 멸하고, 숟가락을 놓고 명줄을 끊고, 떠나고 등지고 이별하고 돌아가고,

사망하고 운명하고 영면하고 작고하고
타계하고 입적하고 선종하고 소천하고
별세하고 서거하고 승하하고 승천하고
순직하고 산화하고 순국하고 순교하고

과육을 잃은 열매의 이름이
꽃과 잎과 뿌리와 줄기와 흙과 날씨의 총화다

—「죽음의 형식」 전문

시인은 자신의 작시법이 잠든 일상을 깨우는 과정이라고도 한 바 있지만, 다른 자리에서는 이를 언어의 명명이라고 설명한 바도 있다. 이름을 붙이거나 명명하는 과정 속에서 시가 만들어지고 탄생한다고 한 것이다. 그러한 시의 탄생은 「죽음의 형식」에서도 고스란히 드러나 있는데, 여기서 죽음이란 단 한 가지의 영역뿐이다. 바로 생물학적 영역에서만 유효하다. 생

물학적 종말 이외의 다른 어떤 것도 있을 수 없는 까닭이다. 그러나 그 단순한 행위가 언어의 형식을 빌리게 되면, 그 생물학적 혹은 의미론적 영역을 초월하게 된다. 그것은 단순한 죽음이 아니다. 언어의 주름을 타고 입체적인 죽음의 형식으로 새롭게 태어나는 것이다.

이렇게 죽음이라는 사건은 한 가지만의 동일성으로 제어되지 않는다. 죽음의 주체와 말하는 주체 사이에서 그것은 여러 형식을 띠고 우리 앞에 현현된다. 그러한 무늬들은 신분과 위계질서, 혹은 종교의 테두리에서 다양하게 얼룩지게 된다. 중요한 것은 죽음이 단순히 죽음 그 자체에서 그치는 것이 아니고 언어라는 형식, 곧 명명하는 형식을 통해서 이렇게 다양한 색채를 띠게 된다는 사실이다.

시인의 작품에서 대상은 언어의 옷을 입기 전에는 단지 본질에 불과할 뿐이다. 그것은 아직 미정형의 상태이고, 확정 불가능한 상태이다. 그것이 정형이 되고, 확정 가능한 상태가 되기 위해서는 언어라는 옷을 입어야 한다. 그 언어가 만들어낸 주름, 그것이 형식이다. 시인의 시쓰기가 놓인 자리는 바로 언어의 주름이 만들어내는 형식이다.

시인은 이 명명의 과정이 실존을 결정하고, 그것이 곧 시라고 한다. 시인도 인정하고 있듯이 이러한 면들은 분명 김춘수의 그것과 꼭 닮아 있다. 김춘수의 언급대로, "언어는 지금 위험한 상태"에 놓여 있다. 언어가 결부될 때, 대상은 다채로운 변신을 시도할 것이다. 따라서 대상은 단지 예비의 과정일 뿐이다. 대상을 향한 정끝별 시인의 언어가 위험한 것도 그 연장선에 놓여 있다. 시인의 앞에 놓인 대상들은 지금 명명을 기다리고 있다. 명명을 받은 실존은 어떻게 될 것인가, 그리고 그 실존은 어떤 윤리적 가치를 가질 것인가 하는 등등의 그러한 초조감이 반영된 것이 시인의 물상들이다.

하지만 정끝별이 갖고 있는 언어는 의미의 폭이 다채롭다는 점에서 김춘수의 그것과 전연 다른 경우이다. 김춘수의 언어는 존재론적 국면에 주로 한정된 것이지만, 정끝별의 언어는 그런 경계를 뛰어넘는다는 데에서 그 자장이 무척 넓고 깊은 경우이다. 그의 시에 파고들어오는 일상의 힘도 그러하거니와 여러 사회적 음역들이 그의 언어 속에서 대기하고 있기 때문이다.

이번 소시집에는 다섯 편의 작품들이 제출되었다. 앞서 언급한, 지극히 평범한 일상을 다룬 「여름 이야기」가 있고, 언어의 명명에 의해 부채살처럼 퍼져나가는 다양한 형식의 죽음이 있는 「죽음의 형식」이 있다. 이 외에도 「방 구합니다」가 있고, 「조나단 리빙스턴 시걸의 후예」도 있으며, 「응암동엔 엄마가 산다」도 있다. 「방 구합니다」가 조화가 부재한 사회를 묘파한 것이라면, 「조나단 리빙스턴 시걸의 후예」는 생태학적 관점을 견지한 작품이다. 그리고 「응암동엔 엄마가 산다」는 모성적 상상력에 기반을 두고 있다. 통상 소시집이 하나의 일관된 상상력이나 주제로 묶이는 것이 대부분의 경우인데, 이번에 이 시인이 제시한 작품 세계는 여러 갈래를 지향하고 있다. 그 갈래들이 다섯 편의 시들과 곧바로 대응된다는 점에서 우리의 주목을 끈다. 다섯 편의 시들이 이 시인이 지금까지 추구해온 시세계들과 교묘한 대응을 이루고 있기 때문이다. 다시 말해 정끝별 시인이 지금껏 탐색해온 시세계들이 이 다섯 편의 작품들에서 구현되어 있는 것이다.

> 너무 여자라서
> 너무 남자라서
>
> 사랑하지 못합니다
>
> 너무 정상이라서
> 너무 비정상이라서

이해되지 못합니다

음, 여긴 좀…… 아니 전혀 아니…… 무대는 좁고 등장인물은 많고 파티는 시끄럽고…… 매번 내가 먼저?…… 거절당하거나 기다리는 것도…… 너무 다른 거지!…… 다시 오고 싶지 않아…… 초대받지 못한…… 근데 다 어디 있는 거지?

너무 커서
너무 작아서

들어가지 못합니다

너무 없어서
너무 많아서

우리는 어디에도 없습니다

—「방 구합니다」 전문

이 갈래들 가운데 새로운 인식론적인 지점을 형성하고 있는 작품도 있다. 인용시가 그러한데, 이 작품은 시인이 기왕에 제시했던 것들과 다른 지점에 놓여 있다. 우선 이 작품을 구성하는 요소는 그의 전략적 주제 가운데 하나인 평범한 일상이다. 하지만 평범한 것들이 그 자체로 끝나지 않는데, 「여름 이야기」가 그러한 것처럼, 이 작품이 함의하는 것 또한 그리 만만한 것이 아니기 때문이다.

인용시의 해독은 작품을 응시하는 시각이나 세계관을 어디에 두느냐에 따라 달라질 것이다. 그만큼 매우 여러 복잡한 겹을 갖고 있는 것이 이 작품의 특색이다. 평범하면서도 그렇지 않은 것, 그것이 이 작품의 특징적인 단면인 까닭이다. 그만큼 시인의 시세계는 그 구성되는 의미의 진폭이 다양하게 울려퍼진다.

이 작품의 주제는 일단 아름다운 조화가 부재하는 우리 사회의 현실을 풍자하는 것처럼 보인다. 가령, "너무 여자라서" 혹은 "너무 남자라서" "사랑하지 못한다"는 것은 양극단이 가져오는 폐해를 말하는 듯하다. 극단적인 사유란 결코 하나의 공통점을 발견하는 것이 어렵다는 것을 말하는 것인데, 이는 그 다음 행의 '정상'과 '비정상'의 관계에서도 동일하다. 이 둘 사이의 관계, 곧 각자의 고유성이랄까 특이성을 만들어내는 것은 극단의 끝에서 온다. 이를 대표하는 레테르가 '너무'라는 담론이다. 이 언어는 '적당히'의 대항담론이면서 양극단에 놓여 있는 것들의 중화를 가로막는 장애물이다.

이러한 대립관계는 이 작품의 후반부에서 고스란히 재현되면서 그 의미의 폭을 넓혀나간다. "너무 커서" 혹은 "너무 작아서" "들어가지 못하는" 현실, 그리고 "너무 없어서", 그리고 "너무 많아서" "우리는 어디에도 없다"라는 것인데, 여기서도 이 둘 사이의 길항관계를 막아서는 것 역시 '너무'라는 언어이다. 이런 면에서 '너무'는 의식의 과잉이고, 관념은 극한지대를 형성하는 벽이라 할 수 있다. 다시 말해 변증적 통일로 나아가는 역동성을 가로막는 장애물과도 같은 것이다. '너무'가 압도하게 되면, 이를 매개하는 '조화'라는 균질감, '중화'라는 점이지대가 개입될 여지는 사라지게 된다.

시인의 언어는 죽어 있는 일상을 깨우는 데서 시작한다. 그 매개가 되는 것이 예리한 시선이고 거기서 그의 시가 탄생한다. 뿐만 아니라 그러한 시선은 언어라는 무지갯빛 옷을 입고 사물을 깨어나게 한다. 그리하여 언어의 부름을 받아서, 곧 명명을 받아서 시가 탄생한다. 그런 면에서 그의 시들은 언어의 관계에 주목하는 형식주의 미학과 닮아 있는 것처럼 보인다.

하지만, 그의 시들은 그런 언어의 감옥에서 허우적거리지 않는다. 그의 언어에는 형식을 능가하는 여러 색채들의 유희가 노니는 까닭이다. 시인의 작품 세계에서 언어와 의미는 다채롭게 결합된다. 그 결합 속에서 시인은 대사회적 발언을 넓혀간다. 그것이 그의 작품 세계를 형식주의라는 한계, 언어의 감옥으로부터 탈출케 한다. 상상력과 체험이 갈고 다져진 시인의 시정신 속에서 걸러지는 것, 그것이 이 시인의 고유한 작시법이다.

사랑의 알파와 오메가(사랑의 본질론)
— 나태주의 시

1. 사랑의 다양성과 고유성

사랑은 우리 주변에서 다양한 형태로 존재한다. 가령, 부모와 자식 간의 사랑도 있고, 형제간, 혹은 동료 간의 사랑도 있다. 어디 그뿐인가. 스승과 제자 간의 사랑도 있고, 가장 일반적이면서 대표적인 이성 간의 사랑도 있다. 이렇듯 사랑은 인간사의 모든 곳에 스며들어 있기에 보편적인 것으로 받아들여져 왔다. 여기서 보편성이 있다는 것은 그것이 귀한 까닭에 모두가 공유할 수 있다는 의미가 포함되어 있다. 성경도 말하지 않았는가. 믿음, 소망, 사랑이라는 기본 정서 가운데, 사랑이 제일이라고 말이다.

나태주의 시들은 여러 방향에서 만들어지고 있지만, 그 가운데 가장 중요한 것이 사랑이다. 시인은 초기부터 이 감각을 꾸준히 유지해왔고, 지금도 현재 진행형이다. 특히 근래에 들어서는 이 정서가 더욱 전략적인 소재로 자리하고 있기도 하다. 이는 그만큼 그의 시학에서 사랑의 감각이 주요 소재이자 주제임을 일러주는 것이라 하겠다.

이번 발표된 소시집의 소재 역시 사랑이다. 모두 다섯 편으로 구성되어 있는데, 연작시의 형태로 발표되고 있다. 연작시란 소재의 빈곤에서 오는 것이기도 하겠지만, 다른 한편으로 보면 탐색해야 할 소재, 시인의 정신사를 지배하고 있는 주제가 그만큼 초점화되어 있다는 반증이 될 수도 있다. 시인의 경우는 후자의 편에 선 듯한데, 그것은 그가 펼쳐 보이는 사랑의 다양성이라든가 그만이 포지하고 있을 사랑의 고유성 때문에 그러하다. 그는 이 다섯 편의 시에서 여러 형태의 사랑을 제시한다. 하지만 그가 탐색하는 사랑들은 대상을 향하거나 혹은 그로부터 오는 것이 아니다. 이런 면은 매우 특이한 경우가 아닐 수 없다. 사랑이란 항상 타자를 전제로 하는 감수성이라는 점을 환기하면 이는 보다 분명해진다.

시인의 사랑은 이타적인 방향으로 향하는 것이 아니라 자기 자신으로 향해져 있다. 이런 특징적 단면이 이번에 발표된 사랑의 주된 특성이고, 그만이 갖고 있는 고유성이라 할 수 있다. 사랑이 서정적 자아 자신에게로 향해져 있다고 했는데, 보다 정확하게는 사랑에게 던지는 담론의 형태로 되어 있다는 것이 적절한 지적일 것이다. 가령 다음과 같은 시를 보도록 하자.

사랑을 가졌는가?
그렇다면 입을 다물라
조심하라
풀들과 나무가 이미
눈치를 채고
바람이 짐작을 하고
흘러가는 구름이
엿보고 있다
사랑은 숨길 수 없는 것
숨겨도 숨겨도 밖으로
삐져나오는 것
그러니 조심을 하란 말이고
입을 다물란 말이다

사랑을 발설하는 순간
사랑은 숨을 거둔다
사랑이 아닌 그 무엇이 되고 만다

—「사랑에게 · 1」 부분

인용시는 우선 제목부터가 예사롭지가 않다. 누구를 향한 사랑이 아니라 '사랑에게'로 되어 있는 까닭이다. 하지만 타자에게 던지는 형식을 취한다고 하더라도 그 방향은 타자가 아니라 '사랑을 가진 자'로 보다 구체화되는 특이한 담론 구조를 갖고 있다. 가령, "사랑을 가졌는가?/그렇다면 입을 다물라"처럼 독특한 회귀 형식을 취하고 있는 것이다. '사랑에게'라고 향해져 있지만, 그 지시하는 대상은 '사랑을 가진 자'로 한정되고 있는 것이다. 이런 애매성이야말로 시에서 필요한 적절한 의장 가운데 하나라는 점에서 그 내포의 중첩성은 상당히 확장되는 구조라 하겠다.

어떻든 시인이 말하고자 하는 것은 사랑의 본질론이고, 자아는 이 사랑과 끝없이 대화하고자 한다. 이런 특징은 그의 작품에서 사랑을 받는 수용 주체가 명확하지 않다는 점에서 그러하다. 시인의 사랑시들은 이성을 비롯한 어떤 대상이 전제되고 있지 않다는 점에서 형이상학적이고 관념적인 측면이 짙은 경우이다. 그렇지만 그러한 관념이 일상성과 결합된 다음, 시인 자신이 처한 상황이나 윤리적 감각 속에 스며들면서 구체적 현실로 되돌아오는 독특한 형식을 취하는 구조를 갖고 있기도 하다. 그것이 이번에 발표된 사랑의 고유한 단면들일 것이다.

2. 사랑의 몇 가지 형태들

시인은 이렇듯 사랑과 대화하면서 그들이 갖고 있는 제반 특징들을 예리하게 포착해낸다. 가령, 사랑은 이러해야 한다는 선언이 아니라 그것이 자아와 대상 사이에 작동하는 정서의 복합체 속에서 이를 읽어내는 예리한 면을 보여주고 있는 것이다. 이런 역동성 속에서 시인은 사랑의 여러 단면들을 포착해내고 이를 의미화한다. 시인이 이번 소시집에서 붙잡아낸 사랑의 특성 가운데 하나가 그 유일성이다.

꽃잎에 입술을 가져다 댄다
꽃잎들은 놀라
입을 다물고
외면하기까지 한다

그러나 너의 꽃잎만은
당당히 입술을 열고
나의 입술을 받아준다
더없이 부드럽고
촉촉하다

거기 천국이 있고
지옥이 더불어 있음을 나는
잠시 잊어도 좋았다

—「사랑에게 · 2」 전문

사랑은 누구에게나 있는 것이지만, 그렇다고 그 편재성이 모두에게 그러한 감각으로 다가오는 것은 아니다. 그것은 저마다의 짝이 있고, 유일성이 있는 까닭이다. 시인은 사랑의 이러한 면을 인용시에서 잘 보여주고 있는데, 우선 꽃이 있다고 해서, 그리하여 그것이 아름답다고 해서 모든 개체와 합일하는 것은 아니라고 사유한다. 시인은 1연에서 이를 잘 묘파해주고 있는데, 가령, "꽃잎에 입술을 가져다 댄다"고 해서 꽃잎이 자아의 그러한 시도를 모두 받아들인다고 보지 않는다. 자아의 사랑을 받아주는 것은 모두의 꽃잎이 아니라 "너의 꽃잎"일 따름이다.

사랑에는 짝이 있는 것처럼, 자아의 사랑을 받아주는 짝도 외따로 존재한다. 시인이 말하고자 하는 것은 여기에 그 함의가 놓여 있는데, 이렇게 자아와, 이 자아를 받아들이는 꽃잎이 하나가 될 때, 자아는 "더없이 부드럽고/촉촉"함을 느끼거니와 천국과 지옥이 따로 구분되지 않을 만큼 황홀감의 정서로 녹아들어가게 된다.

사랑이 완성될 때에는 무의식의 절대 지대로 향할 정도로 황홀경의 세계에 빠져들게 된다. 이런 정점의 상태야말로 사랑의 작동 없이는 불가능한 것이고, 그 작동이란 오직 '너만의 존재'가 있을 때에만 가능하다. 사랑은 누구에게나가 아니라 어떤 특정인에게만 유효한 기능성을 발휘한다는 것이다.

오늘은 편히 쉬어라
어제 힘들었으니
그리고
천천히 가자
가다가 멈추는 자리가
인생이고 집이고
또 사랑이란다
나는 지금 땅끝마을 강연 가는 중
예전에도 그렇지만 나는
너를 한없이 숨겨두고 싶고
아끼고 싶은 마음뿐이란다
어느 사이 내가
너 때문에 사는 사람이 되었구나!

그냥 목을 놓아
울고 싶은 심정이란다

—「사랑에게 · 3」 전문

시인이 묘파하는 사랑의 두 번째 감수성은 생명성이다. 우선, 시인에게 사랑은 휴식 시간에 찾아온다. "가다가 멈추는 자리가/인생이고 집이고/또 사랑이란다"라고 하고 있기 때문이다. 하지만 시인의 일상은 이런 휴식을 쉽게 허용하지 않을 만큼 바쁜 일상을 살고 있다. 지금의 시간 또한 그러한데, 자아는 현재 "땅끝마을 강연 가는 중"이다.

하지만 이런 바쁜 일상 속에서도 자아의 내부에는 은밀한 그 무엇이 숨겨져 있다. 그것은 내 마음의 심연에 감추어져 있으면서 어떤 출구를 찾아서 계속 탈출하려 한다. 시인의 문맥을 이해하게 되면, 그 통로는 곧 사랑의 감수성이다. 너만을 향한 것이기에 함부로 발설할 수 없으며, 그러한 까닭에 소중하다고 본다.

하지만 그것은 은폐된 채 그저 불활성의 상태로 남겨져 있는 것이 아니다. 그것은 자아로 하여금 새롭게 존재의 변이를 가져오도록 하는 매개 기능을 하기 때문이다. 가령, "너 때문에 사는 사람이 되었구나!"에서 보듯 그것은 존재의 무딘 감각을 일깨우는 활력소가 되고 있는 것이다. 사랑이 자아에게 소중한 생명의 한 부분이라는 것은 다음의 시에서도 확인된다.

실은 네 생각만 해도
내 몸에 꽃이 피고
새싹이 나
어디선가 숨죽였던 물소리
도란도란 다시 살아나
개울물이 흘러

그런데도 자신이 없어
좋기도 하면서
두렵기도 한마음
이걸 어쩌면 좋단 말이냐
그러게 말야
네 말대로 갈팡질팡
엉망이지 뭐니
어지럼증이야
그래도 나는 좋아
살아 있는 목숨이 좋고
네가 좋고
세상이 다 좋아
나의 세상은 너로 하여
다시 한번 시작하고
다시 한번 태어나는
세상이란다

—「사랑에게 · 4」 전문

이 작품은 「사랑에게 · 3」의 연장선에서 쓰여진 것이다. 그렇기에 여기서도 사랑은 생명의 의미로 자리한다. "실은 네 생각만 해도/내 몸에 꽃이 피고/새싹이 나"고 "어디선가 숨죽였던 물소리/도란도란 다시 살아나"기 때문이다.

사랑이 자아에게 구경적 생명의 매개라는 이 비유적 장치는 작품의 끝에 이르게 되면, 더 구체적이고 극적으로 드러나게 된다. "나의 세상은 너로 하여/다시 한번 시작하고/다시 한번 태어나는/세상"으로 승화되고 있는 까닭이다. 사랑은 무딘 자아의 감각, 죽어 있는 감각을 부활시키는 수단이다. 시인은 사랑이라는 자극을 통해서 삶의 긍정성을 발견하고 생명이 약동하고 있는 현실을 이해하게 되는 것이다.

살면서 오래 살면서 한두 번
겪어 봤으면
익숙해질 만도 한데
여전히 허둥대고 서툴고
낯가림하고 안타깝다 못해
한숨이 나오고
끝내 진땀을 흘리기까지 한다
어쩌면 좋으랴
어찌하면 좋단 말이냐
이 참담함을 다시 한번
어찌하면 좋단 말이냐
잠잠하라
좀 더 인내하며 기다리라
침착하라
또 다른 사랑이
나에게 이르는 말씀
그래 사랑이란 본래
끝없이 서툴고
끝없이 설레고
끝없이 가난한 마음이란다
바다여 바다 파도여
나를 삼켜 세상 끝으로만
데려가지 말아다오
벼랑 끝 끝머리 서서 나는
이렇게 울먹이고만 있다

—「사랑에게 · 5」 전문

시인이 발견한, 혹은 정의한 사랑의 세 번째 형식은 그 존재 방식이다. 시인은 사랑이 어떤 특정한 형식을 갖고 있는 것이 아니라고 했다. 이른바 무형식의 형식이 사랑이라고 이해한 듯 보인다. 그런 인식은 그것이 존재하는 다양한 양상 속에서 형성된다.

시인은 인용시에서 이렇게 말하고 있는데 지금껏 길어 올린 사유의 그물에서 보면 이는 진실에 가까운 것이 된다. "그래 사랑이란 본래/끝없이 서툴고/끝없이 설레고/끝없이 가난한 마음이란다"라고 했는데, 이런 이해야말로 사랑의 무형식에 다름 아닐 것이다. 다시 말해 사랑은 "어떤 것이다"라든가 혹은 "어떤 것이어야 한다"는 정의나 당위성을 넘어서는 곳에 존재한다는 뜻이다. 그런 다양성을 갖고 있는 것이 사랑이기에 시인이 이를 감당하거나 조정하는 것은 쉬운 일이 아니다. 시인이 자신의 현존을 "끝없이 가난한 마음이란다"라고 한 것은 이와 밀접한 관련이 있을 것이다. 이렇듯 사랑은 시인에게 정형화된 어떤 형식으로 자리하지 않는 특징적 단면을 보여주고 있는 것이다.

3. 사랑의 의의

나태주 시인은 이번에 몇 편의 신작 시를 통해서 사랑의 다양한 변주를 독자 앞에 선보였다. 하지만 그의 사랑관은 독자의 상상력을 뛰어넘는 자리에 존재한다. 즉 그의 사랑은 세속화된 것이 아니며, 더구나 관념화된 것은 더더욱 아니다. 비록 '사랑에게'라는 제목에서 보듯 사랑에게 묻고 답하는 형식을 취하고 있긴 하지만, 그의 시들이 형이상학적인 음역에서 이루어지는 것은 아니기 때문이다. 그의 사랑시들은 사랑에게 묻고 답하는 형식을 취하고 있긴 하되, 이를 시인의 일상 속에 녹여냄으로써 그 자신만의 구체성을 확보하고 있는 것이다.

사랑을 향한 여러 실타래 속에서 시인은 그것이 함의하고 있는 여러 갈래들에 대해서 이야기하고 있다. 그에게 사랑이란 특정 대상들이 공유하는 유일성이었고, 자신의 무딘 감각을 일깨우는 생명성이라는 함의도 갖고 있었다. 게다가 그의 사랑은 어떤 고유한 형식을 취하고 있는 것도 아니었다. 그에게 그것은 무형식의 형식이었던 바, 이런 무정형을 정형의 상태로 바꾸어서 이를 자기화하고자 하는 지난한 노력이 이번 소시집의 특색이었다고 하겠다. 사랑이라는 뻔한 담론이나 도식적 관계가 가져올 수 있는 시적 한계를 시인은 이렇듯 자신만의 일상성에서 독특하게 풀어냄으로써 이를 여러 음역으로 의미 있게 풀어내었다. 그러한 전략적 작업과, 그에 접근하는 서정의 긴밀한 밀도가 이번 사랑시집의 궁극적 의의라고 할 수 있을 것이다.

제2부

만다라의 세계가 만들어내는 맛의 향연

— 주선화, 『까마귀와 나』

1. 실존에 대한 고민의 흔적들

『까마귀와 나』는 주선화 시인의 세 번째 시집이다. 시인은 이미 『호랑가시나무를 엿보다』와 디카시집 『베리베리 칵테일』 등을 상재한 바 있기 때문이다. 2007년 『서남일보』 신춘문예로 등단한 이후 오랜 세월이 흘렀지만 시인이 생산한 시편들은 그리 많은 편이 못 된다. 이런 느림의 시학이 시인의 시세계에서 의미하는 것이 무엇일까. 그 이유는 개인의 성실성과 관련된 것일 수도 있고, 서정의 흐름에 대한 길을 찾는 데 있어 상당한 난관에 봉착한 것일 수도 있다.

문학이란 열정의 정서 없이 성립하기 어려운 장르이다. 따라서 이 시인이 표명한 시의 음역들은 서정을 향한 시정신의 방향과 밀접한 연관이 있을 것으로 판단된다. 실제로 이번에 상재하는 시인의 작품들을 꼼꼼히 읽어보게 되면, 이런 혐의는 어느 정도 긍정성을 확보하게 된다.

『까마귀와 나』는 한 권의 시집이라고 하기에는 양적으로 많은 편이 아니다. 시집의 곳곳을 채우는 시의 양이 많다고 해서 문학적 의미나 시사적 의의를 담보해주는 것은 아니다. 그럼에도 적당량의 시편들은 한 시인의 정서와 시세계를 재단하는 주요 근거라는 점에서 이를 완전히 외면하는 것도 어려운 일이다.

적은 시편들에도 불구하고 시인이 이번 시집에서 던지는 서정의 의문들은 결코 만만한 것들이 아니다. 현대를 살아가는 주체들이 쉽게 감당하기 어려운 주제들로 꼼꼼히 채워져 있기 때문이다. 그만큼 주선화 시인이 던지는 서정의 회의들은 그 폭과 깊이가 큰 것이라고 하겠다. 그러한 주제의 진폭들은 이 시인만의 몫이 아닐 만큼 매우 크고 묵중한 것이라 하겠다. 따라서 시인이 과작에 머무를 수밖에 없었던 것도, 『은방울꽃』에 상재된 시들이 양적인 측면에서 적은 것도 이 때문이라 할 수 있다.

시인이 다루고 있는 주제들은 무겁고 둔중하다. 그리고 깊은 형이상학을 요구하는 것들이 대부분이다. 시인이 사유하는 서정의 폭들은 넓고 크다. 개인의 실존이나 존재 속에 육박해 들어오는 것도, 반대로 그 바깥으로 외화하는 것도 있다. 뿐만 아니라 근대를 향한 역사철학적인 질문들도 담겨 있다. 그렇기에 지금 여기를 살아가는 시인이 무거운 짐을 짊어지고 있는 형국이다. 그 넓은 사유의 폭들이 시인의 정서를 자유롭게 발산하지 못하게 한 것이다.

시인이 이번 시집에서 다루고 있는 작은 주제 가운데 하나는 소위 실존에 관한 것들이 많은 경우이다. 그것은 존재 자신의 실존이면서 주변 사람들의 실존과 맞물려 있는 것이기도 하다. 그 하나가 「동그라미」이다.

> 가뭄에 바닥을 드러낸 저수지
> 남편이 뻘 바닥을 기고 있는 가물치를 잡아 왔다
> 할머니는 해감해야 하니 들통에 물을 붓고 어둡게 해서
> 하루나 이틀 무거운 것으로 덮어두라 하셨다
> 한밤중, 우당탕탕
> 물거품을 문 가물치가 베란다로 튀어나와

파닥이며 여기저기 난장판이다
그때, 장남 대학등록금을 위해 푼푼이 든 곗돈 떼이고
바닥을 치던 어머니가 보였다

넓은 저수지를 활보하다가
좁은 들통 안은 얼마나 갑갑할지
활딱활딱 화병이 들린 가물치
저 힘을 어쩌랴,
뚜껑을 여니
그때까지도 물비린내 물고 팔딱팔딱 발버둥이다

가물치를 놓아준다
수면 위로 입 뻐끔뻐끔 거리며 동그라미를
그려내는 가물치

어머니가 땅을 치며 구르던 앞마당 자갈들이
누런 동그라미로 보였을 그날,

—「동그라미」 전문

우리 하천에서 흔한, 그러면서도 가장 힘이 센 물고기 가운데 하나가 가물치이다. 하지만 그 강렬한 힘에도 불구하고 가물치는 잡히고 마는 신세가 된다. 할머니는 가물치를 해감해야 한다고 하면서 들통에 물을 붓고 어둡게 한다. 그러한 과정에서도 가물치의 역동적인 힘은 여전히 위력을 발휘하고 있다.

가물치를 연상하는 것만으로도 우리는 그 힘의 감각으로부터 자유롭지 않다. 꿈틀거리는 근육감각적 이미지야말로 가물치의 근본 속성이기 때문이다. 그러한 역동적인 힘과 이미지는 곧바로 서정적 자아의 실존적 삶과 유비된다. 서정적 자아는 가물치의 몸부림 속에서 “장남 대학등록금을 위해 푼푼이 든 곗돈 떼이고 바닥을 치던 어머니"의 모습을 연상하는 것이다. 부정한 현실 속에서 몸부림치는 어머니의 모습은 가물치의 역동적 모습과 겹쳐지면서 생생한 효과를 빚어낸다. 그 상징적 구현이 바로 '둥그런 입'이다. 시인의 표현대로 말하면, "동그라미"인 것이다. 가물치와 어머니의 삶이 오버랩되면서 삶의 고통이 더욱 크게 울리는 것이 이 작품의 내포라 할 수 있다.

실존의 고통에 대한 고발이 분명 이번 시집 『은방울꽃』의 주요 주제 가운데 하나일 것이다. 시인은 「옥수수껍질」에서도 현실의 부조리한 삶을 읽어내고 있거니와 「죽죽 죽죽」에서는 죽은 아들에 대한 고통 역시 표명하고 있기 때문이다. 이런 소재는 시인의 작품 세계에서 무척 소중한 것이다. 실존이나 본질, 혹은 근대와 역사철학적인 문제에 이르기까지 매우 넓은 영역에 걸쳐 있으면서도 그의 작품들이 관념의 나락으로 떨어지지 않는 것은 이와 밀접한 관련이 있기 때문이다. 시인은 서정시들이 흔히 간과하기 쉬운 구체성이나 미메시스의 독특한 의장에 대해서 결코 소홀하지 않고 있는 것이다. 그러한 면들은 분명 이 시인이 갖고 있는 주요 장점 가운데 하나라 할 수 있을 것이다.

2. 욕망의 추구와 발산

근대를 살아가는, 아니 지금 여기를 살아가는 존재들의 최대 과제 가운데 하나는 이른바 욕망의 문제이다. 실상 시인의 주요 주제 가운데 하나가 실존에 관한 것이라 했는데, 이 역시 욕망의 문제와 불가분하게 얽혀 있는 것이라 할 수 있다. 시인은 인간의 본질과 대비되는 실존에 대해서 언급한 바 없거니와 또한 그것이 전쟁과 같은 한계상황이나 부조리한 의식의 발현과 관련된 것도 아니기 때문이다.

실존이 욕망과 분리하기 어려운 정서라고 한다면, 이 시인이 제기하고 있는 문제의식은 분명 일관성이 있는 것이다. 『은방울꽃』의 시세계가 다소 파편화되고 분산된 것처럼 보이긴 해도, 작품의 근원적 정서를 추적해 들어가게 되면, 이렇듯 그의 시들은 하나의 줄기와 단단히 연결되고 있는 것이다. 그것이 이 시인의 특징적 정서인데, 그 근원에 깔려 있는 것이 바로 욕망의 문제이다.

오색 무지개를 가진 화사가
고개를 빳빳이 들고 혀를 날름거리며
내 품속으로 파고들었지요
어젯밤의 일인데

늦은 나이에 우울로 살고 싶지가 않아요
새벽에 베란다 창밖으로 뛰어들어요
부엌에서는 식칼을 들고 바닥을 내리쳤어요

자욱한 안개 속을 달려요
한 치 앞도 보이지 않은 거리
달려요 그냥
발을 허공에 둔 채 둥둥 달려나가요

해무가 가득한 바다
허무가 어딘가로 사라진 바다

바다를 찾으러 바다로 뛰어들어요
아득히 사라져요

—「명랑한 날에」 전문

서정적 자아가 욕망의 주체임을, 아니 그 정서로부터 결코 자유로울 수 없음을 일러주는 소재는 '화사', 곧 꽃뱀이다. 시인은 이 뱀이 어젯밤 "고개를 빳빳이 들고 혀를 날름거리며/내 품속으로 파고들었"다고 함으로써 자아가 욕망하는 존재임을, 아니 그럴 수밖에 없는 존재임을 긍정하고 있다.

'화사'가 욕망의 매개 내지 수단임을 시에서 처음 묘파해낸 시인은 서정주이다. 그는 「화사」에서 인간을 욕망하는 존재로 규정했다. 아담과 이브의 성서 체험 속에서 뱀이 욕망하는 존재임을, 그리고 그 뱀에 유혹당하는 인간 또한 욕망하는 존재임을 처음 묘파해낸 것이다. 이런 정서는 「명랑한 날에」에도 그대로 이어진다.

1연에서 서정적 주체는 욕망하는 존재임을 알리게 된다. 그리하여 그 욕망을 억제하는 것, 그것은 곧 수양라는 윤리의 정서인데, 시인은 이를 결코 수용하지 않는다. 그러한 정서의 표명은 2연에 잘 나타나 있는데, 가령 "늦은 나이에 우울로 살고 싶지가 않"다거나 "새벽에 베란다 창밖으로 뛰어"든다거나 혹은 "부엌에서는 식칼을 들고 바닥을 내리"치는 행위 등등이 그러하다. 그런데, 절제되지 않은 시인의 욕망은 여기서 그치지 않는다. 그는 욕망의 발산을 위해서 거침없는 항해를 계속하기 때문이다. 그가 나아간 곳은 바다이다. 하지만 그 광활한 공간조차 시인의 욕망을 모두 채워주지는 못한다. 바다의 폭과 넓이는, 시인의 의식 속에 완전히 포회하지 않는 까닭이다.

> 나, 오늘 밤
> 젖과 꿀이 흐르는 저 휘황찬란한 불빛!
>
> 물어뜯을수록 강해지는 야성을 길들일 거야
>
> 지린내와 역한 구토를 견디는

새벽은, 닻을 내릴 수 없는 항구의 밤 같아서
발자국 소리가 유난히 크게 들리는 텅 빈 거리의
널브러진 종잇조각 같아서

나는 원시 부족의 한 집단이 되어
색색의 아이섀도우를 유쾌하게 칠하고
밤의 채찍을 휘두를 거야

비틀거리는 계단을 내려가야 하는 지하 동굴 속에서도
겨울잠은 자지 않을 거야

오늘 밤은 원나잇, 원하는 만큼

위하여!

* homo nightcus : 야행성 동물처럼 밤에 주로 활동하거나 밤 문화를 즐기는 사람들.

―「호모 나이티쿠스처럼」 전문

서정주는 인간을 욕망하는 존재로 규정한 다음, 그 발산의 구경적 정점을 관능에서 찾았다. 가령 「맥하」라든가 「대낮」에서 거침없는 관능의 표현으로 그 변증적 정합성을 일구어낸 것이다. 욕망이 찾아가는 경로, 그 아름다운 여행길은 주선화 시인에게도 예외가 아니다. 밤에 주로 활동하거나 밤 문화를 즐기는 사람들의 속성으로, 곧 '야성'의 발산으로 거침없는 발걸음을 옮기고 있는 까닭이다.

서정적 자아는 오늘밤 욕망의 노예가 되고자 한다. "젖과 꿀이 흐르는 저 휘황찬란한 불빛!" 속으로 거침없이 빨려들어가고자 하기 때문이다. 마치 불을 찾아 맹목적으로 덤벼드는 부나비처럼, 욕망을 부르는 빛의 향연에 육박해 들어가고 있는 것이다.

욕망은 윤리로부터 벗어나 있다. 아니 벗어나 있는 것이 아니라 아무런 방해도 받지 않는다. 시인의 그러한 일탈이 윤리에 의해 걸러질 수 없는 것임을 일러주는 정서가 신화적 상상력이다. 원시의 사유도 그러하지만 겨울이라는 계절이 더욱 그러하다. 신화적 국면에서 원시는 본능의 세계와 가깝다. 윤리와 법과 같은 초자아의 세계에 의해 지배받지 않는 것이 이 세계의 본질인데, 자아는 이 세계의 부족이 되어서 "색색의 아이섀도우를 유쾌하게 칠하고/밤의 채찍을 휘두"르겠다고 한다. 뿐만 아니라 자아는 겨울이라는 동면의 세월을 거부하기까지 한다. 신화적 의미에서 겨울이 죽음인 것은 잘 알려져 있는 것인데, 이는 욕망의 무화와 밀접한 상관이 있는 것이기도 하다. 그런데 자아는 그런 동면, 그런 욕망의 무화를 결코 수용하지 않는다. 그에게 필요한 것은 지금 여기의 쾌락적 순간, "오늘 밤은 원나잇, 원하는 만큼/위하여!"가 있을 뿐이다.

초자아를 뛰어넘는 본능의 세계에는 나만의 세계, 자기충족적인 세계만이 존재한다. 그러니 남을 배려하는 이타적 정서가 틈입해 들어올 여지가 없다. 그리고 경우에 따라서 나의 본능이라든가 이해만을 만족시켜주는 가식이 필요할 경우도 있다. 그러기 위해서는 상대방의 처지를 고려하거나 그를 배려하는 태도는 배제되어야 한다.

둥근 등이 살 떨리게 고요하지

공기는 더욱 예민해져 숨소리조차 숨 막히지

시계는 새벽 1시 10분을 넘어서고

모두가 잠든 이 순간에도

팽팽하게 당겨지는 숨소리

오늘이 아니면 내일은 없다는 듯

눈알이 따끔거려도

집중, 집중하는 저 붉은 눈빛들

올인!

끝나도 끝이 아닌

불안한 기운들

* CM 쿨리지. 1950년. 캔버스에 유화.

—「포커 치는 개들」 전문

이 작품은 쿨리지의 회화 〈포커 치는 개들〉에서 그 소재를 가져온 것이다. 이 회화가 함의하는 것은 크게 두 가지이다. 하나는 개들의 위선이고, 다른 하나는 진정성에 대한 위선이다. 이 위선들의 밑바탕에 깔려 있는 정서 혹은 담론의 매개는 가식의 표상인 '~척'이다. 이 단어의 함의는 가짜라는 데에 있다. 진정성 있는 것처럼 보이지만 전혀 그렇지 않은 것, 그것이 위선이고 '~척'이다.

인용시가 그리고 있는 것은 사람들만이 할 수 있는 포커 놀이를 "개들도 할 수 있다는 척"을 내세운다. 그림에 나와 있는 것처럼, 그러는 한편으로 "친구를 위하는 척"도 한다. 하지만, 그것이 결코 진정성이 담보된, 친구를 위한 것이 아님을 알게 된다.

그래서 '~척' 속에서 팽팽한 긴장감이 묻어난다. 시인은 그러한 정서들을 밀도 있게 그려내는데, 굳이 그림을 연상하지 않더라도 포커를 치면서 상대를 속여야겠다는 의지를 내보이게 된다. 그래서 나만의 이익을 얻어내야겠다는 팽팽한 긴장감이 자연스럽게 묻어나올 수밖에 없게 된다.

현대사회는 진정성을 잃은 사회이다. 내가 승리하기 위해서는 상대편이 패배해야 한다. 그러한 싸움의 과정에서 올바른 게임 규칙과 정당한 승부는 거추장스러운 것이 된다. 그저 내가 이기는 것이 최종 목표일 뿐이다. 이기기만 하면 되는 것인데, 그러기 위해서는 위선적 포즈를 취해야 하고, 상대를 기만해야 한다. 정당한 싸움은 결코 나를 위한 것이 아니다. 이기기 위한 초조감과 그 팽팽한 밀도를 그려낸 것이 「포커 치는 개들」의 의장이자 주제이다.

3. 속도라는 현대의 속성

현대를 규정하는 척도들은 매우 다양한 편이다. 중세가 무너지고 근대로 접어들면서 이를 구획하는, 혹은 변별하는 담론들은 그 나름의 정합성이 담겨 있다. 그 가운데 흔히 받아들여졌던 것이 영원성의 감각이었다. 물론 그 반대편에 놓인 감수성이란 당연히 순간의 감각일 것이다. 순간이란 일시성이며 휘발적 속성을 갖는 것이다. 모든 견고한 것들이 휘발적으로 날아간다는 어느 철학자의 말처럼 현대사회는 어떤 고정적인 관념이나 틀을 인정하지 않는다. 그래서 현대사회의 특성을 휘발성, 다시 말하면 속도(speed)에서 그 특징적 단면을 찾아내는 것도 이와 무관하지 않은 것처럼 보인다.

시인은 앞서 선보인 여러 시편들에서 현대사회의 특성을 욕망에서 찾은 바 있다. 그런데 욕망이 현대사회의 또 다른 특징적 단면인 속도와 긴밀히 연결되어 있는 것이라는 점에서 우리의 주목을 끄는 경우이다.

개인의, 혹은 집단의 욕망을 채우기 위해서는 그에 걸맞은 대상들이 있어야 할 것이다. 날마다 새로운 상품은 나온다. 그것은 개인마다의 욕구라든가 집단의 욕구를 채워줄 것이다. 그러나 그 충족은 긴 생명력을 갖고 있지 못하다. 오늘 이후, 또 다른 상품이 그를 대치할 것이기 때문이다. 그러면 기왕의 상품은 더 이상 유효성을 상실하게 될 것이다. 그러니 경쟁에서 밀리면 욕망은 채워지지 못할 것이고, 궁극에는 이 시대의 낙오자가 될 것이다. 살기 위해서는 시대에 뒤떨어지지 않아야 하고, 경쟁에서 뒤떨어지지 않아야 한다.

나는 걷고 있다

돌아보면 할퀸 생채기를 숨긴
굽은 등이 보였다

그는 날마다
총알 하나씩 장전하고
쏠 준비가 끝났다는 듯
으르릉거린다

지금은,
가로등이 질
얼어붙은 새벽을 견디는 일이
웃음을 거두고 발소리를 죽이는 일보다 친절한가

어둠 안에서 제 몸을 하나씩 하나씩 벗고
세상은 서서히 어둠을 걷어낼 때

아침은 소리 없이 와
또 다른 총알을 장전하고 기다리고 있다

—「새벽」 전문

현대사회가 처한 특징적 단면을 이 작품만큼 잘 표현한 시도 없을 것이다. 서정적 자아는 새벽이 오기 전, 아니 그 전날에 이미 치열한 삶을 살아 온 터이다. 그 흔적을 말해주는 것이 '굽은 등'이다. 그러나 아픈 상채기는 그 전날의 경쟁이나 싸움에서 그치는 것이 아니다. 그것은 일상화된 것이기에 앞으로도 계속 일어날 것이기 때문이다.

그러한 일상화를 준비하는 매개가 '총알'이다. 누가 먼저 총알을 장전하는가의 문제, 곧 속도의 문제가 결부되어 있는 것이다. 먼저 총을 뽑는 사람, 그리하여 먼저 쏘아서 상대방을 제압하는, 서부 영화의 한 장면을 보는 듯한 긴장감이 이 작품에 녹아 있는 것이다. 이렇듯 상대를 제압하기 위해서는 속도가 있어야 한다.

경쟁에 있어서 정서적 온정주의는 허용될 여지가 없다. 따라서 그 야생의 싸움에서 살아남기 위해서 서정적 자아가 할 수 있는 일은 준비를 하는 것이다. 그런 자아에게 밤은 휴식의 공간이 아니다. 단지 새로운 싸움을 준비하는 예비의 공간일 뿐이다.

시인의 준비는 비교적 잘 된 편이다. "아침은 소리 없이 와"서 "또 다른 총알을 장전하고 기다리"는 일이 완벽하게 갖추어졌기 때문이다.

> 새벽 두 시
> 강남 버스터미널에서
> 손님을 태운다
> 목적지는 마산
> 고속도로는 이미 안개가 뒤덮었다
> 안개등을 켜고
> 비상등은 계속해서 깜박거린다
> 지금부터는 비상이다
> 속도가 속도를 따라잡아야 하는데

마음이 자꾸 조급해진다
두 시간 반이면 갈 수 있다고 했다
25t 트럭이 갑자기 끼어든다
급 브레이커에 발을 올렸다 떼기를 반복한다
급격히 속도가 줄어든다
40년 동안 속도와 경쟁하며 살았다
어느 순간 속도가 속도를 따라잡지 못했다
모든 것이 다 사라졌다
시계는 5시 45분
목적지가 보인다

다시, 저 안개 속을 뚫고 돌아가야 한다

—「안개 속」 전문

속도는 시간율과 불가분하게 얽혀 있다. 시간을 어떻게 이용하느냐에 따라 승패가 갈리는 것이 이 사회의 특성이기 때문이다. 이 작품이 일차적으로 제시하는 것도 이런 시간율과 밀접하게 얽혀 있다.

보다 이른 시간에 도착해야 새로운 출발을 기대할 수 있다. 만약 시간에 맞추지 못하면, 그날의 일상은 망가지게 되고, 경쟁에서 밀려나게 된다.

이 작품의 전반부는 교통수단을 통해 시간의 의미를 읽어냈는데, 후반부에 이르러서는 그 내포가 시적 자아의 내면으로 전이되어 새로운 의미를 생산해내게 된다. 자아는 40년 넘는 동안 속도와 경쟁하며 살아왔다. 하지만 그는 어느 한순간도 그 경쟁에서 승리한 적이 없다. 빠른 속도를 따라잡지 못한 탓이고, 경쟁에서 승리하지 못한 탓이다. 그렇기에 자아는 초조하다. 하지만 그 감각이 지금 이 순간에 회복되거나 초월될 수 있는 것은 아니다. 과거에도 그러했지만 지금 이 순간도 그러한 속도 경쟁은 지속되고 있고, 여기서 마땅히 승리할 뚜렷한 방책도 보이지 않는 까닭이다.

차 위에 차가 와서 멈춘다.
길을 기억하는 몸으로 산이 되고 있다
무수한 부품들이 녹슬어 다시 흙이 되고 있다

평생 단 한 번도 차를 가져보지 못한 아버지가
평생 단 한 번도 세상 밖으로 걸어가 보지 못한 아버지가
나에게서 가장 멀리 떠났다

아버지의 걸음과 세상의 속력은
늘 반 발씩 어긋나 있었다
아무리 달려도 따라잡을 수 없는

아버지의 발뒤꿈치에는 결코 떼버릴 수 없는
세상 가장 무거운 내가 붙잡고 있어
아버지는 아버지의 속력을 잊어버렸다

아버지에게서 빼앗은 속도로
나는 세상 모든 길을 달려왔다

모든 속력을 버린 차들이
가만히 편안하다

—「폐차장」 전문

이 작품에서 인유되고 있는 속도의 객관적 상관물은 차량이다. 차를 비롯한 교통수단이 속도를 대변하는 것은 잘 알려진 일인데, 1930년대의 김기림은 이를 과학의 명랑성이라는 국면에서 이해했다. 과학이 줄 수 있는 최대의 혜택이 이런 기계문명에서 찾을 수 있다는 것인데, 근대를 긍정적 국면에서 이해하게 되면, 이런 판단은 크게 잘못된 것이 아니다.

한때 경쟁의 주체였던 차는 이제 폐차장으로 돌아왔다. 이런 결과는 시

간의 무게를 이기지 못한 것이기도 하지만, 더 이상 경쟁할 수 있는 능력이 되지 못한 탓이 크다. 그리하여 신화적 상상력, 곧 흙이라는 원초적 세계로 다시 귀환하고 있는 것이다.

그런데 차의 그러한 모습은 마치 아버지의 삶과도 밀접하게 닮아 있다. 시인의 일상에서 이 둘을 비교하게 되면, 그것은 거의 등가관계에 놓여 있는 것이라 할 수 있다. 차가 경쟁에서 뒤진 것처럼, 아버지의 삶 또한 그러한 것이었다. "아버지의 걸음과 세상의 속력은/늘 반 발씩 어긋나 있었"기 때문이다. 아버지로 하여금 그 속도 경쟁에서 밀려나게 한 것은 가족적인 한계였다. 곧 나라는 짐 때문이었다. 속도에서 밀리지 않기 위해서는 가벼워야 한다. 그래야 빨리 나아갈 수 있다. 하지만 그의 발목을 잡고 있었던 것은 불행하게도 '나'라는 존재였다. 내가 그의 발목을 잡고 있었기에 그는 무겁기에 경쟁에서 낙오되었다. 자아는 그런 아버지가 펼쳐 보였던, 그 속도의 한 자락이 있었기에 버텨왔다. "아버지에게서 빼앗은 속도로/나는 세상 모든 길을 달려왔"기 때문이다. 이런 관점에서 보면, 서정적 자아 역시 현대사회가 요구하는 속도에서 결코 승리했다고 보기 어려울 것이다. 자아는 의탁자였을 뿐 경쟁의 주체가 되지 못한 까닭이다. 이렇게 본다면, 근대사회에서 속도의 승리자는 결코 없는 것이라고 해도 과언이 아닐 것이다.

4. 성찰과 만다라적인 어울림

끊임없이 변화하는 사회에서 인식 주체가 정서적 안정이나 동일성의 감각을 유지하는 것은 매우 어려운 일이다. 일찍이 정지용은 근대사회가 주는 일시성이나 가변성을 진단하는 잣대를 고향이라든가 가톨릭, 백록담과 같은 자연의 세계에서 찾은 바 있다. 이들의 공통분모는 항구성이다. 이는 가변성 속에서 항구성을 찾는 것으로 이를 기점으로 정서적 안정과 동일성을 회복하고자 한 것이 그 나름의 서정적 진단이었던 것이다. 이런 행보들이 모더니스트들에게는 일반화된 것이기에 그만의 예외적인 국면이라고는 할 수 없을 것이다. 변하는 것 속에서 변하지 않는 그 무엇을 찾아내는 사유의 표백은 모더니스트라면 당연히 할 수 있는 절차였기 때문이다. 서구 모더니스트의 선구자 엘리엇이 현대사회의 분열을 전통의 복귀 속에서 극복하고자 했던 것도 이와 무관하지 않은 것이라 하겠다.

가변적 현실에서 영원의 감각을 일구어내려는 여정은 주선화 시인에게도 예외적인 것이 아니다. 그렇다고 시인을 모더니스트 시인이라고 규정하고자 하는 것은 아니다. 그러한 속성을 담아내긴 해도 그것이 전면적으로 내포된 것은 아니기 때문이다.

> 내가 없어도 그곳,
> 늘 거기 있다
>
> 꼬부랑 떡둘박 언덕길도
> 휘돌아가는 깍지 길도
> 바다가 통째 눈으로 들어오는
> 해파랑길도 거기 있다
>
> 엄마가 없어도 엄마는 늘 거기 있듯이
> 푸른 바다도 늘 거기
> 하얀 등대도 늘 거기
> 샛바람이 덜컹덜컹 불어대는 거기,
>
> 한 사람이 겨우 지나다닐 길도
> 이쪽은 남 교회 저쪽은 북 교회
> 계단 오르내리며 가위, 바위, 보의 추억도

집어등 환한 불빛이 의지가 됐던 날도

세월의 이끼 덕지덕지 들러붙은 지붕들 위로
내 유년의 파도가 훌쩍 뛰어넘는
깍지길 시장통을 지나
북 교회로 이어져
소바짐, 거마장, 바닷길로
용굴로 걷고 또 걷는다

순례,

낯선 길 헤매다 돌아가면
늘 거기,
가만히 기다려주는 거기,

—「거기,」 전문

주선화 시인이 발견한 '거기'란 어떤 특별한 비밀의 공간이 아니다. 그것은 우리 일상의 현실에서 흔히 발견할 수 있는 대상, 혹은 정서이기 때문이다. 그럼에도 '거기'가 주는 의미는 특별한 것이다. 뿐만 아니라 휘발적 속성이 특징인 현대사회에서 이런 감각을 발견할 수 있다는 것만으로도 이 시인의 고유성을 잘 발현한 것이라 할 수 있을 것이다.

쉬운 것 같으면서도 쉽지 않은 감각, 흔한 것이면서도 결코 흔하지 않은 감각, 그것이 일상성이다. 그런 일상성 속에서 형이상학적 함의를 찾아낼 수 있다는 것, 그것이야말로 시인의 역량과 분리하기 어려울 것이다.

시인이 발견한 것은 '늘 거기에 있는 것'이다. 그것은 거기 있지만, 그러나 현대사회로 편입된 것은 아니다. 그것은 항구성과 보편성을 갖고 있으면서도 우리의 내부 속에서 면면히 흐르고 있는 어떤 심연과도 같은 것이다. 그것은 변하지 않는 어떤 것, 항구성을 갖고 있는 어떤 것들이다. 물질적 욕망이 어떠하든, 혹은 개인의 욕망이 어떻게 팽창해 나가든, '언덕 길'은 늘 거기에 있고, 또 '엄마' 역시 그러할 것이다. 뿐만 아니라 '푸른 바다'와 '등대', 그리고 '유년의 파도' 또한 그러하다. 그것들은 변하지 않고 늘 거기, 그대로 있다. 그것은 엘리엇이 말한 '전통'일 수도 있고, 정지용이 의미화한 '백록담'일 수도 있다.

변하지 않는 '그것', '그것'이 '거기'에 있는 것이다. 그렇기에 그것은 자아에게 사소하지만 성스러운 것과도 같다. 그래서 시인은 이를 찾아 '순례'의 길을 떠나게 된다. 파편화된 의식을 초월하기 위해서, 인식의 동일성을 완결하기 위해서 '늘 있는 거기', '변하지 않는 거기'를 향하여 성스러운 발걸음을 옮기는 것이다. '거기'는 나의 동일성을 회복시켜주는 사물이자 공간이다. 그곳은 욕망을 억제하고, 휘발적 속성에 지친 근대인에게 안식을 주는 공간이기도 하다. 인식의 완결을 향한 시인의 여정은 '거기'에 대한 발견뿐만 아니라 '자아' 자신에게도 이어진다. 동일성을 향한 열망은 이제 시인의 강력한 힘이자 역동적인 기제로 자리잡았다. '거기'와 대비되는, 또 하나의 감각이 다가오기 시작하는데, 그것은 바로 '성찰'이라는 감각이다.

관룡사에서
용선대에 올랐다

삼배를 드리고
고개를 드니

불상의 머리 위
빙그레 웃고 있는
새 한 마리

천진난만하게 앉아
나의 절을 받고 있다

누구에게 절한다는 것은
나를 내려놓은 것

나를 낮추고
나를 한번 돌아본다

쉬었다
더 높이 나는 새

허공에 그어진
새의 발자국
한참 따라간다

—「새에게 절하다」 전문

이번 시집에서 「죽비」와 더불어 내성에 관한 대표 시가 「새에게 절하다」이다. '거기'를 찾아 순례에 나섰던 자아가 도달한 공간은 인용시에서 보듯 산이다. 관룡사 용선대가 그곳인데, 여기서 자아가 발견한 것은 불상의 머리 위에서 빙그레 웃고 있는 새 한 마리이다. 이를 본 시인은 아무런 머뭇거림 없이 그에게 절을 한다. 시인의 표현대로 "누구에게 절을 한다는 것은/ 나를 내려놓은 것"과도 같다. 스스로를 낮추는 것은 욕망의 억제와 불가분의 관계에 놓이는 정서이다. 욕망이 나아가는 것은 타인을 위한 것이 아니라 나를 위한 것이기 때문이다. 이런 포즈란 나를 낮추는 것이 아니라 내세우는 것이고, 궁극에는 나의 욕망을 거침없이 채우는 일이 된다.

이런 성찰이 있은 뒤에 자아는 새의 길을 따라간다. 이런 그의 행보란 새를 향한 절의 연속이라 할 수 있다. 새는 자아에게 성찰의 매개이기도 했지만, 그것은 또 다른 형이상, 곧 자연의 대변자이기 때문이다. 따라서 새를 향한 행보는 곧 자연이 주는 내포를 자아화하기 위한 도정이라 할 수 있다. 자연이란 섭리이자 이법이다. 이런 감각을 자아화하겠다는 것은 욕망의 절제를 향한 실존적 결단이라 할 것이다.

현대인들의 파편화된 의식이나 이들이 겪는 실존적 고통은 모두 욕망과 무관하지 않은 경우이다. 욕망이란 분열의 정서과 밀접하게 연관되어 있다. 나를 위한 행위, 이타성을 배제하는 이기심이야말로 분열의 근원이기 때문이다. 자기충족적인 본능이야말로 동일한 감각, 공동체의 이상을 와해시키는 매개일 것이다. 이번 시집에서 시인이 주목한 또 하나의 감각은 그런 분열의 정서였다.

> 엄마는 작은 아이를 두 손으로 엉덩이를 받히고
> 깍지 껴 앞으로 보듬어 안고
> 작은 아이는 엄마의 목을 두 손으로 깍지 껴 안는다
> 큰 아이는 뒤에서 엄마의 허리를 두 팔로 깍지 껴 안는다
>
> 서로가 서로를 품었다는데
> 원래 한 몸이다
> 높고 높은 가을 하늘 아래
> 사람과 땅이 깍지 껴 안고 있다
>
> —「만다라 꽃(華)」 전문

만다라는 원의 구현이다. 둥글다는 것은 두루 갖추어졌다는 것을 뜻한다. 어떤 것을 구성하는 데 있어서 필요한 요소나 부분이 단 하나라도 빠짐없이 완전하게 구비된 상태를 나타내는 것이 만다라의 구경적 의미이다.

「만다라 꽃」은 완벽한 구현체를 향한 열정의 표명이다. 인간들이 만들어낸 조화가 그러하고, 인간과 자연이 만들어내는 조화 또한 그러하다. 이 작품의 의미는 이렇게 구성된다. 엄마는 작은 아이를 두 손으로 보듬어 안고 있다. 깍지 껴 안으로 보듬고 작은 아이는 엄마의 목을 두 손으로 깍지 껴 안고 있는 것이다. 그 아이의 행보 또한 어머니의 그것과 동일하다. 이렇게 정밀화된, '깍지 낀 모습'은 인간계를 거쳐 우주로 확산된다. 인간들만의 모습으로 한정되지 않고 보다 큰 외연으로 확장되는데, 사람과 땅의 모습으로까지 나아가고 있기 때문이다.

이 작품이 제시하고 있는 것처럼, 자연은 본디 인간과 하나였다. 서로 톱니바퀴처럼 완벽히 하나가 되어 전일성을 구축하고 있었던 것이다. 그런데 인간적인 질서가 개입되면서 그 완벽한 조화는 깨지기 시작했다. 다시 말해 욕망이라는 불온이 개입되면서 분열이 시작된 것이다. 그것이 인류의 유토피아를 상실케 했다. 시인은 그 아련한 세계, 그 한 서린 에덴의 동산으로 회귀하고자 한다. 그러기 위해서는 원래의 자태로 되돌아가야 한다. 곧 원상(原象)을 회복해야 하는 것이다. 나를 위해서 상대를 밀치는 것이 아니라, 나의 욕망을 채우는 것이 아니라 비우기 위해서 우리는 굳건히 "깍지를 껴야 하는 것"이다.

빙빙 돌아가는 레일 위에 얹힌
접시의 색깔은 가격표다
노란 접시는 2천 원, 빨간 접시는 3천 원,
참치 대 뱃살을 올려둔 황금 접시는 1만 원,

충청도 남자는 육지의 고기를 내린다
항구 여자는 생선 접시를 비운다

남자는
소고기 초밥과 계란말이로 허기를 털고
여자는
새우부터 조개류 연어 참치 광어로 허기를 채운다

코끝 찡하게 톡, 쏘는 겨자처럼
고기와 밥, 생선과 밥,
락교와 초 생강 고추지 단무지
각각의 맛을 지닌

고슬고슬한 밥 위에 살짝 얹혀도
서로 떨어지지 않고 어우러져
씹을수록 맛이 도는 한 끼

—「초밥」 전문

「초밥」은 「만다라 꽃」의 연장선에 놓여 있는 작품이다. 작품의 내용대로, 어느 한두 요소가 아니라 모두가 모여야 완벽이라는 전일체가 된다. 다시 말해 어느 하나만으로는 제대로 된 맛을 낼 수가 없는 것이다. "서로 떨어지지 않고 어우러져"야 맛을 낼 수가 있다.

모든 것이 갖추어져야 제대로 된 맛을 낼 수가 있다. 그 맛이란 완벽한 어떤 것이다. 어느 하나의 요소가 빠지면 결코 낼 수 없는 것이 전일성이라는 맛이다. 맛이 그런 것처럼 인간 사회 또한 제대로 된 맛을 내야 한다. 음식의 맛처럼, 제대로 된 인간의 맛을 내야 하는 것이다. 그러기 위해서는 어느 하나의 요소가 제외되어서는 곤란하다. 모두가 동일하게 참여할 때라야 비로소 인간적인 맛을 낼 수가 있을 것이다. 그 온전한 인간적인 맛의 세계, 그것이 「초밥」의 궁극적 함의이다.

시인이 이번 시집에서 꿈꾸어온 것은 이런 완벽한 맛의 세계일 것이다.

모두가 깍지 끼고, 흩어지지 않고 만들어낸 절대적인 맛의 세계, 곧 인간적인 냄새가 풍기는 맛의 세계가 그러하다. 깍지 낀 하나로 된 세계, 모두가 동등하게 참여하는, 그리하여 제대로 된 맛을 만들어낸 세계가 이 시집의 구경적 주제일 것이다.

무딘 감각을 일깨우는 자아의 몽상

— 윤유점, 『영양실조 걸린 비너스는 화려하다』

1. 현대인의 자화상

이번에 상재하는 윤유점 시인의 시집은 다섯 번째이다. 시인은 이미 『내 인생의 바이블코드』, 『귀 기울이다』, 『붉은 윤곽』, 『살아남은 슬픔을 보았다』 등등의 시집을 펴낸 바 있다. 약력에 의하면, 시인이 문인의 길로 들어선 것은 2007년이다. 하지만 다시 문학에 정진하여 2018년 월간 『시문학』에 다시 등단의 절차를 거치게 된다. 두 번에 공식 절차에 의해 문인의 길에 들어선 것인데, 이 기간 동안 시인은 비교적 적절한 시집을 낸 편에 속한다고 할 수 있다.

시집이 적절하고 균등한 시간을 가졌다는 것은 시세계의 다양성과, 그를 통한 시의식의 변모 과정이 있음을 의미한다. 마치 서사 문학에서 주인공의 성격 변화가 다채롭게 펼쳐지는 것처럼, 한 권의 시집이나 여러 시집 사이에 놓인 거리라든가 시정신의 발전 등등은 불가피한 것이기 때문이다. 그런데 이런 일반화된 도정에도 불구하고 윤유점 시인의 작품 세계는 한결같다는 느낌이 든다. 시집마다 서정적 자아의 변화가 포착되는 바가 전혀 없는 것은 아니지만, 그의 시들은 일정한 흐름을 유지하고 있는 것처럼 보인다. 물론 이런 고정성이랄까 경직성이 시의 장점이 될 수도 있고, 경우에 따라서는 단점이 될 수도 있을 것이다. 일관된 시정신이 계속 유지되고 있다는 점, 그리고 그것이 계속 모색 단계에 있다는 점 등등은 분명 시인만이 갖고 있는 특징이라고 할 수 있기 때문이다. 하지만 시정신이 정체되고 그 나아갈 도정이 뚜렷이 제시되지 않을 경우, 어떤 피로감이나 폐쇄적 정서와 같은 부정적인 감각들이 독자들의 뇌리에 각인될 위험도 피하기 어려운 것이 사실이다.

그것이 어떤 감수성으로 다가오든 간에 윤유점 시인은 고집스럽게 과거의 감각과 현존의 감각을 동일하게 유지하고 있다. 현실에 대한 어떤 인식성을 마련하고 이를 토대로 새로운 지대로 나아가지 못하고 정체되어 있는 까닭이다. 이를 긍정의 장으로 이해하게 되면, 시인이 사색하고 고민하는 정서들의 깊이가 그만큼 크기 때문이 아닌가. 현대성에 갇혀 있는 자아라든가 미로에 갇혀 있는 자아, 그 어두운 지대에서 자아를 가리고 있는 단단한 겹을 뚫고 나가지 못하고 시인은 여전히 배회하고 있는 것처럼 보인다. 자아는 어떤 구체적인 모양새를 갖추지 못하고 미정형의 상태에 있다. 그것이 윤유점 시의 가장 큰 특색 가운데 하나이다.

시인의 작품 속에 등장하는 자아들은 과거와 미래, 본질과 실존 사이에서 어느 한 곳을 응시하거나 정주하지 못하고 부유한다. 이렇게 유동하는 것은 자아가 뿌리내리고 있을 지대의 상실과 밀접한 관련이 있는 것인데, 실상 현대인 치고 이런 조건으로부터 자유로운 존재는 아무도 없을 것이다. 현대라는 것은 영원한 것의 상실과 견고한 것의 부재와 밀접한 관련을 맺고 있다. 그러한 상실과 부재가 자아에 대응함으로써 자아 역시 끊임없이 떠돌아다닌다. 거기서 탄생하는 것이 떠도는 자아, 과정으로서의 주체일 것이다.

꿈꾸는 나무는 흔들린다
부러진 가지하나 슬픔을 달래고 있다
아름다운 너는 서서히 꿈을 접는다
물관을 따라 생의 빛나는 시간을 내려놓고
너에게로 가는 길을 헤아린다
내게 또 다른 세상은 너의 일부로 자란다
핏기 없는 얼굴은 창백하다
고독은 항상 존재를 잃은 고독을 낳는다
수면 위로 올라오는 물보라는
손이 닿지 않는 등 뒤에 있다
촉감을 만지는 가슴으로
마지막 길을 내다보는 너
서툰 몸짓은 서툴게 다가오고
메멘토모리를 기억하는
손가락 사이로 새파란 입술이 떨린다

—「메멘토 모리」 전문

'메멘토 모리'란 라틴어로서 "자신의 죽음을 기억하라" 혹은 "너는 반드시 죽는다는 것을 기억하라"는 뜻을 갖고 있다. 그런 면에서 이 단어는 실존주의에서 말하는 한계상황이라든가 극한상황 혹은 부조리와 어느 정도 관련을 맺는 것이라 하겠다.

우선, 작품에서 보이는 고뇌의 일단은 이런 죽음의식이 가져오는 한계상황과 분리하기 어려워 보인다. 실존의 한계에서 자유로운 존재는 아무도 없는 까닭이다. 어떻든 자아는 세계내 던져진 존재이고, 그 환경 속에서 스스로가 살아갈 환경을 개척해야 할 운명에 놓여 있다. 이런 자아가 가질 수 있는 조건이 '고독'인 것은 자명하거니와 그러한 감수성은 '존재'의 운명도 좌우하게 된다.

그런데 이렇게 부유하는 존재가 어떤 곳에 안정된 정착 지점을 마련하기 위해서는 자아를 붙들어줄 대상이 필요하다. 마치 '나'와 '너'의 공유 속에서 공통의 지평을 가질 수 있는 토대 비슷한 것이 요구되는 것이다. 여기서도 자아와 자아 외연에 존재하는 여러 대상들이 엄연히 존재해야 한다. 가령, '너'가 있고, 이를 은유하는 여러 대상들이 있어야 하는 것이다. 하지만 이들은 서로를 인지하고 감각하기는 하지만 한 지점에 수렴되지는 않는다. '나'와 '너'는 비껴갈 뿐 결코 하나의 장으로 되지 못하는 것이다. 마치 기호와 기의가 만나지 않고 미끄러지는 것처럼, 이들은 비껴가거나 엇박자를 내는 상충된 존재일 뿐이다.

중심을 잡지 못하는 자아는 흔들리고, 비틀거린다. 그러니 몸짓은 서툴고 말은 어눌해질 수밖에 없다. 그리고 그러한 상황을 담론화하고 언어화하는 것은 어려운 일이다. 이럴 때 이를 대신할 대상이 필요해진다. 그 대안으로 떠오르는 것이 신체이다. 그러나 신체는 그러한 상황 속에서 고독을 내면화하지만 실존의 두려움으로부터는 자유롭지 않은 상태가 된다. 그 순간 '메멘토 모리'라는 숙명의 언어가 다가오는 까닭이다. 이를 인지한 자아는 공유의 지대를 포기하고 "손가락 사이로 새파란 입술이 떨"리고 있음을 인지한다.

풍경과 풍경 사이 나는 항상 역방향이다
마주한 그는 눈을 감고 있다
높은 빌딩은 강물에 빠진 채 철교를 지나가고
나는 낯선 사람과 건너 앉아있다
어색한 자세는 서로에 대하여 어색하다
등 뒤로 일어나는 풍경을 볼 수 없다
멀어져가는 은사시나무들이 반짝일 뿐 미래를 알 수 없다
타인의 과거에 떠밀려 터널을 지나가고

미처 알지 못한 순간은 나의 불빛이다
차창에 비쳐지는 무표정한 것들만 남아있다
그의 얼굴에서 나의 절망과 과거를 본다
뒤돌아보면 맴돌다 떠나가는 발자국들이 모두 사라지고
서로의 등 뒤로 어둠은 빠르게 지나간다
춤추지 않는 도시는 춤추지 않는다
길 위엔 또 다른 길이 떠있다
무채색의 도시는 어디쯤에서 멈출까
나는 지금 서른쯤에 머물러있다
몸짓만으로 꿈을 이룰 수 없다는 것
결핍은 또 다른 잉여를 낳는다
내 앞에서 쓰러지는 풍경을 미처 견디지 못한다
나는 곧 깊은 아지랑이를 볼 것이다
푸르다는 하늘과 푸르다는 바다 사이에서
나의 사유는 항상 푸르게 들뜬다

—「해프닝 2」 전문

이 작품은 「메멘토 모리」의 연장선에 놓여 있다. 이 시를 지배하는 지배소 역시 '엇나감'이다. 그것은 작품의 표현대로 '역방향'일 수도 있다. 우선 작품의 배경은 열차 안이다. 여기서 중요한 것은 내 앞에 낯선 타자가 있다는 사실이 아니라 왜 그러한 성격을 갖는 '타자'가 꼭 내 앞에 있어야 하냐는 것이다. 낯선 사람은 「메멘토 모리」의 '너'와 같은 존재이다. 그래서 자아와 타자는 함께 공유할 수 있는 지대를 만들 수가 없다. 현재가 미몽의 상태이니 '미래'를 포착해내는 것은 불가능하다. 현재와 미래의 불안은 곧 자아의 불안과 분리하기 어렵기 때문이다. 불안이 내재된 시간은 연속적이지 않고 단속적이다. 분열된 시간의 연속이 자아를 지배하고 있는 것인데, 그럼에도 한 가지 희망은 있다. 그 시간의 틈을 비집고 들어오는 순간의 번뜩

임, 곧 빛이 가끔은 스며들어오기 때문이다. 하지만 이 역시 순간에 불과할 뿐이다. 그 반짝이는 빛이 자아를 인도하는 등대가 아니라 '미래'를 지시하지 못하는 암흑이기 때문이다.

그럼에도 자아의 정서는 숨가쁘게 빨리 돌아간다. 무언가를 사색하고, 자기화하기 위한 노력은 결코 포기되지 않는 까닭이다. 유동하는 시간 속에서 자아는 현재의 지점, 현존을 향한 발걸음을 멈추지 않는다. 가령, "나는 지금 서른쯤에 머물러 있다"라든가 "무채색의 도시는 어디쯤에서 멈출까" 하는 사유의 표백을 계속 진행시킨다. 그런 사유야말로 존재의 이유일지도 모른다. 사유만으로도 시적 자아는 현재에 충실하기 때문이다. 그것이 자신의 사유에 대한 건강한 진단일 것이다. "나의 사유는 항상 푸르게 들뜬다"가 바로 그러한데, 자아는 뿌리 뽑힌 채 유동한다고 하더라도 존재의 이유에 대해 나름의 의의를 만들어가고 있는 듯하다. 사유는 과정으로서의 주체가 가질 수 있는 최선의 미덕이기 때문이다.

2. 몽상의 즐거움

하나의 지점으로 수렴될 수 없는 것이 현대성의 가장 큰 특징 가운데 하나이다. 하나의 귀결점으로 모아지지 않는다는 것은 여러 가능성이 있고, 보는 시각에 따라서 수많은 해석이 나올 수 있다는 차연의 논리가 지배하고 있기 때문이다. 이에 의하면, '자아'에 대해서도 동일한 논리가 적용될 수 있다. 그렇다면, '나'란 무엇이고, 또 '나'란 어떻게 정의될 수 있는 것인가. 여기에 심각한 물음표를 던진 것이 포스트모던의 중요한 테제였거니와 이에 대한 의문은 현재 진행형이기도 하다. 그만큼 현대는 확정 불가능의 정서가 지배하는 사회이고 미정형의 상태가 도처에 널려 있는 사회이다.

윤유점의 시들은 결코 하나의 기의로 수렴되지 않는다. 그것은 의미를 모으지 않는다는 뜻이 될 수도 있고, 자아란 누구인가라는 자기회의이기도 할 것이다. 하지만 자신을 향해 던지는 시인의 물음들이 결코 폐쇄적이거나 자아의 감옥에 갇혀 있지 않다는 점에서 그 시적 의의가 있다고 하겠다.

> 속살을 비추는 햇살
> 어둠이 타는 아침은 눈부시다
> 설산은 깊은 사유를 동반하고
> 양지 바른 언덕은 황토 빛
> 허방은 오색 깃발 휘 날린다
>
> 은둔한 마니석상
> 나는 누구인가 묻는다
>
> 부정한 날엔 날지 않는
> 새 떼 날아오른다
>
> 바람은 룽따를 끌어안고
> 경전으로 비상한다
> 야크 떼가 지나가는 길 위에
> 노란 선인장 꽃이 피어 있다
>
> 풍요의 여신이 사는 지붕 끝
> 아이들은 수줍은 얼굴을 드러낸다
>
> 파란 하늘 아래 눈 덮인 고산
> 근접할 수 없는 위엄
> 질문을 던진다
> 상념을 내려놓지 못하는
> 어깨로 시린 눈발 흩날린다

눈꺼풀 내려와 숨 고르는
신의 땅
생은 부단히 아리다

—「티베트 가도」 전문

이 작품은 윤유점의 시 가운데 비교적 온건한 의미 추적이 가능한 경우에 속한다. 시인 스스로에 대한 자기 확정이 이루어지지 않아서 혼란스러운 것처럼, 시인의 작품 역시 의미가 수렴되지 않는 까닭에 난해한 성격이 있는 것이 사실이다. 그의 시를 읽어내는 것은 쉽지 않다. 아니 쉬운 이해를 거부하는 것이 당연한 것인지도 모를 일이다. 흘러가는 것을 붙잡아두는 것은 쉽지 않은 일이거니와 흘러가는 언어 속에서 그것의 고정된 의미를 포착해내는 일 역시 쉽지 않기 때문이다. 그렇기에 시 속에 표명된 자아의 흔적을 찾기가 어렵다. 의미 역시 그러하다. 작품 속의 자아와 시 속의 언어들은 고정된 기의를 갖지 않고 계속 떠나려 하고 있고, 실제로 끊임없이 부유한다.

「티베트 가도」에서의 자아는 원시의 광야에 서 있다. 현실의 복잡한 실타래로부터 비교적 자유로운 공간에 있기에 그의 정서는 비교적 정돈된 듯 보인다. 그 정밀한 공간에서 시인은 스스로에게 진지하게 묻는다. "나는 누구인가" 하고 말이다. 이 질문이야말로 시인이 이번 시집에서 가장 하고 싶었던 담론 가운데 하나일 것이다. 실상 이러한 질문은 완결된 자의식에서는 거의 일어나지 않는다. 무언가 결핍이 느껴질 때, 자기 회의가 생기는 것이고, 이에 대한 해법으로 "나는 누구인가"와 같은 회의의 담론이 직설적으로 던져지는 까닭이다.

이 작품을 두고 온건하다고 했는데, 어쩌면 이런 인식은 자아의 외연을 둘러싸고 있는 영역과의 대비에서 온 것인지도 모르겠다. 지금 시적 자아가서 있는 공간은 신화적 공간이라고 해도 과언이 아닐 정도로 신성성이 확보된 공간이다. 그러한 공간이 미완의 인간에게 다가오는 무게감이랄까 중압감은 매우 큰 것일 수도 있다. 그 대비되는 격차가 만들어낸 것은 이런 자기회의였을 것이다. 이를 증거하는 것이 마지막 두 연이다. 시인은 신성성과 대비되는 인간적 고뇌를 "상념을 내려놓지 못하는/어깨"로 표현하는가 하면, "생은 부단히 아리다"고도 했다. 이런 정서는 신성성 앞에 놓인 연약한 자아, 세속적 자아가 아니라면 불가능한 경우이다. 시인의 시들이 자아에 대한 끊임없는 물음에서 시작되고 있음은 이로써 증명된 것이라 하겠다.

스크린에서 빠져나와 영사기를 돌린다
화면 안에 있는 나는 내가 누구인지 모른다
주인공과 닮지 않은 얼굴을 그리는 나는
자유낙하를 열망하는 눈빛으로 살아있다
몸에 밴 악몽은 허방에서 포물선을 그리며
튀어 오른 만큼 팽팽하게 떨어질 것이다

자가이식을 위해 피를 뽑는다
모세혈관을 따라 달팽이관이 흔들리고
연골주사를 맞는 동안 닳아빠진 물렁뼈가 내려앉는다
멈출 수 없는 하류인생은 가속 페달을 밟고
그로테스크한 표정은 시간을 거꾸로 몰고간다

풍경 속에서 길을 잃은 꽃의 떨림을 꺼낸다
헝클어진 이상이 바람의 핏대를 세우고
빛은 중력의 부재를 알 수 없다
변신을 꿈꾸는 영혼
고독한 여자의 입술을 깨문다

—「몽상여행」 전문

의미가 수렴되지 않으면, 이를 만들어내기 위해서 기표는 끊임없이 미끄러져 들어가야 한다. 이른바 기호 놀이가 시작되는 것이다. 하지만 이 놀이가 있다고 해서, 그리고 그것이 격렬해진다고 해서 숨겨져 있던 기의, 곧 의미가 곧바로 살아나는 것은 아니다. 아니 어쩌면 현재 유희하는 기표들은 자신과 어울리는 기의를 영원히 만나지 못할 수도 있다. 그런 부조화가 현대성의 슬픈 자화상 가운데 하나이고, 그것이 또 떠도는 자의 운명일지도 모른다.

"나는 누구인가"라는 깊은 회의에 빠진 자아가 그에 걸맞은 해법을 갖는 것은 쉬운 일이 아니다. 기표가 자신과 맞는 기의를 만나기가 쉽지 않았던 것처럼, "나는 누구인가"에 대해 정확히 말해줄 수 있는 대상을 만나는 것 또한 쉽지 않은 일이다. 그렇다고 그러한 회의를 포기할 수는 없다. 서정적 열정이 있기에, 자아와 세계 사이에 놓인 불화를 초월하고자 하는 것이 서정의 운명이기 때문이다. 그래서 자아는 스스로를 명확히 규정해줄 수 있는 대상을 만나기 위해서 끊임없는 여행을 떠나게 된다. 하지만 그 여행은 일상의 평범한 현실 속에서 오는 것이 아니다. 이미 자아를 견인하고 올바른 위치로 올려놓을 만한 현실은 사라진 지 오래이기 때문이다. 그래서 현실 속의 여행, 일상 속의 여행을 통해서 '나'를 만나는 것은 불가능한 일이 된다. 다른 여행을 시도해야 하는 것인데, 비록 가능성은 희박하지만 초월 속의 여행, 작품의 제목처럼 '몽상 속의 여행' 또한 감행해보아야 하는 것이다. 그것이야말로 방황하는 자아가 할 수 있는 최소한도의 서정적 의장이기 때문이다.

스크린 밖의 '나'는 자신의 본질을 이해하기 위해 스크린 속의 '나'로 전복시켜본다. 일상의 현실에서는 실패의 연속이었기에 이런 가상의 현실을 전제해보는 것이다. 이런 맥락에서 스크린은 이상의 「거울」에서 거울과 등가관계에 놓이는 것이라 할 수 있다. 하지만 화면 속의 '나'로 전복되긴 했어도 "나는 내가 누구인지 모"르는 상태는 계속 유지된다. 하기사 이런 전위에 의해서 나의 존재가 장막을 뚫고 뚜렷한 실체가 되었다면 몽상여행이라는 이 기괴한 여행을 떠나지도 않았을 것이다. 그럼에도 스크린 속의 자아는 스크린 밖의 자아와 교우하기 위해 다양한 노력을 시도한다. 그림을 그리거나 자유낙하 등의 모험을 감행해보는 것이다. 그러한 시도들은 「해프닝 2」에서처럼 '푸른 것'이고 '눈빛이 살아 있는 행위'에서 보듯 건강한 것이다. 가능성을 향한 적극적인 노력 없이는 이러한 건강성은 확보되지 않을 것이다. 그만큼 자아를 확정하기 위한 시인의 노력은 가열차다. "자가 이식을 위해 피를 뽑거나" "변신을 꿈꾸는 영혼"이 의미 있고 아름다운 것은 이 때문이라 할 수 있다.

3. 희망점을 향한 감각의 부활

자아의 모색을 향한 자아의 도정은 치열하다. 자아가 무엇인지 고민하는 사색의 끝에는 언제나 저 멀리 빛이 반짝이고 있는 까닭이다. 그것이 계속 발열하고 있다면, 그에 이르는 것은 별반 문제가 없을 것이다. 하지만 그것이 언제까지 그 형상을 유지하고 있는 것은 아니다. 경우에 따라서는 반짝거림으로 그칠 수 있고, 또 어떤 때는 곧바로 암흑으로 전화될 수도 있기 때문이다. 이럴 때, 자아를 향한 모색의 도정은 도전받기 쉽다. 이른바 새로운 인식 단계로 나아가는 데는 한계가 있는 것이다. 그럴 경우 자아의 감각은 무뎌지고, 결국은 어두운 구석에서 침잠하게 될 것이다.

시인의 작품들은 '나는 누구인가'에 대한 치열한 모색이 주된 주제이긴 하지만, 그 질문이 더 이상 나아가지 못할 때, 심각한 위기의식에 직면하게 된다. 자아 주변의 대상들이 암흑과 같은 불길한 아우라에 휩싸이게 되는 것이다. 그러한 단면을 보이는 시가 「바이러스」이다.

검은 침상 위로 숨결이 뒤척이고
창백한 순간이 몸을 감싼다
창문을 덮은 넝쿨들이 의식을 잠식하고
빛이 언어로 사라지는 찰나, 또 다른 불꽃이다

형벌은 늘 투명하다
하얀 발자국들이 문밖의 가난을 노려본다

동백꽃
툭
툭

희미한 여명이 거친 산정을 오를 때
오만을 위안으로 푸는 꿈을 퍼득인다

마비된 육신은 선망을 찾아 질주하며
가장 높은 곳에서 문이 열리면
사라지는 나의 눈빛은 도취된다

낡은 신앙을 잇는 자작나무 사이로
삶의 무늬가 영롱하게 빛나는 동안
지문을 남긴 나뭇잎들이 소리 없이 흔들린다

나의 이름은 더 깊은 말을 삼키는 침묵이다
향기를 채우는 몸짓이며 응답이다
밤이 되면 잃어버린 뿌리들이 춤을 춘다
축제의 끝자락에서 나는 순백의 장미를 그리워한다

—「바이러스」 전문

윤유점 시인의 작시법 가운데 하나는 대립 속에서 얻어지는 의미의 총아들이 성채를 이룬다는 것이다. 그의 시어들은 이항대립과 거기서 솟구쳐나오는 의미들이 거대한 산맥을 이루며 한 편의 시로 태어난다. 인용시에서도 그러한 구도는 그대로 재현된다. 현재 자아는 "검은 침상" 위에 갇혀 있고, 거기서 '숨결'만을 내쉬고 이리저리 뒤척인다. 그것은 결코 유쾌한 순간이 아니다. 그러한 상태를 시인은 "창백한 순간"이라고 했고, 그 아우라가 시인의 육체를 꼼짝 못 하게 만든다. 자아의 육체는 더 이상 움직일 수 없을 뿐만 아니라 시인의 정서 또한 비슷한 처지에 놓이게 된다. 이때, "빛이 언어로 사라지는 찰나,/또 다른 불꽃"이 섬광처럼 튀어오른다. 이런 상황은 계기적인 것이면서 전연 다른 지점에 놓이는 경우이다.

갇힌 육체는 정신이 부재한 상황 속에서 만들어진 것이다. 자아를 향한 사유의 기나긴 여정은 어떤 의미 있는 빛을 보지 못하고 이렇게 침잠하게 된다. 이는 육신의 마비로 이어진다. 여기서 그의 시들은 육신과 정신이 비로소 하나의 지대로 만나는 장을 마련하게 된다. 마비된 육신은 곧 마비된 정신으로 치환되는 것이다.

마비된 육신, 곧 마비된 정신이 깨어나기 위해서는 격렬한 자극이 필요하다. 이는 자아란 무엇인가를 묻는 치열한 도정이기도 한데, 시인이 이렇게 마비된 육체나 정신을 일깨우기 위해 도입한 감각은 두 가지이다. 하나는 '불꽃'이고, 다른 하나는 '선망'의 정서이다. 이 둘은 모두 앞으로 나아가는 전진의 정서라는 점에서 공통점을 갖는다. 불을 향한 부나비처럼, 자아는 저 멀리 반짝이는 빛을 향해 일어선다. 뿐만 아니라 형이상학적인 선망이 앞에서 유혹할 때, 이를 향해 나의 눈은 또다시 도취되는 것이다. 이런 과정 속에서 마비된 감각은 비로소 깨어나서 생명성을 담보하게 된다. 불꽃이 가미된 육신은 비로소 작동하게 되고, 이에 조응하는 정신의 감각도 비로소 부활하게 된다. 이제 자아는 또 다른 여정을 향해 나아갈 준비가 되어 있는 것이다. 시인의 표현대로, "순백의 장미를 그리워"하는 시적 자아로 우뚝 태어나는 것이다.

표류하는 형상이 바람에 쓰러진다
나는 알 수 없는 공포로 추락하고
여백은 공허한 풍경으로 살아남는다
자유의지는 빛의 숨결을 다독이며
잃어버린 감각을 일으켜 세운다

예고된 암흑이 육신을 감싸는 동안
건조한 성찰의 밤이 다가온다

꽃잎 다섯 장에 신성함이 깃들고
알 수 없는 말들이 꽃잎에 새겨지면
향기 잃은 장미꽃의 역설이 공존한다

비탄과 절규는 생의 각도를 비틀고
발효된 슬픔은 연민을 밀어낸다
붉은 숨을 몰아쉬는 너의 맨발은
뜨거운 도시에 갇힌다

우연히 습득한 기억 속에는 비상구가 없다
나는 나의 마지막을 짐작할 수 없다
완벽한 세상을 향한 너의 배신으로
내 인식이 뜨겁게 배양되고 있다
울음 터지는 영혼은 낡은 핏줄이 흔들린다
미지로 사라지는 너의 끝자락에서
나는 다시 붉은 영감으로 부활한다

—「추락을 위한 변명 1」 전문

인용시는 자아를 확정하기 위한 기호들의 흐름을 잘 보여주는 작품 가운데 하나이다. 자아와 이에 조응하는 대상과의 만남은 쉽게 이루어지지 않는다. 그 어긋남에서 자아는 "알 수 없는 공포"의 지대로 추락하게 된다. 그리고 그 한 끝에 남아 있는 것은 공허한 여백뿐이다. 그런데 이런 마비된 감각을 일깨우는 것이 '자유의지'이다. 이 의지가 빛의 숨결을 다독이며 '잃어버린 감각'을 일으켜 세우는 것이다.

이 작품에서도 알 수 있는 것처럼, 자아를 일으켜 세우는 배경에는 항상 대상이 놓여 있다. 자아는 그 대상과의 조우 속에서 자신의 길을 모색하고 자아에 걸맞은 의미를 추적해 들어간다. 그것에 자유의지와 같은 관념적 영역도 있고, '너'로 표명되는 구체적인 것도 있다. 하지만 어떤 것이든 간에 그것들은 자아의 잃어버린 감각을 부활시키는 기능을 한다는 사실이다. 마지막 연도 그러하다. "미지로 사라지는 너의 끝자락에서/나는 다시 붉은 영감으로 부활"하는 것이다.

윤유점의 시에서 자아는 미완의 것이고 불활성이며, 진행형의 존재이다. 그리고 경우에 따라 그것은 피로한 상태에 놓여 있기도 하다. 도대체 이런 무기력이란 어디서 오는 것일까. 모더니즘 문학에서 흔히 말하는, 자본주의의 사적 문화에 기인한 탓일까. 아니면, 미래에 대한 전망의 부재, 곧 원근법적인 시야의 부재에서 오는 것일까. 포스트모던 시대의 자아란 작은 자아이다. 거대 서사가 사라졌으니 굳건한 자아, 명확히 규정된 자아를 기대하기란 대단히 어려운 것이 사실이다. 작은 규칙들이 일상을 지배하는 현실에서 자아 또한 이에 조응해야 하기 때문이다. 그럼에도 이 자아가 무엇인지에 대해 외면할 수는 없다. 아니 작은 것이기에 이에 걸맞은 담론을 찾는 것을 소홀히 할 수가 없다. 그것은 현대인이 당면한 임무이기 때문이다.

현대성의 엄격한 규율 속에서 이 자아의 의미를 찾아내고 이를 정립하는 일이란 결코 녹록한 것이 아니다. 시인은 이 자아에 대한 탐색의 열정으로 무척 부지런하다. 시인은 그러한 자아를 대상 속에서, 그리고 양극단이 갖는 역설의 틈에서 그 의미를 포착해내고자 했다. 시인의 작품에서 대항담론이 꾸준히 제시되고, 조화와 부조화, 그리고 대조를 통한 역설의 언어들이 많이 등장하는 것은 여기에 그 원인이 있다고 하겠다. 그것은 정점이 마비된 육신, 마비된 정신의 부활과 불가분의 관계에 놓여 있는데, 감각의 부활이란 그에게 자아를 찾아가는 근본 에네르기였기 때문이다.

4. 존재, 저편에 대한 그리움의 세계

윤유점 시인의 작품들은 미정형의 상태에 놓여 있다. 모든 담론이 확정되어 있지 않고, 미완의 상태로 제시되어 있을 뿐이다. 그의 자아는 찾아가는 주체, 과정 중에 놓인 주체일 뿐이다. 이런 역동성의 근저에 자리하고 있는 것이 이른바 열정이었고, 그것을 담보하는 것이 감각의 부활이었다. 시인의 자아들은 현대의 보이지 않는 규율적인 힘들에 억눌려 있다. 그 압박에 눌려 육체와 정신은 마비되어 있었다. 이를 일깨우고자 한 것이 감각의 부활이었다. 감각이 부활되어야 육체가 깨어나고 정신이 부활할 수 있을 것이다. 그리고 그 역동적 힘을 통해서 자아는 새로운 지대, 자아를 의미화할 수 있는 기표를 찾고자 시도했다.

따라서 윤유점의 시들은 모색의 시, 혹은 탐색의 시라고 할 수 있다. 하기사 서정시치고 이런 범주에 들지 않는 시란 없을 것이다. 그럼에도 불구하고 시인의 시들은 이런 정서가 매우 표나게 드러나는 경우이다. 시인은 도대체 이런 모색을 통해 자아에게 어떤 형상을 덧씌우고자 했던 것일까. 아니 자아와 세계 사이의 불화를 기본 정서로 하고 있는 서정시에서 시인은 그러한 불화를 어떻게 통합의 세계로 이끌고자 했던 것일까. 하지만 시인의 작품 세계에서 이런 변증적 정서를 읽어내는 것은 결코 쉬운 일이 아니다. 시인은 유토피아에 대한 어떤 모범적 이상이나 모델을 이번 시집에서 표명한 적이 없었기 때문이다.

시인의 시들은 미정형의 상태에 놓여 있고, 형성 중에 있다고 했다. 이것은 미학상의 국면이 아니라 주제론적 차원에서 말하는 것이다. 그의 시에서 뚜렷한 주제를 찾는 것이 쉽지 않다는 뜻이다. 물론 미정형을 지향하는 작품에서 어떤 명확한 주제를 말하는 것 자체가 어불성설일지도 모른다. 그럼에도 불구하고 시인은 자아와 세계 속에 내재한 불화와, 그에 대한 통합의 세계를 어렴풋하게나마 갖고 있었던 것으로 보인다. 시인은 이미 「티베트 가도」에서 시원에 대한 그리움의 세계를 표명한 바 있기 때문이다. 시인은 여기서 티베트 고원이 갖고 있는 원시적 모습을 "파란 하늘 아래 눈 덮인 고산/근접할 수 없는 위엄"이라고 표현했다. "근접할 수 없는 위엄"이라고 규정된 티베트 고원은 야성의 세계, 곧 원시주의의 또다른 은유이다. 현대적인 모든 것들이 신뢰할 수 없는, 의심받을 수 있는 것으로 수용될 때, 늘상 대안으로 떠오르는 것이 원시주의일 것이다.

> 동백꽃 흐드러지게 피는 날
> 네 귓불이 빨개졌다
> 소리 내어 울 수 없는 서러움
> 침묵 속 절규 바람의 지문을 지웠다
> 부드러운 손길로 느낄 수 없는
> 슬픔이 네 시선 너머로 사라지면
> 화색을 잃은 꽃잎은 죽지 않았다
>
> 꽃잎 맺는 몸짓은 저 혼자 흔들리고
> 무한한 고뇌는 야성을 그리워했다

달빛을 향한 몸부림으로 거세된
꿈의 언어들이 천천히 깨어났다
오늘이 지나가면 꽃의 고독은 고독일 뿐
잃어버린 추억은 무심히 하강했다

이제 네 이름을 잊고 사는 나는
섬세한 입술에 타오르는 눈꽃이 됐다
만개하는 별무리가 행간에서 사라지면
낙화한 꽃들은 더 이상 피어나지 않았다
아무 일도 일어나지 않는 불완전한 영혼
존재의 의미는 영원한 타인으로 남았다

—「존재의 저편」 전문

이 작품은 존재의 의미, 곧 자아의 의미가 무엇인지에 대해 고뇌하고 있는 시이다. 가령, "아무 일도 일어나지 않는 불완전한 영혼/존재의 의미는 영원한 타인"이라고 하기 때문이다. 시인이 지금껏 탐색해왔던 자아, 존재가 영원한 타인이 되었다는 것은 이에 알맞은 의미를 찾지 못했다는 뜻이 된다. 그만큼 자아를 규정하는 기의는 쉽게 다가오지 않았던 것이다.

그러나 존재에 상응하는 적절한 기호를 찾아내는 것에 실패했음에도 불구하고, 이 작품이 의미 있는 것은 '야성'에 대한 그리움의 정서를 표출했다는 점에 있다고 하겠다. 시인은 "무한한 고뇌는 야성을 그리워했다"라고 했다. 그리고 "달빛을 향한 몸부림으로 거세된/꿈의 언어들이 천천히 깨어났다"고도 했다. 여기서 야성이나 달빛은 바로 원시주의의 또 다른 이름이다. 불완전한 자아와 비교하면, 원시주의는 하나의 완전체로 구현된다. 완벽한 섭리와 이법을 구현하는 자연의 형이상학적인 의미와 동일한 것이다. 불완전한 자아가 스스로에 대한 자기 진단을 하는 데 있어서 이런 완전성만큼 좋은 모델도 없을 것이다. 자아를 온전히 규정하고, 그 실체에 근접하기 위해서 시인이 선택한 것은 이런 원시의 언어였다. '달빛'을 향한 몸부림에서 '꿈의 언어들'이 깨어나는 것은 모두 이와 밀접한 관련을 맺고 있다.

시인은 이번 시집에서 원시가 갖는 것의 의미에 대해 지속적으로 관심을 가져왔다. 시집 곳곳에서 이 세계가 갖고 있는 내포에 대해 주목했는데, 가령, "이제 원시의 골짜기를 향해 간다"(「추락을 위한 변명 2」)라든가 "시원에 대한 그리움"(「순록의 이름으로」) 등등의 표현이 그러하다. 시인에게 자아는 불완전했고, 미정형의 상태에 놓여 있었다. 시인은 그런 미정형을 야성과 같은 원시 세계로 정형화하고자 했던 것은 아닐까. 시원이나 원시와 같은 야성의 세계가 하나의 완벽한 전일적 세계라는 점에서 시인의 그러한 시도는 충분히 가치가 있는 것이라 할 수 있다. 그의 작품들은 이제 원시의 골짜기에서 자아의 올바른 형상을 만들고, 이에 걸맞은 의미의 탑을 쌓아 올리는 도정에 있는 것처럼 보인다. 시인이 빚어내고 있는 자아의 모습이란 이제 그 온전한 모습을 갖추면서 수면 위로 올라올 준비를 하고 있는 것이다.

존재의, 존재를 위한 다양한 화장술들

—문화영, 『화장의 기술』

1. 불가해성과 미정형의 기호들

문화영의 시들 속에 녹아 있는 기호의 의미들은 확정되어 있지 않다. 기호 속에서 형성되는 의미들은 정해져 있지 않고, 계속 생성 중에 있다. 실상 이 시대에 이런 의장이 의미가 있는 것은 당대의 사회적 맥락과 분리하기 어렵게 얽혀 있기 때문이다.

담론이 적확한 의미를 지향할 경우, 대개 그것은 중심과 분리하기 어렵게 얽혀 있는 경우가 대부분이다. 문제는 그러한 중심이 건강성을 상실할 때이다. 이럴 경우, 그것은 편협한 도그마를 만들어내는가 하면 경직된 이데올로기에 경사되기도 한다. 소위 거대 담론이란 이와 불가분하게 얽혀 있는 것이거니와 현대사회의 온갖 불온성들은 여기서 비롯되었다. 따라서 건강한 이성과 수평적 사회를 지향하는 자의식들은 이런 환경에 저항하게 되고, 그 매개항은 바로 중심 무너뜨리기로 귀결되어온 것이 지난 시기의 자의식들이었다.

중심이라는 경계가 사라지면서 모든 것은 중심이기도 하면서 또 주변이 되기도 했다. 다시 말해 하나의 고정점이 무너지면서 다양한 지점들이 생겨나게 된 것이다. 중심이 없다는 것은 위계질서가 없다는 것이고, 궁극에는 평등이나 수평의 사유와 연결된다.

중심이 무너진 후 그 벌어진 틈과 노출된 공간으로 다양한 기호들이 틈입해 들어오기 시작했다. 이를 두고 상쾌한 열림 혹은, 유쾌한 사회라고 했거니와 모두가 중심이 될 수 있고 또 그 반대가 될 수 있는 상대성의 논리가 지배하는 세계가 탄생하게 된 것이다.

그런 문화의 시대가 불과 몇십 년 전의 일이긴 하지만, 문화영의 시들에서는 아직도 그 흔적을 고스란히 담아내고 있다. 중심화되지 않는 담론의 세계가 어떤 것이어야 한다는 종결로 끝나지 않았기에, 이 시인이 던지는 화두들은 결코 시대의 흐름과 무관한 것이라고는 할 수 없겠다. 포스트모던이 보여준 열린 사유는 아직도 우리 앞에 진행 중에 있고, 그것이 묻고 있는 음역 또한 여전히 유효하기 때문이다.

> 시간은 애초에 없었는지 모른다
>
> 심장이 쿵쾅거려 해를 돌게 하는지
>
> 하루 속에 나를 넣어 집으로 배송하는지
>
> 저녁이 아기처럼 누워 있고 그 위로 오늘이 흐르는지
>
> 어두운 방 안에서 새벽을 오려붙이며 등이 굽어가는지
>
> 눈치보다 늙어버린 아침이 쿨럭거리는지
>
> 그림자를 놓친 정오가 이리저리 방황하는지

달아나는 오후를 붙잡으러 엎치락뒤치락 씨름하는지

좁혀지지 않는 당신이 노을 밖에서 서성이는지

떨림을 내일로 미루며 연신 하품을 해대는지

미래를 복사해 밤이 되는지

탈출구를 찾지 못한 시곗바늘이 오늘을 계속 돌고 있는지

모르는 일이다

—「모르는 일」 전문

제목이 시사하는 것처럼, 이 시를 지배하는 정서는 불확실성이다. 서정적 자아가 지금 이곳에서 펼쳐지고 있는 현상들에서 알 수 있는 것은 하나도 없다. 심지어 객관적 실체, 선험적 현상으로 존재하는 시간까지 부정되고 있다. 그런 무지가 미정형의 시공간으로 서정적 자아를 자연스럽게 인도한다. 무엇을 안다는 것은 고정된 것, 경우에 따라서는 절대적 진리가 될 수 있을 것인데 그것은 곧 중심이나 도그마일 수도 있고, 어떤 경직된 이념일 가능성이 매우 크다. 시인은 일차적으로 그런 위험성을 경계하고 있는 듯하다.

근대를 특징지었던 이성중심주의는 그 긍정성에도 불구하고 많은 비판을 받아온 것이 사실이다. 그 가운데 하나가 인과론적인 확실성인데, 만약 원인이 있으면, 결과가 있어야 하고, 그 역도 참이어야 했다. 이것이 과학적 합리성의 세계였다. 그리고 그 저변에 놓여 있는 것이 앎에의 의지였다. 하지만 합리적 사고가 늘 긍정적 토양을 제공한 것은 아니다. 그것이 도구화 혹은 수단화됨으로써 그 초기의 긍정성을 잃어버렸기 때문이다. 합리주

의의 변질은 곧 불온한 사회를 만들어내는 원인이 되었고, 그 기초가 된 것이 중심지향적인 성향이었다.

그런데 이런 중심의 문화들은 중세 사회의 신분 체계, 곧 위계성의 또 다른 귀환에 불과했다. 중심이야말로 상호 간의 층위를 만들어내는 근본 틀이 되었기 때문이다. 중세를 딛고 일어선 근대적 가치체계는 이제 새로운 도전에 직면하게 된 것이다.

문화영 시인의 시작은 바로 이 지점에서 시작된다. 시인은 근대라든가 혹은 정신의 해체와 같은 형이상학적 관점을 표나게 내세우지 않는다. 그러면서 그는 이 시대가 직면한 소명이 무엇인지에 대해 차분히 천착해 들어간다. 그 도정에서 발견한 것이 중심의 견고함이었다.

말도 안 되게 말로 세상을 만들었다는 신이 있었다
하늘 땅 바다를 손가락 까닥 안 하고 만들었다는 거다
말=기적이라는 공식이 세워졌고 이 공식은 순식간에 퍼져 나갔다
즉각 반발하는 부류가 생겼다
그건 말도 안 되는 소리다

말 한마디로 천 냥 빚을 갚는다는 속담으로 말=돈이라는 공식이 바르다고 설명했다
조상들은 땅과 바다에서 열매를 취할 때마다 빚을 지고 있다고 생각했다
한 사람이 이 땅에서 살다간 비용이 천 냥이라 여겼던 것이다
조상들이 죽을 때가 되자 신에게 말했다
빚을 갚을 길이 없으니 고맙다는 말 한마디로 퉁쳐주시라고
신은 아는 사이니 그렇게 하자고 했다

시간=돈이라고 생각하는 부류가 고함을 쳤다
(젊은 사람들은 시간=돈이라는 가설을 세워놓고 증명할 사람을 모으는

중이었다)

우리는 신을 모르오
더욱이 거래할 때 그 자리에도 없었으니 이건 무효요
거래를 다시 하시지요 계약서도 쓰고요
강물에 돌멩이를 던지듯 젊은이가 말했다

말=기적이라고 주장하는 사람들은 일제히 팔짱을 끼며 말〉글이라고 외쳤다
말=돈의 공식이 맞는다는 사람들은 말과 글은 비교 불가라고 삿대질했다
시간=돈이라는 가설의 젊은이들은 말〈글이라고 핏대를 올렸다

다투던 두 공식 부류는 젊은이들을 향해 인정되지 않은 공식으로 공식적 자리에서
발언하지 말라고 파편을 튀기며 겁박했다

그때부터 말=칼이 되고 말=담이라는 공식이 회자하였다
하지만 그것은 아직도 가설에 지나지 않는다고 공식 입장을 밝혔다 사람들은
그들의 말 즉 말=기적 말=돈의 공식 입장을 물수제비 뜨는 돌멩이쯤으로 여겼다

—「공식 입장」 전문

이 작품은 시인이 이번 시집에서 지향하는 바가 무엇인지를 분명하게 밝히는 선언이라 할 수 있다. 다시 말해 제목이 시사하는 것처럼, 서정적 자아의 공식 입장인 셈이다. 이 작품의 전략적 이미지는 말이라는 기호가 갖는 다의성이다. 이 기호는 하나의 소기로 귀결되는 것이 아니라 여러 의미

를 담고 있다. 하나의 기호에 여러 의미가 매달려 있는, 기호의 연쇄를 만들고 있는 형국이다. 기의가 많다는 것은 확정된 의미 혹은 종결된 소기가 없다는 뜻과도 같다.

이런 형국은 1930년대 이상이 펼쳐 보였던 기호 놀이의 세계와 어느 정도 닮아 있다. 기호와 기의의 자의적 결합을 차단해서, 하나의 소기로 굳어지는 것을 경계한 의도가 이 작품에서도 읽어낼 수 있기 때문이다. 하지만 이런 동일성에도 불구하고 문화영 시인에게서는 이상이 묘파한 기호 세계와 분명 다른 점이 노정된다. 이상은 정신의 해체와 그 자유로운 영혼이 기호가 의미화되는 것을 방해했다면, 문화영 시인은 그런 방식의 해체적 의장과는 거리를 두고 있는 경우이다. 이를 서사적 기호 놀이의 세계라고 부를 수도 있을 것인데, 시인이 응시하는 말의 기호들은 인용시에서 보듯 여러 의미들로 분산된다. 하지만 기호와 기의 사이에 형성된 차단선이 명확하게 작동하지는 않는다. 이런 면들은 분명 이상의 경우와 다를 것이다. 가령, 말이라는 기호는 기적이 되기도 하고, 돈이 되기도 한다. 뿐만 아니라 말은 칼과 담이 될 수도 있다. 거기에다가 이를 지지하는 주체들에 따라 그 함의들은 절대적 우위에 올라서기도 한다. 인식 주체에 따라 기표와 기의는 분명한 결합을 시도하고 있는 것이다.

실상 이런 기호 놀이의 세계는 영혼의 해체에서 길어 올려지는 의장과는 전연 다른 경우이다. 말이라는 기호는 이를 응시하는 주체가 어느 위치에 있는가, 혹은 어느 신념에 서 있는가에 따라 다양한 변신을 하게 된다. 다시 말해 말은 하나의 중심점에 올곧게 서서 어떤 절대적인 의미로 고정되지 않는다는 것이다. 이런 맥락에서 시인이 설파하는 기호 세계는 데리다적이라 할 수 있다. 데리다는 말이 하나의 고정된 의미가 될 수 없음을 '차연'의 논리로 설명한 바 있는데, 관점의 차이과 시간의 지연에 따라 하나의 지점이 여러 갈래로 나뉘어지는 것이 차연의 논리이다. 문화영 시인이 설파하는 '말'은 이런 차연의 논리로부터 자유로운 것이 아니다.

온도 1도 차이로
개나리는 피어나고 은행잎은 떨어진다
악어의 알들이 암컷이 되거나 수컷이 되고
달걀 속 병아리가 알을 깨고 걸어 나온다

엄마 몰래 교복 치마를 줄이는 동생과
다시 단을 내려 치마 길이를 늘여주는 엄마 사이,
문자를 자주 보내는 것이 감시라는 아빠와
문자 보내는 횟수가 사랑이라는 엄마 사이,
그 사이에도 1도 차이가 끼어들어 있을까

겨우 1도 차이로 만년설이 녹고
연인들 사이 사랑의 줄이 차갑게 식는데

대형마트에 김치냉장고를 사러 가면서
온도 1도 차이로 김치 맛이 달라진다는 광고를 떠올리며
나는 망설인다, 부패와 발효 사이에서
들추는 것과 가리우는 것 사이에서

—「1°」 전문

인용시는 「공식 입장」의 연장선에 놓여 있는 작품이다. 여기서 중요한 것은 1°라는 과학적 사실 혹은 지식이 아니다. 그것이 굳건한 사실을 규정하는 기표임에도 불구하고 어떤 절대적인 기준점으로 작용하지 않는 것이다. 중요한 것은 '차이'라는 기호이다. 그것은 지금 여기의 객관적 사실을 넘어서 어떤 존재의 고유성을 만들어내는 준거틀이 된다.

차이는 고정된 어떤 것이 아닐뿐더러 그것이 기준점이 되어서 하나의 중

심으로 자리하지도 않는다. 만약 그것이 석화된 기준점이 된다면, 존재의 다양한 물상들은 생겨나지 않을 것이다. 차이란 다양한 지점에서 다양한 물상을 구현해내는 마이다스의 손과도 같은 것이기 때문이다.

이런 현실을 자아가 자연스럽게 수용하는 것은 쉬운 일이 아니다. 1°의 차이에 의해 암컷과 수컷이 만들어지는 것인바, 그 생명의 존엄성 혹은 고유성이 이런 차이에 의해 규정되는 것이 가능한 일일까. 만약 하나의 준거점이 견고하게 자리하고 있고, 그것이 사물의 물상, 곧 사물의 특수성을 결정하는 기준이 된다면, 「1°」에서 펼쳐 보인 현상들은 발생하지 않을 것이다.

문화영이 제시하는 담론들은 규정되거나 석화되지 않는다. 여러 지점들에서 다양한 의미들이 생성되고 있거니와 시인의 시선은 그 각각의 지점에서 늘 생산자의 위치에 서 있는 것이다. 그리하여 그 자리에서 전연 새로운 지대와 물상을 만들어내고, 기호들을 새롭게 의미화시킨다. 그 응시의 각도나 높낮이에 따라, 곧 차연에 따라 여러 의미의 다발들이 만들어진다. 그렇기에 그의 기호들은 결코 하나의 맥락으로 고정되지 않고 부채살처럼 뻗어나간다.

2. 존재를 향한 다양한 발걸음들

우리가 살고 있는 근대사회는 획일화를 지향하지 않는다. 어쩌면 이런 특장이 지금 여기의 사회와 이전의 사회를 구분하는 중요한 기준 가운데 하나가 될 것이다. 물론 그 이면에 자리하고 있는 것은 근대사회가 주는 다양성일 것이다. 그리고 거기에 커다란 활성탄을 제공한 것이 인간의 욕망이었다. 근대라는 열린 아우라는 인간으로 하여금 욕망의 눈을 뜨게 했고, 그 입벌림은 자신 앞에 다가온 모든 것을 삼키려 했다. 중세의 한계를 딛고 나온 인간은 다시금 욕망이라는 커다란 위기를 맞게 된 것이다.

시인은 그런 위기의 뿌리를 중심의 문화에서 찾고 있는 것처럼 보인다. 시인이 어떤 사유에 대해 판단을 유보하거나 진리는 고정될 수 없다고 보는 것은 이와 무관하지 않기 때문이다. 그는 현존하는 모든 것들이 견고한 틀이나 석화된 논리에 의해 지배되지 않고 있음을 이해하고 있었다. 곧 차연의 논리가 이 시대의 필요불가결한 요인임을 알고 있었던 것이다.

앞차를 따라가다 멈췄다

차들이 내 차를 비껴가며
트위스트를 춘다

걸어온 발자국을 지울 수도 없고
고개를 외로 꼬고 신호등을 바라보다
백미러를 본다

누군가 정해놓은 선을 따라서 줄을 서는 차들

깜빡이를 켜고 차선을 바꾸는 것
신호를 따라 유턴하는 것
감정이 없어서 가능하겠지

시동을 끄지 않고 기다리는 것
직진하다 급회전하는 것 차들이라 가능하겠지

변심도 미리 알려주면 괜찮은 것일까

마음을 아는 사람에게는 쉬운 일
마음을 모르는 사람에게는 더더욱 쉬운 일

왼쪽에서 오른쪽으로 한참 만에야
옮겨가는 신호등

다급하게 중립기어를 더듬는
뒤차의 클랙슨 소리

—「중립기어」 전문

중심이 사라진다는 것은 곧 자아의 상실과도 관련이 있다. 잘 알려진 대로, 근대사회를 열었던 "나는 생각한다 고로 존재한다"라는 데카르트의 코기토는 자아중심주의라는 뿌리를 만들어냈다. 그러나 이제 그 자아중심주의는 의심을 받게 되었고, 시대적 소명은 그러한 중심을 더 이상 용인하기 어렵게 되었다. 자아는 이제 굳건히 붙잡을 것이 아니라 포기해야 할 대상으로 변질되어버린 것이다. 중심의 해체와 자아의 해체는 반드시 구현되어야 할 시대의 임무가 되어버린 것이다.

의미의 가변성이나 차연이 지배하고 있는 현실에 기대게 되면, 자아의 기능이랄까 성격이 매우 뚜렷하게 드러나게 된다. 한편으로 그것은 익명화된 기계적 성격을 갖기도 하면서, 다른 한편으로는 그렇지 않은 국면을 동시에 내포하기도 한다. 또한 인간과 기계 사이에 내재하는 차이가 무엇인지를 분명하게 알게 해주기도 한다.

흔히 기계는 수동적이고, 인간은 능동적인 것으로 규정되는데, 실상 이런 분류는 지극히 상식적인 것이다. 그럼에도 이것이 그 차원을 넘어서는 것은 '감정의 기능성', 곧 인간의 문제와 긴밀히 연결되어 있기 때문이다.

기계는 무정물이다. 따라서 그것은 무언가의 지시대로 단순히 움직이면 된다. 반면, 인간의 경우는 전연 반대이다. "깜빡이를 켜고 차선을 바꾸는 것/신호를 따라 유턴하는 것"은 오직 기계의 차원에서만 가능한 행동들이지만, 인간의 경우에는 이런 절차에 의해 지배되지 않는 것이다. 시인은 그것을 인간은 "감정을 갖고 있기" 때문이라고 사유했다. "살아 있는 건 예민해요 다루기 어려워요"(「조화」)라고 계속 이야기하는 이유 또한 마찬가지이다.

기계나 인간은 새로운 길로 나아가기 위해서는 어떤 출발선에 서 있어야 하고, 또 일단 정지 상태가 되어야 한다. 시인의 표현대로 '중립기어'의 상태가 되어야 하는 것이다. 그런 다음, 기계는 그 지점에서 인간의 지시대로, 정해진 노선이나 길에 따라 순응해서 움직이면 된다. 하지만 인간의 경우에는 그렇게 할 수 없다. 인간에게는 정해진 노선도 길도 정해져 있는 것이 아닌 까닭이다. 그 앞에는 각도의 차이, 시간의 차이, 곧 차연의 논리가 지배하고 있기에 그러하다. 인간의 입에서 새로운 기호들이 계속 탄생하는 것은 이런 이유 때문이다.

현대사회에서 존재를 명확히 규정하는 것은 가능하지 않은 일이다. 그러니 각자의 고유성이나 특수성이란 존재할 수도 있지만, 대부분의 경우 익명화되어 있고, 개성이 상실된다. 그런 결과들은 내 자신에서 기인한 것이기도 하고 타자로부터 온 것이기도 하다. 나의 시선이 고정되지 않았기에 타자의 시선 또한 그러할 것이다. 모든 것은 모호한 상태이고 불확실성의 상황에 놓여 있다. 어쩌면 나는 스스로의, 혹은 타의적 힘에 의해 이끌려져서 고유한 존재성을 회복해야만 하는 수동적 존재인지도 모른다.

> 유리상자 안에 피카츄 미키마우스
> 곰탱이 지방이 라이언 네오 프로도 무지가
> 촉을 세워 기다린다
>
> 눈으로 만지는 촉감이 감질나고
>
> 미끼도 없이 줄을 내린다

입질도 없이 죽은 듯이 누워 있는 인형들
모로 눕거나 거꾸로 서서 정면으로 유혹한다

돈 냄새를 맡으면 그중 한 놈은 반응한다

꼼짝 않고 있다가도
취향만 맞으면 따라나서는 놈들
섣불리 꼬리치는 놈은 붙잡히고
딸려 올라오다 툭, 무심해지는 놈도 있다

소리에 민감하거나
호기심을 자극하면
마비를 풀고 움직이는 감각들

속이 보이는 뽑고 뽑히는 게임
움직여야 하는지 버텨야 하는지
흉내를 내면 지고 마는 밀당

누군가 쌓다간 탑이 손목을 붙잡는다
유모차 세워놓고 딱 한 번만

—「유리상자」 전문

자아는 유리상자에 갇혀 있다. 여기에는 많은 사물들이 갇혀서 저마다의 부활, 곧 고유성을 꿈꾸고 있다. 실상 상자의 사물들은 이미 각각의 고유성을 상실했다고 봐도 무방하다. 모두 익명화된 것이라 해도 전혀 이상할 것이 없는 까닭이다. 어쩌면 그것은 서정적 자아의 또 다른 은유들인지도 모른다.

자아는 그곳에서 새로운 부활을 꿈꾼다. 상자 밖으로 나아가는 꿈, 그리하여 익명성을 버리고 자신만의 고유성으로 자리 잡는 꿈을 꾸고 있는 것인지도 모르겠다. 하지만 현재는 모든 것이 마비된 상태로 놓여 있다. 고유한 자질을 잃어버린 수동적 존재이니 감각을 잃어버린 존재, 곧 마비된 존재임은 당연할 것이다. 유리 속의 자아가 부활하기 위해서는 그 죽은 감각을 소생시켜야 한다. 그 매개는 '자본'일 수도 있고, '소리'일 수도 있으며, '호기심'일 수도 있을 것이다. 그런 매혹의 미끼들이 자아를 자극하면, 자아의 마비는 대번에 풀릴 것이다. 그러면 자아는 존재의 변이를 할 수 있는데, 이럴 때 자아는 새로운 감각을 느끼고 정서의 깊이를 수용할 수 있는, 고유의 주체로 거듭 태어날 수 있는 것이다.

창문 틈으로
불안이 비닐 구기는 소리를 낸다

나는 문장처럼 앉아
배달음식 앱을 느리게 뒤적인다
입맛을 잃은 눈빛이 행간 사이를 서성인다

먹다 만 음식으로 남겨질까 봐

옆방에서는 여자친구가 놀러 왔는지
침대 삐걱대는 소리가 리듬을 타고 흐른다
주말인가 보다

—「원룸」 부분

자아 앞에 놓인 피로한 일상은 「원룸」에서도 동일하게 나타난다. 「유리상자」의 자아처럼 「원룸」의 자아도 갇혀 있는 까닭이다. 자아는 이 밀폐된 공간에서 자의식의 확장을 경험한다. 시간은 주관적으로 한없이 늘어나고,

이에 비례해서 자아의 피로도 역시 정비례하기 때문이다. 이런 사유의 팽창은 건강한 것이 못 된다. 부정적 일상과 거기서 나오는 피로감은 자아로 하여금 감각을 무디게 한다. 서정적 자아는 「유리상자」의 피카츄처럼, 익명화되어가고 있는 것이다.

그런데 마비된 자아의 일상을 깨우는 것 역시 「유리상자」의 경우처럼 감각이다. "옆방"에서 들려오는 "삐걱대는 소리"와 "리듬"이 바로 그러하다. 이 감각이 자아로 하여금 새로운 인식 전환을 하게끔 만든다. 이 감각에 의해 자아는 비로소 오늘이 주말임을 환기하게 된다. 말하자면 자아는 감각으로 인해 새로운 존재의 변신을 시도하게 되는 것이다.

She도 He도 아닙니다
아직은
사람이 아니라고 무시하는 사람이 있지만
내게도 길 하나 주어집니다

좁은 길을 지나
정착할 곳을 찾아
나는 볼록볼록 부풀어갑니다

몸을 키우려고 마음을 만드는 걸까요
마음을 키우려고 몸을 만드는 걸까요

물을 모아 방을 만듭니다
내 스타일의 공간을 꾸미는 거지요
그렇다고 물고기는 아닙니다 아가미는 없으니까요

길이 줄이 되어 젖을 물립니다
흔들리던 몸이 춤을 춥니다

리듬이 심장을 만들고요 비트가 빨라집니다

손가락이 생겼습니다
쥐었다 펴면 둥근 공이 되는 걸까요
발가락이 움직입니다 발차기를 해보고 싶은 거지요
오줌이 마렵습니다
나는 남자일까 여자일까요

내 방에 누군가 들어옵니다
날카로운 것이 엉덩이를 스쳐 갑니다

침입자는 나를 다시 응시합니다
실수하지 않으려는 걸 직감할 수 있습니다
말할 수 없지만 느낄 수 있으니까요

—「IT」 부분

물화된 현실에서 마비된 자아는 부활을 꿈꾼다. 점점 익명화되는 공간에서 자아는 사라지고, 그에 비례하여 감각 또한 마비되어간다. 자아의 자율성이나 고유성을 회복하기 위해서는 마비된 감각이 풀려야 한다. 그래야만 하나의 독립된 개체, 고유한 개별성으로 거듭 태어날 수 있을 것이다.

자아를 고유한 주체로 거듭 태어나게 하려는 시인의 시도는 멈추지 않는다. 그러한 여정의 하나로 제시된 시가 「IT」이다. IT는 기계의 영역, 비생명적인 것이지만, 자아에게는 그런 고정관념이 문제시되지 않는다. 자아에게 중요한 것은 자아의 생명이다. IT는 고유성 이전의 단계이다. 그렇기에 그 존재성이란 She도 아니고 He도 아니다. 그렇다고 중성을 말하는 것은 더더욱 아닐 것이다. 인간적인 것에 중성이란 존재하지도 않거니와 여기서 성(性)은 단지 미정형의 상태일 뿐이다.

미정형의 상태에 놓인 IT가 정형의 상태가 되기 위해서는 다양한 변신을 해야 한다. 그리하여 기계의 영역이 아니라 인간의 영역으로 편입되어야 한다. "좁은 길을 지나"거나 "정착할 곳을 찾아" "나는 볼록볼록 부풀어가는 것"은 인간의 길이다. 그가 이 길을 가는 이유는 분명하다. 마비된 자아로서 고유성을 획득하기 위함이다. 그래서 그러한 노력은 계속 시도된다. "몸을 키우려고 마음을 만"들기도 하고 "마음을 키우려고 몸을 만"들기도 하는 것이다. IT는 인간이라는 경계 밖의 존재이지만 이를 초월하여 그 내부로 지속적으로 파고 들어온다. 인간이라는 형상, 본질을 얻기 위해서 말이다.

이런 IT의 모습은 서정적 자아의 외연이라 할 수 있다. 자아는 지금 여기에서 자아의 본질을 잃은 지 오래되었다. 그리하여 누구나와 비슷한, 아니 동일한 그 무엇이 되었다. 그것은 무한 복제가 가능한 IT의 모습들일지도 모르겠다. 이제 그 익명화된 자아들에게 생명이 부여되어야 하고, 자율성이 확보되어야 한다. 그리하여 고유한 주체로 거듭 태어나야 한다.

3. 새로운 코드 변이와 야생적 사유

중심을 무너뜨리고 자아를 해체하는 방식은 문화영 시인이 작품을 이끌어가는 방법적 의장이다. 80년대 후반에 유행했던 포스트모던의 사유와 그것이 표지했던 다양한 의장들을 자신의 작품 세계에서 펼쳐 보이기 때문이다. 하지만 시인은 그러한 해체적 사유를 적나라하게 드러내는 것에서 멈추지 않는다. 만약 그러하다면, 그의 시들은 해체적 사유라는 틀 속에서 자유롭지 않았을 것이다. 시인은 그런 방법적 한계를 초월하고자 한다. 말하자면 새로운 주체를 만들어내거나 그 고유성을 향한 전략을 전연 포기하지 않는 것이다. 주체의 고유성을 향한 여러 전략들은 시인의 그러한 열정을 대변해주는 것이 아닐 수 없다. 그 가운데 대표적인 작품이 바로 「화장의 기술」이다.

우울함을 커버하는 데는 물광 파운데이션이 좋아
립스틱은 빨개도 되고 누드 빛이어도 돼
립스틱과 같은 색깔의 볼 터치를 해주면 자신감이 생겼다는 거야
듬성거리는 눈썹은 꼼꼼하게 메꿔줘야 해
모난 성격을 다듬듯 공을 들여야 하지
네가 나를 닮아 이마가 납작하잖아
하이라이트로 음영을 줘봐
이마 위로 꿈이 흐르는 거 같지 않니
넌 아직은 모르지만
눈뿐만이 아니라 입꼬리도 처지더라
이건 화장으로도 포장이 안 돼
미소로 늘어진 용기를 당기는 거지
주름진 생각도 팽팽해지게
아직 끝난 게 아니야
완성은 지우는 것이거든
길어진 마스카라는 솜과 면봉으로 두 번 닦아야 해
과잉된 것은 꼭 잔여물이 남으니까
종일 높여놓은 콧대는 리무버로 지우고
저녁이면 자기의 민낯을 바라봐야 하지 그래야
아침이면 극진하게 화장을 하거든
네 외할머니도 오랜 시간을 들여 화장하고 관에 들어가셨지
볼그족족한 볼터치에 미소를 머금었던 거 기억나지?

—「화장의 기술」 전문

시인에게 화장은 기존의 것을 화려하게 포장하는 수사에서 그치지 않는다. 그에게 화장이란 존재의 변이를 가져오게 하는 중요한 수단이 되기 때

문이다. 작품 속의 자아는 다양한 병을 앓고 있다. 아니 존재를 향한 혹은 존재의 완성을 향한 많은 병을 앓고 있다는 것이 보다 올바른 진단일지도 모르겠다.

작품 속의 화자는 새로운 존재로 거듭 태어나기 위해서 여러 가지 시도를 거듭거듭 한다. 하지만 그것은 존재의 외피를 감싸기 위한, 혹은 감추기 위한 치장이 아니다. 이러한 과정은 익명성에서 고유성으로 나아가는 과정이면서, 부정성을 긍정성으로 만드는 시도이기 때문이다. 그런데 여기서 중요한 것은 그러한 변신의 과정과, 이를 통한 존재의 고유성을 확보하는 과정이라 할 수 있다. 그러한 과정이란 현실에 적응하기 위한 위장술에 가까운 것인지도 모르겠다. 어떻든 시인은 표피적인 변신을 통해 막연히 현실 속으로 나아가고자 하는 눈속임을 시도하지 않는다. 그의 작업은 진지하다. 그러니 단 하나의 약점도 보여서는 안된다. 그러기 위해서는 미세한 관찰과 촘촘한 보정으로 완전한 변신을 시도해야 한다.

그런데 중요한 것은 새로운 현실에 대한 적응과 고유한 주체로 탄생하기 위한 자아의 시도가 결코 일회적인 것이 아니라는 점이다. 완성은 끝이 아니고 또다시 새로운 민낯도 보아야 한다는 피드백 과정이 계속 진행되어야 하기 때문이다. 자아의 쇄신과 거듭된 탄생을 수신이라는 형이상학의 관점으로 이해하게 되면, 자아가 시도하는 이런 시도들은 무척 소중한 것이라 할 수 있을 것이다. 수신이나 성찰의 감각이 어느 한 순간이나 한 정점에서 끝나는 것이 아니라는 사실을 감안하게 되면, 이는 충분히 납득할 수 있는 일일 것이다. 새로운 치장이란 민낯에서 보다 극진히 할 수 있다는 것과, 할머니의 마지막 화장이 결코 끝이 될 수 없다는 것은 그런 사유의 폭을 잘 담아낸 것이라 할 수 있다.

올바른 자아를 확립하기 위한 시도와 그 변신의 과정에서 또 하나 주목해야 할 것이 시인의 작품 세계의 한 부분을 구성하고 있는 사회시들이다. 중심이나 자아의 해체를 시도하는 작품 세계에서 사회성을 담은 시들은 거리가 있어 보이고 어울리지 않는 것처럼 이해된다. 전혀 융합될 수 없을 것처럼 보이는 시세계가 하나의 시집에 나란히 제시되었다는 것은 예사로운 일이 아닐 수 없다. 양극단의 축으로 갈라진 이 작품들은 하나의 점으로 수렴될 수 없는 것인가. 아니면, 이를 가능케 했던 어떤 연결고리가 있는 것은 아닐까. 만약 그러하다면 시인의 시세계들이 보이는 진폭은 보다 크게 울릴 것이다. 이번 시집의 두 가지 경향, 곧 사회를 향한 시들과 자아를 향한 시들은 아무런 연관성 없이 흩어져 있는 것처럼 인식되지만, 그의 시세계를 꼼꼼하게 관찰하게 되면, 이 두 극단의 지향들 속에서 어떤 연결점을 발견할 수 있는 근거는 충분히 마련되어 있는 것처럼 보인다.

시인은 중심이 무너진 사회에서 마비되어 있던 자아의 복원을 꿈꾸어왔다. 자아에 대한 세밀한 탐색과 주체의 고유성을 재건하기 위해 시인은 다양한 시적 전략을 펼쳐온 것이다. 그런데 시인은 자아의 고유성을 그저 재건하는 차원에서 그치는 것이 아니라 이를 건강한 맥락, 긍정적 주체로 새롭게 탄생하도록 열망했다. 「화장의 기술」은 그러한 건강성을 향한 다양한 변신을 보여준 것인데, 실상 그러한 건강성이 실현되지 않을 때, 일어날 수 있는 부정적 흠결을 담은 시가 바로 사회시가 아닐까 한다. 가령, 다음과 같은 시가 그러하다.

> 난동을 피울 생각은 아니었다 배가 고팠을 뿐이다 땅속에 있는 고구마를 꺼내 먹자 사람들은 발톱을 세워 울타리를 쳤다 찌리릿 전기 울타리는 산 중턱까지 밀고 올라오며 비자나무를 쓰러뜨렸다 숲을 가져갔으면 땅속의 것은 나눠줘야지 목보다 긴 코로 땅속을 헤집었다 고구마밭을 코 하나로 뒤집어 버렸다 얌전히 먹었다면 화를 내지 않았을까? 숲속에서는 식사예절이 없다 허기를 채우자 놀고 싶어진다 여우 재를 넘어가 물놀이를 해야지 헤엄을 치다가 숭어를 잡아야지 쫀득한 기억에 마음이 급해진다 굵은

다리로 재빠르게 달린다 총알도 달린다 다행히 빳빳이 서 있는 귀를 뚫고 지나갔다 호랑이와 맞장 떴다는 할머니가 생각난다 자라나는 송곳니를 칼처럼 갈아놓은 건 잘한 일이다 조금만 더 자라주면 총길이만 한 엄니를 갖게 되겠지 사냥개를 피해 산으로 도망치다 강물을 보았다 머리와 몸이 가깝다는 건 나쁜 눈을 가졌다는 것 물속이라 착각하고 고속도로로 뛰어내렸다 하필 노란 중앙선을 밟았다 방향감을 잃을 땐 겁이 난다 하지만 흥분을 하게 되면 물불을 안 가리는 성격 사냥꾼을 향해 달린다 총알도 중앙선을 넘는다 피차 넘지 말아야 할 선은 숲속에서부터였다 탕. 탕. 탕.

—「중앙선」 전문

일반적인 의미에서 중앙선은 서로 넘어서는 안 되는 금단의 선이다. 그것은 관습화되어 있는 것이고 어떤 경우든 예외가 있을 수가 없는 것이다. 하지만 그 선을 위반한 것은 다름 아닌 인간 자신이다. 우선, 자연을 표상하는 멧돼지는 그들의 생존 공간을 잃어버렸다. 인간이 만들어놓은 잘못된 선으로 말미암아, 그리고 그 선에 대한 일방적 전횡으로 말미암아 그들의 생존 공간은 사라지게 된 것이다. 갈등과 싸움이라는 부정적 상황은 이런 현실이 만들어낸 결과일 것이다. 세월의 비극을 담은 「달팽이관」이나 광주 민중항쟁을 묘사한 「방풍림」 역시 「중앙선」의 연장선에 놓여 있는 작품들이다. 건강한 사회적 기능이 작동하지 못할 때, 생겨날 수 있는 비극의 현장을 이 작품들은 담아내고 있는 것이다.

부정을 긍정으로 바꾸기 위해서는 새롭게 변신해야 한다. 적어도 표면적으로라도 그리해야 한다. 하지만 보다 근원적인 탈바꿈을 위해서는 본질까지 바뀌어야 한다. 그 본질이란 다름 아닌 근원이다. 가령, 유전자의 코드를 맞추거나 적어도 그에 준하는 변화를 시도해야 하는 것이다. 그러한 도정을 「화장의 기술」은 잘 일러주고 있는 경우인데, 「안과 밖」도 그러하다.

이 집에 들어오려고
중성화 수술과 성대 수술을 받았다
꼬리치는 것과 핥아주는 것은 허락된 행동
너의 옆자리는 안전하다

문밖 호기심을 소시지로 달래며
공놀이를 하다 TV를 본다
네가 승진할수록 나는 오랫동안 혼자가 되고

한밤중이 돼서야 문이 열린다
밀고 들어오는
풀냄새와 동물 발자국 냄새에
야생의 세포들이 꿈틀거린다

목줄 없이 달리는 앞발의 스냅
컹컹 컹 짖어서 흔들거리던 허공
흙바닥을 비비고 잠든 별똥별 옆에서의 쾌변
땅을 후벼팔 때 느껴지는 털들의 물결

문이 닫히고
향수와 알코올 냄새로 버무려진 너는
덩어리로 서 있다

나는 압력밥솥 추처럼 너에게 안긴다

취한 너는 변기에 엎드려
밖에 것들을 토해낸다
흔들거리며 거실로 걸어 들어가
남아있는 내 밥그릇에

사료 한 주먹 채워 넣고 변비약을 섞는다

—「안과 밖」 전문

하나의 생명체가 생존하기 위해서 어떤 변신을 시도해야 하는지 이 작품은 잘 보여준다. 반려견이 인간과 공존하기 위해서는, 아니 살아남기 위해서는 적응을 해야 한다. 그것도 단순한 적응이 아니라 근본적인 변신을 해야 한다. 가령, 중성화 수술과 성대 수술을 받아야 하는 것이다. 이는 단순한 존재의 변이가 아니라 코드의 변화, 거의 유전적 형질의 변경과 같은 것이다. 이런 코드 변이를 거쳐야만 반려견은 비로소 인간과 하나의 공동체를 이루며 살 수가 있게 된다.

하지만 이런 환골탈태를 한다고 해서 반려견이 하나의 온전한 생명체로 인간과 더불어 살 수는 없을 것이다. 다시 말해 자신의 고유성을 담보받는 존재라고는 할 수 없을 것이다. 작품의 표현대로 그의 세포는 죽어 있는 것이기 때문이다. 그것이 '안'의 세계이다. 그러면 '밖'의 세계는 어떠한가. 그곳은 "풀냄새와 동물 발자국 냄새"가 나는, 살아 있는 곳이다. 평소에 반려견은 그런 냄새를 맡을 수가 없다. '안'의 세계에 갇혀 있는 까닭이다. 그 '밖'을 볼 수 있는 것은 한밤중이 되어서야 가능하다. 그때에서야 비로소 문이 열리기 때문이다.

그런데 문이 열린 직후 반려견의 몸들은 되살아나기 시작한다. 건강한 생명성이 확보되기 시작하는 것인데, 밖에서 불어오는 '풀냄새' 등이 잠자고 있는 세포를 깨우기 시작하는 것이다. 이 냄새를 매개로 "야생의 세포들이 꿈틀거리"기 시작한다. 이처럼, 죽어 있던 생명이 깨어나는 것은 「시베리아 호랑이」에서도 확인된다. 울타리에 갇혀 있으면서 냉동닭이나 먹던 호랑이가 밤이 되어서야 비로소 야성을 회복하게 된다. 호랑이가 자작나무 숲을 마음껏 뛰노는 모습이야말로 그 일단일 것이다. 그런데 이런 세계는 오직 꿈의 세계에서만 가능할 뿐이다. 현실에서는 불가능한, 꿈이라는 입몽의 형식에서나 가능하다는 것인데, 그만큼 현실은 녹록하지 않다는 것이다.

문화영의 시들이 울리는 시의 폭이나 넓이는 깊고 크다. 시인은 한때 유행했던, 아니 지금 이 시대에도 여전히 유행하고 있는 포스트모던의 세계를 펼쳐 보이기도 하고, 건강한 자아를 위한 다양한 모색들도 우리에게 꼼꼼하게 일러주고 있다. 뿐만 아니라 사회의 어두운 구석들에 대해서도 밝은 조명을 비춰주고 있다. 대사회적인 음역에 걸쳐 있는 이러한 시들이 자아를 탐색하는 시들과 어떤 연관성을 갖고 있는지에 대한 의문을 던져주기도 하지만, 그러나 이 두 극단의 세계가 전혀 이질적인 것이 아니다. 그것은 건강한 주체를 탐색하는 과정에서 얻어진, 혹은 응시된 시적 결과일 뿐이다. 그렇기에 시의 진폭이 그만큼 넓어진 것인데, 이런 확장성이야말로 문화영 시인이 추구하는 시의 고유한 특징일 것이다.

시인은 사회의 불온성을 말하고 있되, 그 대항담론에 대한 모색을 적극적으로 제시하지는 않았다. 그렇다고 해서 그의 시들이 그런 건강성에 대해 완전히 눈을 돌리고 있는 것은 아니다. 자아와 세계 사이에 놓인 서정의 강을 그는 건강성과 긍정성이라는 디딤돌을 통해서 넘으려고 했던 것으로 이해된다. 그것이 자아의 건강성과 야생에 대한 적극적인 탐색이었다. 아마도 이런 시도들은 그의 시가 나아갈 방향성의 첫머리에 놓이는 것인지도 모르겠다. 하나의 고정된 의미로 모아지지 않는 빈 기호들이 이 건강성으로 채워질 때, 그의 시들은 새로운 단계로 나아가게 될 것이다.

시간의 비밀 속에 형성되는 사랑과 생명의 세계
— 권상기, 『시간의 비밀』

1. 서정적 동일을 향한 탐색의 여정

권상기 시인의 『시간의 비밀』은 시인의 경험적 일상이 농축되고 걸러져 나온 시집이다. 시집이 갖는 그러한 특색들은 시인의 말에서도 잘 드러난다. 그는 "오랜 시간 동안 시를 통해서 내 삶을 알아보고, 좋아하며, 즐기면서 바라보았다"고 하거니와 "그러한 과정이 곧 나의 삶이라는 것을 깨닫게 되었다"고 했기 때문이다. 그리고 "그러한 시간의 비밀은 내 오장육부에서 모국어가 곰삭을 때까지 나에게 더 많은 열정과 삶의 의미를 터득하기를 요구했다"고 자신의 시작(詩作)이 갖는 의의를 역설하기도 했다. 시집을 꼼꼼히 읽어보면 시인의 이런 언급이 전혀 과장이 아님을 알게 된다. 시인은 자신의 경험 속에서 얻어진 삶의 현장을 응시하고, 이를 초월하고자 하는 남다른 노력을 보여주고 있기 때문이다.

경험 속에서 얻어진 시의 씨앗들이기에 권상기 시인의 작품들은 무척이나 현실적이고 구체적이다. 여기서 이 감각이란 관념의 외피를 뒤집어쓴, 흔히 알려진 서정의 영역과는 거리를 두고 있는 경우이다. 시인의 시들에서 다가오는 이런 현장감들은 경험이라는 도정이 있기에 가능한 것이었다.

경험적 실천은 행동 없이는 불가능한 것이기에, 시인의 시들을 읽게 되면 무척이나 역동적인 움직임이 묻어나고 있다는 것을 알게 된다. 무엇을 향한 탐색의 시선은 정적인 자태만으론 불가능할 것이다. 시인의 시들이 역동적인 힘과 상상력에 의존하고 있는 것은 이런 저변의 실체들이 작동하고 있었기 때문에 가능한 것이었다.

걸어야 합니다.
걷는다는 것은
다시 태어나는 일입니다.
걷는 곳이
모래밭이라도
걸어야 합니다.
걷다 보면
바람의 흔적도
만나고
모래밭에선 잠시
걸어도
흔적은 남습니다.
늘 보는 일이라
사소한 일 같지만
꽃 피고
열매 맺고
떨어지는 일은
시간의 모래밭에서
너와 내가
존재와 존재로
만나는 마지막
언어입니다.

—「시간의 모래밭」 전문

이 작품을 이끌어가는 기본 동인은 '움직임'이다. 시의 표현에 기대게 되면, '걷는' 행위인 것이다. 걷는다는 것은 현재의 상황에 스스로를 가두는 것과는 거리가 있는 것인데, 이런 자기고립이 만들어낼 수 있는 것은 서정적 동일성뿐이다. 그러나 이런 정서는 서정의 영역에서는 불가능하거니와 설사 가능하다고 하더라도 그것은 서정 양식의 존재 의의와는 무관한 경우라 할 수 있다. 세상에 내던져진 존재, 영원의 음역을 상실한 존재가 서정적 동일성의 세계에 안주한다는 것은 불가능한 일이기 때문이다.

그런 한계에 대한 자의식이 시인으로 하여금 하나의 세계, 혹은 하나의 공간에 머무를 수 없도록 자극한다. 시인의 발걸음은 그래서 시작된 것이다. 시인은 걷는 도정에서 생명의 원리와, 그것이 체험할 수 있는 생의 고뇌를 이해하게 된다. "걷는다는 것은/다시 태어나는 일"이거니와 그 존재가 경험하는 지대는 "모래밭"일 수도 있고, "바람의 흔적"일 수도 있기 때문이다. 존재의 탄생은 생명의 원리이기도 하고, 또 존재의 숙명이기도 한 것이다. 그러한 과정을 현존재가 자연스럽게 체득하는 것은 불가능한 일이다. 그 불가해한 원리를 이해하기 위해서 서정적 자아는 찾아나서야 한다. 그러한 과정을 통해서 존재란 무엇인가에 대한 깊은 형이상학적 고민도 하고 그 대안 모색도 가능하게 될 것이다.

삶의 도정에서 일어나는 것, 혹은 걷는 도정에서 발견할 수 있는 것들은 아주 사소한 일상일 수도 있다. 하지만 시인은 그러한 일상이 존재의 한 단면이라고 굳게 이해한다. 존재란 그러한 일상의 과정에서 새롭게 자기정립을 해나갈 수 있다고 보는 것이다. 그리고 시인은 이러한 변증적 자아 발전이 이루어진 무대를 시간의 경과 속에서 가능한 것이라고 이해한다. 실상 시인의 작품 세계에서 시간의 의미는 무척이나 함축적이고 다의적이다. 시인이 시집을 '시간의 비밀'이라고 명명했는데, 제목이 시집에서 차지하는 비중을 감안한다면, 시간의 의미를 추적해 들어가는 것이야말로 이번 시집을 이해하는 시금석이라 할 수 있을 것이다.

시인은 자신의 경험 지대에서 "늘 보는 일이라/사소한 일 같지만/꽃 피고/열매 맺고/떨어지는 일은/시간의 모래밭에서/너와 내가/존재와 존재로/만나는 마지막/언어"라고 했다. 다시 말해 경험의 장들이 만들어내는 일상들은 시간의 모래밭에서 존재의 고유성으로 새롭게 태어나는 것으로 이해한 것이다. 시간이라는 흡수지를 통해서 일상은 존재의 새로운 변이를 한다는 것이다. 이런 흐름을 단선적으로 이해하게 되면, 시인에게 시간이란 단순히 선조적 흐름, 혹은 객관적 시간의 차원을 넘지 못하게 될 것이다. 모든 것은 시간 속에서 해결된다는 낙관론의 함정이 그 속에 내재되기 때문이다. 하지만 시인의 작품 속에 내재된 시간의식이란 무척 다의적인 것으로 이해된다. 시인에게 시간이란 인식 경험을 넘어서는 초월적인 시간이기도 하고, 개인적인 것이기도 하다. 그러나 그것이 초월적인 영역에 있는 것이든, 혹은 개인적인 영역에 있는 것이든 비밀스러운 것이 아닐 수 없다. 자연스런 시간의 흐름 속에서 형성되는 미래를 예기하는 것도 불가능한 것이기도 하고, 개인이 만들어내는 시간성 역시 알 수 없는 것이기 때문이다. 그렇기에 시간이란 곧 비밀의 영역에 놓여 있는 것일 수밖에 없다. 아니 어쩌면 우리 모두에게 시간은 그러한 것인지도 모르겠다. 따라서 시인이 펼쳐 보이는 시간의 비밀들이 만들어내는 여러 의미의 장들이 보편의 영역 속에서 이해될 수 있는 것도 여기에 그 원인이 있을 것이다.

늙지 않고 오는
사랑의 그림자
설렘
그리움도
그냥,
늙어가는 일이 아닐까

젊어서 오는
사랑의 그림자로
열매 맺고
시간의 비밀을 모르고
살지 않았는가

때가 되면
늙지 않고 오는
사랑의 그림자로
저 끝없는
우주 속으로 사라져
또 다른
시간의 비밀이 되어
다시 만나
그냥,
또 다른 시간이
오는 것이겠지

—「그냥 · 3」 전문

"늙지 않고 오는/사랑의 그림자"라는 말은 대단한 아이러니이다. 사랑이란 흔히 젊은 감수성으로 이해되는 담론이다. 그런 감수성이 늙지 않고 온다는 것 자체가 논리적 모순이다. 2연의 "젊어서 오는/사랑의 그림자"란 이를 단적으로 말해준다. 시간은 이런 물질에서만 유효한 것이 아니다. 심지어 관념조차도 시간의 질서에서 자유로운 것은 없을 것이다. 그런 아이러니는 오직 시간의 비밀 속에서 그 진실을 드러낼 수 있을 것이다.

어떻든 시인은 열매 맺지 못한 사랑의 그림자, 그리하여 저 끝없는 우주 속으로 사라져 영원한 이별을 상정할 때조차도 이를 완전히 받아들이지 못한다. 그 언젠가는 "또 다른/시간의 비밀이 되어/다시 만"날 수 있기 때문이다.

이렇듯 시간은 현재의 조건을, 미래의 그것으로 무한정 지속시키지 않는 속성을 갖고 있다. 그것은 우연의 계기에 의해 그럴 수도 있고, 또 어떤 필연의 개입에 의해 그럴 수도 있을 것이다. 우연이 자연적 흐름에 의한 것이라면, 필연은 주관적 흐름에 의한 것이다. 하지만 시인에게 중요한 것은 우연의 계기나 필연의 조건에 의해서 만들어지는 시간이 아니다. 시인에게 필요한 것은 현재의 그러한 시간성이나 불온한 삶의 조건을 개선시킬 수 있는 의지이다. 그것이 곧 탐색을 위한 도정, 곧 '걷는' 행위로의 발산이다.

2. 경험적 현실이 만들어낸 매개와 굴절의 세계

삶의 현장에서 체득한, 잘못된 일상의 모습이란 무엇일까. 시인은 그러한 일상을 시간의 비밀 속에서 어떻게 풀어나갈 것인가. 자아와 세계의 거리, 곧 거리화된 서정의 세계들은 어떻게 동일성의 장을 마련할 수 있는 것일까.

시인이 사유하는 서정적 비동일성의 현장은 우선 구분의 세계에서 찾아진다. 시인은 그런 현장을 위해서 '걷는'다고 했거니와 서정의 극적인 회감이나 황홀감을 위해서 시인은 그 자신만의 고유한 방법으로 그 질곡의 현장을 찾아 나선 것이다. 그 도정에서 만난 것이 「도랑물」의 세계이다.

탯줄로 이어지는
물길 따라가다 보면
한 번도 펴지 못하는
작은 주먹손을 만나게 된다.
그 손이 네 자식 손이든
아니면 내 자식 손이든

그 손에 비치는
실핏줄을 바라보면
네 살이면 어떻고
내 살이면 어떠냐
살과 살이 닿는 온기로
주먹손을 펴주어야 한다.
냇가에 닿도록
주먹손을 펴 주어야 한다.
탯줄을 이어 주는
도랑물 따라
가다 보면
먼 훗날
강의 깊이가 되어
만날 수 있지 않을까

—「도랑물」 전문

여기서 '도랑물'이 함의하는 것은 매우 시사적이다. 실상 이런 발견은 무언가를 향해 찾아 나선 '걷는' 행위, 서정적 동일성을 향한 의지 없이는 불가능한 일이다. 물은 흐름의 이미지이다. 흐름은 자연스러운 경우지만, 만약 어떤 매듭을 만나게 되면, 그 속성은 방해받게 된다. 그 하나가 '주먹손'이다.

'주먹손'은 물의 자연스런 흐름에 있어 크나큰 장애가 된다. 강의 깊이가 되는, 최후의 여정에 이르는 데 방해가 되는 것이다. 그러나 그것이 시사하는 바는 이런 물리적인 차원에서 그치지 않는다. 강물로 상징되는 공동체의 이상이 실현 불가능하다는 형이상학적인 의미도 내포되기 때문이다.

그런 한계를 뛰어넘기 위해서는 실존의 결단이 필요하다. '주먹손'은 소유의 주체, 곧 고유의 성질을 갖고 있긴 하지만, 시인은 그러한 고유성이라든가 자립성을 인정하지 않는다. "그 손이 네 자식 손이든/아니면 내 자식 손이든" 하면서 구분을 하면, 그 매듭은 결코 풀리지 않기 때문이다. "살과 살이 닿는 온기로/주먹손을 펴주어야 한다는 것"이다. 도랑물이 도달해야 할 최후의 여정인 냇가에 도달하기 위해서 말이다.

권상기 시인이 인식한 비동일화된 삶의 현장은 이런 구분의 세계에서 찾아진다. 내 것이라는 사유, 곧 나만의 담론이나 나만의 여백을 만드는 것은 인간계뿐이다. 자연에서 구분의 세계를 찾는 것은 불가능한 일이다. 모두 자연이라는 거대 단위로 묶여 있는 까닭이다. 하기사 자연의 일부였던 인간이 자신만의 세계를 만들기 위해서 자연으로부터 떨어져 나왔고, 궁극에는 자연을 파괴하고 소유하는 지경에까지 이른 것이 아닌가.

죄송합니다.
나는 당신에 대하여 잘 모릅니다.
더더욱 당신이 말하는 것을
구분 불가한 내가
가을 지나
긴 겨울까지
입 다물고 있는 당신에게
구분을 묻습니다.
대답이 가능한가요
가을이 되면 떨구는 나뭇잎을
당신은
겨우내 왜 붙들고 있나요
기다리라고요
그리고 보라고요
생각 없이 보라고요
생각의 무게를 줄여야

단풍나무가 하는 말을
들을 수 있다고요

—「단풍나무」 전문

서정적 자아는 지금 단풍나무 앞에 겸허한 자세로 서 있다. 그런 다음 단풍나무를 똑바로 응시하면서 생의 구경에 대해 질문을 던진다. 이 작품의 중심 담론 역시 '구분'의 세계이다. 우선, 서정적 자아는 단풍나무가 말하는 구분에 대해 이해하지 못한다. 그럼에도 "입 다물고 있는 당신에게/구분"에 대해 회의의 시선을 던지는데, 서정적 자아가 묻는 이 질문은 매우 직설적이면서 경험적인 것이다. 그의 시들이 관념의 허무에서 자유로운 것은 이런 구체성 때문일 것이다.

서정적 자아는 시간의 흐름에 따라 여러 변신을 시도하는 단풍나무의 모습에 대해 구분의 시각을 갖고 있다. 하나의 단계마다 소유와 같은 인간의 경계가 침투해 들어가기 때문이다. 잎이 피어나고 또 잎이 떨어지는 것은 연속성의 세계일 뿐 결코 구분의 세계가 아니다. 자연은 여러 순간들이 연속이라는 시간성 속에 스며든다. 그러니 하나의 단일한 과정으로 구현되고 있을 뿐이다. 그런데 인간의 시야에서 보면, 그것은 결코 연속으로 비춰지지 않는다. 각각의 단계마다 구분이 있고 틈이 있는 까닭이다. 이런 열림이란 인간적 사유가 깊이 개입되어 있기에 가능한 사유이다. 그것이 시의 표현대로 '생각의 무게'이다. 이 무게가 인간적 시야일 것이고, 경우에 따라서 소유이고 욕망일 것이다. 근대사회 이후 인간은 자연을 기술적으로 그리고 경제적으로 마주해왔다. 그러니 자연의 질서, 자연의 본질을 이해할 수 없게 된다. 오직 생각의 무게를 줄여야 "단풍나무가 하는 말을/들을 수 있"는 것이다.

그냥 살다 보니
호모사피엔스 얼굴을 보는
꿈을 꾼다
새벽보다
아침이 두려운 날
코로나19로
일상이 되어 버린
페르소나의 얼굴
살아온 기억을 나만의
보물창고에 가득 쌓아 두면
호모사피엔스 얼굴을 보지 못한다
쌓아둔 보물을 그냥 나눠줘야
산으로 가던지 들에 가서 살던지
제멋대로 살게 그냥 두어야
페르소나를 벗을 수 있다
또 다른 기억을 위해
생명을 담보로 겪는
공포와 수모 언제쯤 끝이 날까

—「그냥 · 6」 전문

호모 사피엔스는 잘 알려진 바와 같이 현 인류의 조상이다. 따라서 그것은 근원이라든가 시원으로서의 의미를 갖는다. 근원은 동일자의 시선이고, 유토피아적 함의를 갖고 있다. 특히 현재가 어둠의 상태라면, 이를 향한 동일적 그리움은 더욱 강렬할 것이다.

호모 사피엔스를 그리워하는 서정적 자아가 그러하다. 그의 얼굴을 꿈꾸는 열망의 포즈가 이를 증거한다. 하지만 그에게로 향한 길은 결코 녹록지 않다. 근원으로 향하는 길에는 두껍고 단단한 페르소나가 가로막고 있기 때문이다. 근원이라는 유토피아를 찾고자 하는 자아의 본성은 페르소나에 억눌려 잠재되어 있을 뿐이다. 그 가면을 열어야 비로소 근원으로 향한 길을 발견할 수 있다. 시인은 그 가면의 실체를 '쌓아둔 보물'로 의인화했다. 이는 곧 소유의 또 다른 형태이고 나와 너를 분리하는 구분의 또 다른 실체일 것이다.

호모 사피엔스라는 시원의 세계로 되돌아가기 위해서는, 그리고 인류의 영원한 꿈인 유토피아를 앞당기기 위해서는 욕망의 노예로부터 벗어나야 한다. 그러기 위해서는 보물을 버려야 하고, "산으로 가던지 들에 가서 살던지/제 멋대로 살게 그냥 두어야" 한다. 그러한 과정만이 자아를 억누르고 있는 페르소나로부터 해방될 수 있을 것이다.

3. 무매개적 응시와 경청의 자세

근원으로 향하는 길에는 페르소나와 같은 장애물이 놓여 있다. 그것은 본질을 알 수 없게 하거니와 그 접근조차 허락하지 않는다. 서정적 자아는 이 가면을 벗어던지기 위해 가열찬 서정의 행보를 내딛는다. 있는 그대로의 것, 날것의 세계를 보기 위해서 말이다. 자아와 대상, 자아와 세계가 소통하기 위해서는 허위나 가식과 같은 페르소나는 사라져야 할 것이다.

우리 시대 고승 가운데 한 분인 성철 스님은 언젠가 이런 말을 한 적이 있다. "산은 산이고 물은 물이다"라는 법어가 그것이다. 이는 무척 평범한 말이기도 하고, 또 지극히 당연한 담론일 것이다. 하지만 오랜 수도를 거친 고매한 스님이 한 말이기에 여기에는 어떤 함축적 의미가 분명 담겨 있으리라 생각된다. 실상 권상기 시인의 작품을 이해하는 데 성철 스님의 이 법어는 분명 시사하는 바가 매우 큰 경우이다.

권상기 시인의 말처럼 어떤 페르소나가 본질을 가리게 되면, 대상에 대해 올곧게 이해하는 것은 불가능하게 된다. 뿐만 아니라 시인이 탐색한 시의식, 곧 유토피아도 쉽게 다가오지 못할 것이다. 페르소나에 사로잡힌 자아에게 "산은 분명 산으로 보이지 않을 것"이다. 뿐만 아니라 물 또한 그러할 것이다. 내 것을 소유하고 구분하는 자아에게, 곧 욕망에 사로잡힌 자아에게 "산은 산이 아니"라 "물화된 어떤 대상"으로 비춰질 수 있기 때문이다. 따라서 대상은 저 멀리서 일정한 거리를 유지한 채, 다시 말해 본질을 숨긴 채 자아와 평행선을 그리고 있을 것이다. "산이 산으로 보이고 물이 물로 보여야만" 물상의 본질에 다다를 수 있을 것이다. 그럴 경우에만 구분이 없는 세계가 실현될 수 있을 것이고, 있는 그대로의 자연의 풍경과 음성이 자아에게 들려올 것이다.

따라서 이를 위해 시인이 자신의 오감을 동원하는 것은 무척 자연스러운 경우이다. 이는 곧 매개성이 없는 대상과의 직접적인 대화일 것이다. 그러한 장에서 시인은 비로소 자신의 꿈꾸어온 유토피아가 무엇인가를 어렴풋이 알아차리게 된다.

> 바라본다는 것은
> 사랑의 본능이다
> 더더욱 좋은 것은
> 서로 사랑하는
> 눈빛으로
> 바라보는 일이다.
> 바라본다는 것은
> 같은 방향에서
> 수평을 보는 일이다.
> 수평은 새롭게 보는
> 출발선
> 서로 바라보다 보면
> 너는 내가 보이고

나는 네가 보이다가
언제쯤 되면
너는 너를 보고
나는 나를 보게 되겠지요.

—「바라보기」 전문

시인이 먼저 동원한 감각은 응시이다. 산이 산으로 보이기 위해서는 특별한 응시가 필요한데, 단지 바라보는 행위만으로 본질에 대한 접근이나 대상을 올바로 읽어내는 것은 불가능할 것이다. 그래서 시인이 선택한 의장은 수평의 포즈이다. 수평의 반대가 위계이거니와 이런 층위적 시각으로 대상과의 올바른 관계 정립은 이루어질 수 없을 것이다. 그럴 경우 '너'는 서정적 자아의 종속이거나 혹은 그 반대의 위치로 전복되어 나타날 수 있기 때문이다.

대상과 자아가 동일자가 되기 위해서는 시선이 공평해야 한다. 시인이 "수평"을 "새롭게 보는/출발선"으로 설정한 것도 이런 이유 때문이다. 여기에는 관계를 무너뜨리는 '주먹손'이나 '페르소나'의 암울한 그림자와 같은 것들은 존재하지 않는다. 모든 것이 무매개적인 관계로 형성되어 있어서 동일한 관계, 동일한 시선만이 존재한다.

갯벌에선
사는 일 잠시 멈추고
생각이 생각하는 말 말고
언어로 표현하기 어려운
비움의 소리를 들어야 합니다
앙금이 된 갯벌에서
무심히 들려오는 소리를
유심히 들어보자

하루를 마무리하고
저녁상에 둘러 앉아있는
평온한 일상의 소리
감사
감사합니다.

—「앙금」 전문

시인이 천착한 두 번째 감각은 소리이다. 여기에는 서정적 자아의 두 가지 정서 혹은 심리 상태가 놓여 있다. 그 하나가 비움의 소리이다. 다른 하나는 이를 수용하는 자아의 자세이다. 따라서 시인이 묘파한 소리란 자아의 문제이기도 하고 주체의 문제이기도 하다. 자아는 깨끗한 소리를 들어야 하고, 자아에게 가는 소리 또한 오염되지 않은 언어여야 한다는 것이다.

익히 알려진 대로 자연의 소리는 무매개적인 소리, 시인의 표현대로 하면 어떤 페르소나도 개입되지 않는 소리이다. 뿐만 아니라 그것은 언어 이전의 소리이기도 하다. 언어란 그것이 태초의 것이 아닌 이상, 욕망과 같은 의식의 때가 끼여 있기 마련이다. 욕망에 물든 인간에 의해 매개된 언어이기에 이 언어는 순수성을 잃은 상태로 놓여 있다. 그러한 언어가 사물의 본질을 전달해줄 수 있는 것도 아니고, 서정적 자아에게 동일성이라는 인식의 평온을 가져다주지도 않을 것이다.

아무것도 매개되지 않은 언어, 태초의 언어만이 서정의 순수성이 담보된다. 시인은 그러한 언어를 갯벌에서 구하고 있다. 갯벌은 자연의 일부이면서 자연의 한 표상으로 구현된다. 또한 삶을 잉태하는 넉넉한 품이라는 점에서 모성성으로 상징되기도 한다. 그리고 이를 대리하는 것이 언어이기에 그것은 언어 너머의 세계, 곧 태초의 세계와 같은 것이다. 시인이, 아니 우리가 들어야 할 언어란 이런 순수무의 세계이다.

순수무의 상태를 지향하는 시인의 이러한 감각은 이번 시집의 전략적 소재 가운데 하나인 빛의 이미저리에서도 확인할 수 있다. 시인이 응시한 빛이란 일종의 허상과 같은 것이다. 시인에게 다가온 빛의 세계는 빛 그 자체인 경우는 거의 없었다. 가령, 다음과 같은 시의 경우가 그러하다.

빛을 안아본다.
빛은 없고
빛이 만든
빛의 본성만
우음도에 두고 왔다.
좋은 사진이 무엇일까
생각하는 나는
우음도를 생각하며
잠을 잔다.
그래야 또 다른
빛을 안아 볼 수 있다.

—「우음도에서」 전문

보거나 듣고자 하는 시인의 전략은 빛의 경우에서도 예외가 아니다. 시인에게 빛은 보는 것이 아니다. 시인은 물상에 비춰진 빛, 그것이 만든 빛의 의미를 이해하고자 할 뿐이다. 하지만 그것에 의해 투과된 사물은 허상만이 있을 뿐 본질은 우리 앞에 다가오지 않는다(「운무」).

시인이 이해하고자 한 것은 그런 허상이 아니라 본질의 세계이다. 그 서정적 열정이 만들어낸 것이 빛에 대한 가열찬 친연성인데, 가령 "빛을 안고자"하는 행위가 바로 그러하다. 하지만 서정적 자아에게 안긴 것은 빛이 아니라 빛이 만든 허상일 뿐이다. 그런데 그 본질은 '우음도'라는 자연의 섬에만 존재한다. 허상만이 시인의 시선을 감싸안기에 시인은 그것을 자기화할 수 없게 된다. 그리하여 그는 '우음도'라는 공간에 두고 오게 된다. 그곳은 갈 수 있지만, 결코 다가갈 수 없는 공간이다. 가능과 불가능의 인식이 낳은 역설적 거리가 우음도인 셈이다. 그러하기에 그것은 꿈이라는 입목의 형식을 빌어서만 갈 수가 있다. 어떻든 빛의 본질을 알고 그것이 존재하는 실체만은 알고 있기에 이를 향한 꿈, 곧 유토피아에 대한 열망만은 자아의 의식 속에서 계속 살아나오게 된다.

당신이 그냥 좋습니다
좋음에 이유가 있다면
거짓이겠지요
그 이유가 안개처럼 사라지면
헛헛한 바람만 남겠지요
그러나 당신은
언제나 그 자리에서
그냥 엷은 미소로 선물합니다
꾸미지 않는 그 풋풋한
내음으로 내게 옵니다
늘 그 자리에서
그냥 내게로 옵니다
좋음은 그냥입니다.

―「그냥 · 1」 전문

페르소나에 가려진 본질에 다가가기 위해서는 이를 우회하거나 아니면 건너뛰면 된다. 이를 위한 시인의 서정적 전략이 보기라든가 혹은 듣기와 같은 일차적인 감각의 동원이었다. 음성을 무매개적으로 듣거나 굴절되지 않은 시선으로 대상을 응시하는 것이 그 실천의 방법이었다.

어떤 차단이나 저항선이 없는, 기의와 기표가 곧바로 만나서 의미를 만드는 기호들을 시인은 끊임없이 추구해왔다. 이를 위한 도정이 무매개적인 감각을 복원하는 일이었다. 원시 그대로의 시야를 유지하는 것이 그 방법적 의장이었는데, 이러한 시도의 정점에 놓여 있는 것이 「그냥」 연작시이다. 이 연작시들은 무매개적인 보기와 듣기가 만들어낸 또 다른 실천의 장이다.

'그냥'이란 우연의 감각이다. 우연의 반대편에 놓인 것이 필연인 바, 이것이야말로 매개적인 요소가 반드시 동반된다. 따라서 우연의 감각이란 자연스러움이다. 자연스러움은 변증적 통합을 향한 시간의 질서를 충실히 따르는 경우이다. 여기서 시인은 그러한 순리를 자연스럽게 받아들일 뿐만 아니라 오직 그것만 진리이고 유토피아의 구경이라 이해한다.

"당신이 그냥 좋다는 것"은 무매개적인 정서의 자연스러운 발로이다. "좋음에 이유가 있다면/거짓이겠지요"는 그 연장선에서 나올 수밖에 없는 당연한 담론이다. "꾸미지 않는"다는 것도 그 연장선에서 설명할 수 있는 발언이다. 이런 동일성의 장에서 대상과 나는 "풋풋한/내음"이라는 하나의 경험 지대를 만들어내게 된다.

4. 사랑과 생명이 만들어내는 원환론

자연이 인간과 다른 것은 구분이 없다는 것이다. 「도랑물」에서 보듯 자연에는 서로를 구획짓는 경계가 존재하지 않는다. 구분이나 경계를 만들어내는 것은 욕망의 결과일 것이다. 무엇인가를 자기화해서 이를 극대화시키려는 욕망이 있기에 구분이 만들어지고, 갈등하게 된다는 것이다. 이럴 경우 모두가 희구하는 공동체의 이상이나 유토피아는 실현되기 어렵게 된다.

시인은 그러한 한계를 이해하고, 그 대안을 모색하기 위해 힘찬 발걸음을 옮긴 터였다. 그것이 대상에 대한 본질적 접근이었고, 그에 대한 가열찬 탐색이었다. 그 도정에서 시인이 발견한 방법적 의장들이 무매개적인 응시와 듣기의 미학이었다. 그러나 이는 단순히 보는 행위나 듣는 행위에서 그치는 것이 아니었다. 듣기는 하되 본질을 듣는 것이었고, 보는 것 역시 마찬가지의 경우였다. 매개된 음성이나 굴절된 빛에 의해서 왜곡된 대상이 아니라 있는 그대로의 세계로 접근하는 것이 시인이 펼쳐 보인 의장이었던 것이다.

그러한 장이 가장 잘 구현된 모습이란 무엇일까. 지금까지 살펴본 것처럼, 시인은 그 일단을 자연의 세계에서 구한 것처럼 보인다. 하지만 자연을 새롭게 발견했다고 해서, 그것이 시인이 얻고자 했던 구경의 목적이었다고는 할 수 없을 것이다. 실상 이런 접근법들은 우리 시사에서 흔히 볼 수 있었던 풍경들이었다. 서정적 의식의 분열이 자연이라는 통합의 세계 속에서 하나로 구현되는 도정들은 결코 낯선 광경들이 아니었기 때문이다.

하지만 시인은 자연을 발견하는 데에서 서정의 임무를 종결하지 않는다. 자연을 발견하되, 그 겉모습만을 응시하거나 형이상학적 의미를 굳이 밝히려고 애쓰지 않는다. 시인은 또 다른 매개항을 만들어간다. 그의 시선 속에서는 자아라는 성찰의 여과지를 준비하고 있었던 것이다. 이를 통과한 자아이기에 대상의 본질을 탐색하기 위한 선택과 배제의 원리는 확고하게 작동한다.

꽃비가 내려도
혼자씩 내리는데
꽃이 떨어진 자리
잎이 돋아나니
꽃자리 따로 없고
잎 자리 따로 없는데
살아가는 자리
내 자리

네 자리
아우성치는
사람 소리 잠시 떠나면
꽃자리
잎 자리
볼 수나 있을까

—「자리」 전문

자연에는 분명 자리가 있다. 시의 표현대로 "꽃이 떨어진 자리"라든가 "잎이 돋아"난 자리 혹은 "꽃자리" 등등이 있는 것이다. 하지만 자연은 이를 굳이 표상하거나 내세우지 않는다. 아니 자연이라는 거대한 흐름에서 보면, 이는 하나의 동일성 속에서 묶여 있는 것이라 할 수 있다. 그러나 인간의 경우는 그 반대이다. "내 자리"가 있고 "네 자리"가 분명히 있기 때문이다. 그런데 이 자리는 자기만의 고유성에서 그치거나 만족하지 않는다. 더 많은 자리를 얻어내기 위해서 "아우성치"며 또 다른 영역 싸움을 시작하는 것이다.

하지만 이런 싸움이 언제나 지속되는 것은 아니라고 자아는 이해한다. 시간의 흐름 속에 "사람 소리 잠시 떠나"는 순간 또한 도래할 수 있기 때문이다. 이 떠남의 소리야말로 여과지를 통과한 자아의 반성적 자세와 밀접한 관련이 있을 것이다. 서정적 자아가 반성이라는 정서를 포지하지 못하게 되면, 자연의 본질적 소리를 들을 수 없거니와 "꽃자리"와 같은 자연의 질서를 응시할 수 없는 까닭이다.

5월의 자작나무숲은
숲이 아니라
강물로 이어지는 작은 길이었다

소멸로
이야기가 시작되는
생성의 출발지였다
사랑하라 말하기 전에
사랑하게 되고
용서하라 말하기 전에
용서하니
소유와 죽음을 초월하여
숲이 아니라
생성과 소멸의 우주였다.

—「자작나무 숲에서」 전문

숲은 자아에게 삶의 길을 안내하는 이정표와 같은 것이다. '강물'이라는 목적지에 이르게 할 수 있는 '작은 길'이기 때문이다. 뿐만 아니라 그것은 소멸과 생성이 이루어지는 선험적 세계이기도 하다. 그러한 세계이니 그곳은 언어 이전의 세계, 곧 근원의 세계에 해당된다고 할 수 있다. 이 공간은 "사랑이라 말하기 전에/사랑하게 되"는 곳이다. 의식의 때가 묻은 언어로는 이 순수한 무의 세계를 표현할 수 없는 까닭이다. 그리고 이곳은 이런 순수성뿐만 아니라 소유와 죽음을 초월하는 공간이기도 하다. 소유와 죽음이 인간적 질서에 속하는 것이라고 한다면, 숲은 그러한 가치체계를 뛰어넘는 공간인 것이다. 그 초월적 세계란 다름 아닌 "생성과 소멸의 우주"이다. 이는 곧 숲이 우주의 이법을 구현하는 형이상학적인 세계임을 말하는 것이다.

시인에게 자연은 이렇듯 절대적인 공간으로 다가온다. 그는 이런 자연을 통해서 욕망에서 빚어진 구분의 세계도, 매개된 감각의 세계, 곧 굴절된 시각과 청각의 세계도 초월하게 된다. 오직 본질만 수용할 수 있는 계기를 마련한 것이다. 그리고 이런 절대선을 지향하는 시인의 정서에서 또 하나 주목해야 할 것이 사랑이라는 감각이다. 가령, 「생명의 무늬」가 그러하다.

봄 길
세한삼우(歲寒三友)가
부르는 소리에
뒤돌아보니
사랑이 먼저
생명이 먼저
가위, 바위, 보
손안에 가득 함께 있습니다
저마다 받은 사랑으로
생명의 무늬를 만들고 있습니다
받은 생명으로
사랑을 주고 있습니다.

—「생명의 무늬」 전문

이 작품에 의하면, 사랑이라는 정서가 이 시인의 작품에서 차지하는 함량을 이해하게 된다. 이 작품 외에도 시인은 사랑의 정서를 많이 노래한 바 있다. 가족 간의 사랑을 이야기한 바도 있고(「가족」), 소유하지 않는 사랑(「그냥 · 2」)도 말한 바 있다. 뿐만 아니라 서로를 신뢰하는 굳은 결의를 이야기한 작품(「푸른 날」)도 있다. 시인은 자연과 함께 사랑의 정서를 무척이나 예찬하고 있었던 것이다.

사랑은 인간적인 정서와, 생명은 자연의 정서와 깊은 관련을 맺고 있는 것처럼 생각된다. 하지만 시인은 이런 정서의 차이를 굳이 구분하려 들지 않는다. 봄을 부르는 소리가 사랑이 먼저일 수도 있고, 생명이 먼저일 수도 있다고 보는 까닭이다. 그 연장선에서 시인은 사랑이 생명을 만들기도 하고, 역으로 생명이 사랑을 만든다고도 이해한다. 사랑과 생명이 손을 맞잡고 하나의 원환론적 세계를 만들고 있다고 보는 것이다. 원은 처음과 끝, 앞과 뒤가 없는 동일한 세계이다.

이런 원환론적 이해는 실상 무척 소중한 것이 아닐 수 없다. 자연의 섭리를 표상하는 생명과 인간적 질서를 담보하는 사랑이 하나의 장에서 공존할 수 있다는 것이야말로 새로운 세계에 대한 참신한 열망의 표현이기 때문이다. 이렇듯 시인은 자연과 인간을 위계적인 관계로 이해하지 않는다. 마치 굴절된 빛과 매개된 시야가 왜곡된 대상들을 만들어낸 것처럼, 층위된 시선이 초래할 수 있는 한계들에 대해서 익히 알고 있는 탓이다.

시인의 시선은 한쪽으로 치우쳐 있지 않다. 시인은 언제나 수평의 감각을 유지하려 하고 있고, 매개되지 않은 음성의 본질에 대해 성실히 듣고자 했다. 그 열린 자세가 시간의 비밀 속에서 숙성되면서 이제 자연의 섭리에 대해 올곧게 이해할 수 있게 되었다. 뿐만 아니라 그러한 섭리 또한 사랑이라는 인간적 정서가 담보되어야 비로소 온전한 완전체가 될 수 있음을 이해하고 있었다. 시인에게 새로운 우주의 열림과 생명의 탄생은 이런 도정을 거쳐 얻어진 것이다. 맑고 청아한 소리는 시인의 귀를 열게 했고, 수평적 혹은 무매개적 자세는 시인의 눈을 뜨게 했다. 그 열린 감각들이 만들어낸 질서가 바로 사랑과 생명이 만들어내는 자연의 섭리, 우주의 이법이었다.

간극을 좁히는 '동사'의 부드러운 힘
— 학명란, 『따뜻한 동사』

1. 살뜰한 애정으로서의 서정시

학명란의 『따뜻한 동사』는 시인의 세 번째 시집이다. 이번에 상재하는 시들은 이전과 달리 자연친화적인 면들이 강하게 드러난다. 시를 쓰는 환경이 바뀐 탓이 크다고 할 수 있는데, 시인은 번다한 도시를 벗어나 지리산 자락에 자리 잡고 서정의 공간을 새로이 마련해두었다. 서정시가 현실과의 조응이 산문에 미치지 못하는 양식이라 해도 주변 환경이 주는 영향으로부터 자유롭지 않은 것은 사실이다. 그러한 까닭에 시인의 작품들은 자연의 푸르른 색깔로 덧칠되기 시작한 것이다.

하지만 자연 속에 깊이 침잠해 있다고 해도 시인의 시들이 자연을 예찬하는 틀에 갇혀 있는 것은 아니다. 몇몇 작품을 읽어보면 금방 알 수 있는 것처럼, 시인이 묘사하는 대상들은 매우 다채롭게 나타나는 까닭이다. 그의 시들은 자신의 주변에서 시작하여 저멀리 타클라마칸 사막에 이르기까지 넓게 포진되어 있다. 따라서 그가 만들어내고 있는 시의 외연은 매우 크고 깊은데, 이는 대상을 응시하는 시인의 시선이 개방적이라는 사실과 무관하지 않다.

하지만 큰 시야나 넓은 공간에 대한 응시가 그냥 자연스럽게 이루어진 것이라고 보기는 어렵다. 이에 앞서 그의 시들은 이미 실존의 고통이나 가족주의적인 틀 속에서 치열한 자기 모색의 과정도 거쳐왔기 때문이다. 실제로 시인의 시들은 내성과 같은 자기 모색의 세계 속에 침잠하기도 하고, 또 가족들 사이에서 형성된 한계에 갇혀 있기도 했다. 이런 요인들은 서정적 자아의 어쩔 수 없는 숙명일진대, 이런 운명들이 시인의 시쓰기의 근간으로 작용했던 것이다.

그럼에도 시인은 이 한계에 갇혀 실존의 고통을 토로하지 않았다. 뿐만 아니라 그러한 숙명에 침잠하여 자신이 나아갈 방향이 무엇인지에 대해서도 고민하지 않았다. 시인은 자신 앞에 놓인 실존의 고통이나 숙명 등을 시쓰기를 통해서 초월하고자 했기 때문이다. 그러한 면은 이 시인에게 매우 강렬한 것이었는데, 실상 서정시인 치고 서정의 내밀한 욕구나 거기서 오는 통증을 발산이라는 장치에 의해 해소하지 않으려는 시인은 없을 것이다. 그럼에도 학명란 시인의 경우는 다른 서정시인에게서는 보기 어려울 만큼 서정적 갈망이 무척 강렬했다. 시인은 이번 시집의 서문에서도 이를 다음과 같이 말한 바 있다.

> 하늘도 구름도 바람도 초록도 여전히 그대로여서
> 게을렀다 말하긴 너무 길고,
> 살기에 급했다 말하기엔 좀 구차한
> 내 십년도 별일 없었다고 묻어가기로 한다.
> 하지만 한 순간도 시를 잊은 적은 없다.
> 잊기엔 너무 아름답지 않은가.
>
> —「시인의 말」 전문

일상은 평범함과 지속성을 특징으로 한다. 따라서 그러한 일상에 갇히게 되면, 존재에 대해 뚜렷이 자각하는 것은 쉽지 않은 일이다. 시인의 언급처럼 그러한 삶이란 곧 "별일 없었다고 묻어가기로" 하는 것이기 때문이다. 그런데 그런 평범함 속에서도 '시'는 이 익숙한 것을 떨쳐내는 매개로 시인에게 기능해왔다. 시를 잊기에는 그것이 너무 '아름답기' 때문이다. 여기서 알 수 있는 것처럼 시란 시인에게 평범한 일상을 깨기 위한 매개이며, 새로운 일상을 가져오는 동기이기도 하다.

서정시란 시인에게 이렇듯 생리적인 것이다. 이 감각은 자아와 서정시가 분리하기 어렵게 연결되어 있다는 뜻인데, 그 연결의 정점에서 시의 황홀감이 형성된 것이 시인의 작시법이다. 이 감각이야말로 시인을 서정시의 견고한 주체로 만드는 요인이라 하겠다. 따라서 그것은 시인에게 숭고한 미를 가져다주는 정신의 각성제 역할을 한다.

가령 타클라마칸 사막* 낙타의 숙명 같은 것
끝없는 갈증과 싸우면서 걸어야 하는 일
모래바람 맞고 녹일 듯 뜨거운 태양을 견디는 일
움켜쥐어도 손바닥에 남지 않는 모래처럼 아득한 일

들어가면 나올 수 없는 곳에서 출구를 찾아 헤매는 일
발자국도 남지 않는 끝없는 오르막 내리막을 건너는 일
한치 앞을 분간할 수 없어 방향을 가늠하지 못하는 일
길이 없어, 어느 곳에도 길을 발견할 수 없어
먼저 간 이가 남긴 해골로 지표를 삼아야 하는 일

그럼에도 불구하고
평생 거처 없이 살아가다
모래와 추위 바람을 이겨낸 뒤
드디어 사막에서 실낱같은 길을 찾아내는 일
언젠가 이 길을 찾아 나서는 이에게 작은 이정표가 되어 주는 일

기어이 무릎을 꿇고서야 등짐을 내릴 수 있는 겸허한 일
내겐 그런 일

* 텐샨산맥과 쿤룬산맥 사이 타림분지 안에 있는 타클라마칸 사막은 현장 스님이 664년 인도에 갔다 돌아올 때 건넜다고 한다.

—「시를 쓰는 일」 전문

시인은 이 시집의 서문에서 '시'를 "잊기엔 너무 아름답지 않은가"라고 했는데, 이는 분명 시에 대한 끈끈한 애정의 표현이라 할 수 있을 것이다. 하지만 인용시에 이르면, '시를 쓰는 일'이 결코 아름다운 것이 아님을 알게 된다. 그것은 자신의 실존과 분리하기 어렵게 얽혀 있기에 아름다움 속에만 갇혀 있을 수 없는 것이기 때문이다.

우선 시쓰기는 시인에게 "숙명 같은 것"이고, "끝없는 갈증과 싸우면서 걸어야 하는 일"이다. 뿐만 아니라 "모래바람 맞고 녹일 듯 뜨거운 태양을 견디는 일"이기도 하며, "움켜쥐어도 손바닥에 남지 않는 모래처럼 아득한 일"이기도 하다. 욕망의 한 자락에 걸쳐 있는 것이 시쓰기이고, 또 실존을 향한 존재의 껍데기를 벗어내는 고통스러운 일이기조차 하다. 그러나 이런 고통이 고통 그 자체로 머물러 있는 것은 아니다. 그렇기에 시인은 이런 형극의 길에서도 시쓰기에 몰두하는 것이 아닐까. 그것은 그 도정에서 희망의 출구, 유토피아의 메시지를 찾는 길이기도 하기 때문이다. 가령, "들어가면 나올 수 없는 곳에서 출구를 찾아 헤매는 일"이기도 하고, "먼저 간 이가 남긴 해골로 지표를 삼아야 하는 일"이기도 한 것이다. 게다가 그것은 "사막에서 실낱같은 길을 찾아내는 일"이며, 경우에 따라서는 "언젠가 이 길을 찾아 나서는 이에게 작은 이정표가 되어 주는 일"이기도 하다.

여기서 알 수 있는 것처럼, 시인에게 시는 자신이 나아가야 할 삶의 좌표이자 인생길이다. 그리고 현재의 장막을 걷어낼 수 있는 희망의 메시지를

던져주는 일이기도 하다. 이런 면에서 시인의 시쓰기는 자아중심적인 것이면서 이타적인 것이라 할 수 있다. 이타성이란 교훈의 감각 없이는 성립하지 않는 것인데, 시인이 자신의 시쓰기를 자기만족적인 것에서 머무르려 하지 않는 것도 여기에 그 원인이 있다. 그의 시들은 자신에게서 시작되어 타인의 정서에까지 스며들어가려 한다. 교훈은 계몽적이라는 점에서 위험성이 어느 정도 내재하고 있는 것이 사실이지만, 그럼에도 불구하고 시인은 그러한 위험에 대해 개의치 않는다. 위험보다는 공익적인 측면이 우선할 수 있다는 자신감이 앞서 있는 까닭이다.

시인에게 시란 자아와 일체감을 형성해준다. 그런 일체성으로 인해 시인은 자신의 시쓰기에서 어떤 만족감 내지 해방감에 젖어든다. 이 정서는 억압으로부터의 탈출이고, 자유에 대한 굳건한 의지이기도 할 것이다. 어떤 속박에도 갇히지 않으면서 자신의 앞길을 당당하게 개척해나가는 것, 그리고 그러한 개방성 속에서 어떤 교훈의 메시지를 찾아내는 것, 그것이 시인의 시쓰기의 요체이다.

2. 자기 완성을 위한 성찰의 길

시인은 자신의 삶에 있어서 한순간의 여백에도 잊을 수 없는 것이 시라고 했다. 그리고 그렇게 소중한 시 혹은 시쓰기가 자아중심적이고 또 이타적인 것, 곧 이중적인 것이라고도 했다. 이런 맥락에서 그의 시쓰기는 두 가지 경로를 향해 나아간다. 그 하나가 바로 자아지향성이다. 서정시가 일인칭 자기표현의 장르임을 감안하면, 이런 경로랄까 방향이란 당연한 것이라 할 수 있다. 대부분의 서정시인이 내면이라든가 성찰의 문제에 서정적 정열을 쏟아붓는 것은 이 때문이다.

서정시에 있어서 자아를 향한 물음에 시인 역시 소홀히 응답하지 않는다.

아니 소홀한 것이 아니라 다른 어느 시인보다도 치열한 열정을 보여준다고 하는 편이 옳을 것이다. 시인의 시들이 두 가지 방향성을 지향한다고 했거니와 자아의 문제는 이렇듯 그의 시세계의 중심으로 자리 잡는다.

칸막이 높은 경양식 집에서
비지스 들으며 멕시칸사라다 먹을 땐
인간으로 익는 데 이렇게 오래 걸릴 줄 몰랐지
시간이 가면 저절로 익어지는 줄 알았다니까

저문 호박밭에서 뱀 잡아 아픈 오빠에게 고아주던
엄마 나이를 한참이나 지나고도
세상의 날들이 버겁고
허리 세우고 멀리 눈을 두어야
단단히 설 수 있다는 것도 모르거든

뜨거운 고향 잊은 채 먼 길에 거죽만 익어
풋 맛이기도 안타까운 향이기도 한
열대과일처럼 말이야

탯줄로부터 너무 일찍 떨어진 것들은
시간의 눈물과 견딤의 날들을
유전자에 꼼꼼하게 새겨두는 법이거든
상처가 아름다운 옹이가 되는 것처럼
달콤한 향기로 거듭나려는거지

그래서 말인데,
나 아직 익는 중인 것 같아
가끔씩 불뚝심지가 일어나고
심장 들쑤시는 쓰라림이 있고

견뎌야 할 것들이 제법 남아 있는 걸 보면

— 「후숙」 전문

한 개인에 있어서 인격의 진행과 완결을 구분하는 변곡점은 아마도 성숙이라는 감각이 자아의 내면에 깊숙이 침투해올 때가 아닌가 한다. 앞으로 나아갈 수 있는 여백이 존재한다는 것은 가야 할 목표가 있다는 뜻이다. 만약 그 최후의 목표에 도달하게 되면, 나아가야 할 동력, 시인의 표현대로 하면, 더 이상 '익어야 할' 필요 없는 상황에 놓이게 된다. 그 정점에 있는 것이 바로 성숙이다. 하지만 그 지점에 대해 정확히 진단하는 것은 쉽지 않은 일이다. "인간으로 익는 데 이렇게 오래 걸릴 줄 몰랐"다거나 "시간이 가면 저절로 익어지는 줄 알았다"고 하는 것은 이와 밀접한 관련이 있을 것이다. 뿐만 아니라 그것은 타자의 기준에 의해서도 쉽게 체득되는 것이 아니다. "엄마 나이를 한참이나 지나고도" "세상의 날들이 버겁"다고 느끼는 것은 이 때문이다.

어떻든 현재 자아는 소위 완성이라는 단계에 이르지 못했다. 그 단계가 존재론적 완성일 터인데, 실상 이러한 단계에 이르는 것은 쉽지 않거니와 경우에 따라서는 불가능에 가까운 일일지도 모른다. 그 정점에 이른다면, 서정의 정열은 더 이상 불태워질 수 없거니와 그렇게 되면, 자아와 세계의 불화 속에서 탄생하는 서정시는 존재하기 어려울지도 모른다. 하지만 끝없는 성찰과 자기 수양 속에 지나온 자아라면, 어느 순간에 이 정점에 도달한 듯한 착각을 불러일으키기도 한다. 적어도 자신을 뒤돌아볼 매개랄까 수단이 없는 경우에는 그렇다고 할 수 있다. 하지만 서정적 자아는 그런 판단이 이내 잘못된 것임을 알게 된다. 마지막 연의 "그래서 말인데"라는 정서는 이를 단적으로 말해주는 담론이 아닐 수 없다.

서정적 자아가 이런 판단을 한 배경에는 자아의 내부에서 솟아오르는 감정의 여러 실타래와 무관하지 않다. 이런 정서의 끈들을 욕망이라는 이름으로 묶을 수 있거니와 실상 인간은 욕망 때문에 억압된 존재, 곧 존재론적 불안에 시달리는 존재이다. 자아에게 "가끔씩 불뚝심지가 일어나고" "심장 들쑤시는 쓰라림이 있고" 또 "견뎌야 할 것들이 제법 남아 있"다고 감각하게 하는 것은 모두 욕망의 작동 때문이다. 만약 이런 정서가 없다면, 자아는 익었다고, 곧 성숙했다고 과감하게 선언했을지도 모를 일이다. 하지만 그러한 언표를 하기에는 현재의 자아를 짓누르는, 익는 도정을 가로막는 욕망이라는 전차는 너무 강렬하게 다가오고 있다.

욕망으로부터 자유롭지 않다는 것은 모든 인간이 갖는 숙명이다. 그러한 운명으로부터 벗어나고자 하는 것이 인간의 영원한 꿈이자 유토피아일 것이다. 그렇기에 인간은 그러한 문제를 자아에게 묻고, 이를 계속 실천하고자 끊임없이 노력하는 것이다. 이런 정서가 곧 수양이라는 실천, 원죄를 닫고자 하는 윤리적 의무와 연결되는 것은 자연스러운 일이라 하겠다.

칭찬은 들어야 제 맛
욕은 먹어야 제 맛

이른 봄 민들레 여린 순 쌉쌀한 무침이나
한여름 슴슴한 된장 올린 상추 쑥갓 쌈
하늘 파란 날 현기증처럼 노란 호박죽
쩡쩡 얼어붙는 별빛 소리 들으며 후루룩 동치미국수
이 중 압권은 먹을수록 오래 살게 해준다는
신비한 주문이 걸린 욕 한사발

나온 곳은 같은데
칭찬은 귀로 돌아가고
욕은 입으로 들어온다니

가난한 어머니 그래서 어린 내게
푸지게 주셨나

영문모를 억울한 욕 한마디
피가 되고 살이 될지니
모르겠다,
오늘
눈 질끈 감고
꿀꺽

—「욕」 전문

세상에 던져진 존재, 곧 실존의 과정에 놓인 존재를 이끌어가는 요인들은 무수히 많다. 지금 인용시가 말하고자 하는 것도 이와 무관하지 않은데, 지금 시인 앞에 놓인 두 가지 대상, 곧 존재를 형성케 하는 매개로서 제시된 것은 '칭찬'과 '욕'이다. 물론 시인이 제시한 것은 이 두 가지 정서적 요인만 있는 것은 아니다. 정신과 대비되는, 육신을 이끄는 요인들을 제시하고 있기 때문인데, 가령 "여린 순 쌉쌀한 무침"이나 '쑥갓 쌈' '호박죽' '동치미국수' 등등이 그러하다. 하지만 육신과 관련된 이 음식들이 시인의 정서에 끼치는 영향은 미미하다. 그보다 중요한 것이 정서적인 요인들이고, 그 가운데 중심적인 것은 '욕사발'이다.

'욕'은 자아에 대한 타자의 불만족에서 형성된다. 그러니 자아에게는 그것이 결손의 한 부분으로 표상된다. 만약 그러한 결손이 타자에게 감각되지 않았다면, 자아의 정서를 훼손시키는 욕은 만들어지지 않았을 것이다. 따라서 욕이 자아의 결손을 메워줄 수 있는 긍정적인 요소를 갖는 것은 자연스러운 일일 것이다. 물론 그 반대의 경우도 있을 것이다. 타자의 욕망을 채우기 위해, 타자의 자존심을 위해 행해지는 욕도 얼마든지 있을 수 있기 때문이다. 하지만 지금 여기에서 중요한 것은 욕이 서정적 자아의 근원적 뿌리에 닿아 있다는 사실이다. 그래서 자아는 타인으로부터 행해지는 욕에 대해 부정의 정서라든가 항의의 몸짓을 표명하지 않는다. 오히려 그러한 부정적 담론들이 자아에게 "피가 되고 살이 될지니" "눈 질끈 감고/꿀꺽" 삼키겠다고 한다. 이 얼마나 긍정의 포즈, 혹은 열린 자세인가. 자신에게 오는 모든 부정적인 것들을 수용하겠다는 자세를 취할 경우, 일상에서 벌어지는 갈등의 씨앗들은 애초부터 형성되지 않았을 것이다. 그러한 불화가 없는 것만으로도 갈등이라든가 실존의 결손들은 메워질 수 있는 것이 아닌가.

어떻든 존재를 완성하겠다는 시인의 자세는 개방되어 있다. 비록 그것이 부당한 것, 잘못된 것이라고 해도 이에 대한 원망을 타자에게로 표출하지 않는다. 그것은 시인의 욕망대로 자신이 '익어가는 과정'일 것이다.

> 내게로 왔던 '첫'들이여 미안하다
> 비둘기가 멈추기도 전 표를 잃은
> 환하게 꽂히는 시어 하나 붙잡지 못한
> 날 용서해라
> 내게 순결을 바친
> 거짓 맹세를 눈감아 준
> 배신과 무지를 견뎌 준
> 알면서도 속아준 내 모든 '첫'들아
>
> '첫'을 잊은 것은 세상 잘못이 아니라
> 그 순결과 맹세를 믿지 못한 내 무지였고
> 첫 약속을 지키지 못한 것은 오만함이었다
>
> 출구 찾아 긴 시간 돌고 돌아오니

결국 끝은 모든 '첫'과 같은 자리에 있어
다시 시작하라 속삭이고 있다

기다려라 내 모든 '첫'들아
그때의 푸른 첫마음 잊지 않았다

—「나의 '첫'들에게」 부분

'욕'이 타자로부터 오는 것이고, 또 이를 받아들이는 것은 열린 자세가 있을 경우에만 가능하다. 그런데 존재론적 완성이라는 지난한 과제를 수행하기 위해서는 이 자세만으론 충분치가 않다. 바깥 세계에서 다가오는 것들에 대한 완충작용도 필요하지만 내부에서 솟아오르는 것들에 대한 반성의 자세도 필요한 까닭이다. 「나의 '첫'들에게」는 그러한 내성의 자세를 문제 삼고 있는데, 여기서 중요한 것은 반성과 다짐의 형식이다. 그것은 지난 과거의 시간과 연결된 것이고, 또 다가올 미래와도 분리하기 어려운 것이라는 점에서 현재의 '자아'를 규정하는 중요한 잣대라고 할 수 있을 것이다.

어떤 존재가 새로운 단계로 나아가기 위해서는 과거를 반추하고 현재의 자기를 진단해야 한다. 그래야만 다가올 미래, 곧 유토피아에 대한 꿈을 실현할 수 있는 계기를 마련할 수 있기 때문이다. 인용시가 말하고자 하는 것은 그러한 반성과 다짐의 세계이다. 지나온 과거와 현재는 불완전한 것이었지만, 이런 반추의 자세만이라도 할 수 있다는 것, 그것이야말로 앞으로 나아갈 새로운 동력과 불가분하게 연결시킬 수 있을 것이다.

시인의 존재론적 완성에 대한 동인은 이렇듯 자아 외부와 내부 등 그 모두에 관계되는 것이었다. 전자가 열린 자세와 연결된 것이라면, 후자는 내성과 관련된 것이었다. 개방성과 내성의 총화 속에 존재론적 완성을 향한 시인의 꿈은 한층 웅숭깊게 형성되어가고 있었다.

3. 따뜻함을 향한 여정

존재를 완성시킨다는 것은 자아의 꿈이기도 하지만 자아가 놓인 사회와도 분리하기 어렵게 얽혀 있는 것이기도 하다. 자아 혼자만의 존재론적 완성이나 윤리적 실천만으로 유토피아가 실현될 수 있다고 생각하는 것은 어리석은 판단이기 때문이다.

그리고 시인이 이번에 상재하는 시집의 정서 가운데 중요한 것이 바로 그리움의 정서이다. 그리움이란 결핍이 만들어낸 불가항력적인 욕구에 의해 형성된다. 현재가 불편부당하기에 이에 대한 대항담론이 형성되는 것이다. 시인이 절창으로 만든 「질경이, 그리움에 닿기」가 그러하다. 시인은 여기서 질경이꽃이 "절실함과 바람이 이삭 꽃 차례로 피어/저승과 이승을 연결하는" 고리로 이해했다. 그런 다음 이 꽃의 개화가 "아무리 밟혀도 죽을 수도 시들 수도 없기에" 핀 그리움 때문이라고도 했다. 시인은 이 꽃의 의미를 주술의 차원으로까지 승화시켜 그리움의 정서가 어떤 것이어야 하는지를 극명하게 표현한 것이다. 이렇듯 시인에게 형성된 그리움이란 현재의 불온한 정서가 있기에 가능한 것이었다. 그것은 일차적으로 존재론적 불안에서 만들어진 것이고, 궁극에는 그 음역이 사회적인 차원으로 확대되고 있었다.

날이 풀렸어요
강변 책방 주인이 웃는다

열흘 남짓 미처 비우지 못한 독 두 개가 깨지고
꺼내지 못한 계란 세 개가 터졌다
풀리다 라는 동사는
얼마나 보드랍고 폭신한 단어인가

가장자리 얼음을 녹여 강은 옥빛으로 흐른다

뽑지 않은 배추 웅크린 결구 풀고 해를 받는 오늘
녹신녹신하고 따뜻한 낱말들을 설레며 세어보았다
흐르다 녹다 날다 살다 보듬다 쓰다듬다 웃다 사랑하다,
살살 간지러운 듯 말랑말랑한 동사
오해했던 친구에게, 되우 어지러운 일머리에
꼬였던 뜨개실에 그리고 층층 엉긴 세상사에
마스크에 덮인 채 멀어진 관계에
간절하고 절박했던 단어

천구백 칠십사 년 민음사에서 나온 이상평설 한 권을 찾아들고
책먼지 냄새 가득한 계단을 나오며
정말 많이 풀렸어요
노글노글하고 물렁해진
내가 말했다

—「따뜻한 동사」 전문

존재론적 불안의 원인이 정서의 파편화에 있다는 것은 잘 알려진 일이다. 가령, 의식과 무의식 사이에 놓인 화해할 수 없는 간극이야말로 존재의 완성을 향한 꿈을 무력화시키는 절대적인 거리인 것이다. 물론 이런 간극이 개인 내부의 것에서 한정되는 것은 아니다. 그 음역은 사회적인 것에서도 재현될 수 있는데, 공동체의 갈등이나 불화 역시 서로 간에 넘나들 수 없는 절대적 거리에서 만들어진다.

내성과 윤리적 수양에 집요한 천착을 보여준 시인은 이제 서정의 시선을 자아 외부로 돌리기 시작한다. 그런데 시인이 응시한 사회 역시 자아 내부의 균열과 하등 다를 것이 없었다. 그 넘나들 수 없는 간극이 이 사회를 차

갑게 만들고 갈등의 골을 깊게 만들어버렸다. 그래서 시인이 주목하게 된 것이 '동사'라는 어휘이다. '동사'는 문장을 완결시키는 데에 방점을 두고 있긴 하지만, 그 중요한 기능적 속성 가운데 하나는 '움직임', 곧 유연성이다. 움직일 수 있다는 것은 견고한 어떤 성채를 넘어뜨릴 수 있다는, 혹은 넘나들 수 있다는 속성과 밀접한 관련이 있는 경우이다. 시인은 그러한 성채를 "뽑지 않은 배추 웅크린 결구"라고 했다. 그 응어리진 매듭을 푸는 것은 '해'인데, 가령 해가 따뜻함에 기초한 '풀다'라는 동사와 관련이 있는 것은 잘 알려진 일이다. 이렇듯 시인이 주목한 것이 간극을 좁히고 초월하는 동사이다. 그의 자의식 속에 떠오른 동사들이란, 가령 "흐르다 녹다 날다 살다 보듬다 쓰다듬다 웃다 사랑하다" 등등이다. 시인은 이 동사들의 속성을 "살살 간지러운 듯 말랑말랑한" 것으로 이해하고 있는데, 그 기능적 속성을 "오해했던 친구에게", "꼬였던 뜨개실에", "층층 엉긴 세상사에", "마스크에 덮인 채 멀어진 관계"를 물렁하게 만드는 것으로 이해했다. '물렁한 것'은 견고한 틀을 무너뜨리는 촉매제이다. 그리하여 시인은 그것이 절대적인 간극을 뛰어넘어 하나의 물상으로 승화시키는 역할을 담당하는 것이라고 했다.

시인은 동사의 기능적 속성에 주목하면서 그것이 어떤 견고한 것을 뛰어넘을 수 있고, 또 어떤 집단이나 이념 등에 의해 구분된 것을 초월할 수 있는 것이라 했다. 그리고 이 도정에서 그의 눈에 착목된 것이 '이상평설'이다. 우리 시사에서 이상은 의미의 해체와, 그에 따른 인식의 통합을 추구한 시인으로 알려져 있다. 그가 이해한 대로, 의미란 고정적이고 또 정신을 굳게 만든다. 반면, 의미의 해체는 정신을 해방시키고, 의식과 무의식의 간극을 무너뜨린다. 시인이 "민음사에서 나온 이상평설 한 권을 찾아들고" 나오는 이 행위야말로 견고한 실체를 무너뜨리는 상징적인 행위와 밀접히 결합된 것이라는 점에서 주목을 요한다. 어떻든 시인이 동사를 통해서 관심을 두고 있는 것은 '풀리기'와 '녹이기'이다. 이런 해체적 감각이야말로 간극으로 분리된 현실이나 갈등을 초월할 수 있는 계기로 판단하고 있는 것처럼 보인다.

> 구십여 년 발 묻고 버틴 낡은 집 헐어
> 군불 지필 나무를 모았다
> 남루한 살림 속에서 나온
> 양동이에 송판 두 개 걸친 간이화장실
> 거동 불편한 늙은 어매 쪼그려 앉지 않도록
> 가난한 아들 궁리 끝에 만들었으리라
> 송판 뜯어 불을 지핀다
> 어매 똥에서 너울너울 꽃이 피어난다
> 세 칸 집에 아홉 형제 길러냈다는 어매
> 자식들 벌이 변변치 못해도 모두 효자여서
> 그래도 사는 것이 폭폭하진 않았더라는 어매
> 일생 밭 일구고 무릎 닳아 변소 가는 일이 녹록치 않았을
> 어매 똥이 꽃으로 피어 아궁이 안에서 훨훨 난다
> 무릎 펴고 허리 펴고 가볍게 꽃으로 날아 오른다
> 쥐코밥상이나마 자식들 입에 넣느라 애닳은 까만 속내
> 이제야 꽃이 된다
> 꽃 가벼이 오르며 타다다닥 탁 투닥 똥이 춤을 춘다
> 한번도 보지 못한 어매, 똥이 황홀하다
> 꽃이 핀다 똥이 튄다
> 참 따뜻하다
>
> —「꽃이 핀다, 똥이 튄다」 전문

이 작품에서 '어머니의 똥'은 응어리의 상징으로 구현된다. 따라서 그것은 자신의 실존이면서 가족의 생존과 불가분하게 얽혀 있는 것이기도 했

다. 가령, "일생 밭 일구고 무릎 닳아 변소 가는 일이 녹록치 않았"기에 만들어진 것이다. 그 편편치 못한 삶이 만들어낸 결정체가 바로 '어머니의 똥'이었던 것이다.

하지만 "쥐코밥상이니마 자식들 입에 넣느라 애닳은 까만 속내"가 이제 날개를 달아 풀어헤쳐지려 한다. 아궁이 속에서 훨훨 날아서 "꽃"이 되려고 하는 것이다. 똥을 꽃으로 만든 것은 '타다'와 '난다'라는 동사가 만들어낸 결과물이다. 이렇듯 동사는 움직임이고 모든 견고한 것을 해체하는 기능을 한다. 시인의 작품들은 '동사'를 타고 이제 꽃으로 '승화'하고자 한다. 어머니라는 한의 응어리가 불을 만나면서 비로소 풀려나는 것이다. '똥을 태운다는 것', 그리하여 거기서 어떤 승화의 정서를 얻은 것은 주술의 영역에 가까운 것이지만, 그럼에도 그 연소의 과정 속에 피어나는 따뜻함의 정서는 무척 아름답기만 하다. 그것이 이 시인이 취하고자 했던 서정의 자세이자 응전이었다.

4. 사랑과 자연의 절대적 세계

따뜻함이란 포용의 자세 속에서 형성되는 감각이다. 자아와 다른 타자를 껴안는 것이야말로 이 자세의 정점일 것이다. 시인의 이번 시집에서 이 포즈가 적극적으로 그리고 지속적으로 구현되고 있는 것은 아니다. 그럼에도 이러한 정서들을 어렵지 않게 간취할 수 있는데, 이는 반성과 포용의 자세에서 시작된, 시인의 서정적 경로가 어디를 지향하고 있는지 잘 말해주는 것이 아닐 수 없다. 그 연장선에서 시인은 동사가 갖는 유연성에 대해서도 주목한 바 있다. 그 속성이 견고한 간극이나 절대적인 거리를 뛰어넘는 근본 수단임을 이해한 것이다.

유연함과 승화의 정서를 타고 이제 시인의 내면에 자리하기 시작한 것이 바로 사랑과 자연의 세계이다. 사랑이란 용서와 포용 없이는 불가능한 정서이다. 또한 시인이 지금껏 탐색해왔던 서정의 궁극적 지점, 곧 따뜻함의 정서와도 불가분하게 결합되어 있는 것이기도 하다. 따라서 시인이 사랑의 정서를 발견하고 이를 서정화하는 것은 무척 자연스러운 일이라고 하겠다.

매일매일 뜨겁게 사랑했어야 했다
내일은 없는 것
언어는 단지 허망한 기호일 뿐*
당신을 사랑하는 일에 심장을 담보했어야 했다
삼억 삼천년 전에도 사랑했고
삼억 삼천년 후에도 여전히 사랑하는 일에
생애를 거는 하루살이가 난 되었어야 했다
억수같은 빗줄기 속에서
오늘을 살아내려 고군분투하는 저들에게
내일이란 헛되고 무가치한 약속
정말 나는 하루살이가 되었어도 좋았다
영원을 믿지 말고 내일을 기약하지 말고
죽을 힘을 다해 당신을 사랑했어야 했다
온 생을 내어 푸르고 푸르르다
후루룩 한 순간 타버리는 겨울 낙엽이나
수정 후 모가지를 꺾으며 스스로 떨어지는 동백은
얼마나 군더더기없이 제 시간을 살아낸 생인가
내일 더 사랑 할 자신 있어 멈칫거린 망설임은 아니었지만
아무래도 하루살이의 온 생으로 당신을 사랑했어야 했다

* 삼억삼천 년 전에 나타난 하루살이는 짧은 시간 수정란을 낳아야 해서 입이 퇴화되어 버렸다고 한다.

—「나는 하루살이가 되어도 좋았다」 전문

서정적 자아는 첫 번째 행에서 "매일매일 뜨겁게 사랑했어야 했다"라고 단언적으로 말한다. 그러는 한편으로 "내일은 없는 것/언어는 단지 허망한 기호일 뿐"이라고 선언하기까지 한다. 현재의 의식 속에 깊이 침윤된 자의식을 생각하면, 시인은 지금 지나온 과거와 미래가 사상된 포스트모던적인 정서를 펼쳐 보이고 있다. 언어를 단지 허망한 기호라고 보는 것 또한 그러하다. 하지만 이러한 인식들은 사조의 문제가 아니다. 그것은 오직 시인의 자의식과 관련되어 있는 것이다. 현재의식에 몰입되어 있다는 것은 시인의 자의식이 그만큼 강렬하고 진정성이 있다는 뜻일 것이다. 그가 하루만 살다 죽는 하루살이를 시의 소재로 내세운 것도 그 연장선에서 설명할 수 있을 것이다.

시인에게 지금 필요한 것은 위선과 가장과 같은 허위의 껍데기가 아니다. 지금의 간극과 거리로 나뉘어진 정서와 갈등을 포회하는 것, 곧 진정성 있는 장치만이 필요할 뿐이다. 그러한 갈증이 만들어낸 것이 바로 사랑이다. 사랑이 이타성에 기반을 둔 것이라는 점, 절대적 간격을 초월할 수 있다는 점에서 시인이 애써 강조하고 있었던 '동사'의 기능적 의장과 분리되는 것이 아니다.

꽃이 피는 일은 아무래도 신의 소관이다
마르고 낡은 가지에서 이토록 황홀한
풋낯을 내미는 것이 이미
인간의 일은 아닐지니
마른 내에선 지난 여름
난폭하던 물 냄새가 남아있지만
신의 궁전에서 섣불리 나대지 않기
난달 같은 마음 차곡차곡 개켜두고
기도하는 걸음을 옮길 일이다

눈 감고 입 닫고
잠시 아랫배까지 숨을 끌어당겨
신이 주신 세상 첫 향기를 맡을 일이다
사려니에선 정녕
정화수 같은 눈물
한 방울 맑게 떨굴 일이다

* 제주 사려니 숲. 사려니는 '신성한 곳' 또는 '신령스러운 곳'이라는 신역(神域)의 산명에 쓰이는 말.

—「사려니」 전문

앞서 언급대로, 사랑과 더불어 시인이 주목한 소재 가운데 하나가 바로 자연이다. 이번 시집에서 자연을 소재로 한 작품들, 그리고 이를 형이상학적 의미에서 직조한 작품들이 많지 않은 것이 사실이다. 그럼에도 대상을 포회하는 시인의 끊임없는 정서가 '사랑'과 더불어 '자연'으로 나아갔다는 점에서 역시 주목의 대상이 되는 경우이다.

흔히 알려진 대로 자연은 비분리의 세계이다. 모든 물상들이 자연이라는 하나의 전체 속에서 사유되기 때문이다. 근대의 이중성이라든가 그것이 주는 부정성을 딛고자 할 때, 가장 먼저 의식의 편린 속에 자리한 것이 자연이다. 자연이란 이법이고 통합의 세계이다. 그러니 사랑과 같은 포용이고, '동사'의 기능적 속성과 같은 비구분의 세계이다. 구분이 없으니 갈등이 없고, 간극이 없으니 분리가 없다. 이런 절대 통합의 세계에 기투하는 것이야말로 또 다른 사랑의 세계, 동사의 세계가 아닐 수 없는 것이다.

작은 것들은 모이고 곁고
단결한다
외면당하고 짓밟혀도

당당한 한 우주

모이면 힘이 되고 강건해지고
견딜 수 있다
딛고 궐기한다

누군가는 겸허히 무릎 꿇어야 하리
주저앉거나 진정으로 고개 숙인 자에게
은밀한 독대는 허락되리라

엄혹한 계절의 배반에
뜨거운 입김으로 서로를 데워
거룩한 혁명의 깃발을 밀어 올린
개불알풀, 쇠별꽃, 꽃마리, 금창초, 광대나물

혼자서
진정으로 아름다울 수는 없지,
배운 적 없어도 알고 있는
가장 낮은 곳
결가부좌한 용맹정진

—「들꽃」 전문

들꽃은 잡초에 가까운 것인데, 잡초란 전혀 쓸모없는 것으로 사유되지만 그것이 서정에 걸러지면 절대적인 가치로 승화하게 된다. 시인의 표현대로 "당당한 한 우주"가 되는 것이다. 그런데 중요한 것은 이 우주가 담당하는 형이상학적인 가치에 있을 것이다. 시인은 그것을 역시 간극을 뛰어넘는 단결의 미학에서 찾고 있다. "혼자서/진정으로 아름다울 수는 없"는, "배운 적 없어도 알고 있는/가장 낮은 곳/결가부좌한 용맹정진"의 세계에서 그 구경적 가치를 발견하고 있는 것이다. 여기서 알 수 있는 것처럼, 자연은 구분이 아니라 통합이며, 갈등이 아니라 조화의 세계이다. 그것이 하나의 완전한 전체로 기능할 때, 비로소 따뜻한 정서가 연기처럼 피어오르는 것이다.

학명란의 시들은 장쾌한 서사구조를 갖고 있다. 그 서사란 사건들의 인과관계가 만들어낸 산문적 세계가 아니라 정서의 아름다운 고리가 만들어낸 연쇄적 서정의 세계이다. '욕'을 수용하는 열린 자세와 '내성'의 겸손한 감각, 그 외연을 감싸고 있는 '따뜻한 동사'가 날줄과 씨줄이 되어 시인의 서정성에 연결되어 있는 것이다. 그 고리들은 멈추지 않고 계속 진행된다. 서정의 불화를 좁히기 위한 시인의 치열한 열정은 '사랑'이라는 통합의 정서, 그리고 '자연'의 조화라는 형이상학적인 의미에까지 확대되고 있는 것이다. 이 서정적 인과관계가 만들어낸 아름다운 집합이 바로 『따뜻한 동사』의 구경적 세계이자 주제라 할 수 있다.

건강한 마음을 향한 서정의 순례

— 박향숙, 『너의 말끝엔 언제나 이별이 묻어 있다』

1. 훼손된 마음, 혹은 병든 영혼

박향숙 시인의 『너의 말끝엔 언제나 이별이 묻어 있다』는 대상과의 관계에서 나오는 여러 정서의 물결로 가득 채워진 시집이다. 그 대부분의 감각이 시인의 내면과 결부됨으로써 서정의 진면목을 보여주기도 한다.

내밀한 정서와 그에 대응하는 대상과의 조밀한 결합의 실패가 가져오는 이런 페이소스는 실상 서정시가 헤쳐나아가야 할 중심 화두 가운데 하나라는 측면에서 무척 의미 있는 것이라 할 수 있다. 시인은 그러한 표명을 통해서 서정시가 담보해야만 할 리리시즘을 매우 충실하게 구현하고 있는 경우이다.

리리시즘은 서정 양식의 일반적 특징이지만, 그것이 내면의 심층과 분리하기 어렵게 결합될 때, 그 정신이 더 온전히 발산되는 것으로 이해되어왔다. 하기사 서정시가 주관의 영역과 불가분하게 결합된 양식이라는 사실을 전제하게 되면, 이런 진단은 그 참신성을 인정받기 어려운 것이기도 하다. 그러나 시인은 이런 관습의 굴레로부터 어느 정도 거리를 둔다. 시인은 이번 시집에서 그런 리리시즘의 구현을 자신의 내밀한 영역에서 찾되, 그것을 하나의 전략적 이미지로 구사함으로써 자신만의 고유성을 확보하고 있다.

그러한 이미지 가운데 하나가 바로 '마음'이다. 『너의 말끝엔 언제나 이별이 묻어 있다』를 꼼꼼하게 읽어보면 대번에 알 수 있는 것처럼, 이 시집을 통어하고 있는 주된 이미지는 바로 이 정서인 까닭이다. 서정시가 일인칭 자기 고백의 장르이기에 '주관'을 내세우거나 '자아'를 표나게 드러내는 것은 지극히 자연스러운 일이다. 그리고 그 특징적 단면을 드러내는 것이 자아의 내밀한 부분들인 '마음'이라든가 '가슴', 혹은 '영혼' 등등을 그 전략적 소재로 내세우는 것도 당연한 것이라 할 수 있다.

하지만 이런 자연스러움에도 불구하고 서정시에서 '마음'을 전략적인 지배소로 드러내는 것은 예사로운 일이 아니다. 그것은 이미 단순한 소재 차원이 아니라 어떤 초월의 장에서 의미의 자장이 만들어지고 있음을 시사하는 것이기 때문이다.

우리 시사에서 '마음'을 시의 중심 소재로 두고 서정시의 영역을 개척한 일은 사례는 많지가 않다. 그렇다고 전혀 없지도 않은데, '마음'을 전략적 이미지로 내세운 시인은 잘 알려진 대로 김영랑이다. 그는 많지 않은 시편을 남겼지만, 그 대부분의 작품들이 이 정서와 밀접한 관련을 맺고 있다. 그의 시학은 마음에서 출발하여 마음에서 종결했다고 해도 과언이 아닐 정도로 이 소재가 이 시인의 중심 소재로 자리하고 있다. 영랑이 이렇게 '마음'을 시의 중심 소재나 의미의 축으로 내세운 것은 이 시기의 시대적 맥락과 분리하기 어려운 것이었다. 그는 일제강점기라는 불온한 현실과 타협하거나 그 세계에 안주하고자 하는 생각이 전혀 없었다. 그러기 위해서는 자신의 순수한 영혼을 그러한 오염으로부터 지켜야 했다. 그리하여 외부와 차단된 '마음'을 맑고 깨끗한 세계와 곧바로 연결시켜야 하는 작업이 필요했다. 그 서정적 염원이 만들어낸 것이 "돌담에 속삭이는 햇발같이/내 마음

고요히 고운 봄 길 위에/오늘 하루 하늘을 우러르고 싶다"에서 보듯 맑고 순수한 세계였다.

박향숙 시인이 '마음'을 시의 전략적 이미지로 내세우고 있다는 점에서 보면, 이 시인은 시사적 국면에서 볼 때, 영랑의 정서와 그 맥이 닿아 있다고 할 수 있다. 하지만 영랑이 추구했던 마음의 정서와 박향숙 시인의 '마음'은 닮은 듯하면서도 다른 경우이다. 영랑은 순수한 마음을 지키기 위해, 그리고 이를 보존하기 위해 맑고 깨끗한 세계와 등가관계로 놓고자 했다. 그러나 박향숙 시인의 마음은 영랑과 달리 이미 상처를 받은 터였고, 그 결과 그의 '마음'은 훼손된 상태였다. 시인의 표현대로 자신의 마음은 '건강한' 것이 아니라 '멍든' 것이었기 때문이다. 영랑은 건강한 마음을 가진 반면, 박향숙 시인은 훼손된 마음을 가졌던 셈이다. 그러나 공통점이 있다. 바로 서정의 치열한 여행을 떠난 일인데, 영랑은 이를 지키기 위해서, 그리고 박향숙 시인은 이를 치유하기 위해서, 치열한 순례의 길에 나선 것이다.

박향숙 시인의 '마음'은 편편치가 않다. 무언가로부터 받은 상처로 아파하고 있고, 그것이 원인이 되어 자아와 세계 사이의 동일성 감각을 상실했다. 건강함을 유지하기 위한 매개가 없었거니와 또 치유할 수 없을 정도로 많은 상처를 받아오기도 했다. 그러면 어떤 무엇이 시인의 '마음'에 상처를 주고, 또 동일성의 감각을 잃게 한 것일까.

시인의 작품 속에서 '마음'이라는 전략적 이미지가 많다고 했거니와 또 이에 비례해서 상처받은 마음의 이미지를 읽어내는 것 또한 어렵지 않은 일이다. 동일성이라든가 완결성의 감각으로부터 멀리 떨어져 나온 데에서 얻어진 상처들은 어느 한두 가지 요인에 의해 형성된 것이 아니다. 그것은 여러 경로를 통해서 획득된 것인데, 그만큼 시인은 존재의 완결성과는 거리가 먼 상태에 놓여 있었다. 시인이 얻은 '마음'의 상처들은 몇 가지 갈래로 나누어 살펴볼 수 있는데, 그 가운데 하나가 '그대'의 부재이다.

비 내리는데
우산을 주지 못했다

네 마음이 온통 흐르는데
닦아주지 못했다

여전히 비 내리고
강과 바다에서 슬피 젖는데

뜨거운 눈물이 섞이고 섞이어
여기 시린 심장에 닿는데

헤매이는 맘에
자꾸 멍이 드는 또 다른 맘

아프게 내리는 비에
더 아프게 젖는 빗방울

비 내리는데
우산을 주지 못했다

—「비는 내리고」 전문

이 시를 지배하는 것은 우울의 정서이다. 지금 서정적 자아는 비 내리는 거리에 서 있고, 그의 곁을 지키고 있던 '그대'의 부재를 깊이 받아들이고 있다. 이런 상황이 만들어진 것은 무엇보다 '그대'의 부재에서 발생한 것이다. 그런데 이런 상황을 더 심화시킨 것이 배경적 이미지로서의 '비'이다. 비는 하강의 정서를 담고 있기에 '그대'의 부재는 시인의 정서를 더욱 아래로 끌어내린다. '그대'의 부재와 이를 더욱 애잔하게 만드는 외적 환경은 시인의 '맘'에 크나큰 상처를 가져다준다. 그리고 이를 더욱 추동한 것이 '우산'이다. 우산 없이 보낸 '그대'와, 그런 상황이 만든 자아의 애틋함이 시인에게는 견딜 수 없는 우울의 정서를 갖도록 한 것이다.

여기서 '그대'가 무엇을 내포하는 것인지를 유추해내는 것은 쉽지 않다. 그것은 시인의 마음속에 간직된 '님'일 수도 있고, 존재론적 완성을 위한 어떤 근원일 수도 있다. 하지만 그것이 어떤 구체적인 실체로 굳이 명명될 필요는 없을 것이다. 그것은 시인의 '마음' 속에 남아 있었던, 전일적 자아를 형성하고 있었던 것임은 분명하기 때문이다. 그런데 시인과 유기적 일체감을 형성하고 있던 '그대'는 시인으로부터 작별을 고하고 떠나갔고, 그 여백이 시인의 가슴속에 깊이 각인됨으로써 시인에게는 크나큰 상처로 남아 있게 한 것으로 보인다.

바람소리에 섞인
길고 긴 밤

모든 건
마음에서 일어나
마음으로 사그라지는데

문득 영혼의 날개 짓 차디차
고이 잠든 가슴 멍울지고

깊디깊은 설움
삶의 노래로 흐른다

어찌해야 하는지
숨 막히는 적막의 골과 골 사이에서

끊임없이 들고 나는 물거품 같은 영혼을

— 「어긋남」 전문

제목이 시사하는 것처럼, 이 작품은 기대하는 것과 일어나는 것의 상위가 가져올 수 있는 불편한 현실을 말하고 있다. 여기서 기대하는 것이란 마음의 세계, 곧 욕망의 세계일 것이고 일어나는 것은 그 허망한 결과들일 것이다. 그런 면에서 이 작품은 존재론이라는 형이상적 국면과 밀접한 관련을 맺고 있다.

인간은 욕망하기에 억압으로부터 자유롭지 않다고 했다. 욕망은 근원적인 것이면서 존재론적인 것이기도 하다. 인간은 이 욕망으로부터 자유로울 수도 있지만 그렇지 않을 수도 있다. 하지만 자유롭게 된다는 것은 절대적인 영역에서나 가능할 뿐, 지금 여기의 일상에서는 불가능한 일이다. 시인이 받은 가슴의 상처는 인간이 처한 이런 근원적인 조건에서 얻어진 것이라 할 수 있다.

"모든 건/마음에서 일어나/마음으로 사그라지는데"라는 것은 결국 마음의 문제로 귀착되는 것임을 말해준다. 어떻게 마음먹는가에 따라서 인간의 조건이 달라질 수 있고, 존재의 자유도 확보될 수 있을 것이다. 그러나 그것은 그리 간단한 일이 아니다. 이는 곧 절대적의 영역에서나 가능한 것이고, 열반과 같은 종교적 이상에서나 실현 가능한 일이기 때문이다. 그렇다고 그러한 시도가 포기되지는 않는다. 무척이나 난해하고 힘든 과정이지만 시도되어야 한다. 그러나 그 과정에서 좌절의 정서 또한 피할 길도 없다. 시인이 받은 상처는 거기서 얻어진 것이다.

가을을 걷고 있습니다.
나무라지 마세요.

축축이 젖은 마음, 추스르지 못해
부서져야만 하는 낙엽 위에서

사부작대는 설움일지라도
부디 나무라지 마세요

마른 기억의 저 편
둥실 떠가는 미소가

그때의 행복이지 않더라도
누군가는 지금 소중히 안고 스치겠지요.

보아주세요. 꽉 찬 편견들 속 질투와
꿈틀대는 오만 사이에 서성이는 영혼을

지금은 마냥
가을을 걷고 있습니다.

—「가을을 걷고 있습니다」 전문

작품의 표현대로 시인은 지금 가을 속으로 편입된 채, 거기서 자신의 존재성을 확인한다. 그의 마음은 이미 상처로 가득 차 있다. '그대'와의 작별을 통해서, 혹은 존재론적인 욕망을 통해서 그의 마음은 전일성을 잃어버리고 만 것이다. 그런 상처가 서정적 자아로 하여금 반성과 회고라는, 가을의 신화성으로 틈입하게끔 만들었다. 말하자면, 그는 가을이라는 성찰의 시간으로 여행을 떠나고 있는 것이다.

시인이 여행을 떠나는 것은 치유라는 정서를 탐색하기 위해서이다. 이를 향한 과정이 서정의 추진력, 서정의 견고한 밀도이다. 그 역동적 힘이 「가을을 걷고 있습니다」에서 나타나는데, 이 작품에서의 상처는 앞의 사례들과는 다른 경우이다. 물론 여기서 생성된 일탈의 정서 또한 '마음'과 분리하기 어려운 것이긴 하지만, 그것들이 윤리적 실천과 결부되어 있다는 점에서 그 고유성이 확보된다. 상처의 이 같은 전환은 관념의 외피와는 어느 정도 거리를 두고 있는 경우라 할 수 있다.

어떻든 시인의 마음은 또다시 '상처'에 노출되어 있다. 그의 내밀한 정서의 뒤안길에는 "꽉 찬 편견들 속 질투"와 "꿈틀대는 오만"으로 가득 차 있다. 그러한 정서들이 어쩌면 '그대'에게로 향하는 길을 차단하는 벽일 수도 있고, 욕망으로 가득 차 있는 자아의 원형질일 수도 있을 것이다. 하지만 '질투'와 '오만'이 윤리적 감각에 기댄 정서라는 점에서 그의 마음속에 형성된 상처들은 한층 사회적 음역에 가까운 것이기도 하다.

시인의 '마음'은 전일적이지 않을 뿐만 아니라 서정적 동일성이 확보되지 못한 경우이다. 시인은 다양한 경로 혹은 여러 원인으로 인한 상처를 받아온 터이다. '그대'의 부재라든가 '욕망'이라는 근원적 문제, 그리고 사회적 편견 등등으로 인한 많은 생채기를 받아왔다. 그리하여 '슬픔을 감각케 하는 구겨진 마음'(「그런 날」)이 있는가 하면, 사랑으로 인한 '찢겨진 마음'(「더 사랑한 자의 몫」)도 남겨져 있다. 시인의 정서는 이렇듯 여러 부재와 일탈 속에서 다양한 상처를 앓고 있는 것이다.

2. 상처의 간극을 치유하는 다양한 의장들

시인이 받은 마음의 상처는 어느 한 가지 요인에 의해서 형성된 것이 아니다. 온전한 마음을 흠집내는 서정의 여러 결락들이 모여서 푸른 멍이라는 생채기로 모여진 것이, 그 훼손된 마음의 상태였다. 그렇기에 그 결손을 메우기 위한 열정 또한 여러 실타래로 구성될 수밖에 없었다. 그를 향한 순례가 서정의 에네르기이고, 열정을 만들어내는 자장이 될 것이다.

마음의 상처를 가져오는 요인들이 무척 다양함에도 불구하고 이를 향한 서정의 표백이 비례해서 복잡할 필요는 없을 것이다. 그것은 자아와 세계 사이의 거리, 다시 말하면 건강한 마음을 훼손하는 일종의 거리감에서 찾을 수 있기 때문이다. 이를 서정적 거리라고 할 수 있거니와 실상 시인의 맘에 형성된 푸른 멍의 여울들은 모두 이 거리가 만들어내는 것들에서 기인한다. 이는 조화감의 상실이라고 할 수도 있고, 자아와 세계 사이에 내재하는 견고한 틈이라고 할 수도 있을 것이다.

대상을 향한 거리감, 그리고 그 여백이 마음의 멍을 만든 근본 요인들인데, 시인은 그 간극을 메우기 위해 힘찬 발걸음을 내딛기 시작한다. 간극 좁히기와 메우기의 의장이 그러한데, 이러한 시도들은 여러 방면으로 시도된다.

망설임 끝에 드리운
작은 속삭임 '그리워요'

설레임 가득 담긴
깊은 속삭임 '사랑해요'

외로움 밀어내며
미소 띤 속삭임 '행복해요'

잔잔히 스미는 세상의 아름다움
오로지 그대 향한 울림입니다.

—「울림」 전문

이 시를 이끌어가는 힘은 소리의 의장이다. 대상을 향한 서정적 자아는 '망설임'과 '설레임', 혹은 '외로움'의 정서들로 가득 차 있다. 이는 대상과 합일할 수 있을 것이란 기대감 없이는 성립하기 어려운 정서들의 묶음인 것이다. 기다림이 있기에 '미래'가 있고, 기대가 있기에 '희망'이 있는 것이다. 그렇다면, 그 미래란, 혹은 희망이란 무엇일까. 작품에서 그 일단이 드러난 바와 같이 그것은 "그대에게로 가는", 미래적, 희망적 메시지라 할 수 있다.

서정적 자아가 소리를 통해서 그대에게로 가고자 하는 것은, 그대와 서정적 자아 사이에 형성된 거리를 메우고자 하는 열망 때문이다. 소리는 그러한 간극을 메우는 형이상학적인 질량에 해당된다. 따라서 그것은 자아와 그대 사이에 놓인 다리를 연결시켜주는 매개이다. 작품의 마지막 연이 이를 잘 말해준다. 그대를 향한 '그리워요', '사랑해요', '행복해요' 등은 "잔잔히 스미는 세상의 아름다움"과 "오로지 그대 향한 울림"의 메시지, 곧 채움의 담론들이기 때문이다.

울림은 자아와 대상 사이의 거리를 꽉 채워준다. 그런 밀도는 거리의 무화로 현현한다. 이제 나와 그대 사이의 거리감은 더 이상 유효하지 않다. 둘 사이의 간극이란 이제 존재하지 않는 까닭이다. 거리를 좁히는 의지, 틈을 메우는 노력을 통해서 자아와 대상 사이에 놓인 간극은 이렇게 사라지게 된다. 그것이 마음의 상처를 치유하는 자아의 도정이다.

만지고 싶어
봉긋한 그 끝을

벌리고 싶어
꽃물 흐르도록

뾰얗고
붉은

오늘도 그대 품에서
한 송이 꽃이 되고 나비가 되고

—「봉오리」 전문

서정적 합일을 위한 시도는 「봉오리」를 통해서도 읽어낼 수 있다. 거리나 간극은 그 틈을 좁히거나 채움으로써 하나의 온전한 물상이 될 수 있을 것이다. 물론 이렇게 하나가 되는 것이 화학적 결합을 통한 물리적 단일화를 의미하는 것은 아니다. 거리의 극복을 통한 유기적 동일성이 확보되면 그만이기 때문이다.

시인은 대상과 화해할 수 없는 거리감으로 말미암아 마음의 상처를 입은 터였다. 그 상처가 깊고 오래됨으로써 마음은 푸른 멍으로 전화된 상태이다. 그래서 시인은 그 초월을 위해 순례의 길을 떠났고, 그 도정에서 발견한 것이 거리 좁히기 혹은 메우기의 전략이었다. 소리를 통한 채움의 전략이 그 하나였다면, 「봉오리」 역시 그 연장선에 놓이는 작품이다. 그러나 비슷한 전략에도 불구하고 그 방법적 의장에 있어서는 매우 다르다. 「봉오리」는 2연에서 보듯 '물'이 그 역할을 대신하고 있기 때문이다.

'물' 역시 자아와 대상을 좁혀나가는 좋은 매개이다. 지금 자아 앞에 놓인 대상은 꽃이다. 하지만 그 꽃과 자아는 거리 때문에 화해할 수 없는 처지에 놓여 있다. 이를 가능하게 하는 것은 그 속에 육박해 들어가는 방법밖에 없는 것인데, 이를 위해 자아는 꽃물로 존재의 변이를 시도한다. 벌어진 틈을 메워가는 데 가장 유효한 매개란 흐르는 속성, 곧 물과 같은 것이어야 가능하기 때문이다.

박향숙 시인에게 '물'의 이미저리는 매우 중요한 의장 가운데 하나로 자리한다. 실상 이만큼 자아와 대상 사이의 거리를 채울 수 있는 좋은 매개도 없을 것이다. 그것은 시각적 효과에서도 그러하고 촉각적 효과에서도 그러하다. 「봉오리」의 꽃물 이외에도 '그대'에게로 향한 시인의 시도는 다양한 변주를 통해 이루어진다. '바닷물'(「슬픈 그리움」)이 되기도 하고, 혹은 '빗물'(「그리운 사람끼리」)이 되기도 하면서, 무뎌진 감각을 되살리고 멀어진 대상과의 거리를 계속 좁히고자 하는 것이다.

동일성을 향한 시인의 시도는 가열차다. 이를 수행하는 시의 의장이 감각적 이미지의 활용이다. 이는 동일성을 확보하는 전략에서 가장 유효한 것으로 이해된다. 이질적인 것들이 하나의 동일성으로 회귀하는 데 있어서 감각만큼 좋은 수단도 없을 것이다. 그렇기에 이런 감각적 이미지들은 계속 시도된다.

꽃잎 한 장 넣고 다니자
그 향기와 빛과 여린 미학에
온 생애의 비루함을 지우자

마른 꽃잎이면 어떠랴
부서지는 절망이면 어떠랴
희망을 노래하면 그뿐

뚝
뚝
떨어지는 슬픈 향은 날리고

톡
톡
튀어 오르는 환희에 날개 달자

—「가슴에 꽃잎 한 장」 전문

이 작품이 활용하고 있는 의장 역시 감각적 이미지 가운데 하나인 후각이다. 동일성을 향한 감각 가운데 후각 역시 좋은 매개의 하나가 된다. 그것은 모든 물상들을 하나로 묶어내는 좋은 매개인데, 동물들이 이런 감각에 의해 자신들의 동일성을 확인하는 것은 익히 알려진 일이다. 따라서 냄새 감각, 곧 후각이 만들어내는 동일성의 경험은, 이질적인 너와 나를 하나의 장, 동일성의 경험지대로 이끌어내는 강력한 수단이라고 할 수 있다.

「가슴에 꽃잎 한 장」이 이용하는 후각은 향기이다. 이 감각은 너와 나를 공동의 장으로 인도하는데, 실상 꽃잎은 나만의 소유에서 그치는 것이 아니다. 그것은 너에게도 동일한 주권을 요구한다. 이렇게 형성된 공동의 지대들은 이질적 대상들을 하나의 장으로 이끌어낸다. 그리고 이를 토대로 "온 생애의 비루함을 지우자"고 하는 새로운 경험의 지대로 비상하기도 한다. "온 생애의 비루함"이 공동의 장이 부재한 현실에서 만들어지는 것임은 익히 보아온 터인데, 시인은 그러한 부재를 향기라는 매개를 통해서 채우려 하는 것이다. 거리가 만들어낸 상처들은 이 향기가 매개됨으로써 이제 더 이상 상처로 남아 있지 않게 된다. 향기로 하나가 된 동일성, 대상과의 일체성은 이제 생의 건강성으로 전화하게 되는 까닭이다. 그것이 곧 '희망'의 메시지가 된다.

갈등과 번민 사이
참혹한 질투

창백하다
너를 향한 메아리

우수에 잠긴 밤
떠도는 별무리의 심장

뛴다 떨린다
오늘을 살아 낸 호흡

가까이 더 빠르게
닿고 싶다

마침내 마침표
너에게

아!
사랑하고 싶다

—「너를 생각하다」 전문

시인의 작품 세계에서 대상과의 거리를 좁히는 데 있어 또 하나 간과해서는 안 될 중요한 사유가 있다. 바로 사랑이다. 대상을 향한 발걸음을 하는 데 있어서 사랑도 무척 중요한 요인이기 때문이다. 사랑은 대상 사이의 간극을 좁히고 모든 것을 하나가 되게 한다. 이번 시집을 꼼꼼하게 읽어보면, 사랑에 관한 시나 소재가 많이 등장하는 것도 이와 무관하지 않다. 이는 곧 사랑이 그의 시에서 차지하는 함량을 말해주는 것이라 하겠다.

3. 사랑을 통한 건강한 마음, 그 정점으로서의 그대

박향숙 시인의 작품 세계를 이끄는 주요 동인은 '멍든 마음'이다. 이는 동일화를 위한 대상의 부재에 따른 것이었다. 그 아픈 경험이 자아를 유폐시켰고, 그 고립감으로 시인의 가슴은 상처를 입게 되었다. 「존재에 대한 슬픔 어루만지다」는 그러한 시인의 자의식을 잘 보여준 작품 가운데 하나이다.

위태로웠던 거야
당신을 향해 기울이던 마음
비스듬해 아뜩했던 시간들

햇빛처럼 쏟아지고 흩어지는
이 세상을 덮을 만한 외로움
다시 태아가 되어 눈 감고 싶어

마음이 당신에게 닿기도 전에
아픔이 번져들어
마냥 서러웠던 나날들

흘러 넘쳐 출렁이는 슬픔에
서로의 부재가 아리다

직선이었던 나
항상 곡선이었던 당신

우리는 함께 흐르지 못하고

—「존재에 대한 슬픔 어루만지다」 전문

대상으로 나아가는 길이 차단된 자아는 지금 위태로운 상태에 놓여 있다. "당신을 향해 기울이던 마음"은 항구적인 것이었지만, 자아는 위로받지 못한 까닭이다. 하지만 동일성을 향한 서정의 열기는 좀처럼 식을 줄을 모른다. 시인이 이미 여러 다양한 일차적인 이미저리들을 통해서 이 감각의 회복을 위해 노력했기 때문이다. 그 도정만으로도 상처받은 자아는 어느 정도 자기 위안을 받았고, 치유라는 초월의 장도 마련할 수 있었다.

「존재에 대한 슬픔 어루만지다」에서 시도되는, 동일성을 향한 자아의 전략은 매우 절박하다. '위태로운' 정서와 '비스듬한' 시간성에 노출되어 있는 까닭이다. 그런 위기의식이 자아로 하여금 유년의 시간을 발견하게끔 한다. 유년의 시간이 자아의 일체성이라든가 동일성이 가장 잘 보존된 것이라 할 때, 과거로의 이런 퇴행적 행보는 시의적절한 것으로 이해된다.

자아의 마음에 상처를 남긴 요인은 동일성의 상실이다. 특히 '그대'와 함께하지 못하는 부재의 상황은 그 상처를 더욱 크게 만들었다. 마음속에 "흘러 넘쳐 출렁이는 슬픔"은 그런 자아의 단면을 잘 보여주는 것이라 하겠다.

이 작품에서 보듯, 자아와 대상, 자아와 당신은 공존의 무대를 찾기가 쉽지 않은 관계이다. "직선이었던 나"와 "항상 곡선이었던 당신"이 하나의 공통분모를 갖는 것은 불가능했기 때문이다. 이를 찾기 위해서, 그리고 그 아름다운 조화를 위해서 자아는 끊임없이 노력했다. "우리는 함께 흐르지 못하고" 늘상 따로따로 흘러왔기에.

너의 입술은
오므라드는 저녁 같아

너의 침묵은
파란 심장 안에서 할딱이고

외롭지 않은 날을
손꼽아 기다리며 기다리다

너의 눈물을 보면
나의 눈물을 잘라야 했다

너의 사랑을 잊으려고
술을 마시는 날이 늘어만 가고

쓸쓸할 땐 멜랑콜리한
시를 읽었다

너의 말끝엔
언제나 다정이 묻어 있지만

'사랑해'의 '해' 끝은 유난히
아릿할 때 있다

예민한 촉수로 톡
한없이 깊이 다가올 때 있다

너에게 끝도 없이 다가서고 싶지만
움츠러드는 마음이 있다

—「너의 말끝엔 언제나 이별이 묻어 있다」 전문

시집의 제목이기도 한 이 작품이 시사하는 바는 제법 크다고 하겠다. 독자에게 깊은 정서적 울림을 주는 것도 그러하거니와, 자아와 대상 사이에 놓인 거리가 결코 만만치 않다는 것을 일러주고 있기 때문이다. 자아와 대상 사이에는 '직선'이 있고 '곡선'도 있다. 그 상위란 이들의 관계가 결코 화해불가능한 거리로 단절되어 있다는 것을 말해준다. 포개질 수 있지만, 결코 동일한 모양을 만들어내지 못한 결들이 존재하는 것이다. 가능과 불가능이 만들어내는 이 기묘한 역설이 이들 사이에 내재하는 바, 대상을 향한 서정적 자아의 초조감이 형성되는 것은 이런 상황과 무관하지 않다. 그런 불가해한 조형성이나 선험적 거리감이 만든 정황이 움츠러드는 나의 '입술'과 너의 '침묵'을 만들어낸다.

자아는 자유롭게 발언할 수 있는 '입술'을 가졌다. 그러나 그것은 쉽게 열리지 않는다. 마치 석양의 해가 지듯 "오므라드는 저녁 같"은 폐쇄적 자의식을 갖고 있는 까닭이다. 그리고 자아의 발언이 닿아야 할 대상 또한 마찬가지의 경우이다. 그 또한 '침묵'으로 닫혀 있다. 이런 불편한 공존이 자아로 하여금 "외롭지 않은 날"을 대망하게 만들고 "술을 마시"게 하고, "시를 읽"게끔 만들었다. "너의 말끝엔/언제나 다정이 묻어 있"다는 긍정성을 발견하기도 하지만, 그리하여 "너에게 끝도 없이 다가서고 싶지만", "움츠러드는 마음"이 자아를 계속 좌절하게 한다.

서정적 자아의 '너'에게로 다가가는 길은 근원적으로 닫혀 있다. 그래서 그 길은 개방되어야 한다. 그러한 것은 시인해야 할 당위이자 의무와 같은 것이다. 그 실천의 과정이 있어야만 그의 멍든 가슴은 치유되고 건강성을 확보할 수 있을 것이다.

가로등 봄밤에 젖고
봄비에 또 젖는 지금

그리운 사람끼리
전하는 소리 있어

하얗게 지새우네.
어둠에 물든 이 밤

다소곳한 심장 안팎으로
설레게 두근거리는 지금

세상이 모처럼 들떠
작고 여윈 마음에 울리네

그리운 사람들은
그렇게 서로 안고 안으니

더 빛나 애틋하게
아름다우리.

—「그리운 사람끼리」 전문

이 작품은 '너'에게로 향하는 길이 열렸을 때, 어떤 상황이 혹은 어떤 자의식이 만들어지는가를 잘 보여준 시이다. 그러한 길을 여는 통로 역시 '비'이다. 비는 유동적 속성을 갖는 이미지이고, 그런 특색이 대상과 자아 사이에 놓인 거리를 메우는 데 좋은 수단임은 이미 보아온 터이다. '비'를 매개로 '나'와 '너' 사이에 놓인 거리감은 비교적 쉽게 소멸한다. 뿐만 아니라 그리운 사람들 역시 비로소 하나의 장을 만들어낼 수 있다. 하나가 된다는 것은 공통의 지대를 찾았다는 뜻이 된다. 이제 서로의 경험과 인식의 정서가 하나가 되니 '너'와 '나' 사이의 간극이란 의미가 없게 된다. 뿐만 아니라 '직선'인 '나'와 '곡선'인 '너'의 관계도 더 이상 이질적인 상태로 남겨져 있지 않다.

공존을 방해하는 거리는 이제 의미 없는 퇴영적 사물이 되었다. 그리운 사람들은 그 목마른 정서로 서로 만났으니, 그리하여 "그렇게 서로 안고 안으니" 욕망의 장은 필요 없게 된 것이 아닌가. 그리고 대상을 향한 아름다운 조화가 실현되었으니, 우리는 이제 '빛나는' 일만 남게 된 것이다.

이런 경지에 이르게 되면, 동일성을 향한 시인의 순례는 그 마지막 순간에 이른 것으로 보인다. 시인의 가슴에 상처를 남긴 '그대'의 부재 현상은 더 이상 진행되지 않을 것이다.

그대 안에서라면

내밀한 영혼이
길을 잃어도 좋습니다.

속으로만 흩어져
안고 가는
마음의 눈 감으면

외로워도 기쁘겠습니다.

사랑한다는 말씀
스러져 아련해지더라도

휘청거리지 않겠다는 다짐에
힘을 모아 견디겠습니다.

이제는 마음의 눈 감겠습니다.

―「마음의 눈 감다」 전문

시인은 이제 "그대 안에서" 잠들 수 있게 되었다. 그대와 함께라면, "내밀한 영혼이/길을 잃어도 좋다"고 했다. 그대를 향한 지난한 여정이 이제 합일을 이루게 되었으니 헤매던 영혼이 나아갈 길이란 더 이상 없을 것이다. 서정적 자아는 이제 서정의, 최후의 여정에 이른 것이다.

자아의 이런 귀결은 물론 그 혼자만의 몫에서 머무는 것이 아니다. 그것은 상대적인 것이기에 나만의 것으로 한정되지 않는다. 그대 역시 "휘청거리지 않겠다는 다짐"을 한 이후에나 가능한 일이다. 그대를 향한 자아의 견고한 '믿음'과 자아에게로 향하는 그대의 흔들리지 않는 '다짐'이 만들어낸 아름다운 공존, 그것이 마음의 상처가 치유되는 최후의 장이 될 것이다.

시인은 이렇듯 자아와 대상, 보다 구체적으로는 그대와의 아름다운 합일 속에서 건강한 마음을 확보하게 된다. 상처는 그대와 합일할 수 없는 부재 속에서 탄생한 것이었으니, 부재의식의 소멸은 건강한 마음의 탄생을 의미하는 것이다.

시인에게 '그대'는 시인의 의식을 지배하는 사유의 절댓값이라 할 수 있다. 그렇다고 시인의 자의식을 채우고 있던 '그대'를, 어느 고유의 대상이나 의식, 혹은 특정한 개인으로 고정하는 것은 옳지 않다고 하겠다. 그것은 이성적 대상이 될 수도, 유토피아를 향한 욕망이 될 수도 있을 것이다. 뿐만 아니라 공존의 장을 이루어낼 아름다운 화합이라는 형이상학으로도 설명할 수 있을 것이다. 따라서 시인이 말하는 '그대'란 대상이기도 하면서 또 자아 자신이라고도 할 수 있을 것이다.

마음이
가을을 낚는다.

품속에
찰진 바람들 오가고

시간이
풍성하게 익어갈 무렵

어둠에
등불 하나 둘 켜지면

든든한
꿈갈던 세월이 기지개 편다.

사는 게
향기로워 깊은 행복일 때

죽는 거
또한 아름다운 빛이 되리니

푸른 하늘이
더 푸른 마음에 가 닿는 이유로 산다.

―「가을에 앉아」 전문

시인의 마음은 상처로 가득하다. '그대'의 부재에서 오는 상처, '대상'과의 거리감에서 오는 상처 등등 무척 다대하다. 그래서 시인은 그 상처를 위무하고 치유하기 위해 다양한 거리 좁히기를 시도한 바 있다. 소리 혹은 향기라는 감각을 통해서, 비의 흐름이라는 물질성을 통해서, 그리고 사랑이라는 관념을 통해서 대상과의 끊임없는 거리 좁히기를 시도한 것이다. 그 결과 시인은 대상과의 아름다운 공존이 무엇인지를 이해하게 되었다. 이제 그의 마음에 남아 있는 거리들은 파도처럼 사라지게 된 것이다. 그에게 남은 것은 이제 건강한, 생산적인, 푸른 가슴뿐이다.

그의 가슴에 남아 있던 푸른색의 가슴은 새로운 존재의 변이를 하게 된다. 부정의 푸른색이 아니라 긍정의 푸른색이다. 이렇게 색의 의미는 극적인 반전을 이루게 된다. 퇴행적이고 우울한 그리고 병적인 푸른 멍이 아니라 미래적이고 활기찬 그리고 건강한 가슴으로 재생된 까닭이다. 「가을에 앉아」는 이런 존재의 변이를 잘 보여주고 있는 시이다. 그러한 변화를 통해서 자아는 이제 "마음이/가을을 낚"을 수 있는 건강한 상태로 바뀌게 된다.

「가을에 앉아」에서 펼쳐지는 삶의 긍정성들은 서정의 오랜 여정이 만들어낸 아름다운 풍경일 것이다. 시인은 이제 "푸른 마음"을 "푸른 하늘"에 곧바로 연결시킬 수 있게 되었다. 마치 영랑이 순수한 자의식을 지키기 위해 마음을 맑고 깨끗한 곳에 연결시킨 것처럼, 이 시인 또한 그러한 시도를 감행하고 있는 것이다. 푸른 하늘처럼, 자신의 마음도 푸르다는 것, 그 합일에서 서정의 건강성을 찾은 것이다. 이런 동일성의 전략이야말로 이 시인이 탐색한 오랜 순례의 극점일 것이다. 거기서 시인은 비로소 자신이 그토록 찾아나섰던 이상향, 자아의 동일성을 위한 '그대'를 발견할 수 있었다.

상상 속에 펼쳐진 자아와 사회의 음영

— 이은심, 『아프게 읽지 못했으니 문맹입니다』

1. 상상력과 언어의 조화

이은심의 이번 시집은 세 번째이다. 시인은 1995년 『대전일보』 신춘문예 시 부문에 당선되었고, 이후 2003년 계간 『시와시학』 신인상을 수상하기도 했다. 그런 다음 곧바로 『오얏나무 아버지』를 현대시에서 상재한 바 있다. 등단 이후 비교적 빠르게 시집을 간행했지만, 첫 시집의 빠른 출간에 비하면 두 번째 시집 발간은 13년이 지난 2017년에 이루어졌다. 이번 시집은 두 번째 시집 출간 이후 약 4년이 경과한 뒤에 비로소 나오게 되었다. 이런 면에서 이 시인의 작품 활동은 흔히 과작(寡作)의 범주에 드는 경우이다. 작품의 많고 적음에 따라 시인의 위치나 작품의 질이 보증되는 것은 아니기에 그의 이런 행보를 두고 어떤 가치평가를 내리는 것은 적절하지 않다고 하겠다. 그럼에도 이 시인의 작품은 무척 정교하고 세심하다는 느낌을 지울 수가 없는데, 이런 감각은 어쩌면 과작에 머물고 있는 시인의 정서가 반영된 것은 아닐까 하는 생각이 든다.

시인의 작품을 읽으면 대번에 알 수 있는 일이지만, 이 시인의 작품들은 상상력이랄까 비유의 현란함이 상상하기 어려울 정도로 길고 넓게 펼쳐져 있다. 그렇기에 시인의 작품을 읽는 독자는 그 깊이와 넓이를 따라잡기가 쉽지 않다. 그런 감각은 경우에 따라서 시의 난해함으로 다가오기도 하고, 형이상학적 깊이로 느껴지기도 한다. 짧은 형식을 담보하는 서정시의 특성상 이런 압축과 내포, 혹은 복잡한 의장들은 적극 권장되어야 할 요소일 것이다. 따라서 그것은 이 시인의 장점이라고 해도 무방하다. 어떻든 시인의 시들은 이런 여러 서정적 장치들에 의해 둘러싸여 있는데, 그런 기교들이 시를 생산해내는 시인의 노력과 겹쳐진 것이 아닐까 생각된다. 그 결과 그의 시들은 언어적으로 정교하게, 정서적으로 세밀하게 다듬어진 것으로 이해된다. 이번 시집에서 이를 증거하는 시들은 많은데, 특히 시론시 가운데 하나로 생각되는 「문장의 시작」이 그러하다.

뜨거운 날개도 없이 새의 높이에 닿을 것처럼
바다 한 장 없이 외눈박이 등대를 낳을 것처럼
상상은 머리 위를 쿵쿵 걸어 다니지

말티즈는 사과를 좋아하고 사과는 컹컹 짖고

자살한 고양이와 토마토 기러기처럼 평범한 맞춤법으로는 고칠 수 없더군
도로 위의 불편한 핏자국 말이지
밤새 삐걱거리던 의자가 뼈만 남은 북극성이라는 소문 말이지

꾸역꾸역 밀려오는 연과 행의 거미줄을 걷고 구석이라도 꺼내 읽어보세
우리는 우리를 빈칸으로 써야 한다네

풀무를 돌려 쇠를 짓는 심정으로 소란소란 우거져 수줍은 본명을 잃어보세
강으로 흘러가 안개 그 나지막한 온도를 참고 칭찬 한 줄 없이 일찍 일어

나는 새벽의 사회생활을 어렵게 읽어보세
조금만 더 가면 좌측 상단에 못 박힌 죄목을 산맥처럼 매만질 수 있다네
그 뼛속에서 우리 아파도 좋겠네

귀를 막으면 잘 들리는 마음 거기서부터 시작하세
마감을 하루 남기거나 넘기거나
마지막 한 장 남은 종이 거기서부터 다시 시작하세

더러는 지우개로 지운 새가 돌아오는 날도 있을 것이네

—「문장의 시작」 부분

여기서 '문장'은 시인이 시도하는 언어의 주름들이다. 그런데 그러한 문장들이 만들어지는 것은 어느 하나의 겹에서 종결되지 않고, 여러 층위를 내포한다. 우선 이 언어들을 만들어내는 장치 가운데 하나가 '상상'이다. 그것은 객관이나 과학적 질서를 뛰어넘는 곳에 자리하는데, 가령, "뜨거운 날개도 없이 새의 높이에 닿을 것처럼", "바다 한 장 없이 외눈박이 등대를 낳을 것처럼"이 그러하다. 이는 일상의 진실 혹은 과학적 질서에서는 불가능한 세계이다. 그런데 이를 가능케 하는 것이 있는데, 그것이 바로 '상상'의 힘이다. 시인은 이를 상상이라 했지만, 이는 콜리지가 말한 상상력에 가까운 개념이다. 상상력은 일상의 현실 너머에 존재하는 세계이지만 이따금 좀 더 넓은 비약을 감행하기도 한다. 그래서 경우에 따라 초현실이라는 휘장을 만들어내기도 한다. 이은심의 시들로부터 초현실주의 시에서 볼 수 있는 자동기술법(automatic writing) 같은 요소가 검출되는 것도 이와 무관하지 않다. 둘째는 평범한 맞춤법의 교란인데, 맞춤법이란 물론 통사론의 영역이다. 통사론을 지배하는 것이 논리적 질서이고 의미를 충실히 생산해내는 영역이다. 그런데 시인은 그러한 질서에 대한 일정 정도 거부감을 갖고

있다. 가령, "자살한 고양이"와 "토마토 기러기"와 같은 것들은 "평범한 맞춤법으로는 고칠 수 없"다고 했다. 그것은 '상상력'의 또 다른 이름이긴 하지만, 그 산란한 정신의 흔적을 언어화한다는 점에서 상상력과 구별되는 경우이다. 세 번째는 빈칸이다. 이는 서정의 여백을 말하는 것인데, 시인은 이를 적극 활용한다. 물론 그 여백을 채우는 것 역시 상상력의 기능 가운데 하나임은 부정할 수 없을 것이다.

이 세 가지 요소가 이 시인의 작시법이다. 그런데 상상력에 기초한 시인의 글쓰기는 지금껏 이런 성향을 보인 시인들과 비교할 때, 뚜렷이 구분되는 점이 있다. 시인은 이런 의장을 갖춘 후에야 비로소 "칭찬 한 줄 없이 일찍 일어나는 새벽의 사회생활을 어렵게 읽어보세"라는 지점에 이를 수 있다고 했다. 실상 상상력과 체험의 영역은 엄격히 구분된다. 아니 구분된다기보다 세계관의 관점으로 이해하면 전연 다른 것이 되기도 한다. 상상력을 강조할 것인가 혹은 체험을 강조할 것인가에 따라 시의 분류가 양극단의 지점에 놓일 수 있는 것이기 때문이다. 하지만 시인은 상상력과 체험을 굳이 구분하지 않는다. 말하자면 상상력 속에서 체험을 읽거나 혹은 체험 속에서 상상력을 읽어내고자 했던 것이다. 이런 상대성이 그의 시세계를 넓게 해주거니와 이는 이전의 시인에게서 볼 수 없었던 특이한 지점이라는 점에서 차별되는 경우이다. 그러한 것은 「자본론」에서도 쉽게 간취된다.

사물도 오래되면 감정이 생긴다
젖은 헝겊으로 재갈 물렸던 빨래집게가 속옷 하나를 물고 놓지 않는다

다 잃고 형식만 남은 걸까

어쩌나 저 지조는 홀로 휘황하니 내 손등이나 긁을 뿐

짐승의 피가 흐르는 가죽냄새의 비명과 흰 손에 묻은 면장갑의 실체가 침수된다

잘살고 있겠지

문득 떠오르는 불안을 꾹꾹 눌러 짜고 빨래인 줄 알고 비틀어 짠 손목 한 켤레와 놀라도 죽지 않는 수치의 허우대를 중심 잡는 할복의 긴 빨랫줄

여기만 오면 왜들 뜨거운 리듬을 따라가게 될까

진화는 최초의 청동빛을 여의고 기둥 뒤에 숨어서 제비꽃 무늬를 새긴다
씨줄과 날줄이 고요해지기를
모든 습지가 발랄하게 탈수되기를

흘러내린 어깨에서 남향을 얻기까지 침묵의 입을 무덤으로 가져가는
집게의 윤리

낙마한 자의 곤고한 턱을 지나면 죄의 관절은 더욱 완고해질 것이다 반죽음이 된 진심을 거풍시키면서 빨래집게는 더러운 것은 죽어도 물지 않는다

그것이 집게의 자본이다
명랑한 자본이다

—「자본론」 전문

인용시의 소재는 평범한 일상에서 온 것이지만, 그것이 내포하는 바는 매우 의미심장하다. 정치경제학에 속할 수 있는 무거운 소재와 상상력이라는 의장이 만들어낸 새로운 의미의 성곽이기 때문이다. 결합하기 쉽지 않은 지점들이 만나서 신선한 충격을 만들어내고 있는 것이 이 작품의 특색인 것이다. 그 신선한 충격을 만들어내는 접점은 집착의 정서이다. '집게'

는 빨래를 널 때 사용되는 평범한 소재일 뿐이다. 하지만 그것은 시인의 의식 내부에서 걸러지면서 감정이라는 정서가 생겨나게 된다. "물고 놓지 않"고자 하는 성격이 그러하다. 그런데 이런 집착은 이른바 돈의 세계에서도 그대로 구현된다. 돈은 소유의 대상이고 또 물욕의 대상이다. 그러니 돈과 마주하는 상대는 이를 자기화하고자 하는 욕망이 자연스럽게 일어날 수밖에 없다. '집게' 처럼 '물고자' 하는 본능이 돈 앞에서 솟구치는 것이다.

이런 맥락에서 돈은 욕망이다. 또한 그러한 욕망이 자본주의 사회의 본질을 이루는 것은 자명하다. 시인은 자본주의가 필연적으로 내포할 수밖에 없는 소유욕을 '집게' 의 그것으로 치환해서 탁월하게 읽어내고 있다. 빨래집게에서 소유하고자 하는 욕망을, 그리고 그것을 돈의 생리로 치환한 것은 일상과 체험의 공유지대를 경험하지 않고는 불가능한 일이다. 하지만 시인은 서로 공유할 수 있는 지대를 쉽게 만들어내고 거기서 현대사회의 단면을 자연스럽게 의미화한다. 이를 가능케 한 것이 상상력의 힘이고 자신만이 구사할 수 있는 문장이 만들어내는 마술일 것이다.

2. 존재론적 고민과 윤리적 자의식

체험과 상상력의 교직 속에서 서정의 의미를 탐색하는 것이 이은심 시의 가장 큰 특징이다. 하지만 서정 속에 녹아든 체험이라고 해서 그것이 어떤 큰 서사적 줄기를 형성하면서 시인의 자의식에 자리하고 있는 것은 아니다. 그것은 그의 시들이 관념이라는 외피를 덜 뒤집어썼다는 의미 그 이상도 그 이하도 아닐 것이다.

체험과 상상력이 빚어내는 서정의 장에서 시인이 주목하는 것 가운데 하나가 존재에 관한 물음들이다. 존재론적 고민이란 평범한 일상뿐만 아니라 은밀한 내면의 고백으로 물들어 있는 서정시인에게는 우회할 수 없는 주제

가운데 하나일 것이다. 이번에 상재하는 시편들 속에 이런 고민의 흔적들은 촘촘히 박혀 있는데, 실상, 이런 문제의식은 시인의 직전에 펼쳐 보였던 시집에서도 제기되었던 것들이다. 『바닥의 권력』(황금알, 2017)에 수록된 「팔월생 몽고반점」 등이 그 본보기 가운데 하나인데, 이 작품을 지배하는 정서는 외로움이다. 그런데 이 정서는 존재론적인 것이면서 사회적 음영이 투영된 것이기도 하다. 시인의 출생 연도가 1950년이니 그 연도만으로도 시인은 이 시기 펼쳐졌던 전쟁이라는 사회의 어두운 그늘을 비껴가지 못했을 것이다. 어쩌면 그것은 시인의 무의식 속에 자리한 원형이었는지도 모른다. 존재의 전일성에서 비껴나간 흠결들, 조화로운 사회에서 벗어날 수밖에 없었던 소외들이 서정의 물결이 되어 시인의 정서 속에 깊이 박혀 있었을 것이다.

그런데 완결된 질서라든가 정서로부터 떨어져나온 일탈의 정서들은 이번 시집에서도 비껴가지 못했다. 아니 우회하지 못한 것이 아니라 세상에 피투된 존재라면, 당연히 받아들일 수밖에 없는 필연적 도정이라는 점에서 지극히 자연스러운 것이라 하겠다.

> 사랑이 온 적 없어 거절하지 못했네
> 이별이 온 적 없어 헤어지지 못했네
>
> 동동 구르는 발목을 꼭 쥐고 살자고, 살아보자고, 난간은 말리고 싶었지
>
> 붉은 고무통이 내 스무 살처럼 엎어져 있고
> 구석구석 방수처리를 해도 눈물은 새어 나와 눈에 띄지 않게 천천히 내려가자 했지
>
> 파란 초원 앞에 서 있는 기분으로 살 수는 없을까 미안을 널어 말리고 벗

겨지는 페인트가 본색을 드러낼 때 나는 독학으로 슬픔을 익혔지

어두운 옷가지를 떨어뜨리는 빨랫줄이 온전한 옷 한 벌 없는 것처럼 나는 왜 거기 있는지 모르는 제라늄화분
동서남북은 왼쪽 뺨을 마구 때리다가 오른쪽 구석에 가서 울기도 하였네

나는 누구를 웃기려고 울면서 세상에 온 것일까
누구를 울리려고 웃기기만 하는 여기에 온 것일까

끔찍하게 사랑하고 끔찍하게 버림받고
내려갈 길을 잃은 옥상은 지금 우는 사람 몰래 혼자 있네

—「옥상에 다녀올 때마다」 전문

지금 자아가 서 있는 자리는 물리적으로 높은 곳이다. 수직이 있는 자리는 저 너머의 낮은 자리를 응시할 수 있다는 점에서 서정의 변곡점을 만들어낼 수 있는 의미 있는 지점이다. 거기서 자아가 던지는 질문은 스스로에게 향한 것인데, 존재론적 회의가 있기에 그 해답을 찾기 위한 도정은 당연히 자신에게 회감될 수밖에 없을 것이다. 하지만 그 정점에서 자아는 어떤 해법에 도달하지 못한다. "나는 누구를 웃기려고 울면서 세상에 온 것일까"라든가 "누구를 울리려고 웃기기만 하는 여기에 온 것일까"라는 회의가 계속 물결쳐 오기 때문이다.

그런데 이런 회의의 이면을 장식하는 것은 지금껏 모색해왔던 긍정으로 향하는 정서의 부재이다. 긍정으로 나아가고자 하는 희망의 정서와 자신을 배반해왔던 현실과의 길항관계 속에서 뚜렷한 해법을 찾지 못한 탓이다. 존재의 결핍이라든가 사회의 불온성을 초월하고자 하는 정서, 가령 "파란 초원 앞에 서 있는 기분으로 살 수는 없을까" 하는 모색의 도정이 내재하고

있었던 것이다. 그러는 한편으로 "미안을 널어 말리고 벗겨지는 페인트가 본색을 드러낼 때 나는 독학으로 슬픔을 익혔지"와 같은 자기 초월의 의지도 적극적으로 모색되기도 했다. 하지만 어떤 매개도 자신과 세계 속에 놓인 간극을 메꾸어주지 못했다.

그 간극을 메우기 위한 실마리를 찾기 위해 시인은 높은 곳에서 낮은 곳을 응시해보기로 한 것이다. 하지만 그것을 찾는 것은 난감한 일이 아닐 수 없다. 서정적 자아는 '내려갈 길'을 결코 찾지 못한 까닭이다. 나아갈 방향과 도래할 미래를 맞이하지 못한 자아의 선택지는 제한되어 있다. 그래서 자아가 할 수 있는 것은 울면서 혼자 몰래 숨어 있는 일뿐이다.

우스운 일이지
내 단골 가게들은 얼마 못 가 폐업한다 머리핀을 사면 머리를 자르고 책을 버리면 문장이 온다 이것이 한 번도 틀리지 않은 내 미신이다

엄연하게 나를 가르치던 수천 갈래의 희로애락
여기가 나를 낳고 낳았던 퀴퀴한 덤불이다
열 걸음이면 닿는 비정과 다정을 사방연속무늬로 한 몸에 새기고 애증에 찬 시간표가 나를 키웠다
너는 타락처럼 빨리 자라는구나 이것은 더 이상 클 수 없을 만큼 커버린 내 유머다

순해지는 마법의 솥을 걸고 부드러운 음식을 지어먹었다 절망과 좌절이 불어오는 식탁에서 제철 음식이 자라나다니 너는 비애처럼 배만 나왔구나
복종하는 칼의 어두운 면을 날카롭게 갈아 텃밭의 무거운 아침이슬을 베었다
믿음을 믿자 믿음을 믿자
베어도 죽지 않는 죄를 찻물 삼고 내가 모르는 주전자가 잊지 않고 나를

들이켰다

무사해서 나는 겨우겨우 보통인가
가로등 아래 토해놓은 지난밤이 지나치게 낭자한 나를 중계한다 양파 마늘 마른기침처럼 거침없이 평범한 것들은 왜 낄낄거리고 있는가
되도록 천천히 될 수 없어도 천천히 일요일의 쿠폰을 종류대로 다 써버린 나는 헛것처럼 앓는 자 왼손으로 준 것을 오른손으로 받으며 멍한 채 누덕누덕하다
이것은 혼자 묻고 혼자 대답하는 내 반어법이다

—「나는」 전문

자아의 실존이 이렇게 경색된 데에는 이유가 있을 것이다. 그것은 근원적인 것이기도 하고 실존적이기도 하며, 또 부조리한 현실이 가져다준 것이기도 할 것이다. 「나는」이 말하고 있는 것은 그러한 음역들이다. 이 작품은 마치 서정주의 「자화상」을 보는 듯하다. 서정주는 자신을 키운 것은 "팔할이 바람"이라고 했다. 그런데 여기서 '바람'이 갖고 있는 함의는 매우 상징적이며 형이상학적인 것이기도 하다. 반면, 구체성이 없는 까닭에 관념이라는 혐의도 피해가기 어렵다. 하지만 「나는」의 경우는 「자화상」의 경우와 매우 다르다. '바람'이라는 관념과 달리 구체적인 까닭이다. 가령 자아의 현존을 만든 것은 "수천 갈래의 희로애락"이며 "퀴퀴한 덤불"이다. 뿐만 아니라 "애증에 찬 시간표"도 현재의 자아를 빼곡이 채워온 터이다. 이런 구체적인 세목들이 있기에 「자화상」과 달리 추상의 영역을 어느 정도 벗어나고 있다.

존재도 불완전하고 실존 또한 그러하다. 뿐만 아니라 사회 또한 불온하다. 말하자면 서정적 자아를 둘러싼 모든 것들이 전일성을 거부하고 있다. 이런 현실에서 서정적 자아에게는 이전에 없던 왜곡의 정서가 생겨난다.

시인의 표현대로 '미신'이라는 정서가 그러하다. '미신'은 비종교적이고 비과학적이어서 논리의 영역을 초월한다. 아니 초월이라기보다는 시인이 기대하는 과학 혹은 믿음과는 반대 방향으로 나아가는 것이다. 그러니 시인은 자신뿐만 아니라 현실을 예상하지 못하게 된다. 이는 순응이나 질서와는 반대이다. 동일한 정서란 혹은 건강한 사회란 다가올 것들이 예측 가능한 것이 되어야 한다. 그렇지 못한 것은 기대를 전복시키고, 질서라는 인과성을 무너뜨린다. 그럴 경우 무질서와 같은 혼란, 불합리한 현실이 전개될 가능성이 매우 커지게 된다. 시인의 불구화된 자의식은 여기서 파생된 것들이다.

3. 사회의 어두운 음영에 대한 시선들

이은심 시인이 응시하는 서정의 범위는 비교적 넓은 편이다. 이 범위에는 상상력의 폭도 있고, 자아에서부터 사회에 이르기까지 응시하는 범위도 넓다. 그의 시를 두고 상상력과 체험의 교직이라고 했는데, 이것이 만들어내는 서정의 진폭은 다른 시인들과 달리 크게 울려퍼져 나온다. 시인이 관심을 두었던 영역은 일차적으로 자아 내부의 것이지만, 시집을 읽어갈수록 그가 포착해내는 시의 외연들은 넓고 깊다. 그 가운데 하나가 사회적 음영들에 대한 깊이 있는 천착이다. 이런 응시는 『바닥의 권력』에서 적확하게 보여준 바 있는데, 여기서 시인은 시장에서 흔히 볼 수 있는 다리 없는 자, 불편한 자들에 대한 따듯한 응시를 보여주었다. 시인은 이들을 연민의 시선으로 바라본 것이 아니라 "앞으로만 나아간다"라든가 "박차고 전진한다"와 같은 긍정적 언어의 옷을 입힘으로써 이들의 행보가 결코 좌절스러운 것만이 아님을 역설적으로 표현한 바 있다.

이번 시집에서도 사회의 어두운 구석들에 대한 시인의 응시는 결코 포기되지 않는다. 『바닥의 권력』에서 어두운 현실에 놓인 자들에 대해서 그만의 장기인 반전의 언어를 덧씌움으로써 그들의 불행이 좌절스러운 것이 아님을 설파했다면, 이번 시집에서는 그러한 요인들을 배태한 것들에 대한 구조적 접근, 형이상학적 접근을 시도하고 있다는 점에서 차별성을 갖고 있다. 그러한 작품 가운데 하나가 「산책의 범위」이다.

저물녘의 말이란 가장 느린 보행

당신이나 나나 푸르러지는 산책은 쉬어야 할 의자가 상상보다 멀리 있다는 말

서쪽으로 먼저 걸어간 당신에게 연두를 연두라고 말하지 못한 건 이곳은 곧 저곳이 되는 까닭이었다

챙만 남은 모자를 쓰고 입술이 지워진 마스크를 쓰고 누군가의 부름에 답하는 개의 표정을 목줄처럼 쥐어본 나의 거짓엔 실수가 없고

모두가 앞으로 나아갈 때 혼자 서 있기 위하여 단지 무엇인가 있던 자리를 멍하니 바라보기 위하여 오래라는 말이 사라졌을 때 나는 한쪽 굽만 닳은 팔짱을 풀었다

내가 다 알 수 없는 시큼한 땀 냄새마저 어둠 속에 빠른 걸음으로 묻어버리고 쩍쩍 갈라지다 혼자가 된 강의 이면에서 이미 엎질러진 후회란 다음 물굽이에 닿아보지 않았다는 말

오늘을 함부로 밟은 풀밭으로부터 내일 하려고 했던 말까지는 빙 둘러 켜놓은 부랑의 둘레를 천천히 걷는 길
우리는 끝이 보이지 않는 관계라고 당신은 빈손을 내밀었고 나는 끝이

보이는 관계라고 찬 손을 내주었던 며칠

너무 좋아하면 강을 건너가 버리는 당신은 한쪽 날개가 새파랗게 젖어 있었고 떼어내도 어쩔 수 없이 궂은 날씨가 예고되어 있었다

—「산책의 범위」 전문

산책이란 시인의 말을 빌리면, "가장 느린 보행"이다. 느리다는 것은 목적이 없다는 뜻과 같다. 그러니 여유와 한가로움이 뒤따르게 된다. 곧 "푸르러지는 산책", "쉬어야 할 의자"가 있어야 가능한 행보이다. 하지만 자아나 당신의 산책은 일상적으로 알려진 것과는 현저히 다른 것으로 구현된다.

이 시를 지배한 것은 상대성 내지는 평행성이다. 그런데 여기서는 그것이 갖고 있는 사전적 의미를 초월한 곳에서 그 의미가 만들어진다. "서쪽으로 먼저 걸어간 당신에게 연두를 연두라고 말하지 못한 건 이곳은 곧 저곳이 되는 까닭"이라고 했다. 지점을 달리할 때, 그에 합당한 의미의 영역이 만들어진다는 것인데, 실상 상대성이 늘상 부정적인 국면을 갖고 있는 것은 아니다. 두 가지 대립되는 테제가 있을 경우에는 이 상대성의 의미가 긍정적으로 기능하기 때문이다. 이 정서는 하나의 도그마가 굳건히 자리할 수 있는 공간을 결코 만들어주지 않는 것이다. 하지만 이 논리가 동일성을 만들어가는 과정에 놓일 경우에는 사정이 전연 다르게 된다. 특히 조화와 화합과 같은 사회적 동일성이 요구될 때, 이 논리는 경색의 위험을 피할 수가 없기 때문이다. 가령, "우리는 끝이 보이지 않는 관계"가 그것이다. 이는 상대성을 넘어 평행선의 관계로 쉽게 전화한다. 평행선이 하나의 지점에서 조우하는 것은 불가능하다. "당신은 빈손을 내밀었고 나는 끝이 보이는 관계라고 찬 손을 내주었던" 현실이기 때문이다.

하지만 자아에게 그러한 현실은 숙명과도 같은 것이다. "우리는 끝이 보이지 않는 관계라고 당신은 빈손을 내밀었" 지만 나 역시 "끝이 보이는 관계라고 찬 손을 내주었" 기 때문이다. 끝이 보이는 관계라고 손을 내미는 자아의 시도 역시 결코 긍정적인 것이 아닌데, 그 단적인 예가 바로 '찬 손' 이다. 차가운 것이 가지고 있는 원형적 의미가 부정적인 것을 내포하고 있기 때문이다. 그러니 애인처럼 떠나버린 '당신' 의 행보가 어떤 긍정의 정서를 담보하지 못하는 것은 당연하다고 하겠다. "좋아하면 강을 건너가 버리는 당신은 한쪽 날개가 새파랗게 젖어 있었고/떼어내도 어쩔 수 없이 궂은 날씨가 예고되어 있었" 기 때문이다.

말하자면 담장 너머 골목인 것이다
풀 한 포기 못 키운 층계참이 구비구비 꽃 피지 않는 화분이라도 들여다보는 것이다 바람 대신 전단지라도 펄럭이면서 귀먹은 자전거가 기어이 구석을 만들고 발돋움으로 먼 곳을 보여주고 싶었던 바닥은 택배 물건을 쌓아놓는 것이다

반음씩 늘리며 나는 올라가서 저 높은 곳을 증명해야 한다 올라간 후엔 반드시 내려와야 하는 거라고 누누이 타이르던 엘리베이터가 고장 날 때 배달부는 쑥쑥 자라는 계단을 배달한다 누가 울다 가고 누가 이불을 털다 가는지 건조한 바람의 안쪽엔 기억만 엿듣는 귀가 있다

우리의 어깨가 나란하지 않다는 것 때문에 상하층이 생겼다는 걸 담뱃불에 속을 태우는 중년은 알게 될까

말하자면 구조적 슬픔이 층계참을 만들고
빈 짜장면 그릇을 실시간으로 사라지게 한 것이다 나무 대문이 있는 골목이라도 상상하고 싶어서 사람 같은 강아지는 수술한 성대로 짖고 이웃과

나의 사생활엔 흙 한 점의 증거도 남지 않는다

나는 반음씩 접으며 타박타박 내려가고 층층나무 이파리 사이로 물통을 든 비정규직 청소부는 올라온다 비상구를 16층까지 끌어올리며 앙상한 커브의 대를 이어갈 것처럼

—「말하자면 계단은」 전문

「산책의 범위」가 수평 속에서 걸러지는 모순의 관계를 묘파했다면, 「말하자면 계단은」은 수직 속에서 그 불합리한 관계망을 읊은 시이다. 시인은 수평 속에서 상대성이라든가 평행선이 갖는 의미, 그리고 그것의 사회적 내포를 읽어냈다. 「말하자면 계단은」은 「산책의 범위」의 연장선에 놓인 것인데, 시인이 여기서 주목한 것은 위계질서이다. 그러한 관계를 치환해서 '계단'으로 은유화한 것은 매우 참신한 의도라고 하겠다.

여기서 계단은 두 가지 함의를 갖는다. 하나는 물리적인 것이고, 다른 하나는 형이상학적인 것이다. 물론 전자의 의미에 후자의 의미가 일정 정도 담겨 있다고 보아야 한다. 우선 이 작품의 배경은 아파트 안이다. 시인은 이곳을 "담장 너머 골목"이라고 표현했다. 아파트를 수평으로 펼쳐놓으면 아파트의 계단은 골목이 될 수도 있을 것이다. 어떻든 자아는 계단을 오르면서 세밀한 관찰을 한다. 마치 현대성을 탐색하는 산책자처럼 골목의 구석, 곧 계단의 구석을 자세하게 관찰하는 것이다. 그는 이곳에서 다양한 삶의 양태를 발견한다. 전단지가 널려 있는 모습을 보는가 하면, 구석에 박혀 있는 자전거도 발견한다. 뿐만 아니라 빈 짜장면 그릇이 놓여 있는 것도 보고, 들리지 않는 반려견의 울음소리도 마치 현실화되고 있는 것처럼 상상 속에서 듣고 있기도 하다. 뿐만 아니라 "이웃과 나의 사생활엔 흙 한 점의 증거도 남지 않는다"는, 익명화된 현대사회, 무관심한 아파트 문화의 병리 현상에 시선을 던지기도 한다.

계단이 갖는 또 다른 함의는 형이상학적인 의미와 관련이 깊다. 사회의 불온성을 만들어내는 것이 「산책의 범위」에서 평행선의 논리였다면, 「말하자면 계단은」에서는 수직의 선일 것이다. 계단은 그 은유적 표현인데, 자아는 이 세밀한 관찰을 통해서 다음과 같은 현실적 판단에 이르게 된다. "우리의 어깨가 나란하지 않다는 것 때문에 상하층이 생겼다는" 것이다. 여기서 '어깨'가 위계질서이며, 경제적 불평등임은 자명하거니와 시인은 이 시대의 불행한 단면들이 모두 여기서 발생한 것임을 에둘러 말하고 있다. 다시 말하면, "구조적 슬픔이 층계참을 만들"었다는 것이다. 그러한 것의 상징적 표현이 "나는 반음씩 접으며 타박타박 내려가고 층층나무 이파리 사이로 물통을 든 비정규직 청소부는 올라온다"일 것이다.

4. 실존을 넘는, 이상을 향한 도정

이은심 시인은 상상력의 날개를 언어의 차원에서만 펼쳐낸 것은 아니다. 그는 자아에서 그 외연에 놓여 있는 것들에 이르기까지 꾸준한 상상의 날개를 펼쳐왔다. 시인의 작품 세계를 지탱하는 두 축은 자아와 사회이다. 경우에 따라 이 둘 사이는 넓고 커 보이는 것도 사실이다. 하지만 인간의 꿈 가운데 하나가 유토피아에 있다는 점에서 이 두 영역은 결코 분리되는 것이 아니다. 자아의 동일성이 이루어지면 사회의 동일성도 마찬가지로 성취되는 것이기 때문이다. 그것의 관계망을 이해하고 있기에 시인이 보내는 시선들은 결국 같은 선상에 놓여 있는 것이라 할 수 있다.

그럼에도 이번 시집에서 시인의 시선은 자아보다는 사회에 보다 깊이 경사된 듯 보인다. 그것은 이번 시집이 『바닥의 권력』에서 더듬어 들어갔던 미천한 부분들, 사회의 최저 영역들과 더 밀접한 관련을 맺고 있기 때문이다. 시인이 탐색한 것은 사회의 아랫부분인데, 이번 시집에서는 이에 대한 뚜렷한 응시, 그리고 그에 대한 근원적 탐색에 많은 부분들이 할애되었다. 사회는 자본을 향한 집착처럼 욕망이 판을 치는 세계이고, 서로 화해하기 힘든 양극단의 논리가 지배하는 곳이다. 이런 사회에서 조화라든가 질서와 같은 감각을 기대하기는 어려울 것이다. 그 불행한 단면을 딛고 일어서고자 하는 것, 그것이 시인이 이번 시집에서 보여준 또 다른 서정적 의의 가운데 하나일 것이다.

물이 물속을 들여다본다
내 집은 뜨거운 숨결의 강가
눈물 한 방울이 부족해서 넘치지 않는 이 한 줄기 아름다운 구조는 어머니인, 가장 어머니인 손처럼 축축하다

무엇을 바라고 왜가리 한 마리 반대편에서 건너온 강물을 마시고 간다 우리가 함께 중얼거렸던 것은 물고기의 모국어였는지 몰라 물의 사슬엔 일파만파의 시비가 없고
강을 건너면 좋은 일이 있을 거라고 찬비에 잔등을 내준 너는 자전거를 끌고 다리를 건너갔다 책망받는 밤이 자꾸 와서

손톱처럼 조용하게 탁류처럼 부족하게
세상의 물들은 조용히 엎질러질 뿐이다

그 파문의 어지럼증을 노 저어가면 사람의 깊은 곳엔 옹달샘이 있다 했다 앞을 씻으면 뒤가 다시 젖는 삶은 흐르다를 따라가 흔히 강이 되었다 하고 내 오두막으로 물에서 건진 강을 들고 오는 흐름이란 익사하지 않기 위해 얼마나 멀리 헤엄쳐 가는가

별이 몇 개 부족한 하늘로 폭죽을 쏘아 올린다 모랫벌에선 아픔까지도 배웅할 수 있을 것 같아 사람의 눈물만 모아도 길고

물 위를 걸어오는 악천후 그 파탄의 즐거움을 철썩이면 물 샐 틈 없이 우리 가득하다 남김없이 우렁차다

—「중얼거리는 액체들」 전문

이 시의 중심 화두는 유동성 내지 흐름이다. 물은 공기와 마찬가지로 빈 공간을 여백 없이 침투하는 기능을 갖고 있다. 그러니 물이 있는 곳에 물리적 여백이 존재하는 것은 불가능하다. 서정적 자아와 세계, 세계와 세계 사이의 불화, 그 거리가 화해할 수 없는 여백으로 남겨져 있다는 사실을 전제한다면, 이를 채워나가는 유동적인 물을 발견한 것만으로도 시인의 시적 작업은 매우 의미심장한 것이 아닐 수 없다.

시인은 물을 일단 모성적인 것으로 이해한다. 그것은 생산이고 근원이다. 뿐만 아니라 모든 갈등을 초월하는 절대 지대의 표상이기도 하다. 서정적 자아는 물을 "한 줄기 아름다운 구조"라 했거니와 "어머니인, 가장 어머니인 손처럼 축축하다"고도 했다. 모성적인 것은 근원이고 통합이며, 또한 축축한 것은 메마른 것의 대항담론이다. 그런 정서들은 벌어진 틈을 좁히고 메워서 비로소 완전한 유기체로 거듭 태어나게 한다.

물이 모성적인 것이기에 그것은 모두에게 생명의 근원과도 같은 것이다. 따라서 그것은 작품 속의 '왜가리'나 '우리', 그리고 '물고기'와 함께 공유되는 대상이다. 공유된다는 것에는 때로는 갈등이 전제될 수 있다. 서로 더 많은 영역을 확보하기 위한 경쟁이 펼쳐지는 장이 될 수도 있기 때문이다. 하지만 물은 그러한 싸움을 수용하거나 인정하지 않는다. 갈등에 대한 파문이 있더라도 결국 "물의 사슬엔 일파만파의 시비가 없"는 까닭이다. 파문이라는 시비가 없고 공백을 메우는 빽빽한 채움의 세계, 그것이 물의 본질이다. 여기에 이르게 되면, 이 시인이 자아의 불구성이나 사회의 불온성을 딛고 나아가고자 하는 유토피아의 도정이 무엇인지 어렴풋이 짐작하게 된

다. 자연이 주는 이법의 세계, 그 완벽함이 바로 그것이다. 불구화된 인간, 불완전한 사회가 그들의 결핍을 메우기 위한 필요충분조건이 자연과 같은 완전함에 있기 때문이다.

감나무는 감을 낳고 어미나무가 되었다 낙엽이 나무를 비울 때 시월은 더 시월인 것 가을 외에는 아무도 살지 않도록 입구를 단단히 여며두고 할 수 있는 일이라곤 길고 얇은 스웨터를 꺼내 입는 일

어제 운 너는 오늘 또 울게 된다고 나무가 하는 말을 들었다 하지만 나무여 나는 당신의 사람이 되지 못해 귀 막고 흘러가는 바람 혹은 각자의 얼굴을 먼 곳처럼 들고 있는 뼈아픈 부의(賻儀)

가을 상가(喪家) 문턱 너머 어린 상주는 삶에서 죽음을 뺀 어깨 넓이를 받쳐 들고 피곤하구나 근처엔 큰 산이 있어서 그림자가 산 것들의 낮은 목소리에 우렁우렁 겹쳐진다 일찍이 하산한 땅에는 한 사람분의 공터가 새처럼 부족한 속내를 푸닥거리하고

곳에서 곳으로
누운 한 사람이 가는 길
새가 깃들어오는 것을 막을 수 없는데 소녀라는 말이 들어간 문장 속에서 저녁을 짖어대는 개조차 없다면 얼마나 깊은가 이 방은,
불현듯과 거침없이 사이에서 얼마나 작은가, 나는
사랑은 다 배우지 못한 질병인데

휘익 저물어
누가 부를 때마다 고개 숙이는 일이 많아진다 그냥 살자 쉽게들 말하지만 쉽게 달래지는 건 아무것도 없다 빨리 집에 가서 반쪽인 것들과 잠들고 싶다

—「곳, 곳 가을」 전문

인용시는 자연이 주는 섭리와 이에 대한 자아의 자세가 잘 나타난 작품이다. 자연은 스스로 흘러가는 객관적 실체일 뿐이다. 따라서 그것은 순리나 이법 등을 함의하면서 자기 세계만에 갇혀 있다. 인간은 그저 그러한 자연에 순응하는 자세를 가지면 그뿐이고, 또 이야말로 대단한 성취가 아닐 수 없다. 이 작품에서 가을은 변화무쌍한 것처럼 보이지만 실상은 그저 자연의 일부일 뿐이고, 여기에 시적 자아가 할 수 있는 일이란 그러한 계절의 변화에 순응하는 것뿐이다. 그 와중에 자아는 자연과 대화하고 그들의 음성을 듣는다. 하지만 여기서 어떤 섭리를 자기화하고 이를 실천하고자 하는 윤리적 결단에까지는 이르지 못한다. 단지 존재 밖에서 벌어지는 현상과 이에 맞서는 자아의 편린들만이 산발적으로 드러나 있을 뿐이다.

자아의 이런 모습을 두고 치열한 자기 모색의 결여라고 할 수도 있을 것이다. 하지만 시인의 작품 세계를 관류하고 있는 것은 어떤 선언이나 주장에 대해 쉽게 동조하는 경우는 거의 없다. 이 또한 그의 시의 특색 가운데 하나인 상상력의 힘일는지 모르겠다. 시인은 열린 공간을 향해서 자신의 상상력을 언어로 채워나갈 뿐 거기에 강력한 메시지를 주거나 강요하지 않는 것이다. 그럼에도 은근히 던지는 전언들은 사뭇 역동적이다. 그것이 이 시인의 장점일 것인데, 시인은 은연중에 이렇게 말한다. "빨리 집에 가서 반쪽인 것들과 잠들고 싶다"고. 이 얼마나 평범한 듯하면서도 강렬한 전언인가. 그것은 '중얼거리는 액체'와 같은 몸짓이기도 하고, 또 자연의 평범한 진리와도 같은 것이다. 가식과 허위가 없는 세계, 집착이 없는 세계, 그리고 사회적 불평등이 없는 세계가 시인이 모색하는 서정적 진실이 아닌가. 시인은 강력한 메시지로 말하진 않지만, 그에 대한 지속적인 꿈을 계속 간직하고 있었던 것으로 보인다. "나무는 본 대로 자라고 새는 들은 대로 노래하는"(「그때 그 새들은 어디로 갔을까」) 세계가 그가 도달하고자 한 구경적 유토피아일 것이다. 강렬한 선언이나 메시지 없이도 이미 그의 시세계에서는 이런 꿈틀거림이 매우 힘차게 울려퍼지기 시작했는 바, 그것이 이번 시집의 궁극적 의의일 것이다.

잃어버린 근원, 그 현재화에 대한 감각

— 김금분, 『강으로 향하는 문』

1. 지역성과 서정의 샘

『강으로 향하는 문』은 김금분 시인의 네 번째 시집이다. 1990년 『월간문학』으로 등단한 시인은 이미 『화법전환』(1992), 『사랑, 한 통화도 안 되는 거리』(1999), 『외로움이 아깝다』(2017) 등을 펴낸 바 있기 때문이다. 이 시인의 작품 세계의 근본 특색 가운데 하나는 감성적이라는 점이다. 시인의 시집을 읽으면 금방 알 수 있는 것처럼, 시인의 작품들을 지배하고 있는 정서는 센티멘털한 것들이 대부분이다. 서정시가 일인칭 자기 표현의 양식임을 감안하면, 이런 서정적 지배소들은 지극히 당연한 것이라 할 수 있을 것이다. 이번에 상재하는 『강으로 향하는 문』도 지금껏 시인이 보여주었던 그러한 정서의 흐름으로부터 비껴가 있는 것이 아니다. 이 시집을 지배하는 정조 역시 센티멘털한 감수성으로 물들여져 있는 까닭이다.

하지만 『강으로 향하는 문』에는 이전의 시집에서 볼 수 없었던, 분명 새로운 인식적 지반이 펼쳐져 있는 것도 엄연한 사실이다. 무엇보다 시인이 응시하는 정서가 긍정적인 것들에 그 초점이 맞추어져 있는 까닭이다. 이전과 이후를 구분하는 작품 세계들의 인식성의 지표는 고향이라는 정서,

보다 구체적으로는 시인의 실제적 고향인 '춘천'에서 찾아진다. 고향이란 흔히 통합의 정서, 완결된 정서를 구현하는 까닭에 어떤 부정의 감수성이 들어올 틈이란 게 애초에 차단되어 있다. 따라서 『강으로 향하는 문』에서 읽혀지는 정서의 긍정적인 효과는 모두 이 고향이라는 지역성과 밀접히 결부되어 있다고 해도 틀린 말은 아닐 것이다.

한 시인의 작품에서 어느 특정 지역이 지속적으로, 그리고 전략적으로 드러난다는 것은 매우 예외적인 일이 아닐 수 없는데, 그만큼 시인의 작품 세계에서 고향은, 아니 춘천은 매우 특수한 서정의 공간으로 자리하고 있다. 그 공간에서 시인의 서정의 샘이 만들어지고, 그 샘에 언어의 옷이 입혀지는 것, 그것이 『강으로 향하는 문』의 서정성이다.

『강으로 향하는 문』은 총 4부로 구성되어 있는데, 주로 제1부의 시편들에서 이런 고향의 정서를 담고 있다. 하지만 이는 편의상의 구분일 뿐, 그 감각은 시집 전편에 드러나 있다. 어쩌면 대부분의 시편들이 이 정서와 분리할 수 없다는 점에서 고향은 이 시집의 전략적 소재 가운데 하나라고 해도 과언이 아니라고 하겠다.

자신의 뿌리이자 서정의 샘인 춘천에서 시인이 길어올리는 소재들은 여러 방면에 걸쳐 다양하게 나타난다. 거기에는 춘천의 인물과 역사가 있는가 하면, 자연이 있고, 또 생활이 있기도 하다. 뿐만 아니라 근원이라는 정서와 어긋나는 근대적 물결의 어두운 구석도 포착되어 있다. 그렇기에 『강으로 향하는 문』을 읽게 되면, 춘천의 모든 것들에 대해 자연스럽게 알게 된다. 이는 사진기처럼 묘사가 세밀한 역사소설에서 가능한 일이거니와 서정시의 영역에서는 쉽지 않은 일이다. 그럼에도 시인은 그러한 서사적 임무를 서정의 영역에서 구현해내고 있었던 것이다. 이런 방법적 의장이야말로 이 시인만의 득의의 영역일 것이다.

뒤뜰에 단을 세워 정한수 떠놓고
춘천 의병 전승 빌며 삼백 일 기도
내 한 몸 바쳐서 나라가 산다면
남녀 구별 쓸데없네 오로지 애국이요

만주땅 허허벌판 이름 없는 망명 생활
조선 독립 일념으로 군사훈련 몸소 받고
노학당 학교 세워 애국혼 길러내니
높은 뜻 흘러흘러 이곳에 살아나네

무순 감옥 모진 고문 아들마저 잃고 나니
칠십육 세 한평생을 나라 위해 쓰인 몸
쓸쓸히 눈감을 때 새 한 마리 울었을까
안사람 의병가를 목메게 부르노라

아, 윤희순! 그 혼불 영원토록
아, 윤희순! 조국을 지키노라

* 우리나라 최초 여성의병장 윤희순(1860~1935) 의사에 바친 헌시
* 춘천시 남면 가정리 애국지사(유홍석, 윤희순, 유돈상) 묘역에 새겨져 있음.

—「아, 윤희순」 전문

이 작품 속에 나오는 윤희순(尹熙順)은 춘천이 배출한 여성 독립운동가이다. 그녀가 활동하던 시기인 1895년은 명성황후시해사건(을미사변)과 단발령이 시행되는 등 국권과 전통이 심히 위협받던 때이다. 이에 윤희순의 시아버지인 유홍석이 춘천의 유림과 더불어 이소응(李昭應)을 의병대장으로 추대하고 춘천과 가평 일대에서 의병 작전을 전개하기 시작했다. 이때 윤희순은 〈안사람 의병가〉와 〈병정의 노래〉 등 몇 편의 의병가를 지어 의병의

사기를 진작시키는 한편으로 직간접적으로 춘천 지역의 의병 활동을 적극 후원하기도 하였다. 이런 투쟁과 함께 궁극에는 남편인 유제원을 비롯한 시댁 식구들과 더불어 만주로 들어가서 의병 활동을 이어나간 인물이다.

이런 업적을 갖고 있기에 윤희순은 춘천의 자랑이기도 했고 또한 시인 자신의 자랑으로 자리 잡았다. 그러한 까닭에 이를 선양하는 일이야말로 지역성에 대한 시인의 자부심이며, 서정의 근원이기도 할 것이다.

시인의 작품 세계에서 고향이라는 지역성은 과거의 역사적 인물에 그치지 않고, 지금 이곳의 인물로 계속 서정화된다. 가령, 대중가수를 소재로 한 「춘천, 김추자」라든가 「언덕배기 움막집」의 껌팔이 할머니가 그러하다. 이런 드러냄이야말로 지역에 대한 자랑과 애착의 정서 없이는 불가능하다. 시인의 지역에 대한 열정은 인물뿐만 아니라 자연과 생활 풍속 등등으로 확장되어 뻗어나간다. 그의 시 속에는 마을의 전설(「아침못」)이 있고, 춘천만이 간직하고 있는 아름다운 자연이 있다(「춘천, 하롱베이」). 이렇듯 시인의 작품 속에서 춘천의 모든 것들이 한 편의 필름으로 아름답게 복원되고 있는 것이다. 「춘천역」도 그러한 아우라에서 얻어진, 지난날의 아름다운 풍광으로 우리 앞에 다가온다.

> 춘천 근화동 자취방에 경춘선 기적 소리 멈춘 적 없다
> 입석 버스 십 원 아끼려고 교동 36번지까지 걸어 다닐 때
> 친구와 나는 그 기차를 타본 적은 없다
> 역 광장까지 가서도 상행선 기차표를 끊지는 못했다
>
> 함께 자취하는 친구는 왕국회관 파수대 시험공부에 푹 빠져들고
> 나는 기말고사 범위 안에서 몇 밤을 뱅뱅 돌았다
>
> 잠을 쫓기 위해 춘천역까지 달리기하던 한여름 밤,

윗동네 홍등가에서는 홀딱 벗은 불빛이 으시시 겁을 주고
미군부대 서치라이트는 빠른 물레방아처럼 돌고 있었다

딱정벌레 같았던 자취집은
명 질기게 버텨서 아직도 허물어지지 않았는데,
진학 상담 없이 졸업을 하고 친구는 소식이 끊겼다

비둘기, 통일호, 무궁화호 다 사라지고
청춘열차 ITX 으스대고 내달리지만
상경에 서툴렀던 여고 시절만큼이나
춘천역 개찰구는 여전히 낯설고 아득한 이정표다

한 칸 방 기차에 세 들어 살았던 근화동,
덜컹덜컹 닳아 없어진 미군부대, 난초촌, 옛 춘천 역사
기억의 철길 따라 반사되는 춘천의 낯익은 이름들이 귀청을 울린다

—「춘천역」 전문

시인의 기억 속에 놓여 있는 춘천역은 과거와 현재가 함께 공존하는 공간이다. 하지만 시인의 정서를 지배하고 있는 것은 현재의 삶보다는 지나온 과거의 그것들이다. 지난 시절의 그곳은 시인이 꿈꾸었던 희망의 공간이기도 했고, 또 좌절의 공간이기도 했다. 하지만 과거에 대한 현재화가 중요한 것은 이 공간을 지배했던 것들, 가령 입석 버스라든가 왕국회관 파수대, 혹은 기말고사 등등과 같은 체험의 공유지대이다. 우리는 이런 경험소들을 통해서 시인과 더불어 과거로의 여행을 떠날 수가 있게 된다. 거기서 자취집이라든가 홍등가, 비둘기, 통일호 등등도 만나게 된다. 이런 추억의 공간이나 매개들은 우리의 무의식 저변에 깊이 잠들어 있던 경험들을 현재화시켜준다. 이는 곧 과거의 과거성이자 현재성이며, 우리의 심연에 해당된다.

그러한 심연이 있기에 과거는 현재 속에서 생생하게 살아나게 된다.

함께 공유할 수 있는 대상들이 시인과 독자를 과거의 지대로 함께 안내하게 되는데, 이는 다른 어떤 소재보다도 동일한 정서의 공감대로 굳게 묶이게 하는 감각들이라 할 수 있다. 우리는 그 매개를 통해서 시인과 만나고, 또 그 시대의 현장 속으로 빨려 들어간다. 그리하여 그곳에서 아름다운 공유지대를 만들어가면서 우리는 하나가 된다. 이를 두고 정서의 통일성이라든가 인식의 완결성을 가져오는 것이라 해도 무방한 경우이다. 하지만 시간의 흐름은 이제 그곳을 지속성이라든가 현재성으로 남기지 못하는 한계 역시 갖고 있다. 그것은 오직 과거의 어떤 지점으로, 다시 말해 우리 기억의 지대 속으로 남아 있을 뿐이기 때문이다.

그렇지만 기억 속에 남겨져 있다는 것은 비록 그것이 부정의 것이라 할지라도 알 수 없는 향수라든가 그리움의 정서로부터 자유롭지 않은 경우이다. 하물며 과거 속에 묻힌 역사가 긍정적인 것이라면 더욱 아련하게 우리의 심연에 남아 있을 것이다. 그 긍정과 부정의 심연이 만들어내는 것이 시인이 갖고 있는 서정의 샘이거니와 우리가 시인의 작품 속에 고향의 감각을 주목하는 이유이기도 하다. 그만큼 고향과 시인의 작품은 불가분의 관계로 얽혀져 있어서 서정의 틀과 판을 구성하고 있었던 것이다.

2. 잃어버린 근원과 그 갈라진 틈

시간의 흐름은 어느 특정 존재를 자신만의 고유한 장소로부터 분리시키도록 추동한다. 그런데 그러한 분리들은 근대화가 진행됨에 따라 더욱 가속화된다. 시간의 경과라는 물리적 거리를 넘어서 이제 그곳은 새로운 물질적 환경으로 덧씌워지게 된다. 그러한 변화들이야말로 근대 과학 물질문명과 견고히 결합되어 있거니와 이는 김금분 시인에게도 예외적인 것이 아니었다. 앞서 살펴본 「춘천역」에서의 '춘천'은 시인 자신에게 이곳이 더 이상 과거의 아름다운 공간, 고유한 공간으로 공존할 수 없음을 일러주고 있다. 그러나 이는 파괴라든가 포기의 정서와는 다소 거리가 먼 것이라 할 수 있다. 그것은 새로움이고 또한 발명에 가까운 것이기 때문이다. 그러니 이전의 것들이 새로움 속에 묻혀 과거의 어떤 퇴영물로 남아 있게 되는 것이다. 이러한 과정을 포착해낸 것이 「일자(一字) 집들」이다.

1.
볏짚 썰어 황토흙에 섞을 때
궁핍이 훤히 들여다보이는 벽집이 된다는 걸 그 무렵엔 몰랐다
하루해도 모자라 달밤에까지 흙손으로 치바르던 수수깡 틈새가
토막잠 쌓아두는 눅눅한 광이 된다는 걸 미처 생각하지 못했다

오일장 설 때마다 선짓국이 끓고
위하수를 달고 살던 그녀는 앞치마에 비릿한 돈을 받아 넣었다
찬바람 막기에는 너무 얇은 흙벽처럼
홑겨만 한 몸뚱어리 나흘은 앓아 누웠다

2.
투전이 길어지는 겨울밤마다
산 아래 막국수집 무쇠솥에서는 밤새워 물이 끓고
골방에서 얻어 먹던 짜투리 국숫발은 세상에 없는 면 맛이었다
이름난 화톳꾼들 출몰하고 판돈 대며 거들먹거리는 난봉꾼, 한 판 돌 때마다 개평을 던졌다

마른 흙 눈발처럼 부서져내리는 몇 번 흥망의 겨울 지나
열대여섯 살 아이들은 대동화학으로, 서비스공장으로, 시장 점원으로 떠났다

3.
외롭고 심심해진 수수깡은 저 혼자 남아 오래 갈라지고 흙을 털어내기 시작했다

뼈가 약한 일자(一子) 집들 껑충해져 발목까지 부서지더니

마을 표지석 뒷길 큰 산 아래로 문패 두고 돌아가 뿔뿔이 흩어졌다

—「일자(一字)집들」 전문

전통이 사라지고 난 후의 과거의 유산이 이 작품만큼 사실적으로 제시된 경우도 드물 것이다. 뿐만 아니라 이 작품은 근대화의 물결 속에서 전통적인 것들이 어떻게 해체되고 있는가 하는 과정도 서사라는 형식을 통해 제시해주고 있다. 그만큼 인용시에는 시간의 경과에 따른 사물의 해체 과정이 시간의 흐름 속에 순차적으로 구성되고 있는 것이다.

이 시의 주제는 근대화의 물결에 따라 사라져가는 것들에 대한 페이소스의 정서라 할 수 있다. 여기에는 아득한 원형적 농촌 공동체의 모습이 생생하게 복원되고 있는데, 실상 이런 감각들은 회한과 아쉬움, 그리고 그리움의 정서를 떠나서는 설명할 수 없는 것들이다. 그런데 이 작품에서 농촌의 고유한 풍경과 풍속에 대한 사실적 묘사가 관심을 끌기도 하지만 가장 의미 있는 부분은 시대적 함의를 읽어낼 수 있는 2연 후반부이다. "마른 흙 눈발처럼 부서져내리는 몇 번 흥망의 겨울 지나/열대여섯 살 아이들은 대동화학으로, 서비스공장으로, 시장 점원으로 떠났다"는 것인데, 이는 곧 농민층의 분해 과정을 묘파한 것이어서 주목을 요하는 부분이 아닐 수 없다. 근대화가 농민층에게 요구한 것은 더 이상 농민으로 살아갈 수 없게 한 것인데, 그 과정에서 농민들은 노동자를 비롯한 시민적 주체 혹은 근대적 주체로 새로운 변신을 하게 된다. 사회의 주류층이 농민에서 근대 시민층으로

새롭게 탄생하는 것이다. 근대화는 이렇게 농민층을 근대가 요구하는 주체로 변모시켰다. 물론 그러한 변모와 더불어 소위 전통적인 것들 역시 동일한 운명을 겪게 된 것이다.

전통이 붕괴된다는 것, 그리고 그것이 근대 속에 편입되는 것이 유토피아 의식과는 전혀 무관한 것임은 역사철학이 증명하는 것이거니와 농촌과 전통을 응시하는 시인의 사유 또한 이와 밀접한 관련을 갖는 것이라 할 수 있겠다. 그것은 영원에 대한 감수성의 상실이라는 근대의 위기와 동일한 것이었다. 공동체의 파괴에 따른 위기의 단면들은 『강으로 향하는 문』의 곳곳에서 산견된다.

> 길고 포악한 성정으로 전 국토를 흙탕물로 쓸어버린 이천이십 년 팔월 대(大)장마, 삼 년 만에 소양댐 수문이 꾸역꾸역 열리고 그 하류에 있는 의암댐 방류로 순식간의 유속(流速)을 못 이겨 북한강 숨통이 급류에 갇혀 멱에 차 헐떡일 때, 그까짓 게 뭔데, 춘천의 심벌이라는 하트, 물에 둥둥 뜨는 유치한 사랑, 인공 수초섬은 애초에 사랑도 아니었다, 갈팡질팡, 억지 사랑은 부초가 되어 붙잡을 부표조차 없었다

님아, 그 배를 띄우지 마소
퍼붓는 장맛비에 어쩌시려오
저 인공 풀들은 애저녁에 목숨 놓았는데
십팔억 공사비가 눈앞에서 날아간다 해도
휘말리지 마시고 어여 돌아서시오
님아, 님아,
하늘이 불러내었소?
강기슭에 이리저리 옮겨 매던 사랑이
뿌리가 있었을 리 만무한데
억지로 붙들어 맨다고 쪼개진 하트가 꿰매지겠소

살았어도 죽었어도
먹먹한 하늘은 저대로이고
빗줄기는 점점 더 세게 눈물바다를 만들고 있소
님이여, 님은 그예 강을 건너시었소
어두운 천지가 제 머리 뜯으며 둥둥 북소리
안타까운 발 구르는 경춘국도
댐 하구에 걸린 생때같은 목숨과 영영 흘러가는 먹구름이여

—「춘천, 공무도하가」 전문

이 작품은 의암호에 설치되었던 하트 모양 인공 수초섬을 지키려다 실종된 담당자들의 비극을 다룬 것이다. 인간의 욕망을 만족시키기 위해 동원한 것이 소위 인위적인 것들일 것이고, 인공 수초섬 역시 그 연장선에 놓인 것이다. 그런데 때마침 시작된 장맛비에 이 인공물은 파괴의 운명을 맞이했다. 하지만 이를 되돌리기 위해 또 다른 인위적 행위가 시도되었다. 인공물을 지키려는 사람들의 시도가 바로 그러하다. 하지만 이들은 이 인위를 위한 또 다른 인위를 극복하지 못하고 결국은 죽음을 면치 못했다. 근대라는 것, 이를 추동하는 욕망이라는 것이 없었다면, 인공 수초섬으로 인한 비극은 없었을 것이다. 인공이라는 것은 자연과 대치되는 자리에 놓인 것인데, 이미 가공의 단계를 거쳤다는 것만으로도 그것은 순리와 대립 관계를 형성한다.

인공은 자연과 전통을 파괴했고, 또한 해체했다. 그 과정 속에 사라져간 것이 순리이고, 또 조화의 세계이다. 과거의 유현한 아름다움이 시간의 흐름 속에 묻혀갔듯이 조화의 세계 또한 근대화의 질서 속에 사라져간 것이다. 그런데 시인에게는 그 빈자리가 너무 넓고 깊었을 뿐만 아니라 크나큰 상처로 남겨졌다.

근대사회란 누구나 기대했던 유토피아와는 거리가 있는 것이었다. 기대

되었던 행복에 대한 영원한 꿈들이란 한갓 신기루에 불과했다. 조화가 깨진 자리에 갈등이 틈입해 들어오고, 순수의 공간에 욕망의 거추장스런 거미줄이 들어서게 되었다. 하지만 이런 부정성이 있음에도 불구하고 근대 문명은 이를 해결해줄 힘도 능력도 없었다. 오직 자기 이익을 채우고, 자기 영역만을 넓히는 욕망의 거침없는 흐름만이 거듭거듭 물결쳐 들어왔을 뿐이다. 그리하여 인간은 집단으로부터 자기 혼자 소외당하는 것이 아닌가 하는 고민의 기계가 되었고(「못 버리는 일」), 바른말, 옳은 말이 자리 잡을 수 없는 사회 속에 갇혀 살게 되었다(「농담계」).

길눈이 어두워 늘 어리버리 헤맨다
멈출 수 없는 신호에 떠밀려
길 밖으로 벗어나기 일쑤다

길은 나에게 열등감을 주고
자세히 그려준 약도 앞에서도 설설 긴다
길은 어디에나 있다는 말이 더 혼란스럽다

이런 멍청이 같은 회로를 달고
한평생 살다니

논두렁을 내달려 뛰어갈 때는 얼마나 눈이 밝았던가

철들어 사람 마음의 길 더듬거리다가
나는 너무 더듬거리다가
허방을 짚거나
길이 먼저 신발을 벗어버릴 때도 많았다

헐떡거리는 신발을 끌고

이만큼 와 있는 까막눈길

어제의 내가 오리무중이고 오늘의 내가 벼랑길이다

―「길눈」 전문

계몽 이전의 사회는 인간이 나아가야 할 길이 제시되거나 밝혀진 경우가 거의 없었다. 그러나 과학적 만능, 곧 계몽의 확산은 인간에게 지식을 주었고, 앎의 전능이 무엇인지 이해하게끔 만들었다. 근대사회는 앎을 위한, 앎을 향한 지식지향적인 사회인 까닭이다. 지식이 많다는 것은 자신을 곧추 세워나갈 수 있는 방향들이 많다는 뜻도 된다. 나아갈 길이 많기에, 다시 말해 새로운 미래로 나아갈 도정이 많기에 인간은 많은 선택의 여지를 갖게 되었다. 이 여지는 옳지 않은 길을 피할 수 있는 절대조건을 만들어주었다. 하지만 길이 많다는 것, 곧 선택지가 많다는 것은 새로운 고뇌로 다가왔다. 자신 앞에 놓여진 길이 많다는 것이 결코 정서의 안정과는 하등 관련이 없다는 것을 1920년대 소월은 이미 간파한 바 있다. "갈래갈래 갈린 길/길이라도/내게 바이 갈 길은 하나없소"(「길」)라고 한 것처럼 소월 자신 앞에 수많은 길이 있어도 그가 쉽게 선택할 수 있는 길은 없었던 것이다. 이런 길의 부재는 김금분 시인에게도 동일한 것이었다. "길눈이 어두워 늘 어리버리 헤맨" 것뿐만 아니라 "길은 어디에나 있다는 말이 더 혼란스럽다"는 부조리한 상황 인식 또한 동일한 것이기 때문이다.

3. 원점회귀로서의 고향과 승화된 '촛불'

자기 영역이 점점 커지고 자기애가 강하게 되면, 자신을 만드는 경계 또한 견고해지기 마련이다. 그렇게 되면, 타인과의 거리는 심화되고 소위 점이지대라든가 중립과 같은 어정쩡한 공간은 설 자리가 없어지게 된다. 가운데의 미학이 없다는 것은 이른바 대립의 정서가 무척 강하다는 뜻이 된다. 여기서 갈등을 무화시킬 수 있는 타협의 미덕이 생성될 수 있는 여지는 현저히 줄어들게 된다.

욕망이 강화된 근대사회가 범한 오류 가운데 하나는 타협이 없는 지대를 만들었다는 것이다. 그것은 중립과도 무관하고 양보와도 거리가 있는 것이다. 자신만의 영역을 지키기 위해서는 이런 중화의 감각은 애초부터 필요하지 않았던 것인지도 모른다.

해와 달은 누구의 판결로 아름다운 실형을 사시는가
온 인류가 성호를 그으며
일평생 면회를 가고
그믐길도 쉬어갈 수 없는 종신 형량들

해 아래 달 아래
평생 순리대로 살아라, 법 없이도 산단다
논두렁 인심 속에 섞여 있는 육법전서

내 어렸을 적
동네마다 명판사 한 어른씩 신출귀몰하셨는데
순 엉터리 같으면서도
모두의 고개가 절로 끄덕여지는
구부정한 낙조의 호령이 엄하고도 따뜻했다

그 시절의 찌질한 잘못과 그 시절의 능청스런 징벌이 그리운 이 시대,

연애편지도 못 써보고 툭하면 고소장이 난무하는 고발 만능 시대에
법은 누구 편인가, 멀미가 나는 세상이다

법 좋아하다가 법에 망한다는데,

—「구부정한 법」 전문

'구부정한 법'이란 명쾌하면서도 그렇지 못한, 아이로니컬한 감각을 유지하고 있는 경우이다. 법이란 엄정하고 비정한 것이기에 '구부정한'과 같은 포용의 정서를 결코 내포할 수 없는 까닭이다. 하지만 작품의 내용을 이해하게 되면, 이 어구가 함의하는 의미를 금방 알아차리게 된다. 그것은 바로 중립의 감각 혹은 조화의 정서에서 찾아진다. 이를 가능케 한 것이 시인의 어린 시절 명성을 날렸던 '명판사 어른'의 존재이다. 이를 '명판사'의 반열에 오르게 한 것이 바로 '구부정한'에서 감각되는 포용의 정서이다.

이 감각이 더욱 중요하게 다가오는 것은 요즈음 우리 일상에서 가장 흔히 듣는 담론 가운데 하나인 '법대로'라든가 '법적 조치'라는 담론이 주는 엄정함 때문이다. 이 담론들 속에는 자신을 향한 부정이나 타인을 향한 분노 등에 대해 타협할 수 있는 여지가 애초부터 삭제되어 있다. '법적 조치'라는 말에는 진실 여부를 가리자는 의도가 그 중심에 놓여 있음에도 불구하고 이 본연의 의도와는 전연 관계없이 차용되고 있다. 처음부터 타협을 배제하고 자신만의 욕망이나 기득권을 보전해나가겠다는 의지만이 빛을 발하고 있을 뿐이다.

지금 이곳에서 유행처럼 번지고 있는 이런 메마른 정서와 달리 과거의 사회는 어떠했는가. 다시 말해 농촌의 아름다운 질서와 조화의 세계가 온존하던 시기에는 이런 '법대로'라든가 '법적 조치'라는 말이 곧추세워질 수 있었던 것인가. 「구부정한 법」을 읽어보면 대번에 알 수 있는 것처럼, 이는 곧 언어도단임을 알 수 있을 것이다. 양보와 타협, 조화의 감각이 다른 어떤 법의 감각보다 앞서 있기 때문이다. 그것이 곧 '구부정한' 정서이다.

거울에 비친 몇 가닥 하얀 햇살
눈부신 것이 그것뿐이냐
군데군데 반짝이는 세월의 매복병이
바랭이풀 사이로 몸을 내민다

뽑을까, 말까

무덤에 가을풀 만지듯
쓰다듬고 헤집어보고
흑을 버릴지 백을 버릴지
한 올을 잡았다 제자리 놓아주는,

생각해 보니 굳이 흑백을 가릴 게 무어냐
검은 머리 흰 머리, 자리를 양보하며 퍼져가는데
들판의 뜻대로 내버려 둘란다

—「흑백」 부분

인용시 역시 「구부정한 법」의 연장선에 놓이는 작품이다. 자신만의 욕망, 자신만의 경계를 견고히 구축하다 보면, 자기 이기주의가 발생하고, 궁극에는 집단 이기주의가 형성된다. 그 극단의 표현이 바로 흑백논리이다. 내가 생존하기 위해서라면, 상대방은 무조건 굴복되거나 사라져야 한다. 이런 이기주의는 분명한 욕심인데, 중립의 지대 혹은 조화의 감각만 회복되면, 이런 대립은 더 이상 성립하지 않을 것이다. 그럼에도 인간 사회는 그러한 여유가 없다. 조금만 양보해도 아름다운 조화가 성립될 수 있음에도 말이다. 이 작품은 이렇게 양도논법으로 갈라진 사회에 대해, 순리가 무엇인지 양보가 무엇인지, 그리고 중화의 감각이 어떤 것인지에 대해서 뚜렷이 일러주고 있다.

과거와 현재, 전통과 근대, 혹은 농촌과 도시를 구분하는 근대 잣대가 '구부정한 법'과 '법대로'인지도 모르겠다. 그리고 양보와 흑백논리의 정서일 수도 있을 것이다. 시인은 적어도 그런 구분의 인식성을 이런 대항담론에 두고 있는 듯하다. 그러한 한편으로 포용이 없는 시대, 용서가 없는 이 시대에 대해 무언의 항의를 던지고 있는 것처럼 보인다. 이런 면들은 순리에 대한 어깃장에서 발생한 것들이 아닌가. 그리고 그 저변에 깔려 있는 욕망의 무한한 발산과 이 시대의 화두인 근대가 던진 어두운 그림자가 아닌가. 시인은 실제로 이런 단면들이 모두 이런 부정성들과 밀접한 관련이 있는 것으로 이해하고 있는 듯하다.

> 북한강과 소양강이 만나
> 낮고 푸른 곳으로 머리를 두고 흐르는 강
> 인생의 물결처럼 안으로 깊게 출렁인다
> 어디로 간다 눈짓도 없이,
> 그곳으로 가는 경계가 여기 있다
> 강으로 향하는 문!
> 안과 밖이 꽃처럼 통하고 나와 그대가 차 향기로 소통하는 곳
>
> 이 문은 희망과 사람이 마주 보는 거울
> 열어도 보이고 닫아도 보이는 문
>
> —「강으로 향하는 문」 전문

강이 자연스러운 흐름이라는 순리의 표상임은 잘 알려진 일이다. 순리는 거슬림이 없는 세계인데, 가령 "낮고 푸른 곳으로 머리를 두고 흐르는 강"처럼 자연스러움을 생리적으로 받아들이는 것이 이것의 생리적 속성이다. 강이란 적어도 당연히 그러할 수밖에 없는 것인데, 인간 또한 강처럼 그렇게 나아가자고 선언한다. 강처럼 흘러가듯이 인간 또한 그렇게 흘러가는 것, 그것이 '강으로 향하는 문'의 근본 속성이자 요체이다. 그런데 '문'이라

고 했지만, 여기서의 '문'이란 곧 불립문자에 불과할 뿐이다. 문이란 소통을 함의하기도 하고 또 차단을 함의하기도 한다. 하지만 여기서는 후자에 가깝거니와 강과 인간 사이, 혹은 인간과 인간 사이에 놓인 단순한 문 혹은 또 다른 경계로 구현되고 있다. 경계란 앞서 말한 차단의 문자들, 가령 욕망이라든가 근대의 어두운 그림자 혹은 자기만의 영토일 뿐이지만 여기서는 그러한 의미와는 전연 관계가 없는 것이라 하겠다.

강처럼, 인간 사회 역시 어떤 경계가 존재해서는 인간의 영원한 꿈인 유토피아란 결코 달성될 수가 없다. 그러한 경계가 무너져 하나의 완전한 단위, 곧 전일체가 될 때 비로소 새로운 영토가 만들어질 것이다. 시인의 말처럼, "안과 밖이 꽃처럼 통하고 나와 그대가 차 향기로 소통하는 곳"이 비로소 탄생하는 것이다. 부재하면서도 존재하는 문, 또 그 반대의 문, 여기서 시인은 비로소 희망을 보고 인간의 참다운 모습을 발견하게 된다.

> 너를 만나기 위해 성냥을 찾아야 했다
> 반들반들해진 황,
> 불이 쉽게 붙을 리 없다
>
> 긋고 또 긋고
> 겨우 남아 있는 한 귀퉁이
> 두 손으로 동그랗게 감싸 쥐고
> 바람을 막아줘야 불씨가 튄다
>
> 누군가는 네가 먼저인 줄 안다
> 어두웠던 방이 환해진다고 믿기 때문이다
> 또는 제 몸을 태워 주위를 밝혀준다는 미덕을 떠올리기도 한다
>
> 그러나, 침묵했던 무명(無明)의 성냥개비가 설해에 부러지기도 하고

불발의 잔재가 머릿속 수북이 황으로 쌓인 시간이 지나야
너는 한 촉의 난꽃이 된다

너와 내 뼈가 산산이 뿌려져야 지극한 향불이 된다

—「촛불」 전문

지금껏 경험해보지 못한, 새로운 절대 세계에 도달하는 것이 어떤 막연한 선언에 의해 가능해지는 것은 아니다. 아무리 좋은 이념도 실천이 선행되지 않으면 결코 성취해낼 수 없는 까닭이다. 그런 면에서 주목되는 작품이 「촛불」의 정신이랄까 세계이다. 시인은 이 작품에서 자신을 촛불로 비유했고, 거기서 고상한 형이상학적 의미를 이끌어내었다. 아니 자신만이 아니라 이는 어쩌면 이 시대를 살아가는 모든 존재들에게 던지는 형이상학적 구경의 질문인 것인지도 모르겠다.

시인은 이 작품에서 "너를 만나기 위해서 성냥을 찾아야 했다"고 한다. 여기서 너는 어둠일 수도 있고, 어둠에 갇힌 미지의 어떤 실체일 수도 있다. 하지만 그것이 어떤 것이든 중요하지 않는데, 여기서 의미 있는 것은 성냥은 그러한 실체에 도달하기 위한 매개에 불과하다는 것, 그리고 또 다른 자아를 만들어내기 위한 수단이라는 사실이다.

그 매개와 수단이 만들어내는 것이 '향불'인데, 이는 곧 자기 수양이라는 윤리적 감각과 분리하기 어려운 것이라는 점에서 그 의미가 있다. 근대의 명암이라든가 존재론적 완성이라는 인간의 영원한 꿈을 실현하기 위해서는 '자아'의 영역을 벗어나서는 성립하기 어렵다. 가령, 인간의 자아를 불구화시킨 것도 욕망이고, '법대로'에서 보듯 조화의 매개를 찾지 못한 것도 이 불구화된 자아에서 기인하는 것이기 때문이다. 그래서 자아를 올곧게 다스리는 일이 무엇보다 중요하다. 시인이 "너와 내 뼈가 산산이 뿌려져야

지극한 향불"이 된다는 것도 이와 밀접한 관련이 있다. 스스로를 태워서 존재를 무화시킬 때 비로소 하나의 동일성으로 나아가는 계기를 만들 수 있을 것이다. 그것은 물론 자아 혼자만의 문제가 아니라 '너'로 표상되는 '우리' 모두의 문제이기도 하다. 이럴 경우 비로소 경계라는 어두운 지대로부터 탈출할 수 있고, 그리하여 모두가 하나일 수 있는 영원의 세계, 동일성의 세계로 나아갈 수 있는 계기를 마련할 수 있을 것이다.

김금분의 시들은 고향이라는 절대적 공간을 기반으로 하고 있다. 그곳은 시인의 동일성과 자신의 영원한 꿈이 깃들어 있는 공간이다. 하지만 이 아름다운 공간마저도 근대의 어두운 단면으로부터 자유롭지 못했다. 그리하여 시인은 그 잃어버린 낙원을 자신의 정서 속에 지우지 못하고 계속 회고의 정서를, 그리움의 정서를 표명해 내었다. 잊지 않기 위해서는 무의식 속에 갇혀 있었던 흔적을 발견해내고, 이를 끊임없이 환기시켜야 했다. 그 속에서 시인은 내밀한 상처를 치유하고, 미래를 향한 새로운 동력을 확보하고자 했다. 활활 타오르는 촛불 속에 자신을 무화시켜가면서 새로운 인식지대를 만들어내고자 했던 것이다. 그 노력의 표현이 『강으로 향하는 문』의 기나긴 서정의 도정이라 할 수 있다.

시적, 혹은 산문적 자연을 통한 존재 완성

—박영욱, 『나무를 보면 올라가고 싶어진다』

1. 존재의 불완전성

박영욱의 작품집 『나무를 보면 올라가고 싶어진다』는 제목에서 드러나 있는 바와 같이 자연을 소재로 한 것들이다. 자연을 배경으로 한 시, 혹은 자연을 의미화하여 이를 서정의 영역으로 수용한 시를 이 범주에 넣는다고 한다면, 그는 정지용부터 시작된 우리 시사의 자연시 계보를 충실히 이은 시인이라 할 수 있다.

정지용부터 시작된 자연시는 근대의 제반 사유와 분리하기 어려운 것이었고, 그 저변에 깔린 사유는 이른바 영원의 상실과 밀접한 관련을 맺고 있었다. 신이 담당하고 있었던 영원의 영역이 근대 이후 붕괴되면서, 이를 대신할 새로운 지대가 탐색되기 시작되었는데, 자연은 그 첫 탐구의 대상이 되었다.

자연이 신을 대신할 영역으로 선택된 것은 다음 두 가지 요인이 크게 작용되었으리라 생각된다. 하나는 소재의 편리성이다. 실상 인간적인 것들을 떠나서, 다시 말해 자아를 둘러싼 사회를 넘어설 때 가장 쉽게 발견할 수 있는 것이 자연이다. 게다가 인간 자신도 자연의 일부가 아닌가. 둘째는 자연

속에 내포된 형이상학적 의미이다. 자연이란 순환, 반복의 특성을 갖고 있거니와 그런 원환론적인 세계야말로 영원의 상징처럼 받아들여져왔다. 그러한 까닭에 영원을 상실한 인간, 그리하여 순간의 영역에 놓여 있는 인간으로서는 이를 초월해주는 적절한 치료제로서 자연만큼 좋은 매개도 없었을 것이다.

이렇듯 자연은 불완전한 근대적 삶을 영위해나가는 인간들에게는 더할 수 없는 위안이 되어주었다. 그러한 위안을 정지용의 자연시들에서 확인할 수 있거니와 이를 적극적으로 수용한 것은 청록파의 경우였다. 이들에 의해 자연이라는 소재는 우리 시의 중심 소재 내지는 주제로 자리 잡은 것이다.

근대 이후, 이 시대가 주는 일시성, 혹은 순간성의 감각들은 존재로 하여금 불안의식에 사로잡히게 했다. 여기에 젖어든다는 것은 그만큼 인간이라는 존재가 완전하지 않다는 뜻이 된다. 이런 불완전성이란 물론 이 이전에도 인간의 정서를 규율해왔지만, 신의 영역은 이런 불안한 틈을 훌륭히 메워주었다. 하지만 이제 신은 우리로부터 영원히 떠나갔다. 인간은 스스로 조율해나가는 자율적 주체가 되어버렸다. 여기서 자율이란 자유와 같은 긍정적 의미로 인간에게 다가오지 않았다. 이는 스스로에게 영원을 찾도록 명령하는 수동적 억압으로 기능했기 때문이다.

인간이 영원하지 않다는 것, 그리고 완전하지 않다는 것으로부터 시인은 서정의 간극을 인식했거니와 이를 넘으려는 치열한 자의식이 발동하기 시작했다. 그런 서정적 치열성이 오늘날 서정시의 중요한 하나의 화두로 자리한 것은 잘 알려진 일이다. 지금 박영욱 시인이 던지는 질문들도 여기에 놓여 있다. 그래서 대상으로 향하는 그의 음성들은 인간의 아픈 부분들, 혹은 영원하지 않은 부분들에 대한 고뇌 속에 갇히게 된다. 그러면서 이를 초월하고자 하는 간단없는 목소리를 발산하게 된다.

쌓여만 가는 서러운 연륜
그 비릿한 냄새
떠날 줄 모르는 우울 덩어리
환상의 헛된 조각들
느닷없이 잡아보았던 욕망
어김없이 그 뒤를 덮쳤던 좌절

흐트러진 배낭처럼 지쳐 널브러진 몸뚱이
축축한 가슴팍의 곰팡
그 쓰라림의 자국
응어리
이 몸 어딘가 덕지 끼어 붙어 있을 응어리
누가 메스로 후벼주세요
손끝 조심 살살 떼어보세요

육십여 년
무슨 명분 후들후들 살아왔던가
무슨 사랑 찐득찐득 살아왔던가

아! 별은 언제 보았던가

눈에는 봄이 보이는데
명치끝이 시리다.

—「세월」 전문

이 작품에는 영원을 상실한 인간이 가질 수밖에 없는 좌절의 정서들이 촘촘히 박혀 있다. 그래서 짧은 서정시임에도 불구하고 한 편의 서사적 연대기처럼 구성되어 있다. 연륜이 깊어가는 만큼이나 완전하지 못했던 시적 자아의 고뇌가 아로새겨진 단면들이 아련하게 드러나 있는 것이다. 이 상처 속에서 서정의 정열이 맹렬히 피어난다. 이는 고뇌와 상처를 어떡하든 초월해보고자 하는 자아의 지난한 노력일 것이다.

상처가 많다는 것은 갈등이 많았다는 것이고, 좌절 또한 마찬가지의 경우이다. 욕망은 언제나 생겨나고, 앞을 향해 나아가고자 한다. 하지만 이를 채우는 것은 쉬운 일이 아니다. 아니 불가능하다는 것이 옳은 말일지도 모른다. 만약 온전히 채워진다면 그것은 인간의 영역을 초월한 곳에서만 가능할 것이다. 이야말로 인간이 가질 수 없는 어쩔 수 없는 한계이다. 그러한 한계가 만들어낸 것이 좌절이고, '가슴팍의 곰팡'이며, '쓰라림의 자국', 혹은 '응어리'이다.

그러나 이런 상처투성이가 있음에도 불구하고 시인은 거기에 머물러 있지 않는다. 그것은 두 가지 의미에서 그러한데, 하나는 내성과 관련된 것이고, 다른 하나는 내성을 통한 극복의 정서에서 그러하다. 내성이란 은밀한 것이지만, 미래의 시간성이 확보된다면 매우 긍정적인 정서로 전화될 수 있는 것이다. 성찰 없는 상처는 그저 바위 속에 갇힌, 생명성이 없는 화석에 불과하기 때문이다. 그리고 다른 하나는 이른바 극복에 대한 치열한 의지이다. 시인은 자신 속에 굳어져 어쩔 수 없는 흠결로 자리한 응어리들을 계속 덧나게 한다. 그것을 다시 상처로 만드는 것인데, 상처가 되어야 치유라는 또 다른 장을 기대할 수 있다고 본다. 그렇기에 상처는 계속 후벼파서 덧나게 해야 한다고 이해하는 것이다. 시인이 "누가 메스로 후벼주세요"라고 하거나 "손끝 조심 살살 떼어보세요"라고 하는 것은 여기에 그 원인이 있다.

알 수 없는 인생아
언제까지 나를 미몽의 마당에 던져둘 거니?
언젠가는 누구에게나 슬픔의 진수를 보여주듯이

나에게도 그럴 거니?

알 수 없는 인생아
그동안 지내온 시간 속에
나에게도 꿈같은 시절이 있었겠지?

그랬다면 아마
'내가 크리스마스트리보다 작았던'
유년의 한때였을 거야

알 수 없는 인생아
그때를 추억할 때마다
마음에는 아름다운 무지개가 떠오르지

그렇지만 잠시뿐이야
무지개는 금세 언덕 아래로 사라져버려
누구에게나 그렇겠지?
알 수 없는 인생아
볕이 좋은 날 만나서 꼭 가르쳐줘
숫제 지금 단박에 말해주는 것도 괜찮아

알 수 없는 인생아
정말로 알고 싶구나

인생이란
말로는 말할 수 없는
애저녁에 느닷없는 것이었니?

—「알 수 없는 인생」 전문

제목이 시사하는 바와 같이 이 시의 주제는 「세월」의 연장선에 놓여 있다. 첫 번째 행에서 "알 수 없는 인생아"라고 직접적으로 선언하고 있는 것처럼, 시인의 정서는 지금 혼돈의 지대 속에서 헤매고 있다. 마치 의미를 찾지 못해 미끄러지고 있는 기호처럼, 자아의 의문들은 계속 표류하면서 여기저기 떠돈다. 어디 정착해야 할 무인도라도 만나면 좋으련만 이마저도 쉬운 일이 아니다. 그러니 의문형의 언사들이 끊임없이 담론화되어 상대방을 자극하고 유혹하는 행위를 반복한다.

인생에 대해 거룩한 형이상학적 질문을 던지고 있는 이 작품은 다분히 기독교적이며, 또 프로이트적인 사유에 기대고 있다는 점에서 주목을 요한다. 그동안 지내온 인생 가운데 "꿈같은 시절"을 "유년의 한때"에서 찾는 행위가 그러하다. 잘 알려진 대로 유년의 삶은 인식이 완결된 상태, 무의식의 억압이 시작되기 이전의 상태이다. 그러니 분열이라든가 갈등, 억압과 같은 부정의 정서들이 개입될 여지가 원리적으로 차단되어 있는 원형적 지대이다. 하지만 시인의 언급대로 그것은 '잠시 상태'에 불과할 뿐이다. 무의식의 억압이 시작되는 시기부터 자아는 분열의 늪지대로 어쩔 수 없이 빠져들어갈 수밖에 없는 존재가 된다. '유년의 무지개빛'은 순간의 영광일 뿐, 끊임없이 지속되는 것이 아닌 까닭이다. 이때부터 인생은 알 수 없는 모호한 지대, 불확실한 지대 속으로 빨려들어가게 된다. 서정적 자아의 분열이 시작되고, 그 넘나들 수 없는 자아 내부의 간극이 생기는 것은 이때부터이다.

불완전한 인간, 분열된 자아로 거친 세상의 파도를 헤쳐나가는 것은 매우 난망한 일이다. 그러니 계속 자신 앞에 놓인 길이 안전한 것인지, 혹은 불행의 단초가 되는 것인지에 대해 의문을 던지게 된다. 지금의 시야에서 감각되는 현재가 그러할진대, 미래는 말할 것도 없는 일이다. 시인이 지금 이곳의 시간뿐만 아니라 미래에 대해서도 질문을 던지는 것은 이와 밀접한 관련이 있을 것이다(「이십 년 후」).

2. 치유로서의 자연

그렇다면 신이 사라진 시대에 영원의 감각을 찾는 것은 전연 불가능한 일인가. 영원에 기대어 자아의 결핍을 벌충하고자 했던 인간의 꿈들은 이룰 수 없는 것이고, 영영 좌절의 정서 속에 갇혀 결코 나올 수가 없는 것인가. 이런 의문 앞에 놓일 때, 이에 대한 해법으로 가장 먼저 대안으로 제시된 것이 자연이었다. 자연은 그 자체로 완결성이며, 이법이고, 우주적 의미를 내포하고 있다. 이런 함의를 갖기에 그것은 근대적 의미의 신과 같은 반열에 올라올 수 있었다. 우리 시사에서 자연이 가장 전략적인 주제 가운데 하나가 된 것도 그것이 주는 이런 내포 때문이었다.

박영욱 시인에게도 자연을 서정화했던 시인들과 마찬가지로 자연의 감각이 예사롭지 않게 다가온다. 그에게도 그것은 매우 특별한 감각으로 서정화되고 있기 때문이다. 시인도 자신을 결핍된 존재, 불완전한 존재로 인식한 바 있고, 그런 틈 속에서 서정의 샘이 만들어졌다. 그런 다음 자아는 이를 계속 자맥질해서 그 간극을 메우고자 했다. 자연은 그런 서정의 틈을 넘고자 하는 자아의 의지 속에서 탄생했고, 그 갈증을 덜어주는 오아시스와도 같은 것이었다. 시인은 이 샘에서 갈증을 다스리고, 이를 길어 올리면서 자아의 결핍을 메워나가고자 했다. 자연은 이제 시인에게서 불가결한 전략적 소재 가운데 하나로 자리하게 된다.

> 산길을 걷는다
> 새도 걷고 구름도 나란하게 걷는다
> 신이 나서 걷는다

어두워져도 걷는다

나무에게 말을 건넨다
“걷다가 힘들어지면
네 곁에서 쉴 수 있으니
나무야 우리 함께 걷자”

나무가 대답한다
“걷는 것도 좋겠지만
서서 구경하는 것도 재미있어
그래서 늘 가만히 서 있는 거야”

—「나무」 전문

자연을 향한 시인의 의지는 사뭇 가열차고 정열적이다. 자연은 소월의 경우처럼 ‘저 멀리’ 떨어져 있는 이타적 존재가 아니다. 그의 자연은 적극적으로 다가가야 할 매개이고, 또 이를 자기화해야 할 수단으로 자리한다. 완전에 대한 열망과 갈증이 자아로 하여금 그 접근에 대한 필연성을 만든 까닭이다.

그리하여 자연은 그저 멀리, 수동적으로 있지만, 자아의 적극적인 의지에 의해서 새롭게 존재의 변이를 시도하게 된다. 자아의 개입에 의해 자아는 자연은 존재의 전환을 시도하게 되는 것이다. 1연에서 알 수 있듯이, 시인은 “산길을 걷는다”. 그런데 이런 행보는 유유자적하거나 한가한 상태를 유지하기 위한 피로 회복 차원의 것이 아니다. 그것은 ‘나를 향한 것’이고, 궁극에는 나의 결핍을 메우고자 하는 적극적 의지의 표명이 만들어낸 것이다.

자아와 대상을 하나의 층으로 만들고자 하는 시도는 자아의 행동을 계속 강제한다. 그런 규율이 한 번의 시도로 끝나지 않고 계속 다른 행동을 연쇄적으로 유발시킨다. 다가간 나무에게 "말을 건" 네는 행위로까지 나아가는 것이다. 여기서 대상으로 향하는 담론은 하나의 방향성을 갖지 않는데 그 특징적 단면이 드러난다. 그것은 일방적 지시 담론이 아니라 대화의 담론이기 때문이다. 대화란 상대방과 동시적 참여가 있을 때 가능한 화법이다. 자아가 나무와 이런 관계로 접어들었다는 것은 이 둘 사이의 관계가 각자의 독립성을 유지하고 있는 경우가 아니다. 그 둘은 상호 교호하는 동일체의 관계가 되어 승화의 단계로 격상되고 있는 것이다.

자연과의 대화란 도대체 어떤 함의가 있기에 시인에게 매혹의 대상이 되었던 것일까. 시인이 이번 시집에서 시와 산문을 동시에 펼쳐 보였다. 이런 상재란 매우 드문 일이어서 여기에는 분명 시인만의 의도하는 은밀한 비밀이 깔려있는 것은 아닐까.

율문 양식과 산문 양식의 가장 큰 차이점은 이른바 솔직성 내지는 인과성에서 찾을 수 있다. 전자가 언어의 '낯설게 하기'를 통해 자아의 전언을 되도록 우회하고 은폐하는 것이 특징이라면, 후자는 이와 반대되는 지점에 놓인다. 자신의 감정과 정서를 비교적 솔직하게 그리고 인과적 맥락에서 제시하는 까닭이다. 그런 면에서 다음 「누리장나무」는 시인의 작품 세계에서 그 시사하는 바가 크다고 하겠다.

> 산 밑에 살아서 보통 저녁 시간에 동네 산책을 하는데 오늘은 아침에 올라갔다. 산 중턱쯤에 이르러 계곡의 맑은 물에 혀를 대본다. 차가운 감촉이 새롭다. 약수터 부근, 누리장나무의 진한 내음이 코끝으로 다가온다. 누린 냄새가 별로 좋지 않다 하여 누리장나무라 하였다는데 나는 그 은근한 냄새가 좋아서 일부러 가지를 당겨 잎사귀에 코를 들이대어보았다. 늘 돌 밑에 깔려서 살고 있는 듯했던 우울한 기분이 누릿한 냄새와 함께 말끔히 사라지는 것 같다.
>
> 자연의 인간에 대한 구원자적 요소는 자신의 존재를 잊어버리게 하는 데

있다고 하던데, 누리장의 냄새에 그 누군가의 말뜻을 알 것 같다.

이 시간에 누군가 나에게 무엇 때문에 살아가고 있느냐고 물어온다면 단박에 "누리장나무 때문이야요" 할 것 같다.

언젠가 누리장나무 잎새의 윤기나 흰 꽃향기에 둔감해질 줄도 모르면서 그렇게 선뜻 대답하리라.

—「누리장나무」 전문

이 글 역시 앞의 율문 양식과 더불어 자아의 적극적인 의도랄까 행위가 잘 드러난 경우이다. 저자의 산보 행위는 저녁 시간에 이루어지는 일상적인 행위였다. 하지만 오늘 하루만은 예외적으로 아침에 나갔다. 어떻든 그는 이 과정에서 "계곡의 맑은 물"에 혀를 대기도 하고 '누리장나무'의 진한 내음을 코끝으로 느낀다. 이를 통해 저자는 일상의 피로와 존재의 불안으로부터 어느 정도 벗어나게 된다. 가령, "늘 돌 밑에 깔려서 살고 있는 듯했던 우울한 기분"을 이들 감각을 통해서 치유하고 있는 것이다.

감각을 통해서 정신의 해방, 혹은 자연과 일체화를 이룬다는 것은 일상의 피로로부터 벗어난다는 뜻이 된다. 뿐만 아니라 그 자의식의 해방은 일상의 순간성 내지는 일시성으로부터 벗어난다는 뜻도 된다. 이런 불온한 자의식으로부터 탈출하는 것, 그것이 숲의 기능, 자연의 형이상학적 의미라는 것이 시인의 판단이다.

그런데 이런 뻔한 일상화, 권태화된 피로감이란 감각의 상실과 분리하기 어려운 것이라는 데 그 특징적 단면이 있다. 그런 정서들은 전진하는 자아의 길을 방해하는 것이기도 하거니와 영원이라는 감수성으로부터도 한 발짝 떨어져 있게 한다. 권태와 피로가 파편화된 일상의 상징적 표현인 것은 이 때문이거니와 이로부터의 탈출이야말로 건강한 자아, 긍정적 자아와 회복과 밀접한 관련이 있을 것이다. 죽어 있는 육체나 무뎌진 정신이야말로 파편화된 자아의 전형적 모습일 것이다. 따라서 이렇게 불활성화된 자아를 회복시키기 위해서 필요한 것이 바로 감각의 부활일 것이다. 살아 있음이 란 곧 감각의 느낌과 밀접한 관련이 있기 때문이다.

실제로 시인은 이번 작품집에서 이런 감각의 부활을 전략적인 이미지나 의장으로 적극 활용하고 있다. 다음 「물장난」이라는 글이 대표적이다.

> 학교에 들어가기 전이니 여섯이나 일곱 살 무렵이었을 거다. 여름날 제법 큰 비가 올 때 동네에서 산 쪽으로 조금만 올라가면 순식간에 도랑이 생겨서 물이 흐르게 되고, 나는 동네 친구와 그곳으로 쏜살같이 달려가서 미리 약속이 되어 있는 듯 의논 없이 우리들만의 작업을 시작한다.
>
> 처음엔 흙탕물 같지만 금세 맑게 바뀐다는 것쯤은 이미 알고 있다. 한 아이가 주변의 돌들과 '떼짱'들을 마련해서 도랑에 날라주면 도랑에 있는 아이는 그걸 받아들고 댐 공사를 하게 되는 것이다. '떼짱'과 흙으로 벽을 쌓고 그 안에는 튼튼하게끔 돌들을 쿡쿡 찔러 박는다. 그런 후 둘이서 두 손으로 열심히 곳곳을 누르며 다진다. 애쓴 끝에 얼마 후 청평 댐처럼 생긴 작은 웅덩이가 만들어지는 것이다. 물이 기대만큼 고이게 되면 우리는 탄성과 함께 뛰어들었다. 한참이나 낄낄대고 철퍼덕대며 신나게 논다. 어딘가에 부딪히거나 발바닥을 무언가에 찔리기도 했지만 온몸으로 비를 반기며 정신없이 놀았다.
>
> 웅덩이에 물을 채웠다가 갑자기 무너뜨려서 대번에 급류처럼 흘려 내려보내고, 다시 튼튼하게 공사해서 물을 가두고 하는 '물 막기 놀이'는 참으로 재미있었다. 우린 늦도록 두세 개의 댐을 만들었던 것 같다. 이러한 '물 막기 놀이'는 수십 년이 지난 지금까지도 소중한 추억으로 가슴속 깊은 곳에 간직되어 있다. 가끔씩 생생하게 되살아나는 그때의 물 냄새와 흙냄새, 풀 냄새 등은 잊을 수가 없다. 그리고 바로 옆에 삐죽삐죽 튀어나와 있던 나무뿌리들의 형상 또한 선명하게 떠오른다.
>
> —「물장난」 전문

의식의 저편에 고요히 잠들어 있던 유년의 감각들이 냄새 감각을 통해 환기된다. 가령, 물냄새와 흙냄새, 풀냄새 등을 통해서 후각적 감각이 깨어나기 시작한다. 죽어 있는 감각을 일깨우는 데 있어 일차적인 감각만큼 중요한 것도 없을 것이다. 이 감각은 가장 원초적인 것이기에 그것이 깨어나는 순간은 무뎌진 인간의 정서나 육체는 생생하게 타오르기 시작하기 때문이다. 시인은 이런 감각을 적극적으로 활용한다. 가령, 숲속에서 들려오는 아름다운 매미소리와 새소리와 같은 청각을 수용하거나(「향연」) 상큼하게 갸웃거리는 제비꽃과 마주하면서 생의 본능을 일깨우는 시각적 감각을 환기시키기도 하는 것이다(「제비꽃」). 그의 글들이 감각의 축제 속에서 생생하게 살아난다. 그런 향연이야말로 그의 무뎌진 정서를 일깨우는 좋은 매개라 할 수 있을 것이다.

살아 있음은 감각의 느낌으로 그 확인이 가능하다. 만약 그 반대의 경우라면, 어떤 감각도 느끼거나 수용할 수 없는데 이런 경우를 1920년대 소월의 시에서 확인할 수 있다. 이때 소월이 죽어버린 자신의 육체를 일깨우기 위해 일차적인 감각, 그 가운데 후각적인 감각(「여자의 냄새」)에 호소한 것을 상기하면, 박영욱 시인이 시도하고 있는 이런 시적 전략은 충분히 납득할 만한 것이라 할 수 있다.

어릴 적부터 혼자 놀다가 나무를 보게 되면
궁뎅이 쭉 뺍고 굵은 가지 골라잡으며
스극스극 올라가길 좋아했었어요

아지랑이 속살거리는 봄날이 오면
팽그르르 홀려서
우물가 옆 벚나무를 자주 찾았었구요

살랑거리며 바람 불던 어느 날 늦은 무렵

느티나무 높은 곳까지 올라갔다가
쿨커덕 겁이 나서
눈 꽉 감고는 한참 동안 매달려 있었네요

쓰르라미 소리 촬촬 온 군데 울려 퍼지는 여름날에
나도 모르게 앞산으로 들어가
나무늘보처럼 느윗느윗 나무를 타며
쓰르라미 소리 그칠 때까지 놀기도 했었어요

상수리나무, 뽕나무, 밤나무…
이 나무 저 나무
많이도 오르내렸어요

오르기 전 나무 밑에서 올려다볼 때나
타고 올라 나무 위에서 내려다볼 때나
무슨 생각을 했었는지
무슨 마음으로 그랬었는지
지금도 알아지질 않아요

그냥 나무를 보면 올라가고 싶었나 봅니다.

—「그냥 나무를 보면 올라가고 싶었나 봅니다」 전문

지금 시인은 목마른 상태에 놓여 있다. 그래서 자아는 갈증이 극단에 이르러 이를 해소할 오아시스를 찾아나선다. 나무를 보면 '그냥' 올라가고 싶은 욕구가 필연적으로 수반될 수밖에 없는 것은 이 때문이다. 이런 면에서 자연을 향한 시인의 발걸음은 생리적인 것에 가까운 경우이다. 자연스런 욕구가 만들어낸 필연의 결과가 자연으로 향하는 발걸음을 만들어낸 것이다. 그래서 그의 자연을 향한 메시지들은 우연이나 인위가 개입될 소지가 남아 있지 않다. 필연적 욕구가 만들어낸 자연스러움이 그의 자연시가 갖는 특징적 단면이자 주제일 것이다.

3. 삶의 지혜를 향한 무욕자의 순례

존재론적 완성을 향한 인간의 욕망은 끊임없이 지속된다. 왜냐하면 그것이야말로 인류가 회복해야 할, 혹은 꿈꾸어야 할 영원한 이상향이기 때문이다. 자아와 세계 사이에 놓인 불화란 영원을 잃어버린 자아의 결핍에서 비롯된 것이며, 그것이 곧 서정시의 운명임은 잘 알려진 일이다.

박영욱 시인이 추구한 이상도 다른 서정시인들이 꿈꾸었던 세계와 하등 다를 것이 없다. 시인 또한 자신의 현존에 대해 절대적으로 불신하고 있는 까닭이다. 그 불신을 확신으로 전화시키기 위해서 시인은 영원을 자기화하고자 하는 노력을 계속 시도해왔다. 그 역동적 힘이 '나무'를 보면 무작정 오르고 싶다는 생리적 '욕망'으로 표현된 것이다. 따라서 자연을 향한, 혹은 나무를 향한 그의 행위는 필연성이 있고, 또 역동적인 힘이 강렬히 느껴진다.

이런 행위는 경우에 따라서는 시인의 내성과 곧바로 연결되는 것이거니와 그것은 또한 일상의 행복과 분리하기 어려운 것이기도 하다. 서정을 향한 열망에는 유토피아에 대한 꿈이 내포되어 있고, 또 그것이 지향하는 궁극적인 지점은 일상이기 때문이다.

애태우며 공들이며 살지 않지만
번민은 늘 당신을 비껴갑니다

잔뜩 흐려

검은 구름 하늘 온통 덮으면
'심판받을 것 같네' 하며 무섭다고들 하지만

당신은
구름 속 푸른 하늘이 보이는지
만만여유 태평가입니다

스스로가 섭리를 만들어내는 것 같은
존경스러운 무신론자여
그 경건한 믿음이여!

—「무신론자」 전문

'무신론자'란 어떤 절대자나 절대적 관념을 자신화하지 않는 사람이다. 그러니까 어떤 결핍을 신과 같은 형이상학적 관념으로 채우지 않는 사람이라고 할 수 있을 것이다. 결핍된 자가 영원의 강을 위해 절대자를 징검다리로 수용하는 것은 자명한 일인데, 시인은 오히려 그 반대의 길을 가고 있는 이색적인 행보를 보인다. 참으로 역설적인 사유의 전환이라고 하지 않을 수 없는데, 하지만 시인이 펼쳐 보인 지금까지의 행보를 이해하게 되면, 그가 왜 이런 선언을 하게 되었는지 이해하게 된다.

시인이 의도한 '무신론자'란 '신을 믿지 않는 자'라는 의미보다는 욕망을 갖지 않는 자라는 뜻에 가까운 것이라 할 수 있다. 정신분석학자 라캉은 인간은 욕망하기 때문에 억압되는 존재라고 했는데, 이는 곧 인간은 억압이라는 굴레로부터 벗어날 수 있는 가능하다는 뜻도 된다. 욕망하지 않은 인간이 존재할 수 있는 까닭이다. 아마 시인이 의도했던 것은 이 후자의 의미가 아닐까 한다. 욕망이 없기에 시인은 억압으로부터 자유로울 수 있다는 꿈을 꾸는 것인지도 모를 일이다. 그러니 "애태우며 공들이며 살지" 않아도

되고, "번민도 늘 당신을 비껴가는 것"이 아닐까. 게다가 이런 상태에 이르게 되면, "검은 구름이 하늘을 온통 덮는" 환경에 놓이지도 않을 것이고, 그 결과 '심판'이라는 신의 처벌로부터도 자유로워질 수 있는 것이 아닐까.

그러니까 '무신론자'는 "스스로가 섭리를 만들어낼 수 있는 자"가 된다. 도대체 어떤 상태가 되어야 "스스로 섭리를 만들어내는 자율적인 주체"가 되는 것일까. 이에 대한 해법 역시 욕망의 문제와 밀접한 관련이 있을 것인데, 욕망이 없기에 억압이 없고, 억압이 없기에 자아는 구속의 영역으로부터 벗어날 수가 있다고 하겠다. 이야말로 무한 자유를 느낄 수 있는 자아의 영원한 해방 상태가 되는 것이다. 무신론자란 이런 경지에 오른 자이다. 그래서 시인은 그런 무신론자에 대한 그리움의 정서를 간절히 표명할 수 있었던 것이다. 이는 곧 그가 여태껏 추구의 대상으로 간주했던 자연의 또 다른 모습일 수도 있을 것이다.

맨날 맨날 정신없이 바쁜 마누라
내년이면 점입가경일 것 같고
세상 구경하느라 낮밤 모르던 딸내미도
어느새 성숙의 구비를 돌고 있으니
나도, 쓸쓸 타령 아니면 어불성설 넋두리들
이제 그만 접고
늦가을 나들이길 한번 나서자고 해야겠다
모처럼 셋이서 한갓진 얘기도 할 겸
추워지기 전에 한나절 쏘옥 끄집어내어
집에서 멀지 않은 파주, 문산 길이라도 다녀와야겠다.
가고 오는 길도 좋겠지만
나중 추억도 좋을 것 같다.

—「나들이」 전문

이 작품이 말하고자 하는 의도는 행복한 소시민의 일상 정도일 것이다. 크나큰 욕망에 사로잡힌 자아라면 이런 일상에 도달하는 것은 불가능할지 모를 일이다. 욕망이 크면 클수록 자아를 구속하는 강도는 커지기 때문이다. 반면 욕망이 적으면 적을수록 구속의 힘은 작아지게 된다. 구속이 없다는 것은 자유의 영역으로 들어선 것으로 보아도 무방한 경우이다. 이런 자유 내지는 편안함이 자아로 하여금 주변의 일상을 되돌아보게 하고, 궁극에는 거기에 쉽게 동화되도록 만들어버린다.

시인은 인생의 크나큰 시련을 거쳐왔다. 자아와 세계 사이에 놓인 강을 건너서 이제 일상의 행복이라는 마지막 종착역에 이를 시점에 서 있다. 하지만 이런 과정이 그저 자연스럽게 주어진 것은 아니다. 그는 이 도정에 이르기 위해 가열찬 서정의 정열을 투사했고, 자연이라는 지대에서 그 서정의 아름다운 꽃을 피워왔다. 그 꽃의 향기가 자아의 갈등을 위무하고, 상처를 치유해주었다. 그 결과 자아는 아름다운 무신론자가 되어 일상의 행복을 회복시켰다.

박영욱의 자연시들은 치유의 시이고 회복의 시이다. 그의 자연시들은 상처와 결핍에 대한 대항담론으로서 자연을 서정화한 것이 대부분이다. 이런 면에서 그의 시들은 청록파 시인들 가운데 조지훈의 세계와 비교적 가까운 것이라는 점에서 그 의미가 있다. 잘 알려진 바와 같이 청록파의 시인들의 자연관은 그 나름의 독특한 차이점들이 있었다. 목월의 경우는 창조된 자연을 통해서 자아의 이상을 노래하고자 했다. 창조된 자연이기에 허구적 미메시스에 의존했고, 호흡은 짧게 잡았다. 박두진의 시들은 구체적인 자연을 노래했고, 그 수평적 평화를 통해 기독교적 이상을 기원했다. 사물에 대한 디테일과 미메시스의 충실한 반영이야말로 박두진 시의 요체라고 할 수 있을 것이다. 반면 조지훈은 나그네의 감각을 이용하여 자연을 적극적으로 찾아 나선 경우이다. 그런 다음 시인은 그 자연과 자아가 절대적 극점

지대에서 융합되는 하나의 공동체를 발견했다.

자연과 자아의 절대적 융합을 지향했다는 점에서 박영욱의 자연시들은 조지훈의 시와 상당한 친연성을 갖는다. 자연과의 적극적 합일에 대한 의지 등이 비교적 강렬하게 나타나 있다는 점에서 그러하다. 시인은 이번 작품집에 율문적 양식이 갖고 있는 한계를 벌충하기 위해 산문 양식도 함께 상재했다. 시와 산문을 통해서 자신의 문학정신을 다층적으로 드러내고자 한 것인데, 이런 시도들은 분명 박두진적인 문학세계에 가까운 것이다. 그러는 한편으로 시의 짧은 호흡은 또 목월의 자연시와도 닿아 있다. 그는 청록파 시인들의 장점을 하나의 장 속에서 펼쳐 보이려는 대단한 시도를 하고 있는 것인데, 이런 열정이야말로 이 시집이 갖는 궁극적 의의라고 할 수 있을 것이다.

자연의 미메시스와 모성적 생명력

— 정정순, 『초록 심장 붉게 피다』

1. 미메시스와 이미지즘

정정순의 시들은 자연의 물상을 토대로 서정화되어 있다. 시와 삶, 혹은 일상성과 시정신이 갖는 함수 관계를 인정한다면, 시의 소재들이 자연에서 얻어지는 것은 불가피한 일일 것이다. 물론 이런 현상들은 형이상학적인 맥락에서 자연이 새롭게 의미화되기 시작한 근대 이후의 일만은 아니다. 일찍이 우리 고대 시가를 비롯해서 중세의 시가들에 이르기까지 자연을 시의 중심 소재로 두는 일들은 자연스럽게 이루어져왔기 때문이다.

이렇게 시를 창조해내는 데 있어서 자연이 중요함에도 불구하고 이를 반영하는 방식이 모두 동일했던 것은 아니다. 무엇보다 자연을 사실적으로 모방할 것인가 아니면 비사실적인 모방, 다른 말로 하면 허구적으로 가공할 것인가 하는 차이가 있어왔기 때문이다. 그 차질되는 지점이란 전적으로 시인의 기질 탓이거나, 아니면 세계관의 상위에서 오는 것이었다. 여기에 시대가 요구하는 분위기 또한 무시할 수 없는 요인으로 작용했던 것이 사실이기도 했다.

일찍이 우리 시사에서 자연이 시의 중요 영역으로 자리하게끔 그 무대를 마련한 것은 청록파의 경우이다. 이들은 자연을 서정화하는 방식에 있어서 그들 나름의 독특한 특징을 보여주었는데, 그 행보는 이후 이를 모방하는 시인들에게 하나의 모델이 되어주었다. 가령 반영이라는 미메시스의 방식을 충실히 구현한 경우가 있는가 하면, 그렇지 않은 경우도 있었다. 전자를 대변하는 것이 박두진, 조지훈의 경우라면, 후자의 사례로는 목월의 경우를 들 수 있을 것이다. 이들이 동일한 자연을 두고 이렇게 전혀 다른 방식으로 나아간 것은 그들이 추구한 시정신의 방향과 세계관의 차이에 따른 결과였다.

이번에 새롭게 상재하는 정정순의 시들은 자연과 그것이 포지하는 의미와 분리하기 어렵게 결부되어 있다. 그리고 그가 포착해낸 자연의 외피와, 또 그것이 함의하는 의미들은 박두진이나 조지훈의 그것과 어느 정도 닮아 있기도 하다. 이는 자연을 새롭게 창조하고, 거기에 나름의 형이상학적인 의미를 부여한 목월의 자연 창조 방식과는 거리가 있기 때문이다.

정정순의 시들은 자연을 충실히 반영하되, 이를 가공하거나 왜곡시키지 않는다. 물론 그러한 방식이 어떤 부정적인 의장이나 세계와 닿아 있는 것은 아니다. 그러한 가공이란 창조적 반영일 뿐이며, 그 의장이 사실의 왜곡과 같은 부정적 함의와 관련을 맺고 있는 것은 아니다. 어떻든 정정순의 시들은 자연을 충실히 관찰하고 거기서 시의 새로운 의장을 만들어낼 뿐만 아니라 그 의미 또한 자신의 세계관 속에서 새롭게 걸러내는 작업을 성실히 보여주었다. 그러한 까닭에 그의 시들 속에 구현된 자연은 지금 여기에서 펼쳐지고 있는 듯한 착각을 불러일으킬 정도로 생생하게 다가온다.

> 한 바람 휘어잡고 하늘에
>
> 건져 올린 슬픈 자락 휘두르며

살풀이춤을 춘다

솟구치며

오르다 오르다

허리 꺾여

산산이 부서져

와르르 눈물 쏟는다

—「분수」 전문

시집을 무작위로 들춰보아도 쉽게 접할 수 있는 것처럼, 자연은 이 시인의 전략적 소재이다. 인용시 역시 그러한 갈래에 속하는 작품이다. 제목에서 알 수 있는 것처럼, 이 작품이 다루고 있는 소재는 '분수'이다. 시인의 눈에 포착된 분수의 모습은 흔히 상상되는 그것과 하등 다를 것이 없다. 그러한 모습이란 잘 모사된 한 폭의 풍경화가 비슷한 것으로 다가오기 때문이다. 그럼에도 이 소재는 시인의 정서에 걸러지면서 일상인이 감각하는 정서와 의장을 초월하는 것으로 구현된다. 거기에는 시인의 의식 속에 걸러진 정서와 사물에 대한 참신한 감각이 결부되어 새로운 의미 영역을 만들어내고 있기 때문이다. 시인은 솟아오르는 분수의 물길을 "슬픈 자락 휘두르며/살풀이춤을" 추는 "춤"으로 이미지화했다. 솟구치는 분수가 강렬한 역동성을 내포하는 것은 당연한 것이지만, 시인은 여기에 "살풀이춤을 춘다"는 정서를 함축시키고 있는데, 분수에 이런 정서가 덧씌워지면서 그것은 더욱 강렬하게 그리고 생생하게 살아난다. 뿐만 아니라 정점에 이르러 다시 추락할 수밖에 없는 물줄기를 "허리 꺾여//산산이 부서져/와르르 눈물 쏟는다"고도 했는 바, 여기에 이르게 되면 분수는 그저 평범한 일상의 사실이 아니라 일상 너머의 어떤 세계와 닿게 된다.

정정순의 시들은 자연을 서정화하되 그 자연이 일상성의 감옥 속에 갇혀 있지 않다. 자연이 시인의 의식 속에 편입되게 되면, 그 자연은 새로운 옷을 걸쳐 입고 전혀 다른 일상으로 환원되고 있는 것이다. 이런 존재의 변이야말로 정정순 시의 특징적 단면이라 할 수 있는데, 이는 곧 자연의 새로운 탄생에 가까운 것이라 할 수 있다.

일상을 똑바로 응시하고, 거기에 새로운 의장을 덧씌워 전혀 다른 존재로 만들어내는 것이 이미지즘의 몫이다. 그저 그런 일상이라든가 동일한 일상의 반복이 아니라 새로운 지대로 편입시켜서 전혀 다른 물상 혹은 전혀 다른 의식의 각성을 불러일으키는 것이 이미지즘의 궁극적 목적인 것이다. 그것이 이미지즘의 의도라면, 정정순의 시들은 일상을 새롭게 응시하는 이미지즘의 수법을 충실히 구현한 경우이다. 뿐만 아니라 자연을 서정화하는 그의 수법들은 사실을 왜곡시키지 않고 이를 충실히 반영해내기도 한다. 미메시스의 아우라 속에서 사물을 이미지화시키는 수법이 곧 이 시인이 갖고 있는 고유한 서정 양식의 특색인 것이다.

초록빛 유혹하는 산
발꿈치 비비대며
새하얀 불꽃 눈 밝힌다

애틋하고 그윽한 바라기
이 산 저 산 골골이
푸른 치마폭
훌훌 풀어내려 툭 펼쳐

하얀 신음소리 물고
붉은 연서
하늘 오르려 하네

—「산벚꽃」 전문

이 시를 지배하는 이미지들은 색조감에서 구조화된다. 특히 초록과 하얀색이 빚어내는 일차적인 이미지들의 향연이 이 시의 중심 기제이다. 이 역시 작품 「분수」와 마찬가지로 미메시스의 수법을 충실히 구현하고 있다. 다만 그 소재는 시에 나타나 있는 것처럼 봄과 산이다. 이 작품을 이끌어가는 중심 이미지는 색조감이지만, 그보다 중요한 것은 이 이미지에서 파생되는 역동적인 힘에 있을 것이다. 특히 그것이 색채감과 어우러지면서 그 역동성이 더욱 살아나게 되는데, 이런 조화감과 힘의 결합이야말로 이 작품의 특징적 단면일 것이다. 시인의 시들은 이처럼 기존의 일상성을 전복시키고, 여기에 새로운 의미를 배가시킴으로써 자신만의 고유한 시의 영역을 만들어가고 있다.

그리고 또 하나 주목의 대상이 되는 것이 계절적 소재들이다. 이 작품의 시간적 국면은 봄이다. 신화적 국면에서 봄은 탄생을 표상한다. 그렇기에 봄이라는 공간은 역동성의 분위기와 밀접한 관련을 맺고 있다. 이런 맥락에서 색채 이미지와 더불어 이 작품의 저변에 놓여 있는 봄의 이미저리에 주목할 필요가 있다. "발꿈치 비비대며/새하얀 불꽃 눈 밝힌다"라든가 "푸른 치마폭/훌훌 풀어내려 툭 펼쳐", 그리고 "하얀 신음소리 물고/붉은 연서/하늘 오르려 하네"에서 볼 수 있는 것처럼, 봄은 역동성 혹은 생명력의 상징으로 구현된다.

이미지즘은 있는 그대로의 일상을 표상하는 것이 아니다. 그것은 일상을 충실히 관찰하되, 이전과는 전혀 다른 방식으로 시의 서정화를 이루어내야 한다. 그래야만 이미지즘이 추구하는 목적이랄까 의도를 이루어낼 수 있고, 또 시사적으로 의미가 있는 것이라 할 수 있다. 일상성이 새롭게 탄생하는 것은 모두 이런 참신한 응시와 새로운 발견, 그리고 이전과 전혀 다른 옷을 입을 때에만 가능한 것이다.

정정순의 시들은 이런 이미지의 생산과 그 구조화 속에서 만들어진 경우이다. 그의 시들은 단순히 응시하고 거기서 얻어진 물상들을 곧바로 시에 편입시키는 것이 아니다. 그의 작품 속에 편입된 소재들은 시인의 정서 속에 새롭게 걸러져서 전혀 다른 차원의 물상으로 탄생하기 때문이다. 그리고 그러한 변신 속에 새로이 빚어진 물상들은 생생한 생명성을 담보하게 된다. 그의 시들 속에서 대조되는 색채의 변주들과 이미지들이 빚어내는 힘의 향연들은 모두 이런 과정을 거치면서 얻어진 것들이다. 따라서 그의 시들은 힘이 있고, 활력이 있으며, 새로운 영역으로 확장해 나가려는 의지로 충만되어 있다. 그것이 시인의 작품들이 갖고 있는 고유성이자 새로운 영토이다.

2. 존재의 불완전성과 그 초월을 향한 여정

인간이 완결된 존재가 아니라는 사실, 곧 영원의 존재가 아니라는 사실은 에덴동산 신화 이후의 일이다. 인간이 불완전한 존재라는 사실이야말로 종교의 존립 요건이며 또한 인간을 규정하는 기준이 되기도 했다. 하지만 그러한 사실을 체감하기 시작한 것이 긴 역사를 갖고 있는 것은 아니다. 어쩌면 모든 인류가 종교적 인간이었다면, 그러한 사실은 태초의 시기부터 가능했을 것이다.

익히 알려진 대로 그러한 영원성이 떠나간 것을 인간이 알게 된 것은 근대 이후의 일이다. 물론 이를 가능케 한 것이 근대의 과학, 다시 말해 합리주의의 광범위한 확산이었다. 인과론은 절대적인 것이었고, 이를 계기로 인간이 갖고 있는 여러 분열상들이 노정되기 시작했다. 인간은 세계 속으로 내던져진 존재라는 실존철학이나 의식과 무의식의 항구적 부조화는 그러한 단면을 일러주는 좋은 계기가 되었다.

정정순의 시들에서 근대가 제기하는 제반 문제들을 읽어내는 것은 쉬운 일이 아니다. 그의 시들이 근대라는 형이상학적인 문제들에 대해서 꾸준히 질문하고 있는 것은 아니기 때문이다. 그럼에도 불구하고 그의 시들을 이끌어가는 중심 주제랄까 소재는 이 영역으로부터 멀리 벗어나 있지 않다. 그의 시들이 놓인 자리는 항구성과 일시성 사이에서 나아갈 방향을 찾고 있는 치열한 서정적 자아의 모습에서 시작되고 있기 때문이다.

임진강 꽁꽁 언 물결 에이는
섣달그믐 깊은 밤
덜컹거리는 말 달구지 칼바람 움켜쥐고
만삭의 어머니는 이 땅을 밟았다
나는 애초에
아니 아니 태어나기 전부터
뼛속 깊이 시린 바람이
끌어다주는 외로움
온기 데워 감싸고
바람에 지는 별빛 밟으며
햇살 골라 가슴 찌르는
자식 셋을 업어 키웠다
눈 먼 불나방처럼 헛딛는 아릿한
슬픔도 많더라
저녁 깔린 노을 길에
바람처럼 떠돌다 등 뒤에

돌아와 서 있는 한 사람 한참 낯설다
내 안에 내가 너무 많아
몸이 따라 울더라
뒤돌아보지 않는
바람 밀리는 대로
구름 흐르는 대로
지금 여기에 서 있다
저 설운 눈밭에
홀로 매화가지 꽃눈 트듯
아직도 가슴에 그윽한
못다 부른 가난한 나의 노래
깊은 강물처럼 숨쉬는

—「지금 여기에」 전문

이 작품은 현재의 자아를 만든 근거랄까 혹은 실존적 국면이 매우 적나라하게 제시된 작품이다. 간단한 서정적 자아의 일대기가 짧은 서사 속에 밀도 있게 드러나 있는 것이 이 작품의 특색이기 때문이다. 시인이 여기서 말하고자 한 것은 근대적 인간이 당면할 수밖에 없는 존재의 불구성들에 대한 물음들이다.

그러한 불구성들은 이렇게 구성되는데, 우선 시인이 지금 여기에 서 있게 된 것은 "임진강 꽁꽁 언 물결 에이는/섣달그믐 깊은 밤"에서 비롯된다. 이 열악한 조건에서 만삭의 어머니는 이 땅을 밟았고, 그 극한의 상황 속에서 자아는 탄생했던 것이다. 그런데, 이 작품을 이끌어가는 중심 기제는 어쩔 수 없이 피투된 이러한 한계상황에 있는 것이 아니라 선험적으로 다가올 수밖에 없었던 자아의 불완전성에 놓여 있다. 그런 단면들은 두 가지 경로로 제시되어 있는데, 그 하나가 '외로움'의 정서이다. 그런데 이 정서는 후천적 경험의 지대에서 형성된 것이 아니고 선험적으로 형성된 것이다. 이러한 정서는 에덴동산의 신화로부터 필연적으로 예비될 수밖에 없었던 사실과 분리하기 어려울 것이다.

그리고 다른 하나는 의식과 무의식의 갈등 속에 형성된 존재의 분열상이다. 의식과 무의식 사이에는 서로 화해할 수 없는 평행선이 놓여 있다는 것, 그리하여 그 합일을 향한 도정이 근대인의 숙명이라는 것이 프로이트가 발견한 무의식의 논리이다. 그러한 간극이 만들어낸 정서의 부조화야말로 근대인의 기본 조건이 되어왔다. 이런 숙명적 관계는 정정순의 시에서도 그대로 드러나게 되는데, 시인은 그것을 "내 안에 나"로 표현했다. '내 안의 또 다른 자아'가 있다는 사실이야말로 자아의 분열상을 보여주는 대표적인 아이콘인데, 이처럼 시인의 자의식은 영원의 지대가 사라진 파편화된 지대에 놓여 있었던 것이다.

> 바람이 분다
> 진달래 꽃잎 틔우는
> 산등성이 바람에 안개 밀리는 소리
>
> 어제 오늘도
> 희미한 안개 속을 헤매이다
> 헛딛기도 하며 걸어온 날
>
> 지는 노을 길
> 어디에서 이런 안개 끝없이 피어오르며
> 열 겹 스무 겹 몸을 에워싸 갇히는
> 예기치 않은 황반변성이 찾아왔다
>
> 달라붙은 안개 방안 가득히 내리는
> 꿈속을 헤매인다

추억의 흐릿한 흑백영화처럼 흐르는

어느 날
사랑하는 사람의 따뜻한 눈빛
이 아름다운 세상
다시 볼 수 없을 것 같은 두려움
정말 앞이 캄캄한 무서움에 떨기도

익숙한 것
익힌 기억으로 보고
몸으로 익힌 것
뜨거운 가슴으로 보며
너무 낯설고 서툴다

또 하루
안개처럼 살아진다

—「안개처럼 살아진다」 전문

정정순 시인의 서정의 샘은 피투된 존재, 그리하여 나아갈 방향을 상실한 지대에서 형성된다. 게다가 시인의 자아는 내 안에 존재하는 무수히 많은 자아와의 싸움 속에 놓인 불완전한 상태에 놓여 있다. 절대 공간의 상실 속에 놓여 있는 이러한 혼돈의 정서가 이 시인의 서정을 응축하고, 거기서 서정의 샘이 길러지게 된다. 하지만 그 샘에서 분출하는 억압의 정서가 어떤 뚜렷한 방향성을 갖고 탈출하고자 하는 몸짓을 곧바로 표출하는 것은 아니다. 그러한 여정을 보여주는 시가 「안개처럼 살아진다」이다.

이 작품의 중심 이미저리는 안개이다. 안개란 흔히 두 가지 정서를 공유하는데, 하나가 포용이나 치유의 정서라면, 다른 하나는 불확실성의 정서이다. 안개가 차이라든가 상위와 같은 위계질서를 표명하지 않는다는 점에서 그것은 포용의 음역으로 분류될 수 있지만, 나아갈 방향을 제시하지 못한다는 점에서는 후자의 감각으로 분류된다. 시인의 자의식은 피투된 존재의 그것이었고, 존재의 완결성을 상실한 상태였다. 이런 자아의 모습을 표징하는 것이 이 작품에서처럼 안개로 은유화되고 있는데, 안개가 갖는 상징적 의미에 기대게 되면, 이는 매우 적절한 것이라 할 수 있다.

자아는 지금 자기의 정체성을 이해할 수 있는 위치에 놓여 있지 못하다. 뿐만 아니라 나아갈 방향 또한 희미한 안개에 의해 차단되어 있다. 시인이 "어제 오늘도/희미한 안개 속을 헤매이다/헛딛기도 하며 걸어온 날"이라고 한 것은 이와 무관하지 않을 것이다. 안개의 이미지가 이와 같은 것이라면, 그것은 거의 숙명과도 같은 것이고, 또한 원형적인 어떤 것과도 같은 것이다. 그렇기에 그것은 실존적 고뇌에 빠진 자아의 노력만으로 쉽게 해소될 성질의 것은 아니다. 이를 대변하는 말이 시에 나타난 것처럼 '황반현상'일지도 모를 일이다. 이 병적인 징후는 일시적, 순간적인 것이 아니다. 에덴의 신화가 모든 인간에게 보편적이며 항구적인 것이었던 것처럼, 안개 또한 그 연장선에 놓여 있는 것이기 때문이다. "어디에서 이런 안개 끝없이 피어오르며/열 겹 스무 겹 몸을 에워싸 갇히는" 일 등이 반복되는 것은 안개의 그러한 속성을 잘 말해주는 것이라 할 수 있을 것이다.

> 어느 가을 끝자락
> 지다만 코스모스 서넛이 흔들리는
> 한적한 시골 간이역에서
> 가을 길을 걷는
> 완행열차를 기다린다
>
> 스멀스멀 객창감이 에워싸는

가을바람에 마음 헹구는

가슴이 기억하는 이 쓸쓸히 밟히는
바람이 분다

지금 어디쯤 가고 있을까
아니 어느 끝에쯤 와 있을까

사위어지는 노을 깃
주름 주름 거머쥐고

11월
가만히 쓸어내린 옆구리에서
한 계절이 홀로 비집는다

—「11월은」 전문

이 작품을 지배하는 것은 우울의 파토스이다. 특히 그러한 정서가 11월이라는 시간을 배경으로 더욱 큰 진폭을 울리는 경우인데, 지금 서정적 자아는 한적한 시골의 간이역에서 완행열차를 기다린다. 뚜렷한 방향성을 상실한 자아이기에 자신을 싣고 갈 수단으로 이 완행열차면 충분하다. 만약 나아가고자 하는 목표가 분명하다면, 이렇게 느린 속도를 가진 열차는 적당하지가 않을 것이다. 따라서 이 열차는 현재의 자아의 처지를 대변하는 객관적 상관물이라는 점에서 그 의미가 크다고 하겠다. 목표의 부재는 속도와 정비례의 관계에 놓일 수밖에 없다. 마땅히 나아갈 곳이 없기에 자아의 발걸음은 무거워지는 것이 아니겠는가.

이 작품에서 자아의 현존을 가장 잘 대변해주는 부분은 4연이다. 시인은 여기서 스스로에 대해 다음과 같은 질문을 던진다. “지금 어디쯤 가고 있을까/아니 어느 끝에 쯤 와 있을까" 하고 말이다. 여기서 "지금 어디쯤 가고 있을까" 하는 담론도 중요하지만 더욱 주목해서 보아야 할 대목이 "아니 어느 끝에쯤 와 있을까"하는 부분이다. 서정적 자아는 자신을 가두고 있는 안개를 더듬어서 어느 지점에까지 이르렀다. 이는 곧 현재의 불구화된 자아를 완결시킨 지점과도 같은 것이다. 하지만 "아니 어느 끝에쯤 와 있을까" 하는 회의에서 알 수 있는 것처럼, 그가 지금까지 탐색해온 곳이 결코 종점이 아니라는 사실이다. 어떤 뚜렷한 목표가 있기에 현재의 시점에 이른 것이지만, 그 지점이 여전히 안개처럼 모호한 상태로 남아 있는 것이다. 이런 정서야말로 세계 속에 내던져진 자아, 영원을 상실한 자가 가질 수 있는 숙명일 것이다.

3. 자연의 감각과 모성적 상상력

안개에 갇힌 자아, 숙명에 물든 자아란 실상 감각의 상실과 불가분의 관계에 놓여 있는 것이라 할 수 있다. 감각이 없다는 것은 개체의 생명성을 잃었다는 것과 무관하지 않은 것인데, 정정순의 작품에서 그런 무딘 감각을 대변하는 것이 안개의 이미저리였다. 시인은 자신의 현존을 안개에 의해 여러 겹 쌓여 있는 존재로 이해했다. 따라서 안개 그 너머의 세계를 인식하는 것은 매우 어려운 일이 아닐 수 없었는데, 그 어려움의 처지 속에서 형성된 것이 이 시인의 서정의 샘이었고, 그 샘을 길어 올려서 자신만의 고유한 서정의 길을 만들고자 한 것이 이 시인이 갖고 있었던 서정적 정열이었다.

시인은 그러한 정열을 쏟아붓고 죽어 있는 감각을 회복시키기 위해서 가열찬 서정의 탐색을 시도해온 터이다. 하지만 그 도정의 마지막 단계에 이르기까지 그 길을 발견해내는 것은 쉬운 일이 아니었다. 그럼에도 서정의 열정은 포기될 수 없었는데, 시인은 그러한 열정을 사물에 대한 올곧은 응시 속에서 그 나름의 길을 모색하고자 했다. 그것이 객관적 사물에 대한 충실한 응시와 반영을 위한 미메시스의 의장이었다. 시인의 작품들이 사물에 대한 정확한 응시와 거기서 솟아나는 이미지의 현란한 춤으로 표백되어 있는 것 역시 그 연장선에 놓여 있는 것이었다.

땅 등 벙글어지고
예서제서 봄 핑그르르 돈다

깜박이는 큰 신호등 너머에
비탈진 산동네 허름한 골목에도
수줍지만 가만히 있지 못하는

재잘재잘 속삭이며
봄을 여는 황금빛 불 밝히고

팍팍한 삶의 어깨
흠뻑 날개 달아주는

노란 불 지른 연서이어라

—「개나리꽃」 전문

이 시를 지배하는 주된 의장 역시 현란한 이미지들이다. 마치 지금 여기서 만져지는 듯한, 그리고 보이는 듯한 착각을 불러일으키는 것은 모두 이 이미지들의 축제 때문이다. 시인의 작품에서 사물들은 이미지의 옷을 입고 생생하게 되살아난다. 그것이 시인의 시들이 갖고 있는 고유성이자 특징이라 할 수 있다. 하지만 시인의 작품들은 그러한 이미지의 생생함이 단지 형식적인 의장에 한정되지는 않는다. 잠들어 있는 사물들이 시인의 작품 속에 편입되게 되면, 사물들은 새롭게 깨어나기 때문이다. 깨어남이란 곧 생명의 획득과 무관한 경우가 아닐 것이다.

시인의 현존은 안개 속에 갇혀 있다고 했다. 그러한 단면이 인용시에서는 "팍팍한 삶의 어깨"로 은유화되어 있다. 짓눌린 어깨가 활기찬 부활로 이어지기 위해서는 그 무게감이 사상되어야 한다. 이를 위해 시인이 차용한 수법이 바로 이미지의 생생한 정화 작용이다. "흠뻑 날개 달아주는" 행위가 그러한데, 여기서 날개는 시인의 자의적 판단에 의해 그냥 주어진 것이 아니다. 그것은 봄의 신화적 국면이 만들어낸 생명성, 곧 축제와 같은 힘과 열정에서 온 것이다. 봄이 만들어낸 '웃음'과 '황금빛 불', 그리고 '노란 불 지른 연서'가 시인의 무거운 어깨에 날개를 달아준 것이다. 이제 시인은 존재의 숙명이라는 길고 긴 잠에서 깨어나려고 한다. 그것이 그가 나아갈 서정의 길, 숙명의 한계로부터 벗어나는 길이 될 것이다.

바다의 긴 소망
하늘의 별이 바다의 별이 되는

청아한 몽돌소리
부대끼는 하얀 포말 달고
기다림에 온몸 새빨갛게 등불 켜는

태양이 얼굴을 묻으면
새로운 시작이다

우리의 인생 항로에
먼 불빛은
우리를 계속 걸어가게 하는

삶의 바다를 건너온 나그네

밤마다 한 자리에서 기다리는
낭만으로 솟는 어머니 눈동자

—「등대」 전문

무력한 자아가 살아나기 위해서는 감각이 무뎌서는 곤란하다. 그런데 그러한 감각이 무정형의 상태에서 다시 말하면 아무런 매개 없이 깨어나는 것은 아니다. 생에 대한 약동의 의지가 있어야 가능할 것인데, 그 의지란 다름 아닌 추구해야 할 어떤 목적이 될 것이다. 인용시는 현재의 실존을 초월하기 위한 자아의 움직임이 어디에 놓여 있는지 잘 보여주고 있는 작품이다. 나아가야 할 길을 잃은 현재의 자아를 일깨우기 위해서는 나아갈 통로, 곧 방향이 제시되어야 한다. 작품의 표현대로 우리가 나아가야 할 "인생 항로에/먼 불빛" 정도는 있어야 하는 것이다. 그래야만 "우리를 계속 걸어가게" 할 것이기 때문이다. 시인은 그것을 등대라는 은유로 우리에게 제시하고 있다.

현재 서정적 자아는 망망한 바닷가에 놓여 있다. 게다가 그 바다는 어두운 상태이다. 나아갈 방향을 제시할 어떤 것이 없다면, 자아는 더 이상 나아가지 못하고 좌절하고 말 것이다. 그때 자아 앞에 놓인 것이 '등대'이다. 따라서 그것은 목표이자 자아가 도달해야 할 최고의 이상점이 된다. 지금의 실존을 개선해줄 등대는 단지 방향지시등에서 한정되지 않는다는 점에서 이 작품의 근본 의도가 드러난다. 그것은 등대가 곧 모성적인 어떤 것으로 승화되어 있는 까닭이다.

모성적 정서랄까 상상력은 이번 시집에서 가장 주목해야 할 부분 가운데 하나이다. 그것은 현재의 불온성이나 정서의 부조화를 메우는 징검다리와 같은 것이기 때문이다. 모성적인 것은 분리가 아니라 통합이며, 갈등이 아니라 조화의 세계이다. 뿐만 아니라 존재의 불구성을 완결시켜주는 심리적인 매개이기도 하다. 그렇기에 모성은 흔히 근원의 어떤 것으로 편입되어 존재의 영원성과 분리하기 어렵게 결합되는 정서라 할 수 있다.

파랗게 여문 하늘가지에
검은 뼈마디 걸치는
허리 굽은 겨울나무

쓸쓸한 어느 이의
땅에 떨군 헛듣는 언어 줍고
귀 열어 흘리는

한줌의 바람에 떨고 비우며
풍경이 들려주는 침묵
더 단단히 묶어

발 언 땅에 파묻고
속 뜰에 삐죽삐죽 푸른 잎 꿈꾸는

조용히 헐벗은 성자로 서 있다

—「헐벗은 성자로 서 있다」 전문

인용시에서 보듯 모성적 상상력과 관련하여 주목의 대상이 되는 것이 자연의 세계이다. 자연은 우주의 이법이자 섭리이다. 근대라는 파편적 사고가 넘쳐날 때, "자연으로 돌아가라"고 외친 것은 그러한 이법, 영원성의 감각이 치유의 정서를 제공해주었기 때문이다. 그러니 수용하라는 것이다.

그럴 경우에만 일시성과 순간성이 넘쳐나는 세계에서 나아갈 방향을 찾을 수 있을 것이다.

객관적 사물에 대한 응시와 그 미메시스의 방법적 의장이 도달한 것은 이렇듯 자연의 세계이다. 자연이 우리에게 일러준 교훈은 영원의 감각이다. 근대의 위기를 겪는 인간이 이 감각을 자신에게 편입시킬 경우에만 그 위기에서 벗어날 수 있다고 보는 것이다. 자연이 서정화 되는 것은 이런 형이상학적 맥락과 분리하기 어려운 것이다.

이번 시집에서 시인이 자연을 서정화 하는 방식 역시 이전의 시인들이 펼쳐 보였던 방식과 비교해서 하등 다를 것이 없다. 자연은 섭리이자 이법으로 다가오는 것이기 때문이다. 그러한 이법이 곧 영원의 세계이다. 그리고 이를 서정화시키면서 불구화된 인간의 근대적 숙명을 어느 정도 초월할 수 있다고 인식했다. 하지만 정정순의 시들에서 자연은 이전의 시들에서 볼 수 없는 특정적 단면들이 드러난다는 점에서 주목을 요하는 경우이다. 신화적 국면에서 이해하게 되면, 봄은 생명의 탄생이고, 겨울은 그 반대의 경우이다. 하지만 시인의 작품에서는 그러한 겨울의 신화적 국면이 일정 정도 전복된다. 「헐벗은 성자로 서 있다」에서 알 수 있는 것처럼, 겨울은 죽음의 계절이 아니라 새로운 생명을 잉태하는 봄의 연속성으로 구현되고 있기 때문이다. 물론 겨울이 죽음의 계절이고 봄을 예비하는 단계로 의미화되는 것이 일반화된 경우이긴 하다. 이런 면들은 시인의 작품에서도 예외가 아니다. 하지만 「헐벗은 성자로 서 있다」에서의 겨울은 비활동성의 세계, 곧 예비적인 단계로 가만히 있는 상태가 아니다. 봄의 약동성 내지 생명력이 역동적으로 타오르고 있는 까닭이다. 이런 힘이야말로 겨울의 신화적 국면을 뛰어넘는 새로운 의미소라고 할 수 있다.

생성과 소멸이라는 자연의 섭리를 통해서 인간이 가지고 있는 숙명적 한계가 어떤 것인지, 그리고 그 초월의 방식이 어떤 것인지에 대해서 시인은 끊임없는 탐색의 여정을 보여주었다. 그러한 사유는 이전의 방식과는 거리를 두고 있었는데, 그 가운데 하나가 자연의 신화적 국면이었다. 시인은 이런 의미의 전복을 통해서 자연이 함의하고 있는 궁극적 의미에 대해서 새로운 단면을 제시해주었다. 그러한 단면이란 이렇듯 통합을 향한 여정인데, 이와 관련해서 또 하나 주목해야 할 것이 사랑의 정서이다. 정서의 공유지대를 탐색하게 되면, 자연이나 모성, 혹은 사랑은 모두 공통의 관계 속에 놓이는 것이라 할 수 있다. 하지만 그 공유의 방식이나 서정의 밀도에 있어서 사랑은 타자와의 관계 속에서 형성된다는 점에서 그 의미가 다른 경우이다.

숨을 내쉴 수 없어

밤마다
마음 하나 달래 들어내며
들어내자마자
불화살 둘이 꽂힌다

가시 비늘 갑옷 둘러쳐도
시든 꽃잎 하나 피우지 못하는데

바람이 분다
몸 비벼대 찔리우며
고혹적인 향기 떨구는 눈물
장미 황홀하게 만발하는

아니 어쩌면 가시도
너무 아픈 사랑인 것을

오늘밤
붉은 가시 안고 눈부시게
입맞춤하리

—「가시 너무 아픈 사랑인 것을」 전문

시인의 작품에서 대사회적 담론을 다룬 작품이 몇몇 눈에 띄는데, 이는 그의 시세계에서 매우 이색적인 경우가 아닐 수 없다. 자연을 서정화하거나 개인의 숙명이 무엇인가를 묻는 무대에서 사회적 음역을 다룬 시들이란 무척 예외적으로 느껴질 수 있기 때문이다. 「화려한 비가」가 그러하고, 「종이컵 하나」 또한 그러하다. 뿐만 아니라 「아우슈비츠 강제수용소」 또한 마찬가지의 경우이다. 그렇다고 시인의 작품들이 사회의 불온성에 대해 비판의 담론을 제시하는 것은 아니다. 하지만 이런 시야의 확장은 서정의 영토를 넓히고자 하는 시인의 의도라는 점에서 그 긍정성이 있다고 하겠다.

어떻든 시인의 시선이 사회적 의미망에 놓인다고 해서 인식의 통일로 나아가고자 하는 서정의 정열과 무관한 것은 아니다. 가령, 「아우슈비츠 강제수용소」에서 그가 말하고자 한 의도 역시 사랑과 같은 통합의 정서에 그 방점이 놓여 있기 때문이다. 이런 맥락에서 「가시 너무 아픈 사랑인 것을」이 가지고 있는 서정적 의의랄까 그 함의가 중요해진다고 할 수 있다. 여기서도 이른바 동일성을 파괴하는 정서는 '가시'이다. 그것은 부조화의 매개이며 일체화된 감각을 무너뜨리는 일탈의 매개이기도 하다. 하지만 시인의 의도는 그것이 갖고 있는 이질성에 놓여 있는 것이 아니다. 그 또한 조화를 향한 질서, 곧 '아픈 사랑'일 수 있다는 것이다. 동질성을 해치는 이질성이 있다고 해서 곧바로 이를 배제시키는 일은 정도가 아닐 것이다. 시인의 정서는 선택에 의한 배제의 정서가 아니라 통합을 추구하는 데 그 목적이 있었던 것이고 이를 매개하는 것이 사랑과 같은 감수성이기 때문이다.

정정순의 시들은 자연을 서정화하는 데 있어서 그 나름의 독특한 방법적 의장을 보여준 경우이다. 그의 작시법은 사물을 똑바로 응시하고 이를 객관적으로 반영하는 미메시스의 방법을 수용하고자 했다. 그리고 이를 매개로 인간이라면 숙명처럼 다가오는 실존적 한계를 초월하고자 했다. 그것이 자연의 서정화 방식이었고, 사랑의 적극적 수용이었다. 시인이 펼쳐 보인 자연의 서정화 방식은 지극히 일반화된 것이긴 하지만, 시인의 그것은 좀 더 색다른 지점에서 형성된다. 특히 자연의 신화적 국면을 초월하여 이를 자신의 서정적 국면에 적극적으로 주입시키는 방식은 이전의 시가들과는 차질되는 것이었다는 점에서 그 의의가 있는 것이었다.

진화에 대한 저항과 반향
— 이건청, 『실라캔스를 찾아서』

1. 삶의 원형질로서의 실라캔스

이건청의 『실라캔스를 찾아서』는 근원으로 되돌아가고자 하는 시인의 의지가 반영된 시집이다. 이는 근년에 들어 그러한 세계로 회귀하고자 했던 시인의 행위가 반영된 결과이다. 익히 알려진 대로 시인은 반구대 암각화가 갖는 함의를 발견하고 이에 대한 보존과 그 가치를 선양키 위한 모임을 결성하고 이를 이끌고 있었거니와 그러한 표현을 『반구대 암각화 앞에서』라는 시집으로 상재한 바 있기 때문이다. 근원을 향한 그리움이라는 관점에서 보면, 『실라캔스를 찾아서』는 『반구대 암각화 앞에서』의 연장선에 놓여 있는 시집이라 할 수 있다.

『실라캔스를 찾아서』에서 우리의 시선을 끄는 것은 우선 이 시집의 소재인 실라캔스라는 낯선 사물이다. 시인의 설명에 의하면, 그것의 특징적 단면은 이러하다. "3억 6천만 년에서 6천 5백만 년 전, 퇴적암에서 발견되던 화석 물고기 실라캔스는 육지 척추동물의 특징들을 거의 그대로 지닌 채 1938년 어부의 그물에 잡혀 올라왔다"는 것이다. 이를 마주하면서 시인은 "몇억 년의 시간을 물속에 살았으면서도 물속 환경을 따라가 동화되기를 거부한 채, 애초의 자신을 지켜온 실라캔스의 자존의지 앞에 서서 나는, 시는 무엇이고 시인은 무엇이어야 하는가를 되뇌어보"았다고 했다. 그 성찰의 결과가 이번에 상재하는 시집 『실라캔스를 찾아서』로 나왔다는 것이다. 이미 사라졌어야 했던 것, 그리하여 화석으로만 존재했어야 했던 것이 실제 살아 있는 물상으로 우리 앞에 다가온 현실에서 시인이 받은 서정적 충격이 자못 크다는 것이고, 그 정서적 회오리가 시집 『실라캔스를 찾아서』를 쓰게 된 근본 동기가 되었다고 한다.

근대적 사고에 기대게 되면, 시간의 속성들은 여러 다양한 변화와 불가분의 관계를 맺고 있다. 시간이 자본과 결합되면 이자율이 되고, 생명과 결부되면 진화의 사고를 충실히 받아들일 수밖에 없게 되었다. 뿐만 아니라 근대적 시간은 일시적 · 순간적인 속성과 밀접하게 연결되어 있기도 했다. 하지만 시간의 변화 가운데 무엇보다 주목해야 할 것이 바로 영원과의 관련 양상일 것이다. 근대의 선조적 시간관이 지배하게 되면서 중세의 영원은 사라지게 되었는데, 영원이란 변화를 거부하고, 어제의 것은 오늘의 것이며, 또 내일의 그것으로 계속 순환 반복되는 특성을 갖고 있다. 이른바 진화라든가 진보의 관념은 철저히 배제되는 것이다. 하지만 근대의 시간들은 그러한 영원을 여지없이 무너뜨렸다. 그 한 축을 담당한 것이 다윈의 진화론이었다. 진화론은 어떤 물체의 변모라는 생물학적 차원에서 한정되는 것이 아니라 중세의 신학적 체계, 이른바 창조라는 영원의 관념을 무너뜨린 형이상학적 차원으로 그 외연을 넓혀가게끔 만든 계기가 되었다.

진화는 순응과 적응이다. 환경에 따라가는 순응과 그에 따라가는 변화가 바로 진화의 근본 논리인 것이다. 이에 의하면, 먼 시원의 것들, 근원의 것들은 그 원상을 잊어버리고 지금 이곳의 환경과 질서에 맞는 새로운 물상으로 자연스럽게 변모하게 된다. 그에 맞서는 대항담론은 아마도 저항과 부정의 정신일 것인데, 시인이 실라캔스에서 주목한 것도 이 부분이다. 자신을 지키려는 저항과, 진화라는 대세를 거부하는 부정의 정신이 이 반진화의 중심 사상이 되는 것인데, 실라캔스야말로 그러한 정신을 온전히 보존하고 있었다는 것이다. 그것이 시인의 주목을 끌게 된 근본 계기가 된다.

> 실라캔스는 원시 척추동물의 먼 조상으로 추정되는 물고기. 3억 6천만 년에서 6천 5백만 년 사이의 퇴적암 속에서 화석으로만 그 모습이 발견되었을 뿐, 오래전에 멸종된 것으로 되어 있었다. 그런데, 이 화석물고기가 1938년 12월 22일 남아연방 어느 바닷가에서 어부의 그물에 잡혀 올라왔다. 진화의 대세를 부정하면서 6천 5백만 년을 견뎌온 실라캔스, 그 부정과 저항의 정신에 이 시를 바친다.

화석연구가들이
6천 5백만 년 이전의 퇴적암에서
원시 물고기 화석을 찾았다
짐승의 이빨과 다리 흔적까지 지닌
물고기 화석이었다.

고생물고고학은 이 화석물고기가
3억 6천만년부터
6천 5천만 년 전까지 살았던
육지척추동물의 조상 물고기라고 적었다.
해와 달과 바람
눈 시린 파도 가고 오던
지구별에 너무 일찍 와
하염없었던,

진화의 대세를 따라
모든 동물들이 떠나갔는데도
육지에서의 삶을 포기하고

물속을 찾아 간
육지척추동물의 조상
진화를 거부하고
지질 속에 화석만 남긴 채 사라진
숨어버린
진화를 거부한,

짐승의 이빨과 네 다리, 폐(肺)의 흔적까지 지닌 채
6천 5백만 년을 물속에서 숨어 견딘
살아서 그물 속에서 잡혀 올라온 물고기
숨어서 자신을 지킨
부정과 저항,
푸드기는 푸른 정신…

—「실라캔스를 찾아서」 전문

과거 머나먼 시간 속에서, 그리하여 화석에서만 존재해야 할 원시 고생물이 지금 이곳에서 다시 살아 있는 것, 그것이 바로 실라캔스다. 마치 상상 속에서만 그려질 수 있는 몽환의 세계가 지금 이곳의 현실에서 재현되고 있는 것이다. 시간의 선조적 진행과 진보의 관념에 물든 근대인에게 원시의 모습을 지니고 있는, 곧 시간의 흐름을 거역하고 있는 실라캔스야말로 실로 경이의 대상이 아닐 수 없다. 시인이 그러한 실라캔스에서 받은 서정적 충격은, 먼 과거와 지금 현존의 거리감이 결코 채워질 수 없는 이 절대적 거리에서 얻어진 것이다. 실라캔스는 진화가 순리로 받아들여지던 시대에 이를 부정했다. 그러고는 자신이 원상으로 갖고 있었던 모습을 하나도 잃지 않고 온전히 지켜냈다.

그렇다면, 이런 진화를 거부한 실라캔스가 갖고 있는 진정한 함의는 무엇일까. 인용시에서 알 수 있는 것처럼 시인은 실라캔스의 그러한 모습에 대해 예찬의 정서를 표명하고 있다. 진화를 거부하고 자신을 지켜낸 실라캔스, 그리하여 태고의 모습을 간직하고 있는 실라캔스에서 어떤 긍정적인 모습을 응시하고 그 가치를 간취하고 있다는 것은 지금 이 시대, 아니 근대 이후 거침없이 진행된 진화라든가 진보가 갖고 있는 부정성에 밀접한 관련이 있을 것이다.

지금은 아주 뻔한 사실로 굳어지고 있긴 하지만, 진화로 외화된 근대의 가치가 긍정적인 효과를 가져온 것은 아니었다. 그것은 빛으로 간주할 수 있는 합리주의 정신과 건강한 이성을 유포해주긴 했지만 그 이면에 감추어진 어두운 그늘조차 모두 포회해줄 수 있는 것이 아니었다. 특히 도구화된 물질문명, 거침없이 팽창하는 욕망의 질주가 낳은 공동체의 파괴, 유기체적인 삶의 훼손 등은 근대의 긍정적인 면을 덮고도 남을 만큼 매우 불온한 것들이었다. 그리하여 근대에 대한 대항담론이 도도한 물결, 커다란 물줄기로 자리 잡기 시작했고, 그것이 이 시대 형이학상의 주류가 되었다. 이건청 시인이 과거의 온존한 모습을 간직하고, 그 원시의 모습을 그대로 재현하고 있는 실라캔스에 관심을 보인 것은 근대에 대한 이런 반담론의 의식이 작용한 결과일 것이다. 과거의 아름다운 삶의 원형질이 파괴됨으로써 우리들의 삶이 도전받았고, 현재 문명의 위기가 도래했다는 것이 시인의 판단인 셈이다.

2. 진화의 불온한 국면들

『실라캔스를 찾아서』에는 시인이 과거부터 지속적으로 천착해왔던 삶의 부정적인 모습들이 적나라하게 제시되어 있다. 그런 부정적인 면들은 만약 진화를 거부했다면, 그리하여 과거 시대에 전일적으로 움직였던 삶, 총체성이 구현되었던 삶이었다면, 결코 일어날 수 없었던 것들에 대한 편린들과 밀접한 관련을 맺고 있다.

근대는 원심적인 사회이다. 그것은 움베르토 에코가 지적한 것처럼, 지식의 산재라든가 그것의 분산과 밀접하게 연결되어 있다. 지식이 있다는 것은 앎이고, 앎이란 결국 구심적인 세계를 거부하는 에네르기로 작용해왔다. 영원이 지배하는 사회에서는 되도록 이런 원심적인 힘들은 제어되어야 할 필요가 있다. 그래야만 하나의 힘으로 세상을 이끌어나갈 수 있는 동력을 얻을 수 있었기 때문이다. 이런 면들은 사회 · 정치적인 면에서 더욱 유효한 것인지도 모르겠다. 중앙집권적인 중세의 권력이란 이런 힘들에 의지했던 바가 크기 때문이다. 그렇기에 가급적 중앙으로부터 멀어져나가는 에네르기에 대해서는 부정적으로 응시하게 해야 했다. 그런데 이는 비단 정치적인 면에서만 유효한 것은 아니었다. 인간의 사유를 지배하는 힘 역시 구심적인 힘에 의해 지배받을 때 영원의 힘은 더욱 그 영향을 발휘할 수 있었던 까닭이다. 구심적인 힘들이 분산되기 시작하면, 영원의 감각은 더 이상 유지되기 어려운 것은 자명한 일일 것이다.

진보라든가 진화는 어떻든 이 구심적인 힘들을 딛고 일어서고자 하는 지점에서 시작된다. 그런데 거기에는 분명 계몽이 그러했던 것처럼 긍정적인 요인과 부정적인 요인들을 필연적으로 함께 내재하게 된다. 개성을 향한 자유로운 발산과 독립된 개성에 대한 찬양이 그러하다. 이런 기반들이 근대 시민민주주의의 토양이 된 것은 자명한 것이지만, 그러나 그 이면에 자리한 부정성 또한 결코 만만한 것이 아니었다. 욕망의 자유로운 발산이 가져온 것은 긍정적인 가치로서의 개성이나 자유보다는 공동체의 이상을 더 이상 유지하기 어렵게 하는 파괴나 분열의 정서였기 때문이다. 그것이 어떤 이념이나 정서에 기반한 것이든 하나의 공동체라는 이상은 더 이상 기대할 수 없게 되었다. 그것이 진화에 대한 부정적인 면들일 것이다.

눈 감고 있는 것 같지만
웃고 있는 것 같지만
졸고 있는 것 같지만
경로석의 저 노인이
임산부 배려석의
저 여인이
노조원 유니폼의 더벅머리가
의심하기 시작한 것 같다
지하철 손잡이를 잡고 선
노랑머리도
뜯어진 청바지도
성경책도, 넥타이도
모조품 GUCCI 백도
같은 칸에 실려
같은 쪽으로 가고 있지만
저들 중 누군가가 자리를 박차고
일어설 것 같다
너는 어느 편이냐
소리치며 달려와
멱살을 잡을 것 같다.

—「지하철을 타고 가며」 전문

지하철은 현대문명의 꽃이다. 아니 지하철뿐만 아니라 이 시대 근대과학이 만들어낸 모든 문명들은 이 범주에 속할 것이다. 그럼에도 지하철을 주목하게 되는 것은 근대적 군상들이 모두 여기 한 곳에 모여 있다는 점 때문이다. 군중이 밀집해 있다는 것은 그만큼 하나의 단일성을 실현하는 데 있어서 쉽지 않다는 뜻이 될 수도 있다. 그 다양성은 사회의 에너지로 기능할 수도 있지만, 다른 한편으로는 갈등을 유발하는 요인이 되기도 한다. 서정적 자아가 주목하는 쪽은 후자인데, 자아를 응시하는 이타적 시선들이 그의 사유를 옭아매려고 하는 환각을 불러일으키게 만든다. 실상 이런 환각은 자아 내부에서 외따로 형성되는 것이 아니라 사회적인 맥락을 갖고 있다는 데 문제의 심각성이 놓여 있다. 그만큼 사회는 여러 다양성으로 나뉘어져 있고, 그 갈래마다 자신만이 진리라고 강요하고자 하는 힘이 도사리게 된다.

자신만의 것이 최상의 것이고, 이 시대의 진정한 진리라고 하는 것은 분명 잘못된 도그마이다. 그리고 이런 도구마적 결론은 하나의 단일성이 지배하는 시대가 아닌 이상 더 이상 가능하지가 않다. 물론 단일한 사유나 이데올로기가 지배하는 사회가 절대적으로 진리를 구현하고 있는 공간이라고 말하는 것은 아니다. 이는 또 다른 독단일 뿐인데, 시인이 말하는 사유의 끈을 따라가다 보면, 시인 역시 이런 단일한 사고에 대한 향수를 말하는 것이 아님을 알게 된다. 이를 만든 동인은 개인의 욕망이며, 집단의 이데올로기가 만든 분열일 뿐이다. 그리고 그 기원은 영원성이라든가 삶의 원상, 가령 유토피아가 사라진 시대의 혼란이 가져다준 결과이기도 하다. 우리 사회에 이런 분열이라든가 허위가 가져다준 것은 어느 하나의 지점에서만 확인되는 것이 아니다. 그것은 사회의 도처에 산재되어 있다.

신도시가 들어서고
유리벽 고층 건물들이
새들의 길을 막아서면서
새들이 죽는다
새들이 새들의 길에서 죽는다
꽝하고 부딪쳐 죽는다
황조롱이도, 멧비둘기도, 참매도
원래는 제 것이었던
하늘 길에서

머리가 깨진다
새들의 길을
잘라 만든 인간의 벽에 부딪쳐
새들이 자꾸 죽는다
사람들아 당신들이
새들의 길을 잘라 만든 벽
새들의 길을 잘라 만든 유리창으로
새들이 온다
새들이 새들의 몸짓으로
휘익, 휘익
유유히 날아와서
꽝하고 부딪친다
머리가 깨진다
날개 죽지가 꺾인다…

—「새들의 길에서 새들이 죽는다」 전문

새가 자연의 일부임은 당연하거니와 인간 역시 그러한 존재이다. 거대한 자연이라는 단일한 공동체에 있을 경우에, 이 작품에서 말하는 새의 죽음, 곧 자연의 훼손은 일어나지 않았을 것이다. 하지만 자연이라는 거대 단일성은 붕괴되었고, 인간만을 위한 또 다른 세계가 만들어졌다. 인간의 세상, 인간만의 경계가 만들어졌다는 것 자체만으로도 자연의 전일성은 붕괴되었다고 보는 것이 옳을 것이다.

인용시는 자연이라는 거대 공동체가 무너졌을 때, 그 부정적 결과가 어떤 것인지를 말해준다. '신도시'라든가 '유리벽 고층건물'은 자연으로부터 분리된 인간이 만든 산물들이다. 하지만 그 결과는 한때 자연이라는 영역에서 동일한 차원에 놓여 있던 물상들의 희생을 초래하게 된다. '유리벽 고층건물' 속에 머리를 부딪혀 죽을 수밖에 없는 새의 운명을 목도해야 했기 때문이다.

하지만 인간만을 위해서 만들어진 결과가 모든 인간들에게 동일한 혜택으로 다가오는 것이 아니다. 욕망에 충만한 인간은 자연뿐만 아니라 또 다른 인간의 그것조차 자신을 위한 수단으로 간주하기 때문이다. 가령, 「남루」라는 작품이 그러하다. 동일체의 훼손은 인간과 자연의 층위를 만들어내기도 했지만, 인간들 사이의 위계질서 또한 가져왔다. '남루한 옷을 입은 사람'은 바로 그러한 결과가 만들어낸 결과물이다. 욕망에 물든 사람들에게 '남루'로 감겨진 인간이란 동일한 인간이 될 수 없었던 것이다. 욕망은 새로운 계층을 생성하고, 그 계층만을 위한 또 다른 유유상종을 만들어낸다. 이는 끊임없이 진행되는데, 경우에 따라서는 새로 형성되기도 하고, 또 경우에 따라서는 그 그룹에서 탈락하기도 한다. 이러한 과정은 끊임없이 반복될 수밖에 없다. 인간의 욕망은 자연의 파괴뿐만 아니라 이렇듯 인간 내부의 층위, 곧 또 다른 파괴를 만들어냈던 것이다.

3. 부정과 저항으로서의 반진화를 향한 몸짓들

시인은 시집의 제목을 『실라캔스를 찾아서』라고 했거니와 그가 '실라캔스'를 통해서 본 것은 반진화(反進化)의 사유였다. 진화를 거부하면, 그리하여 시간의 질서라든가 흐름을 외면하면 실존은 쉽지 않다는 것이 진화론의 핵심이었다. 하지만 실라캔스는 수많은 세월 동안 진화를 거부하면서도 지금 이곳에 당당히 살아 있는 채로 우리 앞에 나타나 있는 것이다. 이는 곧 진화만이 실존을 가능케 한다는 근대적 사고와 정면 배치되는 것이 아닐 수 없다. 현재의 부정적 국면에 대해, 특히 인간의 욕망이 빚어낸 불온한 현실에 끊임없이 관심을 가져온 시인이 진화를 거부한 '실라캔스'에 주목한 것은 어쩌면 당연한 귀결이라 할 수 있다.

진화만이 삶의 긍정적인 모습을 만들어낸 것이 아니라고 본 것인데, 만약 지금 이곳의 현존이 어떤 유토피아라는 정점에 이른 것이었다고 사유한다면, 진화 여부의 담론들은 주목의 대상이 되지 못했을 것이다. 계몽에 대한 막연한 찬사가 궁극에는 부정적인 결과에 이른 것처럼, 진화에 대한 기대 역시 어떤 유토피아를 가져오지 못할 것은 자명한 일이다. 그러니 그에 대한 대항담론에 주목하는 것이 아닌가. 실라캔스는 진화만이 실존에 있어서 필수불가결한 것이 아님을 잘 보여준 사례라 할 수 있는데, 진화를 거부하고도 지금 이곳에 그것은 당당히 살아 있는 것이 아닌가. 삶의 원형질을 온전히 보존한 채, 환경의 변화에 응전하지 않으면서도 그 자신만의 고유한 방식으로 이 생명체는 현재를 살아오고 있었던 것이다.

진화가 어떤 사물의 현존을 보존한 것도 아니고 게다가 그러한 현존이 긍정적인 결과를 가져온 것도 아니었다. 그것은 단지 적응만능주의를 낳았고, 궁극에는 물질과 자본이 지배하는 사회에서 인간 자신만을 위한 것으로 계속 진화해 나아갔다. 지금 여기에서 펼쳐지고 있는 온갖 불온한 단면들, 그리고 부정적인 국면들은 모두 이 잘못된 진화의 결과이다. 그것은 파편적인 사유와 단일한 공동체를 훼손하는 주요 매개로 기능했던 것이다. 하지만 실라캔스는 그러한 진화를 거부하는 부정의 정신과 자신을 올곧게 지키는 저항의 정신만으로도 과거의 모습을 온존히 지켜가면서 지금 이곳에서 굳건히 살아가고 있는 것이 아닌가. 진화라든가 진보가 다변화된 환경을 경과하면서 생을 보존하기 위한 최후의 수단이 아님을 이 실라캔스는 알게 해준 것이다.

진화를 통해서, 그리고 진보를 통해서 인간은 자연으로부터 분리되고, 또 인간들만의 새로운 층위를 만들어온 것이 현실이다. 하지만 진화없이도, 곧 삶의 원형질만으로도 인간은 충분히 자신의 현존을 지켜낼 수가 있고, 또 현재의 갈등이나 위계화된 사회를 극복할 수 있다는 것을 이 생명체는 일러주었다. 그것이 서정적 자아가 실라캔스와 같은 존재, 또 그들이 생존했던 시대의 삶에 대한 그리움을 표명한 계기가 된 것이다. 그것만이 문명의 위기, 위협받는 생존을 극복할 수 있는 수단으로 인식하고 있는 듯하다.

이제 나
돌아가고 싶네
300만 년쯤 저쪽
두 손 이마에 대고 올려다보면
이마와 주둥이가 튀어나온,
엉거주춤 두 발로 서기 시작한,
130cm쯤 키의 유인원
오스트랄로 피테쿠스 아파란시스
고인류학자들이
최초의 homo속(屬)*으로 분류한
그들 속에 돌아가 서고 싶네
학력, 경력 다 버리고
그들 따라 엉거주춤 서서
첫 세상, 산 너머를 다시 바라보고 싶네.

안 보이던 세상 산등성이로
새로 뜨는
첫 무지개를 보고 싶네
실라캔스** 몇 마리 데불고
까마득, 유인원 세상으로
나, 가고 싶네

그리운, 오스트랄로 피테쿠스 아파란시스***

* 현생인류와 그 직계 조상을 포함하는 분류 속
** 3억 6천만 년에서 6천 5백만 년의 지층에서 화석으로 발견되는 육지척추 동물의 조상 물고기. 1938년 이후 살아 있는 실물이 발견되어 충격을 주고 있음.
*** 초기 영장류 중의 하나. 한 개체의 화석에서 골편 40% 정도가 수습되어 발굴 영장류의 대표성이 있음.

―「오스트랄로 피테쿠스 아파란시스」 전문

익히 알려진 대로 오스트랄로 피테쿠스는 초기 영장류 가운데 하나이다. 다시 말하면 인류 초기의 원시적 모습을 간직하고 있는 존재이다. 서정적 자아는 그 유인원이 살았던 시대로 되돌아가고 싶다고 했다. 원시의 모습을 간직하고 현재까지 살아 있는 실라캔스 몇 마리와 함께 그 유인원이 살았던 시대로 말이다. 물론 이 회귀는 그냥 간다고 해서 이루어지는 것이 아니다. 진화된 현존의 모습을 지우고 원상의 모습을 회복해야 가능한 일이다. 만약 그렇지 않다면 지금의 조건으로는 그곳에 가는 것이 불가능하거니와 또 간다 해도 서정적 자아가 진정 그리워하는 낙원이 아니다.

그곳에 가기 위해서는 진화의 덫으로부터 벗어나야 한다. 마치 환경에 적응하며 제대로 살아온 모습을 버려야 하는 것이다. 환경에의 완벽한 적응만이 성공적인 삶은 아니었다. 적응을 위해서는 진화에 대한 부정과, 자신의 변신을 위한 저항을 포기해야 하는 자세를 갖추어야 한다. 진화의 대세를 거부하고 자신을 지킨 저항의 자세를 갖추어야 비로소 그곳에 도달할 수 있는 것이다. 그러기 위해서 서정적 자아는 진화를 위해 자신을 포장했던 것들, 가령 학력과 경력 등등을 버려야 하는 것이다. 그것은 현존을 위해 진화했던, 삶의 원형질을 가리웠던 것들이다. 이 외피를 벗어던져야 비로소 시원의 세계로 돌아갈 수가 있다.

시원이란 비분리의 세계이다. 근대가 저질러놓은 이분법적인 세계를 극복하는 자리에 오스트랄로 피테쿠스가 사는 근원적 세계가 있다. 이곳에서는 이분법적인 정서나 층위의 세계가 존재하지 않는다. 모든 것이 원시적 상태로 놓여 있고, 전일적 단일성을 형성하고 있는 곳이다. 자연과 인간이 비로소 하나되는 곳, 그곳이 바로 오스트랄로 피테쿠스가 살고 있는 단일성의 세계이다.

이건청은 『실라캔스를 찾아서』에서 이런 원시적 공간을 행해 성스러운 여행을 떠난다. 원시적 시공을 드나드는 자아의 행보는 크고 넓다. 그럼에도 그의 행보와 시선들은 모두 근원적인 것에 닿아 있다. 그가 응시하는 세계는 오스트랄로 피테쿠스가 살고 있는 공간이기도 하고, 또 원시의 모습을 고스란히 간직한 채 살고 있는 실라캔스의 세계에 닿아 있기도 하다. 뿐만 아니라 원시를 꼭지점으로 두고 이에 도달코자 하는 항해의 행보들은 시집의 도처에서 계속, 그리고 힘차게 진행된다.

사람들은 모른다
늪이 무엇이며
왜 흙 위에서 질퍽이고 있는지
무엇과 무엇과 무엇들이 모여
하염없이 고여 있는지

부레옥잠이거나 개구리밥
가시연과 갯버들
떡붕어나 민물우렁, 두꺼비나
칠점사들이
왜, 제 이름들을 모두 버리고
높낮이까지 맞추면서
스스로 늪의 평면에 섞이는 것인지
모른다. 사람들은

어느날 우포늪을 찾아 서 있으려니
누만 년 고여
흙 위에서
스스로 질퍽이고 있는 것이
늪이고
늪의 자유라고
물안개에 덮인 늪이
피이 피이 새 소리로 들려준다---

—「우포늪에서」 전문

인용시는 원시를 행한 순례의 길에서 시인이 포착한 것 가운데 하나인 '우포늪'을 소재로 한 작품이다. '우포늪'은 자연 그 자체로서, 인위가 없는 곳이고 시인이 이 시집에서 강조하고 있는 진화를 거부하고 있는 곳이기도 하다. 진화와 비진화를 구분하는 기준점은 아마도 개념화에 있는 것인지도 모른다. 시인은 적어도 그렇게 사유하고 있는 듯하다. 가령, '떡붕어'나 '민물우렁', '두꺼비' 혹은 '칠점사' 등등의 구분이랄까 개념화는 모두 진화의 결과일 것이다. 오스트랄로 피테쿠스를 뛰어넘어서 진화한 존재, 그리하여 지금 이곳의 인간 또한 그러한 구분과 개념화의 과정을 거친 결과일 것이다.

하지만 원시의 모습을 간직하고 있는 '우포늪', 그러니까 자연 그 자체인 '우포늪'이야말로 그러한 구분이나 개념의 세계와는 거리가 멀다. 그것은 하나의 거대한 자연이기에 그 부속물은 외따로 자신의 고유성을 간직할 필요가 없다. 만약 그러하다면, 그것은 하나의 자연이라는 실체와는 거리가 먼 것이 된다. 그러나 '우포늪'은 그러한 구분의 세계를 거부하고 하나의 자연이 온전히 구현되는 공간이다. 그러니 여기에 공생하는 개체들은 "제 이름들을 모두 버리고/높낮이까지 맞추면서/스스로 늪의 평면에 섞이는 것"

이다. 그렇게 완전한 단일체로 사는 것, 그것이 시원의 세계이고 자연의 세계인 것이다. 그곳은 비진화의 세계이다. 진화를 위한 향한 부정의 몸짓, 자신을 지켜내기 위한 저항의 몸짓이 다른 어느 곳보다 강하게 일어나는 곳이다. 그럴 경우에 인간과 자연이라는 단일체, 그리하여 자연이라는 거대 단위로 모든 것이 수렴되는 것이다.

시인은 원시의 공동체가 그립다. 그러한 동기는 막연한 낭만에서 촉발된 것이 아니고 현존의 위기에서 비롯된 것이다. 원시의 공동체라는 아름다운 모습만 있었더라면, 지금 이곳의 실존적 위기는 도래하지 않았을 것이다. 그것은 당연스럽게 받아들여졌던 진화의 논리가 빚어낸 위기이다. 그러한 위기는 다시 원상의 모습을 회복해야 극복될 수 있을 것이다. 그러기 위해서는 머나먼 과거, 그 시원의 모습을 간직하기 위해서 진화를 부정해야 하고 자신의 온전한 모습을 지키기 위한 저항을 해야 한다. 그가 자연 그 자체인 '굴피집'(「먼 집」)으로 가고 싶거나 죽어서 '노루귀꽃'(「노루귀꽃을 보며」)이 되고자 하는 것은 이 때문이다. 육신을 벗고 자연으로 돌아가는 것 또한 그래서 슬프지 않은 것이고, 자연의 현상 일부로 보는 것이다(「잠간」).

이건청 시인이 이번 시집에서 응시한 것은 모두 시원에 관한 것들이다. 그것은 삶의 원초적인 것이면서 또한 인류의 근원, 생명체의 기원에 해당하는 것들이다. 그것은 미분화의 세계이고 비구분의 세계이다. 오직 자연이라는 단일체 속에서 모든 것이 하나의 원상으로 남아 있는 곳이다. 물론 그 반대의 자리에 놓인 것이 이를 딛고 일어선 진화의 세계일 것이다. 진화는 환경에 적응하기 위한 것, 생존을 위한 최소한의 동기가 작동하는 세계가 아니다. 그것은 오히려 구분이나 층위, 혹은 파탄의 동기로 작용했다. 문명이 빚어낸 현재의 위기, 생존에 대한 실존의 위험, 생태학적 위기 등은 모두 진화라는 대세를 수용하고 자신의 원상을 포기한 비저항의 자세에서 온 것이다. 이제 우리들의 생존 조건을 위협하는 그러한 조건들은 거부되어야 한다. 진화만이 긍정적인 것이 아님은 이미 증명이 되었다. 오히려 과거의 원시적 모습을 간직한 것들, 그것을 포회했던 환경들이 현재의 대항담론으로 훨씬 가치 있는 것인지도 모르겠다. 따라서 진화를 거부하는 '부정의 정신'과 자신을 지키기 위한 올곧은 '저항의 정신'이 반드시 필요한 것이 아니겠는가. 시인이 『실라캔스를 찾아서』에서 반진화의 감각을 부정과 저항의 정신으로 주제화한 것은 이 시대에 대한 위기의 진단과 그 대안이라는 점에서 그 의의가 큰 것이라 하겠다.

불온한 시대, 시의 길, 시인의 길
— 최서림, 『가벼워진다는 것』

1. '말의 힘'에 대한 새로운 포즈

최서림의 『가벼워진다는 것』은 시인의 아홉 번째 시집이다. 그의 시의 강점은 무엇보다 잘 읽힌다는 점이다. 첫 시집부터 이번 시집에 이르기까지 이런 면들은 한결같다. 그러니 시인의 시가 포지하고 있는 음역들이 무엇인지 어렵지 않게 알아차릴 수 있다. 그의 시들은 온갖 현란한 수사를 바탕으로 억지로 만들어진 시가 아니라는 뜻이다. 이런 유형의 시들은 독자로 하여금 사유의 깊이 속으로 인도할지언정 시의 맛은 전혀 느끼지 못하게 한다. 반면 최서림의 시들은 그러한 시들과 상대적인 자리에 놓인다. 그렇다고 그의 시들이 사유의 깊이가 없다는 뜻은 아니다. 작품을 읽어보면 알 수 있는 것처럼, 그의 담론들이 펼쳐 보이는 은유라든가 시의 의장들은 그 폭과 깊이가 매우 넓고, 깊은 경우이다. 시의 담론들이 가지고 있는 이런 확장성에도 불구하고 그의 시들이 쉽고 편안하게 읽히는 것은 전적으로 시인의 역량과 관련되어 있는 것이라 하겠다.

『가벼워진다는 것』은 이전의 시집과 다른 특징적 구분점이 있다. 최서림의 시들이 말들의 향연과 거기서 빚어지는 여러 의미들로 구성되는 것은 잘 알려진 일이다. 말에 관한 의장들은 그의 시의 출발점이면서 종착점과 도 같은 것이다. 하지만 말에 충실하다고 해서 그의 시들이 말의 외연에 충실한 형식주의적인 단면을 드러내보이는 것은 아니다. 그가 자신의 시에서 이야기하고자 하는 말의 향연은 형식과 같은 의장에 국한되지 않는다. 그의 표명하는 말들은 그것이 담보하고 있는 내용의 깊이 속에서 길러지고, 그것이 언표화되는 과정 속에서 만들어지기 때문이다.

시집 『가벼워진다는 것』에서도 그러한 말의 축제는 계속 이어진다. 그의 시들은 여전히 '말들의 전쟁'에 놓여 있고, 그것이 시에 어떻게 구조화되고 의미화되는지에 대해 관심을 갖고 있기 때문이다.

말(馬)같이 내달려온 역사는
온갖 말(言)들의 싸움터다.
말을 거머쥔 자가 세상을 지배한다.
흰색, 붉은색, 검정색, 노란색 깃발을 든 말들이
수천 년을 내려오면서 죽자고 싸우고 있다.
정객들은 웃는 얼굴로 적과 악수도 하고
영혼 없는 말로 서로 포옹도 하지만,
시인은 말로써는 악수도 포옹도 하지 않는다.
시인의 말은 칼이기 때문이다.
시인은 혹 허리를 굽힐 수 있지만
시는 굽히지 않는다.
시인의 말은 벽돌이고 대들보이기 때문이다.
왕과 군사들은 싸우다 죽을지언정
말(言)은 결코 죽지 않는다.
죽지 않고 살아남은 말은
승리한 말이 끌고 다니는 역사의 말발굽에
짓밟히고 짓밟혀서 땅 밑으로 내려간다.

모반을 꿈꾸는 슬픈 노래가 되어 여기저기서 솟아오른다.

—「말들의 전쟁」 전문

시인이 응시하는 역사는 말들의 싸움터로 인식된다. 온갖 현란한 말들이 자기만의 정체성을 위해 활보해왔고, 또 그러한 "말을 거머쥔 자"만이 "세상을 지배해"왔다. 그러니 생존을 위한 싸움터에서 승리하기 위해서는 거친 말들을 쏟아내야 한다. 그런데 이 과정에서 패배한 말들은 결코 죽지 않는다. 그것이 역사의 진실을 담보하든 혹은 그렇지 않든 간에 "짓밟히고 짓밟혀서 땅 밑으로 내려"가 훗날 "모반을 꿈꾸는 슬픈 노래가 되어 여기저기서 솟아오"르기 때문이다. 이 작품이 말하는, 죽지 않고 살아남은 말이란 무엇인가. 그리고 현재 승리한 말이란 또 무엇인가. 역사의 현장이나 현실에서 승리한 말은 집단성과 밀접한 관련이 있을 것이다. 그것은 진실과는 상관없는 말이다. 패배한 말이 진실하다고 하더라도 거대한 집단의 카르텔에 의해서 무너지게 되면 진실은 아무런 의미가 없기 때문이다. 하지만 집단에 의해 패배한 말이 역사의 전면에서 곧바로 사라지는 것은 아니다. 그것이 한 시대의 진실이나 역사의 올바른 결과 같이 하는 것이라면, 훗날 "모반을 꿈꾸는 슬픈 노래가 되어 여기저기서 솟아오"를 수 있는 준거가 될 수 있기 때문이다.

이렇듯 최서림의 관심을 갖고 있었던 것은 '말'이었다. 그리고 그러한 말들이 가지고 있는 '가시'에 대해서도 그는 집요한 천착을 보여왔다. 그런데 말에 대한 그러한 집착이 이번 시집에서도 여전히 나타나지만, 그 음역이랄까 아우라의 폭은 상당히 넓어져 있다. 말 속에 형성된 사회의 폭이, 문화의 넓이가 확장된 것이 이번 시집의 주요한 특색인 것이다.

2. 불온한 시대를 향한 반항의 시선들

현대성은 그것이 처음 수면 위로 드러날 때, 강렬한 메시지를 우리에게 던져주었다. 물론 그 이면에 자리하고 있었던, 잃어버린 영원 혹은 유토피아에 대한 그리움이었다. 하지만 이에 대한 물음을 끊임없이 제기했지만, 그 해법은 요원한 것처럼 보였다. 그러면서 그 도정은 중단없이 진행되었고, 현재에 이르렀다. 변증적 해법은 여전히 오리무중인 상태로 말이다. 그러니 우리는 여전히 현대성이 문제시되는 사회를 살아가고 있다.

최서림이 이번 시집에서 던지는 의문들도 여기에 놓여 있다. 현대성의 문제는 그동안 크게 두 가지 각도에서 탐색되어왔다. 하나가 형식적인 국면이라면 다른 하나는 내용적인 국면이다. 전자가 형식의 일탈이었다면, 후자는 내용의 일탈에서 찾을 수 있다. 하지만 어느 부면에 강조점이 놓여 있든지 간에 이 의장들은 모두 유기적 조화가 파편화되었다는 전제에서 출발한다. 그러나 그 방향은 다르다고 하더라도 이들이 지향하는 구경적 지점은 파괴되지 않은 원형적 세계들이라 할 수 있다.

최서림의 시들은 현대성의 여러 특징적 단면들과는 거리가 있었다. 특히 그의 시들은 형태 파괴적인 것들과는 무관한 경우였고, 또 현대인들에게 공유되는 일탈의 정서들과도 거리를 두고 있었다. 물론 그 외연을 어떻게 확장하느냐에 따라서 그의 시들을 현대성의 범주에 묶어둘 수도 있을 것이다. 서정시의 범주란 궁극적으로 유토피아에 대한 음역에서 자유롭지 않은 까닭이다. 하지만 『가벼워진다는 것』에서는 그러한 현대성의 특징적 단면들이 이전의 경우보다 매우 선명하게 드러난다는 점에서 주목을 요한다.

> 왼쪽 눈은 인조 백합이 만개해 있다.
> 오른쪽 눈은 독거미가 진을 치고 있다.

전쟁 같은 평화 속에서
자기 자신조차 믿을 수 없는 자들,
영감 고리오의 콧날을 가졌다.
노파 일리나의 갈고리 손을 가졌다.
에프 원 경주대회 같은 세상 속에서
생의 브레이크가 파열된지도 모르고,
어디로 굴러떨어지는지도 모르고
굴러가는 자들의 입이 점점
뭉크 빛 공포로 벌어지고 있다.

—「모던타임즈」 전문

이번 시집에서 현대성의 새로운 단면에 주목해서 쓴 시가 「모던타임즈」이다. '모던타임즈'는 잘 알려진 대로 1936년 찰리 채플린이 주연한 영화의 제목이다. 이 작품이 말하고자 한 의도는 근대문명의 상징인 기계와 그로부터 노예화된 인간의 모습들이다. 유기성과 통일성, 그리고 영원성에 놓여 있던 인간들이 근대라는 현실 속에서 어떻게 파편화되어가는지를 상징적으로 보여준 작품이 〈모던타임즈〉이다. 그런데 거의 한 세기가 지나서 채플린의 〈모던타임즈〉가 최서림 시인으로부터 소환되고 있는 것이다.

시인이 이 작품에서 말하고자 한 것도 채플린의 〈모던타임즈〉와 비슷한 경우이다. 여기에 등장하는 인물들은 다층적으로 오버랩되어 나타난다. 유기적 일체성을 상실한 '인조 백합을 가진 인간'이 있는가 하면, 이기적인 인간 사회에서 낙오된 발자크 소설에서의 '고리오 영감'도 등장한다. 뿐만 아니라 '노파 일리나'도 있고, 에프 원 경주대회에서 펼쳐지는 치열한 생존 현장에 놓인 인물들도 등장한다. 이들은 모두 삶이 유기성, 전체성과는 무관한 존재들이다. 말하자면, 파편화된 근대적 인물들이다. 분열과 일탈 속에 놓인 존재들이 자신들의 운명과 생존 방식에 대해 아는 것은 불가능하다. "생의 브레이크가 파열된지도 모르고/어디로 굴러떨어지는지도 모르"는 것이다. 그럼에도 그들은 자신들을 알 수 있다고, 또 조율할 수 있다고 강변한다. 그래서 "굴러가는 자들의 입이 점점/뭉크 빛 공포로 벌어지"게 된다.

「모던타임즈」에서 보듯 『가벼워진다는 것』의 중심 주제 가운데 하나는 현대성에 편입된 인간상들이다. 그런데 이런 파편화된 군상들은 채플린의 〈모던타임즈〉와 어느 정도 거리를 두고 있다. 그의 시들은 기계와 거기서 오는 문명들에 대한 충격에 대한 묘사가 아니다. 만약 그러하다면 최서림의 시들은 1920~30년대 시도되었던 모더니즘 문학과 하등 다를 것이 없을 것이다. 시인이 관심을 갖고 있는 것은 문명이나 과학과 같은 기계에 놓여 있는 것이 아니다. 그가 주목하는 것은 그 속에 편입된 인간의 모습, 궁극에는 자의식이다. 이런 면들이 과거의 '모더니즘'과 다른 모습이며, 이전의 모더니스트들과 구별되는 경우이다. 「모던타임즈」와 함께 지금 이곳에서 펼쳐지고 있는 현대성의 예리한 단면을 포착하고 있는 또 다른 시가 「구보씨의 하루」이다.

> 소설가 구보가 이상과 하릴없이 드나들던
> 종로 화신백화점 자리에
> 구름이 비치는 클라우드 빌딩이 들어섰다
> 시인 구보는 자신과는 생판 딴 세상인
> 클라우드에 한 번도 들어가 본 적이 없다
> 잠시 숨 돌리러 나온 삼성생명 직원들과
> 빌딩 밖에서 담배만 뻐금거리고 있다
>
> 낡은 슬라브집에서 허적허적 걸어 나온 구보,
> 신문을 펼쳐들다 빌딩 사이

가장 높이 떠서 흘러가는 새털구름을
고니같이 목을 길게 빼고 올려다본다
난수표 같은 경제면은 그냥 넘겨버리고
새털구름처럼 퍼져나가는 한숨을 내쉰다

아침을 거르고 나온 정리해고자 구보,
'낙원' 상가 근처 북적이는 고향집에서
이천 원짜리 선짓국으로 허기를 채운다
잎 떨어진 은행나무처럼 우두커니 서서
대학노트를 꺼내 시를 끄적거린다

핸드폰을 쓰지 않는 구보,
하릴없는 시인들과 노닥거려 볼까
명동예술극장 옆 주점 〈블루〉로 걸어간다
줄담배 피우며 구두 빠개어 신고 걸어간다
레깅스 꽉 죄게 입은 아가씨를 봐도
샤넬향기 풍기며 가는 여자를 봐도
도무지 눈길이 돌아가지 않는다

천국보다 낯선 쇼핑의 제국 롯데타운을 지나
화장품 싹쓸이 하러 온 관광객들 득시글거리는
명동으로 휩쓸려 들어간다
중국말인지 일본말인지 호객 소리에 어지러워
무심코 〈블루〉를 지나쳐 지하철로 빨려 들어간다
졸다 깨다 멍하니 당고개까지 갔다가
다시 오이도까지 갔다가 밤이 깊어서야
명륜동 가장 낮은 집으로 돌아간다

—「구보씨의 하루」 전문

「구보씨의 하루」는 1930년대 박태원의 『소설가 구보씨의 일일』에서 그 시적 동기를 얻은 작품이다. 잘 알려진 대로 『소설가 구보씨의 일일』은 전통적인 서사 질서를 부정하고, 단자화된 주인공인 구보의 일상적 삶을 파노라마식으로 엮은 작품이다. 그러한 면들을 이 소설은 인과성이 부정된 서사구조와, 이를 매개하는 우연의 수법으로 표현하고 있다.

「구보씨의 하루」는 『소설가 구보씨의 일일』을 짧게 축소한 것이라 해도 과언이 아닐 정도로 꼭 닮아 있다. 작품의 주인공이 '구보'라는 점에서도 그러하고, 율문 양식이긴 하지만 '구보'가 펼쳐 보이는 서사구조가 우연의 수법에 의해서 모두 이루어지고 있다는 점에서도 그러하다. 작품의 각 연들이 모자이크적 구성으로 이루어져 있을 뿐만 아니라 각각 연마다 산보하고 있는 구보의 행위 역시 고립 분산되어 있기 때문이다.

하지만 이런 유사성에도 불구하고 박태원의 『소설가 구보씨의 일일』과 「구보씨의 하루」는 매우 다른 경우이다. 『소설가 구보씨의 일일』에서 구보가 응시한 것은 근대의 특징적 단면들이다. 그는 이 단면을 통해서 근대와 그 물상이 만들어내는 음영들에 대해 사유하고, 이를 의미화시켰다. 이것이 현대를 탐색하는 고현학(考現學)의 한 방식임은 잘 알려진 일인데, 「구보씨의 하루」도 이와 유사한 국면으로 이루어져 있다. 하지만 최서림은 이 작품에서 『소설가 구보씨의 일일』처럼 근대화된 일상들에 대해 의미 있는 시선을 보내지 않는다. 서정적 자아가 보내는 시선은 외부로 있긴 하되 그것이 시인의 자의식 속에서 걸러지지 않고 있다. 그러니 응시한 대상 속에서 근대성의 의미들이 솟아나올 리가 없다. 서정적 자아의 시선은 비록 밖을 향하는 듯 보이지만, 온전히 그것으로 투영되지 않는다. 그러한 까닭에 시인은 거기서 어떤 유의미한 것들을 환기하지 않는 것이다.

이 작품에서 '구보'는 대상과 분리된 채, 자아 자신에게만 집중적인 관심을 둔다. 가령 3연의 경우가 그러하다. 여기서 자아는 "'낙원'상가 근처"에서 "이천 원짜리 선짓국으로 허기를 채운" 다음, "대학노트를 꺼내 시를 끄적거린다". 그가 시를 쓰는 것은 대상으로부터 얻어진 어떤 정서 때문이 아니다. 대상이 아무리 강하고 자극적이라도 그는 도무지 그러한 것들에 대해서 자신의 시선을 던지지 않는다. "레깅스 꽉 죄게 입은 아가씨를 봐도/샤넬향기 풍기며 가는 여자를 봐도/도무지 눈길이 돌아가지 않는" 것이다. 감각은 원초적인 것이다. 따라서 이를 초월하는 것은 쉽지 않은 일인데, 어쩌면 이 감각으로부터 자유롭지 않기에 인간의 정서가 생겨나는 것이고, 또 그 정서를 매개로 시인이라는 존재가 탄생하는 것이다. 하지만 시인의 시선은 대상으로부터 스스로를 차단시켰다. 그런 다음 고립 속으로 자아를 가두어버린다. 거기서 시도되는 것이 바로 최서림식 '구보'의 글쓰기이다.

시인은 현대성의 불행한 단면들이 이런 고립에서 비롯된 것이라고 사유한다. 영원을 상실한 자아가 이를 벌충하는 차원에서 결손된 것을 찾고 메워야 하지만 그것은 결코 녹록한 일이 아니다. 채플린의 〈모던타임즈〉에서는 기계가 인간의 유기성을 파괴했지만, 지금은 그와 사정이 매우 다르다. 지금은 기계가 아니라 집단화된 규율들이 기계를 대신하는 것은 아닐까. 채플린에게 기계가 있었다면, 시인에게는 획일화된 담론들이 있었다.

늪으로 둘러싸인 남쪽 숲속에
뱀 혀를 가진 돼지가 산다.
뱀 꼬리도 가졌다.
차갑고 긴 꼬리로 먹이를 칭칭 감는다.
노란망태버섯같이 화려하게 독을 감춘 말로
숲속 동물들을 혼미케 한다.
그가 마이크에다 거짓말하면 이상하게도
모두들 참말인 양 받아들인다.
짐승의 시체에 달라붙는 파리떼처럼,

그의 한 마디에 이리저리 몰려다닌다.
어디든 하수구 같은 곳에서는 괴물이 합성된다.
아무도 들어가 볼 엄두를 못 내는 숲속에서
껌껌한 신화가 만들어지고 있다.

—「돼지 나폴레옹」 전문

이 작품에서의 '돼지'는 꽤나 기형적인 모습을 하고 있다. 뱀의 혀를 가졌을 뿐만 아니라 꼬리도 가졌기 때문이다. 어떻게 상상하든 우리가 알고 있는 돼지의 전형적인 모습은 아닌 것이다. 이는 마치 피카소의 그림이나 〈터미네이터〉의 기계인간을 연상시킬 정도이다. 그러니 파괴적인 흉상을 하고 있는 것인데, 실상 이런 파괴적인 겉모습은 그 자체로 한정되지 않는다는 점에서 문제의 심각성이 놓여 있다.

하지만 기괴한 것들이 새로운 전형으로 자리한 것이 지금 이곳의 현실처럼 비춰진다. 마치 이 시대의 새로운 권위적 자리에 올라선 듯 이것이 뱉어내는 담론들은 힘을 발휘하기 시작하는 까닭이다. 괴물이 전형으로 굳어지면서 그리고 그것이 새로운 권위가 되면서 "숲속 동물들을 혼미케 한다". 게다가 마이크에 대고 거짓말을 해도 "모두들 참말인 양 받아들"이는 일도 쉽게 일어난다. 그의 말들은 이렇게 집단의 힘을 빌려 마침내는 더욱 큰 힘을 발휘하게 된다. 그리하여 일상의 진실과는 무관한 거짓이 만들어진다. 뿐만 아니라 새로운 합성이나 모자이크 등이 새롭게 만들어지면서 본디 있는 형상조차 심하게 왜곡시키기도 한다. 시인의 표현대로 본질과 상관없는 "껌껌한 신화"들이 계속 만들어지고 있는 것이다.

어두운 신화들은 여기서 그치지 않는다. 바이러스처럼 계속 복제되어 새로운 생성을 시도한다. 그것이 지금 이곳의 현실이다. 시인은 현대성의 그러한 병리적인 현상들을 여러 각도에서 예리하게 짚어낸다. 자식과의 사이에서 필연적으로 형성되는 단절이 있는가 하면(「얼어붙은 고독」), 위선이 지배하는 사회의 우스꽝스러운 단면을 제시하기도 한다(「빗장」). 뿐만 아니라 다수의 횡포에 의해 자아가 삭제되는 놀라운 현실을 환기시키기도 한다(「카프카적인 너무나 카프카적인」). 채플린에게 "인간을 말살하는 기계"가 있었다면 시인에게는 "불온한 집단이 만들어내는 껌껌한 신화"가 있었다.

3. 그리운 나타샤를 찾아서

시집 『가벼워진다는 것』에서 시인이 새롭게 포착해 낸 것은 일상의 현실에서 촘촘히 걸러진 현대성의 단면들이었다. 영원이라는 항구성을 상실한 채 살아가는 현대인의 삶을 생각하면, 이런 사유의 표백들은 어쩌면 자연스러운 것이라 할 수 있다. 그런데 이번 시집에서는 이런 무거운 주제들만이 있는 것이 아니다. 시집을 꼼꼼히 읽어보게 되면, 아주 쉽게 그리고 상식적으로 편하게 접근되는 일상의 주제들도 포착되기 때문이다. 그것은 소박한 일상의 삶에 대한 천착과 그 희구이다. 실상 소박하다는 말보다 더 편한 말, 쉽게 접근할 수 있는 세계도 없을 것이다. 그럼에도 시인에게는 이런 삶이 무척 낯설다. 그래서 이런 삶에 대한 애틋한 정서를 끊임없이 표명하는 예외적인 일을 반복하고 있다.

세상 바깥이
세상 안보다 넓고 크지만
세상 안에서 미워하며 용서하며
아옹다옹 살고 싶다.
오동나무같이 나이 들어갈수록
속을 점점 더 둥글게 비우고,
그 옛날 바보현자들처럼

귀를 활짝 열 수 있을 때까지,
계곡물, 바람, 돌멩이들의 속삭이는 소리도
용서하기엔 내 능력 밖인 사람들의 신음소리도
들을 수 있을 때까지
한번 버텨내며 살아보고 싶다.

가난한 짝새가 둥지를 틀고 있는 마음들 속엔
이미 세상 바깥이 들어와 있다.

—「오동의 마음」 전문

누구나 가볍게 그렇지만 소중하게 꿈꿀 수 있는 것이 이런 일상의 평범한 삶일 것이다. 그럼에도 불구하고 시인은 그러한 삶이 결코 평범하거나 쉽지 않은 것임을 말하고 있다. "~살고 싶다"는 소망을 드러냈으니 현실은 그렇지 못하다는 직설적인 고백과 다를 것이 없기 때문이다.

이번 시집에서 평범한 삶에 대한 희구의 표명은 두 가지 국면에서 접근할 수 있다. 하나는 현대성이고 다른 하나는 윤리적인 것과의 관련이다. 현대성이 파편적이고 일탈적이라는 것은 익히 알려진 일이다. 시인은 그러한 단면들을 자아의 고립이나 집단화된 말의 횡포, 그리고 여러 위선의 포즈 등에서 확인한 바 있다. 그러한 요인들이 뭉쳐서 전일화된 삶이라든가 유기적 공동체를 불가능하게 했을 것이다. 그러니 그러한 삶에 대한 동경의 자세를 취하는 것은 이제 시인의 자연스러운 시정신 가운데 하나가 되었다.

다른 하나는 소위 윤리성의 문제이다. 이는 형이상학적인 국면에서는 존재론적 완성과 분리하기 어려운 것이지만, 시인은 일차적으로 자기 수양의 문제에서 이를 탐색해내고 있다. 이번 시집의 제목이 『가벼워진다는 것』인데, 시인이 시집의 제목을 이렇게 한 특별한 이유가 있을 것이다. 그것은 우선 인용시에서 보듯 자기 수양의 문제와 밀접한 연관이 있는 것은 아닐까. 시인은 이 작품에서 그러한 윤리성을 두 가지 국면에서 이해한다. 하나는 스스로에 대해 비우는 것, 곧 가벼워진다는 입장이다. 이는 곧 욕망의 문제와 분리하기 어려운 것인데, 욕망에 집착하면 할수록 자아가 무거워진다는 것은 당연한 일이다. "그 옛날 바보현자들처럼/귀를 활짝 열 수 있을 때까지" 스스로에 대해서 비우는 행위를 하는 것은 이 때문일 것이다. 수양이라는 윤리의 문제는 이 무게와 밀접한 관련이 있는 것이라 하겠다.

그리고 다른 하나는 용서의 정서이다. 그는 자신에게로 향했던 검은 신화들에 대해서, 그리고 집단의 음성들에 대해서 이제 용서하고자 한다. 그러면서 그들의 음성까지 듣고 이를 자기화하고자 하는 마음의 자세를 갖추게 된다. 인간은 근본적으로 욕망으로부터 자유롭지 않은 존재이기에 타자를 향한 말의 혀에 독을 바르기 쉽다. 그리하여 상대방이 그 독을 먹고 쓰러지기를 바란다. 그것이 곧 욕망에 물든 인간의 존재 의의 가운데 하나이기 때문이다. 하지만 시인은 이제 그러한 독을 먹고도 이를 내부에서 스스로 해독하고자 한다. 그리하여 독이 없는 자아로 거듭 태어나서 그 독을 준 자와 함께할 수 있는 공존의 공간을 찾고자 한다. 그것이 바로 일상에서의 평범한 삶이 아닐까. 쉬운 듯하지만 결코 쉽지 않은 것이 평범한 삶이다. 슬플 때에도, 그리고 기쁠 때에도 눈물을 흘릴 수 있는 세계가 그러한 것이 아니겠는가(「음지식물」). 이는 권위 등등에 억눌린 삶, 곧 평범하지 않는 삶이란 울고 싶을 때 울지 못하는 세계, 웃고 싶을 때 웃지 못하는 세계라는 점에서 일견 설득력 있는 것이라 할 수 있다.

> 잠결에 두들겨 쓴 글이 참 비뚤비뚤하구나
> 다 내려놓기로 하니 몸도 맘도
> 배추흰나비처럼 잘도 날아오르는구나

저마다 자기 목소리만 쇳소리로 높여가는 세상,
바람머리를 한 선배 시인은 홀로 북방까지 찾아갔건만
북방 끝 마가리에다 인생의 짐을 풀었지만
나타샤, 지금 내 곁엔 나와 같이
부여안고 울어줄 나귀 한 마리 없구나
바르샤바나 산티에고, 지구 끝에다 마가리를 짓고 싶은 내 마음,
갓 부화한 어린 나비처럼 바르르 떨며 날고 있구나
나타샤, 낡고 지친 심장은 죄어오고
감각도 없는 몸이 저 혼자 눈물을 흘리고 있는데
나타샤, 봄볕보다 함박눈 속으로 숨어 들어갔으면
내 마음, 배추흰나비처럼 네게로 날아 들어갔으면

—「나의 나타샤」 전문

최서림 시인은 현대성이 가져온 여러 부정성들에 대해 자각하고 이를 초월하고자 했다. 그 탐색의 도정에서 그가 가장 먼저 주목한 것이 인간적인 삶이었다. 즐거울 때 웃고 슬플 때 함께 우는 삶, 집에서 부인과 자식에게 부대끼며 사는, 일상의 평범한 삶에 대한 그리움의 정서를 끊임없이 희구했다. 이런 정서의 이면에는 물론 그렇지 못한 현실이 자리하고 있기 때문일 것이다. 그 도정에서 그가 만난 시인이 바로 1930년대의 백석이다. 시인은 인간적인 따듯한 삶을 위해서 1930년대의 백석을 소환한 것이다.

「나의 나타샤」는 백석의 「나와 나타샤와 흰 당나귀」의 연장선에 놓인 작품이다. 백석은 나타샤를 사랑했지만, 나타샤가 갖고 있었던 신분상의 문제 때문에 현실적으로 그와 결혼하는 것이 어려웠다. 그리하여 나타샤와 더불어 산골로 들어가고자 했다. 이렇게 가는 것은 "세상한테 지는 것이 아니"라 "세상 같은 건 더러워 버리는 것"이라고 자기합리화했다. 말하자면 현실 도피이긴 하되, 그것은 어디까지나 자신들의 능동적인 의지에 의한 것임을 강조했던 것이다.

시인이 백석의 나타샤를 다시 환기한 것은 사랑하는 여인과 도피하기 위해서가 아니다. 파편화된 일상의 삶을 초월하기 위해서 가공의 현실, 곧 새로운 유토피아를 찾아 나서기 위해서였다. 그가 이런 행보를 보인 것은 자신의 윤리적 결단만으론 현재의 불온한 현실이 쉽게 치유되기 어렵다는 실존적 고뇌가 반영된 것처럼 보인다. 가령, "다 내려놓기로 하니 몸도 맘도/배추흰나비처럼 잘도 날아오르는구나"에서 보듯 어느 정도 가능성도 있긴 하지만, 그러나 현실은 그러한 가능성조차 허락하지 않은 것이다. 지금 여기에는 여전히 "저마다 자기 목소리만 쇳소리로 높여가는 세상"이 가로놓여 있기 때문이다. 현재 자아에게는 눈 내리는 아름다운 자연, 유토피아로 인도해줄 당나귀도 없고 나타샤도 없다. 그럼에도 불구하고 자아에게는 백석이 걸었던 그 아름다운 유토피아가 다가온 것이다. "나타샤, 봄볕보다 함박눈 속으로 숨어 들어갔으면/내 마음, 배추흰나비처럼 네게로 날아 들어갔으면" 하는 가정의 표출은 그러한 꿈과 밀접한 관련이 있다고 하겠다.

저물녘 새가 둥지를 찾아가듯 나도 모르게
청도로 빠져드는 것은 그 사람 이름 때문이다.
오월 훈풍에 찰랑이는 긴 머리칼,
머리칼에서 묻어나는 감꽃 향기 때문이다.
나직이 불러보기만 해도 온몸 구석구석을
감빛으로 물들여주는 따뜻한 그 이름 때문이다.
청도의 물과 공기, 이서국이라는 소국의 이름이 한데 어울려 낳은
보일 듯 말 듯, 감꽃같이 수줍은 그 사람 이름 때문이다.
변덕 많은 내게 중심을 잡아주는 구심력,
그 사람 이름을 닮아 둥글고 넓고 깊은 청도는
우리 모두가 잃어버린 향기의 근원이다.

—「감꽃 향기」 전문

시인은 이번 시집에서 현대성의 불온함이 펼쳐지는 국면들에 대해서 지속적으로 탐색해왔다. 잘못된 모순이라든가 불합리한 현실의 장들이 자아의 시야에 들어왔으니 그 대항담론에 대한 꿈이 솟아오르는 것은 자연스러운 일일 것이다. 그리하여 그가 소환한 것이 백석이 찾아 나선 '함박눈 내리는 자연'이었다. 시인이 이곳으로 향하는 것은 백석처럼 세상에 지는, 패배적인 자의식에서 기인한 것이 아니었다. 그는 백석과 마찬가지로 능동적 자의식으로 눈내리는 자연을 찾아 나선 것이다.

모더니즘의 궁극적 행보 가운데 하나가 자연에 있음은 잘 알려진 일이다. 이는 일찍이 정지용에게서 볼 수 있었고, 이후 80년대 모더니스트들에게서도 확인할 수 있는 것이었다. 문명과 과학이 파편화된 현실을 제공했다면, 자연은 그 반대편에 놓여 있는 전일한 세계였기 때문이다. 실제로 시집 『가벼워진다는 것』에서도 그러한 자연의 세계에 육박해 들어간 다음, 그것이 갖고 있는 본질적 함의에 대해 자기화하려는 노력은 꾸준히 시도되고 있었다. 가령, 천년의 자연향기를 품은 「황장의 힘」이라든가 진달래와 버들치 등이 만들어내는 「몸꽃」 등등이 그러하다. 뿐만 아니라 「나의 나타샤」도 그 연장선에 놓여 있는 경우이다. 자연이 온갖 문명적인 것들과 반대편에 놓인 것이라는 점을 감안하면, 이렇게 자연에 경도되는 것은 지극히 자연스러운 일일 것이다.

시집 『가벼워진다는 것』에는 이런 자연 사상 이외에도 특별히 주목할 공간이 있다. 바로 시인의 고향인 청도이다. 일찍이 시인은 과거 먼 어느 시절에 이곳에 자리한 이서국의 전설에 대해 들은 바 있고, 또 이를 잘 이해하고 있다. 인류의 유년 시대에 이들이 어떤 삶을 살았는지에 대해서는 역사가 기록하지 않아도 대강은 짐작이 가는 세계이다. 그것은 자연과 하나된 삶이었을 것이고, 마치 아메리카 대륙의 인디언적인 삶의 모습과 비슷한 것이었을 것이다. 그러한 삶이 바로 이서국의 참 모습이었을 것인데, 시인의 기억 속에 이서국은 여전히 살아 있다. 이에 대한 꿈이 시인에게 녹아들어가 있었던 것은 그곳이 자신의 물리적 고향이기에 그러한 것만은 아니었을 것이다. 각종 전설과 민담 속에 이서국 사람들의 삶은 아름답게 구비 전승되고 있기에 시인은 그들의 삶이 늘 그리웠을 것이다. 그런데 그러한 삶들이 지금 여기의 현실에서 소환된 것은 현재의 삶이 그들의 그것과는 너무 대비되는 까닭이었을 것이다.

현대적 아우라들은 가급적 나를 대상으로 멀리 떨어져 나가게 한다. 나의 겉면만 보고 내면은 외면하는 일이 다반사로 벌어진다. 그런 다음 약점이 있을라 치면, 그것은 바이러스처럼 끊임없이 퍼져나가는 일이 벌어진다. 시인의 표현대로 그것을 노출하게 되면, 나라는 정체성, 고유성은 순식간에 사라지고 마는 것이다. 하지만 이서국의 그것, 청도의 감꽃은, 그리고 그 향기는 "나직이 불러보기만 해도 온몸 구석구석을/감빛으로 물들여주"는 포용의 정서로 다가온다. 그러니 그로부터 어떤 모성적인 편안함을 느끼는 것은 당연하다. 하지만 그것은 유현한 과거 어느 때의 이야기이고, 말로만 전승되어 현재를 떠돌고 있을 뿐이다. 그렇다고 해서 그 향기가 결코 포기될 수 있는 것은 아니다. 그것은 "지금 우리 모두가 잃어버린 향기의 근원"과도 같은 것이기 때문이다. 그것을 현재화할 경우에만 현대의 파편성을 초월할 수 있는 절대 기제라고 시인은 굳게 믿고 있는 것이다.

4. 시의 길과 시인의 길

『가벼워진다는 것』은 현대성과 그 저편에 놓인 대항담론이 길항관계에 있는 시집이다. 한쪽과 다른 한쪽이 동전의 앞뒤처럼 교묘한 짝을 이루면서 나아가는 것이 이 시집의 특색이다. 그러한 한편으로 시인은 지금까지 자신이 끊임없이 던져왔던, 시와 시인의 임무에 대해서도 적실히 밝혀놓고 있다. 하지만 이러한 표명이 앞서 제기했던 제반 문제들과 평행선에 놓여 있는 것은 아니다.

시인이 늘상 주목한 것 가운데 하나가 '말'의 현상학이었다. 이는 이번 시집에서도 예외가 아니다. 다시 그의 말들, 글들, 그리고 시들이 어떻게 교묘한 관계 속에 놓여 있는지 주목할 필요가 있다. 이는 이 시집에서 꾸준히 탐색해왔던 현대성의 문제와도 밀접한 관련이 있는 것이기도 하다. 시인이 이번 시집뿐만 아니라 과거부터 주목하고 있었던 것이 가시 있는 말과 그렇지 않은 말이었다. 말과 시가 분리된 시, 그리고 그러한 것들이 통일된 시들이 갖는 의미들이었다. 이런 관계는 이번 시집에서 보다 분명한 옷을 입고 나타난다. 현대성의 제반 문제들과 어우러지면서 말이다.

> 풀어진 듯 잘 조여 있는 말이다 무심코 툭 던져오는 말, '그냥'은 보리차처럼 따뜻하게 흘러들어오는 말이다 막걸리같이 풀어지게 하는 말이다 말들의 싸움으로 삐걱거리는 세상에 윤활유 같은 말이다 적선하기 좋은 천 원짜리 지폐 같은 말이다 이냥도 저냥도 아닌 '그냥'은 거추장스런 옷을 다 벗어버린, 옷을 다 벗어버리게 만드는 말이다 마음의 빗장을 열게 하는 말이다 무장해제 시키는 말이다 앞뒤좌우 아귀도 없는데 앞뒤좌우 아귀가 딱 딱 들어맞는 말이다
>
> —「그냥」 전문

시인이 이전부터 말에 긍정적 가치를 부여하는 경우는 '가시 없는 말'에 한해서였다. 어쩌면 그것은 이 작품에서 보듯 '그냥'이라는 말과도 같은 것이 아닐까. 실상 '그냥'이라는 말은 방향성이 없는 말이다. 가령, 어떤 것을 요구하거나 누구를 지칭하지 않는 말이다. 그저 편하게, 그리고 경우에 따라 이러저리 떠도는 말이다. 목적이 없으니 바쁘지 않고, 남을 겨냥하지 않으니 유유자적하는 말이다. 목적과 욕망이 없기에, 시인의 표현대로 "말들

의 싸움으로 삐걱거리는 세상에 윤활유 같은 말"이다. 이런 말들은 시인이 현대성의 대항담론으로 추구했던 자연의 세계와 비슷한 것은 아닐까. 특히 분리되지 않은 전일성이 이 말 속에 녹아들어가 있다는 점에서 그러하다.

말에 대한 긍정적 가치는 이렇게 무목적성을 가질 때, 최고조에 이르긴 하지만 시인은 여기서 한 발 더 나아가 따듯한 말에 대한 정서에까지 그리움을 표명하기에 이른다. 그것이 '너의 말'인데 여기서 '너'란 나의 결핍된 부분을 보완해주는 말이 된다.

> 너의 말 한마디가 휘어졌던 내 생의 허리를 곧추세워 준다 내 핏속으로 스며들어온 너의 말이 막힌 혈관을 뚫어준다 봉투를 채 붙이기도 전에 달려오는 편지 같은 너의 뜨거운 말, 내 콩팥에 붙어있는 기름 덩이를 태워 준다 금방 낳은 달걀 같은 너의 말이 온몸의 어두운 세포 속으로 들어와 방방이 불을 밝혀 준다 가을 햇살 기름같이, 갈릴리 감람유같이 흘러들어오는 너의 말 한마디가 내 푸석거리는 혼에 기름을 발라 준다 쉼표를 잃어버린 나의 영혼에 구두점을 찍어 준다.
>
> —「너의 말」 전문

여기서 "너의 말"은 긍정의 말이다. 왜곡하거나 집단화된 힘을 갖고 있는 말이 전혀 아니다. 자아와 교류하고, 자아의 결핍을 채워줄 수 있는 영양소와 같은 것이다. 이런 말이야말로 집단이 만들어낸 왜곡된 말, 껌껌한 신화가 만들어낸 자아의 상실을 막아줄 것이다. 그리하여 자아에게 올바른 정체성이 형성되도록 이끌어주고 잃어버린 영혼을 찾아주는 준거틀이 될 것이다.

시인은 건강한 말을 찾아나섰다. 그는 늘상 말하고자 한다. 그런데 그의 말에는 가시가 없다. 다른 사람의 약점을 들추지 않고, 없는 것들을 왜곡하는 집단의 힘이 들어가 있지 않기 때문이다. 그의 말은 결코 "껌껌한 신화"를 만들어내지 않는다. "눈이 푹푹 쌓이는 아름다운 자연"과 같은 말이기 때문이다.

세상은 지금껏 말들의 전쟁을 일으켜왔다. 지금 현재는 힘 있는 말, 가짜로 무장된 집단의 말들이 승리한 것처럼 보인다. 하지만 그것은 영원한 승리가 되지 못한다. 잠시 패배한 듯 보였던 진실의 말들이 새로운 역사의 현장에 다시 모반을 일으키며 우리 앞에 우뚝 설 것이기 때문이다. 그러니 말은 진실을 담보해야 한다. 거짓이나 가짜로 포장해서는 안 된다. 이를 위한 자아의 행보는 결코 멈춰지지 않는다. 그리하여 시인의 그러한 논리는 말과 글이 하나가 되는 시가 되어야 한다는 데에까지 나아간다.

> 새털구름만큼이나 높고 외롭고 쓸쓸한 그는
> 아무도 탐내지 않는 가을 하늘을 팔아먹고 산다
> 불암산 계곡 버들치만큼이나 마음이 가난한 그는
> 갈대와 바람을 팔아 월세를 낸다
> 구절초와 감국으론 밥값을 벌고
> 딱새와 짝새로는 책값을 댄다
> 불암산 계곡물만큼 투명한 시를 읊조리면
> 가을 하늘도 새털구름도 다소곳이 그의 말속으로 들어간다
> 말이 글과 하나가 되는 시를 쓰면
> 딱새들도 짝새들도 그의 글 속에다 둥지를 튼다
>
> —「시인의 수입」 전문

맑고 투명한 시를 읊조리면 시의 말 속에 "불암산 계곡물"이 들어오고, "가을 하늘도 새털구름도 다소곳이 그의 말속으로 들어간다". 그런 다음 "말이 글과 하나가 되는 시를 쓰면/딱새들도 짝새들도 그의 글 속에다 둥지를 튼다"고 했다. 자연스러움의 극치가 아닐 수 없다. 말이 따로 있고, 글이 따로 있는 것이 아니다. 만약 그러하다면 그것은 위선이고 기만이다. 어쩌면 시인이 경계했던 "껌껌한 신화"가 될지도 모른다.

말과 글은 하나가 되어야 한다. 그것이 어긋나면 진실한 시가 탄생하지도, 진정 어린 시인이 되지도 못한다. 가짜를 위해서 자신을 왜곡해야 하고, 재물을 위해서 자신의 시를 희생해야 한다. 이미 보아온 것처럼 진실을 가린 집단의 위선적인 담론들이 얼마나 현실을 왜곡했는가. 그러한 왜곡은 모두 진실과 거짓을 뒤섞어 혼합한 탓이다. 진실이 구현되기 위해서는 어긋남이 없어야 한다. 표리가 부동해서는 안 되는 것이다.

이렇듯 말과 글은 언제나 동일한 차원에 놓여야 한다. 앞뒤가 다르고 위아래가 맞지 않으면, 그것은 진실된 시가 아니고, 참된 시인과는 거리가 멀다고 할 수 있다. 멀고 먼 과거의 이서국 주민들이 그러했던 것처럼, 현상과 본질, 사유와 행동, 말과 글은 하나가 되어야 한다. 그럴 경우에만 "괴물이 아닌 인간의 얼굴을 한 시인"(「시의 길」)이 비로소 탄생할 것이다. 최서림은 이제 그 입구에 들어섰고, 거기서 또다시 새로운 출발을 할 것이다. 이번 시집이 의미 있는 것은 이 때문이다.

존재 완성을 위한 신앙적 삶

—배조이, 『우리 함께 사랑하자』

1. 불완전한 인간의 숙명적 조건

인간이 완전하지 않은 존재라는 것은 잘 알려진 일인데, 그 불완전성은 실존적인 측면에서도 그러하고 또 종교적인 측면에서도 그러하다. 뿐만 아니라 근대 철학의 서두를 장식한 심리학에서도 그러하거니와 사회적 의미에서도 이 사유는 유효하다. 그렇기에 인간은 이 숙명적 한계를 뛰어넘어서 완전한 존재를 위한 꿈을 꾸게 된다. 인간에게 내재된 유토피아에의 꿈, 곧 낙원의식은 이런 토양에서 자라나게 된다.

인간은 여러 측면에서 불완전하다는 것인데, 실상 이런 인식을 가장 견고하게 보여주었던 것이 종교적인 국면이다. 인간이 결함이 없는 존재라면, 특히 신과 같이 완전한 존재였다면, 유토피아에 대한 희망을 드러내지 않았을 것이고, 그러면 종교의 역할도 더 이상 필요하지 않았을 것이다. 그렇다면 인간은 왜 불완전한 존재, 결핍된 존재가 되었는가. 그리고 그러한 인식의 기원은 어디에서 시작되었고, 그것이 인간의 삶에 대해 미친 영향은 무엇인가.

존재의 불완전성에 대한 이해는 종교마다 차이는 있겠지만, 그 핵심인

'죄의식'에서 찾을 수 있다. '죄'란 신의 계율을 벗어난 것이기에 윤리와 분리하기 어려운 것이고, 따라서 인간은 이 회복을 위한 지난한 자기노력을 시도해왔다.

'완전한 인간'과 '그렇지 못한 인간'의 구분점이란 이렇듯 이 죄의식에서 생겨난 것이다. 그 죄의 근원에 대해서는 종교마다 다른데, 우선 성경에서는 '에덴동산의 신화'에서 그 기원을 찾고 있다. 잘 알려진 대로 '에덴동산'에서의 인간은 전일적인 존재였다. 하나님은 천지를 창조한 후, 특히 아담과 인간을 만든 후, 이 동산에서 유토피아적인 삶을 영위하게끔 했다. 여기서 모든 것을 할 수 있고, 또 영위할 수 있었으며, 거의 신과 같은 지위와 능력을 부여받았다. 하지만 이런 삶을 지속하기 위해서는 한 가지 조건이 붙어 있었다. '저 언덕 너머 동산에 있는 나무의 열매'만은 먹어서는 안 된다는 계율이었다. 만약 이를 어길 때에는, 곧 신의 계율을 지키지 않을 때에는 에덴동산에서 누리는 전일적 삶은 박탈된다는 것이었다.

하지만 신의 엄중한 경고에도 불구하고 이 계율은 무너지게 된다. 잘 알려진 대로 뱀의 유혹에 의하여 '금지된 열매', 결코 '먹어서는 안 되는 열매'는 이브와 아담의 목으로 넘어가게 된 것이다.

> 평화롭게 빛나며 젖과 꿀이 흐르는 에덴동산에
> 어느 날 교활한 뱀이 나타났다
> 아담과 이브를 유혹하여 죄를 가져오고
> 죄는 죽음을 가져왔으며
> 하나님과 사랑의 관계는 깨어졌다
>
> —「부활의 생명」 부분

유토피아적 삶이 영위되던 에덴동산에, 시인의 표현에 의하면, "평화롭게 빛나며 젖과 꿀이 흐르는 에덴동산에/어느 날 교활한 뱀이 나타났다".

뱀은 먼저 열매를 먹고, 그것이 일으킨 반향에 흥분한 나머지 이브와 아담에게도 먹을 것을 권장한다. 이른바 유혹 마수가 뻗힌 것이다. 너무나 달콤한 말에 이들은 유혹을 참지 못하고 받아들인다. 뱀의 유혹에 넘어간다는 것은 "신과 같이 밝은 눈"이 된다는 것인데, 이는 다른 말로 하면, 신과의 약속이 깨지는 것을 의미한다. 신의 계율을 어긴 죄는 이렇게 탄생했고, 이후 인간이라면 이로부터 결코 자유로울 수 없는 '원죄'라는 숙명 속에 살아가게 된다.

신의 계율을 어긴 에덴동산의 사건은 인간으로 하여금 "신과 같은 밝은 눈"을 갖게 하였다. 그리하여 인류 최초의 사건이 일어나는데, 그 정서가 부끄러움이다. 그 수치심이야말로 인류에게 인간적 현실로 접어들게 만든 결정적인 정서가 되었다.

에덴동산의 신화가 말해주는 것은 크게 두 가지이다. 하나는 인간은 결코 욕망이라든가 유혹으로부터 자유롭지 않은 존재라는 것, 둘째는 그럼으로써 인간은 신의 계율을 어긴 '원죄'를 누구나 예외없이 근원적으로 내포한 존재라는 것이다. 그것이 인간을 완전한 존재에서 불완전한 존재로 만든 계기가 된다. 따라서 다시 완전한 존재가 되기 위해서는 이에 대한 초월과 극복 의지가 절대적으로 요구되기 시작했다. 말하자면, 죄와 초월에 대한 지난한 싸움, 완전한 인간을 향한 인간의 끝없는 열망, 곧 유토피아에 대한 기대를 끝없이 하게 된 것이다. 하지만 에덴동산에 이르는 길이 무엇이고, 어떤 경로에 의해 이루어지는 것인지에 대해서 잘 알고 있음에도 불구하고 그 도정은 험난하기 그지없다.

그런데, 알고 있음에도 불구하고 실행할 수 없다는 것은 인간의 나약함에서 오는 것인가. 결코 그렇지 않다는 것이 문제의 핵심인데, 그 저변에서 끊임없이 작동하고 있는 것이 바로 욕망이라는 기관차, 브레이크 없는 기관차가 존재하고 있기 때문이다.

사랑아
이 세상 신이 빛으로 가장하여
사람의 마음을 유혹하고 있구나
참으로 저항하기 어려운 이 강력한 미혹의 영!

달콤하게 다가와
그의 잔을 내밀며
네가 이것을 마시면 행복하리라

—「미혹의 영」 부분

유혹은 강렬하다. 그런 매혹에다가 이것이 자아에게 크나큰 위기로 다가오는 것은 "신의 빛"으로 가장하고 있는 까닭이다. 자아가 "참으로 저항하기 어려운" 것도 여기에 그 원인이 있다. 게다가 그것은 '달콤하기'까지 하며, 또 '네가 마시면 행복하다'고까지 한다. 에덴동산에서는 뱀이 유혹의 주체였다면, 일상적 삶에서는 물질이 그 주체가 된다.

실상 이번에 상재하는 시인의 작품들에서는 물질에 대한 욕망과 이에 대한 경계가 매우 많이 등장한다. "물질주의는 신앙을 타락시킨다"(「깊은 기도」)거나 "하나님을 사랑할 것인가?" 아니면 "돈을 사랑할 것인가?"(「너를 정결하게 하라」) 할 정도로 양도논법적인 구도를 제시하기도 하는 것이다. 이렇듯 물질과 믿음, 유혹과 절제는 시인의 작품 세계에서 끝없는 길항을 하는 이분법적인 체계로 구성된다. 전자가 악의 주체임은 당연하거니와 그 대항담론에 놓인 체계는 당연히 신의 영역이다. 물론 시인이 닮고자 하는 것, 수양하고자 하는 것은 후자의 영역이다. 신앙을 바탕으로 한 그의 시쓰기가 어떤 윤리적 정합성에 놓여 있는 것은 이와 밀접한 관련이 있다고 하겠다.

에덴의 신화가 무너진 이후, 인간의 전일성을 파괴한 것은 유혹이나 욕망으로 표명되는 것들이다. 그것은 자기중심적인 것이며, 신으로 향하는 열린 세계는 물론 아니다. 만약 그러하다면 신은 다시 우리에게 선한 삶과 유토피아적인 토대를 제공해주었을 것이다. 신과 인간 사이에 놓인 틈이랄까 간극은 어느 한순간에 치유되거나 회복되는 것이 아니다. 어쩌면 그 간극은 계속 확대되어 가는 것일 수 있고, 그 틈이 나와 신의 관계, 혹은 인간들 사이에 넘지 못할 장벽으로 남아 있을 것이다. 시인이 응시한 것도 이러한 간극이 주는 상처, 혹은 이질성이다.

> 많은 사람들이 거절감으로 괴로워하고 있다
> 특히 형제가 너무 많은 가정에 태어난 사람
> 아들을 원할 때 딸로 태어난 경우
> 낙태를 하려고 계획했다가 취소하고 출산한 경우
>
> 또 심리적 학대를 받고 자라거나
> 그런 인간관계가 오래 지속되었을 때
> 쉽게 낙심하고 화가 나며
> 미워지고 오해하고
> 짜증나고 조급하고
> 내가 누구인지 정체성의 문제를 갖게 되어
> 인간관계의 어려움을 겪게된다
>
> 세월을 거치면서 사람의 가슴에 이 거절감은 강한 요새를 만든다
> 다르게 표현해서 마음속이 얼어붙어
> 울어야 할 때 웃고
> 웃어야 할 때 우는, 공감이 안 되는 약간 미친 듯한 사람이 된다
>
> 요새가 형성되어 있다는 것을 모르고 대부분 살고 있지만
> 나의 사랑 안으로 들어와 깊게 뿌리를 내리면

성령께서 어느 날 그 요새를 폭로하신다

나의 사랑으로 그 요새는 얼음이 녹듯 녹아내리고
많은 부분이 회복되지만
그 다음 단계 하늘 아버지 나의 아버지 아바 아버지의 품으로 가야한다
아버지와의 화해!

너에게 험악한 길을 허락하신 아버지를 용서하고
너의 분노를 그에게 드리며 아버지 없는 고아처럼 애처롭게 헤매지 말고
그의 품에 안기라
더 깊은 치유가 일어나리라

—「거절감」 부분

화해를 위한 거절의 정서는 둘 사이의, 화해할 수 없는 '틈'에서 생겨난다. 그러한 까닭에 이 틈이 넓을수록 너와 나의 일체화된 관계는 요원하게 된다. 그리고 그것이 깊으면 경우에 따라서 '상처'(「상처의 가시」)가 되기도 한다.

시인은 조화로운 관계나 공동체, 혹은 신과의 합일을 방해하는 주요 기제로 '거절감'의 정서를 든다. 이 부조화의 정서가 형성되는 사례들을 시인은 이런 맥락에서 이해하는데, 가령 "형제가 너무 많은 가정에서 태어난 사람"이나 "아들을 원할 때 딸로 태어난 경우", 혹은 "낙태를 하려고 계획했다가 취소하고 출산하는 경우"들이다. 뿐만 아니라 "심리적 학대를 받고 자라거나/그런 인간관계가 오래 지속되었을 때"도 '거절감'이 형성되고, 이로 말미암아 인간관계가 어려워진다고 한다. 그리고 그것이 긴 역사성을 갖게 되면, "강한 요새"를 구축하게 되어 인간적 힘으로 어찌할 수 없는 상태가 된다고 한다.

여기서 말하는 '요새'란 일종의 자기 고립주의와 가까운 것이다. 이 정서는 타자로 향하는 길을 차단하고 오직 나만의 고립된 성채, 갇힌 공간을 만든다. 이것이 독선과 이기주의임은 자명한 것인데, 이런 정서가 지배할 때, 조화의 감각이랄까 화해의 정서가 생겨나지 않는 것은 당연한 일일 것이다. 이런 부정적 요인들이나 상황들은 당연히 극복되어야 하는데, 시인은 이 '요새'를 파괴할 수 있는 주체는 오직 하나님뿐이라고 한다. 신은 그 단절의 강을 넘어서 고립된 인간을 화해의 장으로 이끌어낸다고 보는 것이다. 여기서 신을 향한 시인의 간절한 염원이 생겨나게 된다.

2. 치유를 향한 실천의 장

어떤 것을 배태한 결과가 있으면 그 원인도 분명 존재할 것이다. 이는 이성의 영역이나 합리주의의 영역이 아니더라도 누구나 쉽게 추단할 수 있는 부분이다. 하물며 종교적 인간이라면 이 원인이랄까 근원을 포착하는 것은 지극히 뻔한 일이 아닐 수 없다. 거기에도 일상의 인과론 못지않게 형이상학적인 인과론이 분명 존재하는 까닭이다. 시인은 인간의 종교적 요건을 불완전성에서 찾고 그 근원을 에덴동산의 신화에서 찾은 바 있는데, 이는 지극히 당연한 수순이었다.

하지만 원인이 진단된다고 해서, 그 요인이 쉽게 제거되거나 초월되는 것은 아니다. 만약 그러하다면 오랜 인류의 역사를 돌이켜보건대, 그 죄의 역사, 갈등의 역사는 분명 해소되었을 것이기 때문이다. 그만큼 죄를 만들어낸 힘과, 그 유혹의 역사는 길고 끈질긴 것이다. 이런 과정은 프로이트가 묘파했던 무의식의 역사와도 그 궤를 같이하는 것이라는 점에서 그 특이성이 있는데 가령, 누구에게나 원리적으로 작동하는 오이디푸스에 의한 억압이, 인간이 실존하는 한 계속 축적될 수밖에 없는 논리이다. 하기야 프로이트의 그것도 성서의 서사구조와 밀접한 관련 속에서 얻어진 것이긴 하지만, 어떻든 에덴동산에서 형성된 인간 최초의 죄도 삶의 역사 속에 비추어보면 어느 한순간의 일이 아니라 계속 진행, 축적된 것이라 할 수 있을 것이다.

이제 그러한 역사를 초월해서 새로운 삶의 장을 마련해야 하는 것이 인간에게 주어진 윤리적 · 당위적 임무가 되었다. 낙원 · 추방 및 타락 · 회복운동이라는 서구의 영원한 3대 서사구조, 아니 기독교의 서사구조가 만들어지기 시작한 것이다. 인간은 한때 낙원에 살았지만 이제 죄를 짓고 추방된 존재였다. 그러니 다시 그 잃어버린 낙원으로 되돌아가야 하는 숙명을 안게 된 것이다. 이러한 노력 속에 바로 종교적 인간의 임무가 포회되어 있었던 것이다. 어쩌면 그것은 꼭 종교적 인간만의 것이 아니라 현존 내의 모든 인간이 겪어야 할 숙명과도 같은 것이기도 하다. 이런 전제가 있어야 종교도, 사회도 존립할 수 있는 근거가 만들어지는 것이 아닐까 한다.

성서의 역사에서 볼 때, 지금은 회복의 시기이다. 아니 그 장구한 역사의 흐름이 아니라고 하더라도 다시 에덴의 낙원으로 되돌아야 하는 때가 도래한 것이다. 그것이 신이 존재해야 할 이유이고, 인간 또한 존재하는 이유이다. 왜 그러냐 하면, 그곳은 인간의 원초적 고향이기 때문이다. 시인은 그곳에 이르기 위한 조건이랄까 실천의 방법으로 다음 몇 가지를 제시한다. 하지만 이 또한 성서의 가르침이자 교훈에서 온 것이라 점에서 그 특징적 단면이 있는 경우이다. 우선, 그 하나가 사랑이다.

> 나의 사랑
> 나의 신부
> 내가 너에게 주고 싶은 말은
> 하나님은 사랑이시다 라는 말씀이다

넌 또 사랑에 대해서 말씀하시나요? 하고 묻지만

나는 나의 자녀들이 내 사랑을 알고
내 사랑 안에 집을 짓고
나의 사랑으로 살기를 원한다 말씀하십니다

신약과 구약
성경 말씀 안에 흐르고 있는 보물은
하나님의 사랑
아버지의 뜨거운 사랑!

사랑이 없는 믿음이 있고
사랑이 없는 소망이 있다
믿음 소망 사랑 가운데
가장 귀한 것이 사랑이다

나는 포도나무!
돌감람나무 너를 포도나무 나에게 접붙여서
나의 사랑
나의 생명이 너에게 흘러넘치게 하고 싶다

나의 불타는 사랑을
너의 심장에 부어 주노라
이제 네가 살리라

—「가장 귀한 것은 사랑이니라」 전문

불완전한 인간이 전일성을 확보하고자 하는 노력, 혹은 서정적 단일성을 확보하기 위한 자아의 노력 가운데 일차적으로 주목하고 있는 것이 '사랑'의 정서이다. 이 작품에서 사랑은 두 가지 방향성을 갖는다. 하나는 하나님의 사랑, 곧 내리사랑이고, 다른 하나는 인간들 사이의 사랑, 곧 수평적 사랑이다. 이 가운데 가장 중요한 것은 물론 하나님의 사랑이다. 인간은 신의 계율을 어겼지만, 하나님은 결코 이를 노여워하지 않았고, 또 그런 이유로 인간을 버리거나 포기하지도 않았다. 어떤 경우에도 인간을 감싸안는 '사랑'을 주었기 때문이다.

하나님이 주신 사랑은 단속적이지 않다. 위에서 아래로 내려온 수직적인 것이 결코 아닌 까닭이다. 그것은 하나의 생명처럼 소중했기에, 그 귀한 것을 인간에게 주는 것, 그것은 바로 생명을 영위하기 위한 수단으로 기능했다. 따라서 이를 받은 인간은 단지 수동적인 차원에서 머물러서는 곤란했다. 그 결과 인간 또한 이를 가족에게, 이웃에게, 그리고 사회 곳곳에 골고루 나누어야 했다.

사랑은 벽을 허물고, 서로를 이해하고, 보듬어 안아준다. 그러한 까닭에 어떤 고립에 갇히거나 인간에게서 샘솟는 이기주의와 욕망의 세계로부터 보호해준다. 사랑이 믿음, 소망보다 가장 귀한 것이 될 수밖에 없는 것은 이 때문이다. 사랑이 있어야 상대를 포용할 수 있고, 그 결과 따뜻한 사회를 만들 수 있다.

에덴동산을 향한 치열한 서정적 열망은 이제 새로운 단계로 나아가기 시작한다. 이 사랑에서부터 시작하여 그것은 보다 넓은 외연을 확보하기 시작했기 때문이다. 시인의 작품이 종교의 영역에 갇히지 않고, 인간의 보편적 영역에 닿을 수 있는 근거도 여기서 비롯된다. 시인이 취하는 포즈는 넓고 크다. 이렇게 큰 것은 담론 속에 내포되는 언어의 자장이 깊고 넓게 퍼져 있는 까닭이다.

> 나의 말씀
> 나의 의
> 나의 생명의 빛 안에서

나는 너를 치유하는 하나님

낫기를 원하는가?
용서하라!
너에게 가시밭길을 허락하신 하나님을 용서하고
너의 부모님을 용서하고
너의 이웃을 용서하고
무엇보다 네 자신을 용서하라

네가 너를 용서하지 않으면
두뇌의 착시현상으로
모든 것이 실제보다 미워 보이고
네 자신도 실제보다 미워 보인다

용서는 핵 폭탄처럼
사단의 견고한 진을 파괴한다

용서를 통해서
그리스도 십자가의 피의 능력이 치유의 빛이 되어
네가 외양간에서 풀려나온 송아지같이 뛰리라

용서하면
너는 하늘의 온갖 보화를 얻으며
원수에게서 빼앗은 것으로 네 집을 채우게 될 것이다

—「용서하라」 전문

인간의 영원한 꿈이자 목표인 '낙원으로 되돌아가는 길'은 멀고 험하다. 하지만 그 도정이 결코 불가능한 것도 아니다. 내 스스로의 죄를 씻고, 그 죄가 만들어낸 갈등의 불씨를 끄면 그만이다. 수양이 절대적으로 요구되는 것이다. 죄와 갈등을 무화시키는 담론들은 앞서 언급한 대로 사랑이 제일이다. 그렇지만 시인은 여기서 한 단계 더 나아가 '용서'의 정서도 인유한다. '용서'란 가해자가 있고 피해자가 있는, 수직적 인과관계를 갖는 복합적 감정이다. 따라서 원인에 대한 해소 행위가 없으면, 둘 사이의 긍정적인 관계가 형성되지 않는 것이 이 정서의 특징적 단면이다. 그것은 서로 넘나들 수 없는 거대한 장벽이며, 쉽게 파괴되지 못하는 성채와도 같다. 이 장벽을 넘지 못하면 '낙원으로 되돌아가는 길'은 결코 도래하기 어려울 것이다.

그리하여 시인이 발견한 서정의 씨앗이 바로 '용서'라는 정서이다. 여기서도 용서는 두 가지 방향성을 갖고 있다. 하나는 자기 스스로에 대한 것이고, 다른 하나는 타자에 대한 것이다. 자기중심적이고 이타적인 것이 용서의 특성인데, 우선, 시인은 인간 스스로가 용서의 정서에 갇힐 것을 요구한다. 만약 "네가 너를 용서하지 않으면/두뇌의 착시현상으로/모든 것이 실제보다 미워 보이고/네 자신도 실제보다 미워 보"이는 까닭이다. 이런 용서가 있어야 비로소 타자를 향한 용서도 가능하다는 것이 시인의 판단이다. 다시 말해 스스로에 대한 용서, 곧 성찰이라는 자기반성 없이는 타자에 대한 이해나 이에 동조하는 입장에 결코 서지 못할 것이다. 결국 이런 관점을 올곧이 지키지 못하게 되면, 대상과의 차이에서 오는 간극은 결코 극복되지 않는다는 것이다.

시인이 보기에 용서는 강하고 힘차다. 그런 맹렬한 힘이 있기에 "사단의 견고한 진을 파괴"할 수 있다고 본다. 여기서 "사단의 견고한 진"이란 다름 아닌 증오, 시기, 갈등의 정서들이다. 이것은 사단의 힘에 의해 더욱 견고해져 종국에는 어떤 힘으로도 파괴할 수 있는 강고한 힘을 갖게 된다. 하지만 용서는 이를 해체할 수 있다. 시인의 말대로 "용서는 핵 폭탄처럼/사단의 견고한 진을 파괴"할 수 있는 까닭이다.

그리고 에덴으로 돌아가는 또 다른 하나의 길은 '믿음'이다. 이 믿음 역시 두 가지 방향성이 있다. 하나는 하나님에 대한 믿음이고, 다른 하나는 그러한 믿음을 바탕으로 한 인간 사이의 믿음이다.

주님 멋지고 근사한 말씀을 저에게 주소서
그래서 멋진 글을 쓰게 하소서

사랑아
내가 너에게 알려주고 싶은 것은 믿음에 대한 것이다
믿음보다 멋지고 근사한 것이 있겠느냐?

하나님은 너의 믿음을 보시고 기뻐하시며
너의 믿음에 반응하여 응답하시기 때문이다

그러나 왜 믿음이 그토록 힘들게 느껴지고
잘 믿어지지 않고 믿는다고 생각하지만
돌아서면 의심이 생기는가?
원수가 새처럼 날라와 믿음의 싹이 나오면
먹어버리고 방해를 하기 때문이다

믿음은 무엇인가?
믿음이란 보는 능력이다
네가 원하고 구하는 것이
그리스도 안에서 이미 이루어진 것을
바라보고 즐거워하는 것

—「믿음」 부분

시인은 화해라는 거대 담론을 아름답게 풀어내는 멋진 글쓰기를 하고 싶다. 그러기 위해서는 하나님이 주신 귀한 말씀이 필요하다고 본다. 유토피아를 향한 시인의 이런 간절한 기도에 하나님은 응답한다. 바로 '믿음'의 정서를 심어준다. "믿음보다 멋지고 근사한 것이 있겠느냐?"고 감히 말씀을 주고 있는 것이다.

그렇다면 이런 믿음이란 도대체 무엇인가. 믿음은 모든 것을 해결해주는 마이더스의 손인가. 시인은 그러한 믿음을 이렇게 이해한다. "믿음은 무엇인가?"라는 질문에 자아는 "믿음이란 보는 능력이다"고 전제한 다음, "네가 원하고 구하는 것이/그리스도 안에서 이미 이루어진 것을/바라보고 즐거워하는 것"이라고 이해한다. 뿐만 아니라 "믿음은 사랑의 토양 속에서 자라 꽃을 피우는 나무"라고까지 했다. 하나님에 대한 믿음이 없으면 죄에 대한 실체도 모르고, 인간이 현재 겪고 있는 고통에 대해서도 알지 못한다고 한다. 이처럼 시야를 매우 중요시하고 있는데, 실상 원인을 알 수 없는 것, 곧 보지 못하는 것은 탈출할 수 있는 길이 막혀 있다는 뜻과도 같다. 출구 없는 지옥을 상상해보라. 그것은 암흑이고, 절망뿐일 것이다. 반면, 탈출할 수 있는 길과 방법을 알고 있다면, 분별할 수 있는 시야가 확보된다면, 현재가 아무리 암흑이고 또 절망적이라 해도 탈출을 향한 빛을 볼 수 있을 것이다. 그러면 그것은 곧 희망의 정서로 바뀔 것이다.

그리고 시인은 명시적으로 언표한 것은 없지만, 하나님에 대한 믿음은 곧 인간에 대한 믿음과도 연결되는 것이라고 이해한 것처럼 보인다. 이는 암시의 차원이기는 하지만, 인간들 사이의 믿음과 신뢰가 없다면, 우리가 원하는 이상 사회의 도래란 불가능하다고 이해하고 있기 때문이다. 그렇기에 인간들은 서로가 믿고 의지하며 불신의 강을 뛰어넘어야 한다. 그것이 유토피아에 대한 또 다른 조건이 될 것이다. 그러나 그것은 인간적 차원의 일이긴 하지만, 신의 영역을 초월하는 것도 아니다. 신에 대한 믿음 없이는 이런 실천의 장은 결코 마련될 수 없기 때문이다.

3. 나의 영과 하나님의 영이 하나 되는 길

인간은 원초적으로 억압받는 존재이다. 아니 죄를 태생적으로 갖고 태어난 존재이다. 그것은 나의 경험을 초월한 지대에 놓여 있는 선험적인 어떤 것이다. 그러니까 이 음역으로부터 벗어나는 것은 나 혼자의 행위만으로 가능한 것이 아니다. 신의 도움이 있어야 그것은 비로소 실현될 수가 있는 것이다. 그것이 종교가 우리에게 지시하는 준엄한 경고이자 삶에 대한 지혜일 것이다.

원죄가 인간에게 준 간극은 넓고 큰 것이어서 인간이 이를 초월하는 것은 어려운 일이다. 그 커다란 간극을 넘기 위해서는 다시 에덴의 신화 속으로 되돌아가야 한다. 하지만 한번 추방된 그 공간에 다시 회귀하는 것은 여간 어려운 일이 아니다. 끊임없는 노력이 있어야 하고, 자기를 희생하는 성찰의 시간도 있어야 한다. 뿐만 아니라 신에게 죄를 사해달라 하는 기도의 시간도 필요하다. 그러한 과정을 통해서 나의 영역과 신의 영역이 하나가 될 때, 그것은 비로소 실현되는 것이 아닐까. 시인은 적어도 그렇게 보는 것 같다.

사랑하는 자야
예수를 믿는다는 것은
나의 영과 너의 영이 하나가 되는 것

나의 십자가의 피로 씻고
말씀의 맑은 물로 깨끗하게 하여
아버지 사랑 안에서 네가 나의 생명과 연합하는 것

그러나 상처는
사랑 안에서 너와 내가 하나가 되는 것을 방해한다

어둠의 에너지가 너의 상처 안에
암세포처럼 퍼져나가
나의 생명이 네 안에서 자라는 것을 방해한다

내적치유에서 두뇌의 치유도 필요하다
두뇌에 기록된 상처의 기억과
그 기억에 따라오는 부정적인 저주의 감정을 바꾸어 주는 것
용서로 사랑으로 감사로 찬양으로

치유란
상처가 있는 곳에 다시 가서
불행한 일이 일어났던 그 사건을
하나님의 사랑 안에서 새롭게 해석하는 것
상처는 너에게 너는 무가치하며 사랑받을 자격이 없고
너는 악하다고 말한다

상처를 통해 두뇌에 기록된 거짓말을 나의 진리로
바꾸어 주어야 한다
나의 진리가 너를 자유케 하리라

너는 용서 받았고 사랑받고 있으며
사랑스럽고 보배로운 하나님의 자녀
너를 살리기 위해 아버지는 네 대신 나를 죽게 하셨다

네 안의 분노와 두려움을 이해하고
나의 사랑 안에서 너를 조건 없이 받아 주어라
존중하고 인정해 주라

너 자신을 진심으로 위로하고 사랑하고 감사하고 축복하라

너를 사랑하라
사랑하면 치유된다

―「너를 사랑하면 치유된다
−주와 연합하는 자는 한 영이니라(고린도전서 6:17)」 전문

인용시는 유토피아로 향하는 인간이 할 수 있는 것들을 예리하게 제시한 작품이다. 먼저 시인은 사랑의 정서를 제시했다. "너를 사랑하라/사랑하면 치유된다"고 선언했는데, 이는 곧 회개와 기도의 정신과 분리하기 어려운 것이다. 비관하지 말고, 자책하지 말면서 태초에 인간이 범한 죄를 이해하고 이를 회개하라는 것인데, 시인은 그러기 위해서 무엇보다 먼저 "너를 사랑하라"고 한다. 물론 이는 시인의 말이긴 하지만, 궁극에는 하나님의 말일 것이다. 나를 사랑하지 않고, 자아 밖의 세계를 사랑하는 것은 불가능한 일이다. 사회를 사랑하고, 인간을 사랑하기 위해서는 무엇보다 자아에 대한 사랑의식이 선행되어야 하기 때문이다.

그러면 '나를 사랑하는 일'은 어떻게 시작되고 어떻게 가능한 것인가. 여기서 시인이 제시한 방법은 "예수를 믿는" 일이다. 이는 "나의 영과 너의 영이 하나가 되는 것"인데, 도대체 이런 상태란 무엇을 말하는 것인가. 실상 이에 대한 이해야말로 시인의 작품 세계와 그가 끊임없이 추구해왔던 회개의 길, 사랑의 길, 궁극에는 에덴으로 돌아가는 길의 요체라 할 수 있을 것이다.

'서정적 자아'는, 그리고 '인간'은 '죄'로 말미암아 더러워져 있다(不淨). 따라서 에덴의 동산으로 되돌아가기 위해서는 이를 씻어야 한다(淨). 하지만 앞서 언급대로 이런 과정은 인간 스스로의 힘으로 가능한 영역이 아니다. 이는 오직 예수라는 존재를 통해 이루어질 수 있을 뿐이다. 하나님은 인간의 죄를 대속(代贖)할 존재로 독생자 예수님을 지상에 내려보냈다. 인

간의 죄를 대신하여 예수님이 희생되었으니, 인간은 예수를 통해서 부정(不淨)의 세계에서 정(淨)의 세계로 나아갈 수가 있게 된다는 것이다. 따라서 "예수를 믿는다는 것"은 신성과 인간성이 하나되는 매개라 할 수 있다.

시인은 이런 정화의 과정을 거듭거듭 서정화했다. "예수를 믿는다는 것"이 그 하나이고, "나의 십자가의 피로 씻"는 것이 그 다른 하나이다. 게다가 "말씀의 맑은 물"로도 깨끗하게 해야 한다고 했다. 이런 정화의식을 거친 후에야 비로소 "아버지의 사랑 안에서 네가 나의 생명과 연합하는 것"이 가능하다고 했다.

이런 절대 경지가 시인이 꿈꾸어온 유토피아의 세계일 것이다. 시인은 계속해서 이렇게 영이 일체화되는 세계를 강조했고 꿈꾸어왔다. 나의 영과 하나님의 영이 하나가 될 때, 에덴의 꿈은 이루어질 수 있다고 생각했기 때문이다. 시인은 이런 면들을 이번 시집의 도처에서 강조한 바 있다. 인간적인 것과 신적인 것을 구분시키고, 오직 신적인 영역에서의 일치가 인간의 꿈을 실현시켜줄 수 있다고 이해한 것이다. 가령, "사람은 영적 존재"라고 전제한 다음, "육은 세상과 관계를 맺고", "영은 하나님과 관계를 맺는다"(「영의 사람」)고 하거나 "사람은 육체를 집으로 하는 겉사람과 육체의 집 속에 사는 속사람"이 있다고 하면서 "속사람은 하나님의 말씀을 먹고 나의 생명을 먹으면서 힘을 얻는다"(「속사람」)고 한 것이다. 하나님과의 관계는 육체나 물질 속에서 이루어지는 관계가 아니고 정신이나 영의 관계 속에 맺어진다고 했다. 따라서 하나님과 함께 하는 공존의 지대를 마련하기 위해서는 영의 관계가 합일되어야 한다는 것이다.

배조이 시인의 이번 시집은 신앙생활을 배경으로 한 자신의 경험을 풀어쓴 시집이다. 어느 특정 종교에 기댄 시집이란 흔히 호교적 성격을 띠는 것이 일반적인데, 이번 시집은 그러한 특정적 단면으로부터 어느 정도 벗어나 있다. 이런 특성이 이 시집의 장점인데, 그는 성경을 말하되, 찬양의 정서로 일관하지 않고, 이를 일상의 삶 속에서 펼쳐 보이고자 했다. 그런 시도가 이 시집으로 하여금 어떤 보편의 영역과 연결짓게끔 하는 고리가 되고 있다. 이런 면이야말로 시인의 작품을 수준 높은 성찰의 시 혹은 내성의 시로 이끌고 있는 것이다. 신앙이라는 협소한 영역을 넘어 보편의 지대 속에 편입시킨 것이 이 시집의 특성이다. 다시 말해 시의 소재나 외연을 신앙의 울타리를 벗어나 일상의 차원으로 확대시킨 것이 이번 시집의 의의라 할 수 있을 것이다.

발표지 목록

제1부

상상력과 체험 : 『상상인』 3호, 2022.1.

시와 독자와의 관계 : 『문화한밭』 28집, 2020.11.

맑고 투명한 사랑의 세계—문현미의 시 : 『시와 함께』, 2020, 가을.

미정형의 지대가 만들어내는 서정의 샘—강동완과 설태수의 시 : 『시와세계』, 2020, 겨울.

분리를 뛰어넘는 통합의 징검다리—유봉희의 시 : 『시와정신』, 2021, 가을.

상처와 치유가 공존하는 노을 혹은 안개—김동준의 시 : 『시에』, 2021, 봄.

일탈과 순응의 세계—최경선, 『그 섬을 떠나왔다』와 정이향, 『수직의 힘』 : 『시에티카』 24, 2021, 상반기.

언어의 주름이 만들어내는 일상의 형식들—정끝별의 시 : 『시와정신』, 2021, 여름.

사랑의 알파와 오메가(사랑의 본질론)—나태주의 시 : 『시에』, 2022, 여름.

제2부

만다라의 세계가 만들어내는 맛의 향연—주선화 시집 『까마귀와 나』, 시학, 2020.

무딘 감각을 일깨우는 자아의 몽상—윤유점 시집 『영양실조 걸린 비너스는 화려하다』, 시학, 2021.

존재의, 존재를 위한 다양한 화장술들—문화영 시집 『화장의 기술』, 시와에세이, 2020.

시간의 비밀 속에 형성되는 사랑과 생명의 세계—권상기 시집 『시간의 비밀』, 이든북, 2020.

간극을 좁히는 '동사'의 부드러운 힘 — 학명란 시집, 『따뜻한 동사』, 이든북, 2021
건강한 마음을 향한 서정의 순례 — 박향숙 시집, 『너의 말끝엔 언제나 이별이 묻어 있다』, 이든북, 2020.
상상 속에 펼쳐진 자아와 사회의 음영 — 이은심 시집, 『아프게 읽지 못했으니 문맹입니다』, 상상인, 2021.
잃어버린 근원, 그 현재화에 대한 감각 — 김금분 시집, 『강으로 향하는 문』, 푸른사상사, 2021.
시적, 혹은 산문적 자연을 통한 존재 완성 — 박영욱 시집, 『나무를 보면 올라가고 싶어진다』, 푸른사상사, 2022.
자연의 미메시스와 모성적 생명력 — 정정순 시집, 『초록심장 붉게 피다』, 시학, 2021.
진화에 대한 저항과 반항 — 이건청 시집, 『실라캔스를 찾아서』, 『문화한밭』 21호, 2021.
불온한 시대, 시의 길, 시인의 길 — 최서림 시집, 『가벼워진다는 것』, 현대시학사, 2021.
존재 완성을 위한 신앙적 삶 — 배조이 시집, 『우리 함께 사랑하자』, 동행, 2022.

찾아보기

용어

인명

작품 및 도서

ㄷ

ㅁ

ㅂ

ㅅ

ㅇ

ㅈ

서정시학의 원리

초판 1쇄 인쇄 · 2022년 7월 29일
초판 1쇄 발행 · 2022년 8월 10일

지은이 · 송기한
펴낸이 · 김화정
펴낸곳 · 푸른생각

편집 · 지순이 | 교정 · 김수란, 노현정 | 마케팅 · 한정규
등록 · 제310-2004-00019호
주소 · 서울시 마포구 토정로 222 한국출판콘텐츠 402호
대표전화 · 02) 2268-8707
이메일 · prun21c@hanmail.net / prunsasang@naver.com
홈페이지 · http://www.prun21c.com

ISBN 978-89-92149-17-2 03800
값 29,000원